EinMalik

EinMalik

Geschichten
für
lange Tage
&
kurze Nächte

Herausgegeben von
Gerhard Seidl
und Linda Walz

MALIK

ISBN 3-89029-134-1

Satz: Wirth, München
Druck und Bindung: Graphischer Großbetrieb Pößneck
Printed in Germany

Inhalt

Vorwort

Wer kennt nicht das Schaudern und Prickeln, die unheimliche Furcht und den geradezu archaischen Respekt vor der Dunkelheit, die einen in einer einsamen, mondlosen Nacht – vielleicht auf einem finsteren Waldweg – befallen können? In so einer Situation spürt man für Augenblicke die uralte Unheimlichkeit der Nacht, auch ohne Hexen und Gespenster, Dämonen und böse Fabelwesen. Und man versteht, warum sich die Menschen seit Jahrtausenden Gedanken über jenen Zeitraum gemacht haben, in dem andere Mächte herrschen und die Dinge ein tagsüber verborgenes Geheimnis enthüllen. Auch wenn wir heute die Nacht dank der Elektrizität zum Tag machen können, ist hinter dem hellen Schein immer etwas von der Faszination der Nacht zu erahnen, von der finsteren, verderblichen Nacht, vom Wirkungsbereich des Teufels, von der Mutter der Brüder Tod und Schlaf – und von Eros. Denn so wie das Licht aus der Finsternis emporsteigt, verspricht die Nacht beides: Vergessen und Erregung, Schrecken und Gedankenklarheit. Unter dem schwarzen Schleier der Nacht sind die Sinne geschärft, entbrennen die Feuer der Phantasie, erwacht das Reich der Abenteuer zu neuem Leben; hier locken Verführungen, regen sich Begierden.

Von den Begegnungen der Liebe, von Traum- und Schattenwesen, vom Spiel des Zwielichts an der Neige zum Tag, von seltsamen und phantastischen Ereignissen in der dunklen Hälfte des Lebens, von den vielen Facetten der

Nacht, der »Mutter der Gedanken« mit ihren »tausend Augen« erzählen in diesem Band Jorge Amado, Madeleine Bourdouxhe, Peter Høeg, Jon Krakauer, Milan Kundera, Rosetta Loy, Edgar Allen Poe, John Cowper Powys, Holly-Jane Rahlens, Juan José Saer und viele mehr. Für alle Schlaflosen und geistigen Nachtschwärmer loten sie die Tiefen und Untiefen, den morbiden Zauber der Finsternis, den Charme der Verhüllungen und des Verborgenen in der Dunkelheit aus und lassen so die Nacht zum Tag werden – oder den Tag zur Nacht.

München, in einer lauen Sommernacht 1999

Linda Walz und Gerhard Seidl

Madeleine Bourdouxhe

Karamelbonbons

Als wieder ein Sonntag kam, wußte Elisa, daß sie keine Zeit mehr verlieren durfte. Sie mußte an die Zukunft denken. Doch zuerst galt es herauszufinden, wie die Dinge standen. Was genau war zwischen ihnen passiert? Wann trafen sie sich und wo? Aber da sie schlecht nachfragen konnte, blieb ihr nichts anderes übrig, als die beiden zu beobachten, ihre Handlungen zu überprüfen ... Sie mußte Gilles folgen, wenn er ohne einen bestimmten, ihr bekannten Grund – etwa um zur Arbeit zu gehen – das Haus verließ.

Am Nachmittag gegen vier Uhr schließlich streckte er sich ausgiebig und mit einem gelangweilten Gähnen, wie jemand, der vom langen Ausruhen ganz matt ist, und sagte: »Ich werde noch ein wenig an die Luft gehen.« Es klang völlig natürlich.

Sie hatte ihm seine Lederjacke und seine Mütze gereicht.

»Komm nicht zu spät zurück«, hatte sie freundlich gesagt und ihn geküßt.

Aber sobald er die Tür hinter sich zugezogen hatte, warf sie sich den Mantel über die Schultern und sagte zu den Zwillingen: »Artig! Ich komme gleich wieder ...«

Es war schon dämmrig, doch sie erblickte Gilles' hohe Gestalt sofort vor sich auf der Straße. So leise sie konnte, folgte sie ihm auf der dunklen Straßenseite. Einmal sah sie einen Mann an Gilles vorbeigehen und auf sich zukommen: Es könnte ein Freund oder ein Bekannter sein … Also fing sie an zu laufen, um den Anschein zu erwecken, Gilles wäre nur ein wenig vorausgegangen, und sie wollte ihn einholen. Als der Mann jedoch grußlos an ihr vorüberging, verlangsamte Elisa ihren Schritt wieder und hielt sich in gleichbleibendem Abstand hinter Gilles.

Vor der Bäckerei Goblet blieb Gilles stehen; er betrat den Laden. Sie war am Haus vorbeigegangen. Am Ende des Lichtscheins, der durch das rechteckige Schaufenster auf die Straße fiel, blieb sie fassungslos stehen. Er war einfach hineingegangen, um sich im Hinterzimmer ein wenig mit einem Freund zu unterhalten.

Und jetzt?

Neben dem rechten Flügel des Hauses sah sie den verlassenen Garten mit seinen Lauben aus wildem Wein, wo den Ausflüglern aus der Stadt bei schönem Wetter Kaffee und Brioches serviert wurden. In dieser Jahreszeit standen zwar keine Tische und Stühle mehr draußen, doch in jeder dieser Gartenlauben gab es eine Holzbank. Elisa ging in die erste Laube hinein, plötzlich entschlossen, einige Minuten zu warten, und setzte sich auf das feuchte Holz. Sie wollte in die Ärmel ihres Mantels schlüpfen, aber sie fürchtete die Kälte, der ihre nackten Arme einen Moment lang ausgesetzt wären, und behielt das Kleidungsstück wie eine Decke um sich gewickelt, eine kleine schwarze Masse, die in der Dunkelheit der Laube kaum wahrzunehmen war. Das schwache Licht einer Straßenlaterne leuchtete durch die blattlosen Weinranken, die einen sanften Schatten auf Elisas Wange warfen.

In der Ferne erhob sich aus dem blassen Schein des Schnees, in einen zarten Nebelschleier eingehüllt, die mächtige Silhouette der Fabrik, in der Gilles arbeitete. Das nie verlöschende Feuer in den Öfen – es gab Tagesschichten, Nachtschichten und Sonntagsschichten – rötete den Nebel an allen vier Ecken. Diese aufgerissenen Mäuler, die unentwegt Feuer spuckten, hatten Elisa schon als Kind fasziniert.

Als kleines Mädchen hatte sie ihrer Mutter beim Tragen geholfen, wenn gebügelte Wäsche zu Kunden gebracht werden mußte, die in den Vororten wohnten. Die rotglühenden Öfen waren für das Kind die größte Attraktion auf diesen Ausflügen: Sobald sie in Sichtweite kamen, kniete sich Elisa auf die Sitzbank des Straßenbahnwagens, preßte ihre Stirn gegen die beschlagene Scheibe und starrte auf die Flammen, die inmitten stiebender Funken rot und blau aufloderten.

Sie liebte diese allwöchentlichen kleinen Reisen mit ihrer Mutter. Auf dem Rückweg gingen sie, nachdem sie das Stadtzentrum mit der Straßenbahn durchquert hatten, zu Fuß durch ein dunkles, verlassenes Viertel und dann weiter am Fluß entlang. Von dieser Stelle aus konnte man weit sehen und erkannte in der Nacht sogar die weichen Umrisse der Hügel. Abends war es schwierig, die sanften, bewaldeten Hügel von den schwarzen, baumlosen zu unterscheiden, die man immer Schutthalden genannt hatte, bis einmal ein rätselhafter Feuerstrom aus einem der Hügel herausschoß und ihn damit von den anderen unterschied, denen er vorher zum Verwechseln ähnlich gewesen war. Elisa sah augenblicklich ein Bild aus ihrem Schulbuch vor sich und dachte: Es ist wie ein Vulkan. Hingerissen verfolgte sie den kleinen Feuersturm und konnte ihre Augen nicht von dem Licht lösen, das auf einmal aufleuchtete, dann schwächer wurde und allmählich wieder verschwand.

Während dieses Spektakels sagte sie unablässig dieselben Worte vor sich hin, wie einen rätselhaften Refrain, den außer ihr niemand verstehen konnte: »Ich bin in Italien …

Ich bin in Italien …« Sie war so versunken, daß sie ihre Mutter und auch den knarrenden Weidenkorb voll schmutziger Wäsche vergaß, den sie zwischen sich trugen, und unwillkürlich ihren Arm hängenließ. Da sie jedoch wesentlich kleiner war als ihre Mutter, schlug ihr plötzlich das Gewicht des Wäscheballens, der an den tiefsten Punkt des Korbes gerutscht war, schwer gegen die Wade.

»Trag doch gerade! Das ganze Gewicht ist auf deiner Seite!«

Also hob Elisa den Korb wieder an und zog ihre Hand auf die Höhe der Hüfte, um ihn geradezuhalten. Sie wollte damit nur ihrer Mutter einen Gefallen tun, denn diese abgewinkelte Haltung war ihr viel unangenehmer, als das Gewicht an ihrem ausgestreckten Arm zu tragen. Es war ihr sogar noch unangenehmer, als sich von den Weidenruten die Wade aufschürfen zu lassen.

Sobald sich die beiden Henkel des Korbes wieder auf einer Höhe befanden, war das Gewissen der Mutter beruhigt, sie verfiel in Schweigen, und die kleinen, nackten, von der Kälte geröteten Beinchen trippelten mechanisch weiter den verlassenen Quai entlang. Elisa richtete ihren Blick angestrengt auf den eisigen Nebel, aus dem dann und wann das große Gerippe einer Brücke oder der flache Umriß eines ankernden Lastkahns auftauchte, und forschte angestrengt nach dem Hügel, der kurz zuvor seinen glühenden Kern enthüllt hatte. Sie entdeckte ihn schließlich über den Häusern und Fabrikschornsteinen wieder, eine düstere Masse, auf der Lichter funkelten. Doch konnte sie nicht mit Gewißheit sagen, ob es der eine oder der andere Hügel war, denn jetzt sahen sie schon wieder alle gleich aus. Das Vulkanbild hatte die Augen des kleinen Mädchens aber so betört, daß sie in dem merkwürdig anmutenden, sich in ihrer Vorstellung wiederholenden Singsang »Ich bin in

Italien … Ich bin in Italien …« den süßen Schauder wiederfand.

Sie verließen die finsteren Quais, gingen durch enge, gesichtslose Straßen und kamen schließlich in ihr Viertel zurück, das durch das trübe Licht der Ladenfenster erhellt war. Nun verlangt das Alltägliche wieder sein Recht. Das Lied und das Bild des falschen Vulkans werden von der Normalität verdrängt. Zu Hause, wo es nach feuchter Wäsche riecht, die unter dem Bügeleisen dampft, denkt Elisa nicht mehr daran.

Sie setzte sich neben den Ofen, der einen merkwürdig geformter Aufsatz mit lauter Bügeleisen trug, schlug ein Buch auf und machte ihre Hausaufgaben. Sie las mit auf die Knie gestützten Ellbogen, die Hände an die Schläfen gepreßt, scheinbar sinnlose Sätze und gab sich alle Mühe, sie zu wiederholen und auswendig zu lernen, während sie auf einen Leinenvolant starrte, der sich unter dem dampfenden Bügeleisen der Mutter entknitterte, wellte und wieder elegant fältelte.

Victorine klammerte sich mit ihren klebrigen Babyhänden an die Stapel sauberer Wäsche oder forderte wütend die Aufmerksamkeit ihrer arbeitenden Mutter.

»Ach! Wenn sie doch bloß endlich still wäre! Kannst du sie nicht mit irgend etwas aufheitern!«

Also hob Elisa Victorine auf ihren Schoß und ließ sie im Rhythmus eines Sprüchleins, in dem es um Pferde in einer Manege ging, auf und ab hüpfen, bis der Trab sich in einen wilden Galopp verwandelte und sie die kleine Schwester so abrupt nach hinten warf, als wäre sie ein Spielzeug, das es in ihrer freudlosen Kindheit nicht gegeben hatte.

»Schüttle sie doch nicht so durch!« rief die Mutter.

Daraufhin schloß Elisa die kleine Victorine beschämt in

die Arme, küßte sie, ordnete die Fältchen ihrer Schürze und strich ihr das Haar wieder glatt. Wie oft hatte sie sie so auf ihren Knien gehalten und sich abgemüht, ein Band in dem viel zu kurzen Babyhaar zu befestigen, um sie noch hübscher zu machen.

Unbedeutende kleine Erinnerungen, die Elisas Herz erfüllten und ihrem Leiden etwas Unfaßbares gaben. Schmerz, gepaart mit Unbehagen. Wenn man die Gegenwart der Vergangenheit gegenüberstellte, wurde sie verworren, schockierend – die normalen Gesetze der Welt schienen keine Gültigkeit mehr zu haben. Was da geschah, verstieß gegen alle Regeln. Elisa hatte das Gefühl, den Boden unter den Füßen zu verlieren. Dabei war Gilles doch nur ausgegangen, um mit einem Freund zu plaudern …

Was tat sie hier mutterseelenallein in der Dunkelheit, bei dieser Kälte? Einen Moment war sie vor Hoffnung blind. Sie wollte aufstehen, um zu den Kindern zurückzukehren, und machte sich Vorwürfe, sie allein gelassen zu haben.

Doch sie rührte sich nicht von der Stelle. Als sie um sich blickte und die verwischten nächtlichen Umrisse, die vom Nebel verschleierten Lichter sah, stieg wieder eine unendliche Traurigkeit in ihr auf.

Was machte es, daß die Kinder allein waren! Sie liebte ihre kleinen blonden Mädchen, die Gilles' Haare und ihre Augen hatten, von ganzem Herzen und von ganzer Seele. Sie konnte nicht anders lieben, und so liebte sie auch das Kind, das sie trug und dessen Leben sie unter ihrem Herzen fühlte. Aber auch wenn Elisa als eine vollkommene Mutter gelten mochte, hatte die Liebe zu den Kindern weder ihren leiblichen noch ihren seelischen Ursprung in der Mutterschaft. Sie sind für sie vor allem die lebendige Fortsetzung ihrer Liebe zu Gilles, sind aus seinem Fleisch hervorgegangen, leben in seinem Haus, und ihre wichtigste Eigenschaft ist, daß sie diese Liebe sichtbar verkörpern.

Ist sie also eine Frau, die ausschließlich zur Ehefrau geschaffen ist? Ist sie nur auf der Welt, um zu gebären und für ein Heim zu sorgen? Unruhig und starr vor Kälte bist du, eine kleine dunkle Gestalt, noch ein wenig dunkler als die Finsternis, die dich umgibt. Du hast dich in dieses grüne Nest geflüchtet, eine Kreatur unter anderen Kreaturen, aus demselben rastlosen, schmerzensreichen Fleisch geschaffen und ins Leben geworfen. Warum sollte das Schicksal ausgerechnet für sie eine besondere Entwicklung bereithalten?

Eines Tages war sie in die enge Werkstatt ihres Vaters gekommen, wo es so gut nach Hobelspänen duftete, und hatte dort einen großen blonden Jüngling erblickt, der im Türrahmen stand. Er hatte die Arme voller frisch gehobelter Gewehrkolben, die er gegen seine Brust preßte. Eine schicksalhafte Begegnung.

»Danke, Gilles! Und sag deinem Vater, daß du wieder genauso viele mitnehmen kannst, wenn du nächste Woche kommst.«

Gilles hatte sich von dem Mann und dem jungen Mädchen mit einem offenen Lächeln verabschiedet, das sie tief berührt hatte.

Und jetzt stellte sie ihn sich im Hinterzimmer dieser Bäckerei vor, hinter dieser Mauer, an die sie sich lehnte. Wie schön er war … Trotz seiner Größe und seiner kräftigen Statur schien er immer noch genauso jung wie damals, hatte er noch immer diese weichen Gesichtszüge. Sicherlich erstrahlte auch bei seiner Unterhaltung mit den Goblets sein Gesicht in diesem lässigen, schmelzenden Lächeln. Elisa straffte den Oberkörper und lächelte nun selbst mit verliebtem Stolz. Dieser Mann gehörte ihr … Und sie liebte ihn so sehr, daß sie ganz gewiß das Recht hatte, um ihn zu kämpfen, ihn zu behalten, für sich … für sich allein. Es war eine unbestreitbare Tatsache … Kein Mensch hatte das Recht, ihn von ihr zu trennen … noch nicht einmal er selbst. Was auch geschehen mochte, was immer geschehen war, das Wichtigste war, daß sie kein Aufhebens davon machte. Sie mußte vor allem wachsam sein, durfte nur vorsichtig und unauffällig eingreifen, damit diese Liebe, mit der sie ihn umgab und zu der er zurückkehren würde, unbeschädigt erhalten blieb: Ihre Liebe war so stark, daß er sich ihr nicht einfach entziehen konnte.

Sie blieb noch eine Weile so sitzen, den Oberkörper angespannt, die Arme unter dem leicht geöffneten Mantel vor der Brust gekreuzt, und war von einem unbeschreiblichen Stolz erfüllt.

Dann öffnete sich die Ladentür. Elisa erkannte Gilles' Stimme, als er sich verabschiedete, dann wurde die Tür hinter ihm wieder geschlossen, und sie hörte, wie sich Gilles' Schritte auf dem Pflaster entfernten.

Wieder folgte sie ihm in einigen Metern Abstand durch die Dunkelheit. Die Entfernung zwischen den einzelnen Häusern wurde jetzt immer größer. Elisa ging dicht an dunklen, schneebedeckten Hecken entlang. Noch ein Haus: ein kleines, stilles Café, durch dessen beschlagene Scheiben man nicht sehen konnte. Gleich führt die Straße ins offene Feld, dachte Elisa. Wohin wollte Gilles denn bloß? Vielleicht machte er nur einen Spaziergang. Aber er ging so schnell, daß sie ihm nur mit Mühe folgen konnte: In der Eile hatte sie ihre alten Schuhe anbehalten, deren Absätze so schiefgelaufen waren, daß jeder ihrer kleinen Trippelschritte schmerzte. Auf den Wegen schmolz der Schnee, und als Elisa in eine eiskalte Pfütze trat, drang das schlammige Wasser durch das Leder ihrer Schuhe, so daß ihre Strümpfe völlig durchnäßt waren. Wohin um alles in der

Welt wollte er? Das war doch wirklich kein Wetter für eine Wanderung ... Links und rechts gab es nur noch Felder. Und vor ihr, in weiter Ferne, schimmerten die Lichter des nächsten Dorfes. Einen Augenblick sah sie auf die weitweiße Fläche zu ihrer Rechten. Als sie sich wieder umwandte, konnte sie Gilles' Umriß nicht mehr vor sich erkennen. Sie lief ein paar Schritte, ohne ihn zu entdecken. Hier stand kein Haus mehr, die Straße wurde von keiner Laterne mehr beleuchtet ... Und da war noch ein anderer Weg, der nach links abbog, und noch einer etwas weiter vorn ... Wo war Gilles geblieben? Sie fühlte sich allein, war durchgefroren und müde. Sie hatte das Bedürfnis, sich einfach irgendwohin zu setzen, ganz gleich wohin. Am Straßenrand lag ein mächtiger Steinhaufen: dort ließ sie sich nieder, um sich auszuruhen. Sie wollte rufen, laut schreien: »Gilles!« Doch sie rief ihn nur in Gedanken, aus ihrem Mantel drang nichts als ein schwaches, kaum wahrnehmbares Klagen. »Gilles!« Sie wünschte, er würde hier in der Nähe stehen und sie hören, er käme, um ihr beim Aufstehen zu helfen ... Sie würden den Weg gemeinsam zurückgehen, er würde sie liebevoll mit seinem Arm stützen. Zu Hause, in der behaglichen abendlichen Wärme, würden sie sich ein wenig unterhalten und frisch gebrauten Kaffee trinken, um sich wieder aufzuwärmen, die großen Tassen fest in beiden Händen, damit die Wärme langsam in ihre Finger stiege ... Es war lächerlich, einfach so davonzulaufen und sich noch nicht einmal warm anzuziehen – und das in ihrem Zustand! Und was hatte sie damit erreicht? Gar nichts. Wie schwierig war es doch, die Wahrheit herauszufinden! Man denkt, man muß jemandem einfach nur folgen, damit sich alles auf natürliche Weise klärt. Und jetzt saß sie allein auf einem Steinhaufen, müde und steif vor Kälte, mit einer Liebe, die etwas zu schwer wog.

Es war Zeit, zurückzugehen. Sie erhob sich und machte sich auf den Weg, wobei sie bei jedem Schritt die Zehen in ihren nassen Schuhen bewegte, doch davon wurde ihr auch nicht warm. Die Kinder waren allein ... Bestimmt ängstigten sie sich ... Vielleicht weinten sie. Wieviel Zeit war vergangen, seitdem sie sie allein gelassen hatte? Eine Stunde oder zwei ... Vielleicht auch mehr! Wahrscheinlich nicht: Die Zeit kommt einem lang vor, wenn man ganz allein in einem Wald wartet ... und der Weg scheint endlos, wenn man durch die Dunkelheit geht. Aber tatsächlich dauerte es von den Feldern bis nach Hause nicht länger als eine halbe Stunde ... Im Vergleich zu den wirklich wichtigen Dingen im Leben war es ganz ohne Bedeutung, daß sie müde und mit kalten Füßen diese dunkle einsame Straße entlangging. Es war nicht der Rede wert. Sie seufzte. »Oh, Gilles«, diesmal sprach sie seinen Namen aus, leise, aber vernehmlich.

Elisa ging über die Felder zurück, bis sie zu den Lichtern des ersten Hauses an der Straße kam. Zuerst sah sie niemanden, bemerkte dann aber das glühende Ende einer Zigarette und einen Mann, der an der Hauswand lehnte. Als sie an ihm vorüberging, streckte er die Hand nach ihr aus, als wolle er sie packen, hielt dann jedoch mitten in der Bewegung inne, sah sie an und sagte mit erstauntem Pfeifen: »Pss ... Sieht ganz so aus, als hättest du deinen Teil schon abgekriegt!«

Elisa antwortete nicht und setzte ihren Weg fort, ohne den Schritt zu verlangsamen, sah ihn nur mit großem, ruhigem Lächeln an.

Der Blick des Mannes folgte ihr. Sie entfernte sich, ihr Gang war ein wenig schwerfällig, doch gleichmäßig und entschlossen. Bald verschmolz sie mit der Dunkelheit.

Gilles kam um acht Uhr nach Hause. Seine Wangen waren von der Kälte gerötet, auf seiner Jacke glitzerten Tropfen von schmelzendem Schnee.

»So ein Wetter!« sagte er und schüttelte sich ein wenig auf der Türschwelle.

»Du hast ja reichlich frische Luft geschnappt«, sagte Elisa. »Wo warst du denn?«

»Zuerst bei Goblet, ein paar Minuten ... Dann bin ich in die Stadt gegangen, um ein bißchen unter Leute zu kommen ...«

»Aha!« Und sie sah ihn wieder vor sich, wie er aus dem Bäckerladen kam und die Straße hinunterging, aber nicht in die Stadt, sondern in die entgegengesetzte Richtung.

»Deine Schuhe sind pitschnaß ... Zieh sie doch aus.« Sie holte hinter dem Herd die warmen Pantoffeln hervor und hielt sie ihm hin: »Bist du in der Stadt so naß geworden?«

»Nein ... Der Weg dorthin reicht schon.«

»Natürlich.«

Gilles reckte sich, streckte die Beine aus, bewegte ein wenig die Füße in seinen warmen Pantoffeln: »Zu Hause ist es doch am schönsten«, sagte er. »Ich habe Hunger.«

»Das Essen ist fertig.«

Als er gegessen hatte, kramte er in seiner Tasche und sagte: »Ich habe dir etwas mitgebracht.« Und er hielt Elisa einen Beutel mit Karamelbonbons hin.

»Das ist lieb«, sagte sie mit beherrschter Stimme und stand auf, um ihm einen Kuß zu geben. Sie lehnte sich ein wenig schwerfällig an ihn und fühlte sich auf einmal hilflos.

Er streichelte den Stoff ihrer Bluse, wie er es manchmal tat, nahm ihre schönen Brüste und wog sie sanft in seinen Händen. Sie lehnte ihren Kopf an seine Schulter und ließ ihn gewähren, überrascht, sich so wohl zu fühlen.

Es war kaum zu verstehen. Jetzt war er liebevoll und zärtlich wie immer. Er hatte an sie gedacht, ihr Bonbons gekauft … Warum hatte er behauptet, er sei in die Stadt gegangen? Es war merkwürdig und unverständlich, aber vielleicht steckte ja etwas Harmloses dahinter.

Sie war so müde … Nach diesem schnellen Gang über die Felder hatte sie die Kinder gewaschen und ins Bett gebracht; sie hatte hastig einige ihrer Haushaltspflichten erfüllt, damit bei Gilles' Heimkehr alles erledigt wäre.

Jetzt wollte sie sich am liebsten nicht mehr rühren, nicht mehr denken, so bei ihm sein, bis der Schlaf sie in dem Moment überwältigen würde, wenn ihre Lippen sich öffneten, um seinen Hals immer wieder mit kleinen feuchten Küssen zu bedecken.

Gilles' Hände, die ihre Brüste hielten, Elisas Küsse: Es waren die gewohnten Zärtlichkeiten, die auf einmal die Gegenwart mit der früheren Sicherheit ihrer Liebe verbanden, als jede Minute, jedes Wort, jede Geste eine Wohltat war.

»Laß uns schlafen gehen, Liebste.« Die Hände streicheln ihre Schultern, lassen sie los. Auch Elisas Arme lösen sich von Gilles, der Zauber ist verflogen.

Sie nimmt seine Schuhe aus der kleinen Wasserpfütze und stellt sie zum Trocknen weg. Er hat sie in dem grauen eisigen Schlamm getragen, auf dem Weg über die schneebedeckten Felder … Wohin ist er gegangen? Was war sein Ziel. Victorine? Victorine … Gilles und Victorine …

»Was ist, kommst du herauf?«

»Ja … Ich komme schon.«

Im Bett dreht er ihr nicht gleich den Rücken zu, er bleibt an sie geschmiegt liegen und sagt die kleinen merkwürdigen Wörter, die etwas ankündigen, was sie so gut kennt. Sie fühlt, wie seine Hände sie suchen.

Als er ihr leichtes Zurückweichen spürt, sagt er: »Hast du Angst? Ist es wegen dem Kleinen? Es tut ihm bestimmt nichts ...«

»Warum hast du heute früh nicht gewollt ... wie sonst immer.«

»Was weiß ich.«

Als er sich plötzlich über sie beugt, glaubt sie in seinen Augen so etwas wie Rachegelüste zu erkennen, vielleicht aber auch ein ungestilltes Begehren.

Nur keine Ungeschicklichkeit ... Laß ihn zu dir zurückkommen, egal, unter welchem Vorwand ... Bloß kein falscher Stolz ... Stolz? Dieses Gefühl ist ihr völlig fremd, es verträgt sich nicht mit ihrer Liebe. In diesem Moment wendet er sich schließlich allein dir zu ... Und du weißt genau, er wird dir völlig ergeben sein, welche Gedanken ihm oder dir jetzt auch durch den Kopf gehen mögen. »Und schließlich hat er an mich gedacht ... Er hat mir Karamelbonbons mitgebracht ...« Und nun ist sie gerührt; im Dunkel, das der Schein der Nachttischlampe kaum erhellt, lächelt sie ihn an. Nein, denke nicht mehr an die lange verschneite Straße, an die düsteren Felder, an die Lichter des Nachbarortes, die vielleicht ein Geheimnis bergen ...

Laß deine Gedanken über diese quälenden Bilder hinweghuschen und erst bei dem Augenblick stehenbleiben, als er dir das gelbe Papiertütchen hingestreckt hat. »Er hat mir Karamelbonbons mitgebracht.« Gib ihm dieses Geschenk hundertfach zurück ... Nein, schenke dich ihm ganz ... Und Elisas Hände gleiten suchend unter den Stoff und liebkosen schließlich die nackte Haut, deren kleinste Unregelmäßigkeit ihr vertraut ist.

Als sie sich liebten, tat sie so, als wäre ihr Herz ganz unbeschwert, abgesehen von dieser schmerzlichen und ermattenden Freude, die immer zur Liebe gehört.

Und jetzt hat Gilles ihr den Rücken zugedreht und schläft tief und fest. Und sie hat diesen Aschegeschmack im Hals und sieht auf das ewig meergrüne Fenster und den gelblichen Schimmer, den das Licht der Nachttischlampe über alle Dinge legt. Morgen wird sie wieder leiden müssen … Suchen, entdecken, hoffen oder verzweifeln. Und sie wird unaufhörlich an seine Augen denken, in denen auf einmal etwas merkwürdig Fremdes liegt, das im Kontrast zu den vertrauten Gesten steht. Gilles liebt mich nicht mehr … Ach, wie trostlos ist die Welt …

Roman Frister

Die Mütze

Alle nannten ihn Arpad Basci. Er hatte in seinem Leben mehr Gefängnisse als Schulen kennengelernt. Er begann seine Karriere schon als Kind, als Taschendieb im Bahnhof von Budapest. Als er erwachsen war, wurde er Einbrecher, ein sehr seltener Beruf unter den Juden Ungarns. Dank seiner langen Erfahrung war er der König des Gefängnisses. Für die Deutschen, die sein Land besetzten, war er nur ein kleiner Verbrecher. Ein jüdischer Verbrecher. Lange, bevor die Opfer Eichmanns dorthin kamen, wurde er nach Auschwitz gebracht. Von dort aus kam er in das Lager »Eintrachthütte«. Dort traf ich ihn im Herbst 1944. Arpad Basci genoß den Status eines privilegierten Sträflings. Er hatte die besondere Begabung, kleine Skulpturen und kunstvolle Schachfiguren formen zu können. Sein Rohmaterial war eine kostbare Rarität: Brot. Die Aufseher, die seine Kreationen haben wollten, versorgten ihn reichlich damit. Arpad Basci liebte junge Männer. Die jungen Gefangenen liebten Brot – so schloß sich der Kreis.

Er hatte ein scharfes Auge, wenn es darum ging, unter den neu eintreffenden Häftlingen seine Jungen auszuwählen. Einen Tag nach meiner Ankunft im Lager nahm er mich in seine Mannschaft der Brotkauer auf. An den Abenden, nach der Arbeit, setzte er fünf bis sechs Jungen auf den Fußboden der Baracke und gab uns ein Stück von einem

Laib Brot. Unsere Aufgabe war es, das Brot langsam zu kauen, es zwischen Zunge und Gaumen zu drehen, bis es die Spucke aufgesogen hatte und weich wurde, leicht zu bearbeiten. Nur Brot wie dieses, so erklärte er, würde den Figuren, die er formte, ein ewiges Leben schenken. Zeit, Feuchtigkeit und Insekten würden ihnen nichts anhaben können.

Der Geschmack des Brotes war himmlisch, aber wehe dem, der probierte, auch nur einen einzigen Krümel herunterzuschlucken. Arpad Basci kannte keine Gnade. Er saß uns gegenüber, sein aufmerksamer Blick auf den Adamsapfel eines jeden von uns geheftet, bereit, jeden Jungen zu erwürgen, der der Versuchung nicht widerstehen konnte. Er wußte, wie hungrig wir waren, und kannte alle Tricks, mit denen wir ihn zu überlisten suchten.

Das durchgekaute Material spuckten wir auf ein weißes Leintuch. Arpad Basci untersuchte seine Qualität mit Inbrunst, als wäre es ein kostbares Schmuckstück. Er berührte es leicht mit der Fingerspitze, um die Klebrigkeit zu überprüfen, und wenn er nicht zufrieden war, kratzte er den Teig von dem Leintuch und gab ihn uns zur Weiterverarbeitung zurück. Meine Kinnbacken waren schon müde, wenn ich die Belohnung für meine Arbeit bekam – die Kruste.

Jeden Abend um zehn Uhr wurde das Licht ausgeschaltet. Zu diesem Zeitpunkt mußten wir auf unseren Pritschen liegen, unsere Uniformen mußten zusammengefaltet sein und unsere geschorenen Köpfe unbedeckt und frei zur Inspektion. Nur dem Barackenältesten und Arpad Basci war es erlaubt, sich nachts in der Baracke zu bewegen. Der Barackenälteste zog es vor, sich in die Kammer zurückzuziehen, die ihm zur Verfügung stand; Arpad Basci hatte andere Gewohnheiten. Ich hatte zwei Monate für ihn Brot gekaut, bevor er kam, um sich den wahren Preis für die trockene Brotkruste zu holen. Mein Pritschenpartner hielt seinen Mund, als Arpad Basci ihn von seinem Platz verjagte und sich hinter mich legte. Noch bevor er mich anfaßte, wußte ich, was kommen würde. Seine Hand strich über meinen Körper, mit einem zitternden Finger suchte er meinen Eingang. Der Finger, mit Schmalz bestrichen, fand leicht meinen Anus und bohrte sich mit einer drehenden Bewegung in mich hinein. Meine Gesäßmuskeln spannten sich, um es zu verhindern, aber der geile Alte wußte genau, wie man solche Verteidigungsversuche vereitelt. Der Finger kam heraus, und sein Penis drang mit einem schnellen Stoß in mich ein. Die Schmerzen waren fürchterlich. Ich wollte schreien. In dieser Sekunde, als ob er meine Reaktion erwartet hätte, hielt er mir mit der anderen Hand den Mund zu. In der Handfläche hatte er eine Scheibe Brot. Ich unterdrückte meinen Schrei. Ich aß aus seiner Hand. Kaum hatte ich die erste Scheibe gegessen, füllte er meinen Mund mit der zweiten. Ich aß schnell, um die dritte zu bekommen, bevor er seinen Höhepunkt erreichte. Arpad Basci, ein Profi auch auf dem Gebiet der Vergewaltigung, bohrte in mir mit kurzen, rhythmischen Stößen. Jede Bewegung zerriß meinen Körper. Aus der anfänglichen Pein wurde ein langer brennender und quälender Schmerz. Ich blutete. Aber erst, als er von mir abließ und ich den letzten Brotkrümel heruntergeschluckt hatte, überfiel mich ein Gefühl der Demütigung, weil er mich so grob überfallen hatte, und eine Welle der Scham, daß der Hunger meine Ehre ausgelöscht hatte. Das war keine Vergewaltigung. Ich hatte mich nicht gewehrt, hatte nicht um Hilfe gerufen, hatte nicht verlangt, daß er aufhöre. Ich blieb still, als er mir zum Abschied einen Klaps aufs Gesäß gab und an seinen Schlafplatz zurückging.

Er war nicht mit leeren Händen gegangen. Das bemerkte ich, als ich nach zwei Stunden aus einem Alptraum erwachte, der meine letzten Kräfte aufgezehrt hatte. Meine Mütze war verschwunden.

Ein Häftling ohne Mütze war ein toter Häftling. Jeder, der beim Morgenappell nicht vorschriftsmäßig seine Mütze trug, wurde vom Kapo oder dem diensthabenden Offizier sofort erschossen. Die beiden machten sich oft einen Spaß daraus. Der Kapo schnappte sich die Mütze eines Gefangenen und warf sie ans andere Ende des Platzes, und der SS-Offizier erschoß das Opfer. Wenn der Häftling mit bloßem Kopf dastand, erschoß er ihn, weil er keine Mütze hatte, und wenn er losrannte, um sie aufzuheben, erschoß er ihn wegen »Fluchtversuchs«.

Du gemeiner Hundesohn, verfluchte ich Arpad Basci in meinen Gedanken. Ich hatte nur noch zwei, vielleicht drei Stunden zu leben. Kalter Schweiß lief mir über den Rücken, ich fühlte die kalten Tropfen mein Rückgrat hinunterrinnen. Arpad Bascis Absicht war klar. Er wollte mich loswerden. Er wollte sich eines Zeugen entledigen, der ihn belasten konnte. Bis zu diesem Zeitpunkt war mir nicht weiter aufgefallen, daß von Zeit zu Zeit Jugendliche der Kaumannschaft verschwanden oder unter eigenartigen Umständen getötet wurden. Der letzte ertrank im Jauchetank der Lagerlatrine. Ich mußte meinen Impuls unterdrücken, zu Bascis Pritsche zu gehen und kategorisch mein Eigentum zurückzufordern. Meine Mütze hätte ich leicht erkannt. Sie hatte Blutflecken, eine Erinnerung an einen Knüppelschlag des Kapos auf meinen Kopf. Aber was hätte mir dieser Beweis schon genutzt? Arpad Basci hätte meine Behauptung bestimmt abgestritten, vielleicht hätte er mich sogar ausgelacht und seinen Freund, den Barackenältesten, gerufen, um mich wegen Verstoßes gegen die Lagerordnung bestrafen zu lassen. Im Reich des Bösen hatten Zeugen und Beweise kein Gewicht, und es gab kein lächerlicheres Wort als »Gerechtigkeit«. Arpad Basci war ein älterer und privilegierter Häftling, ich war nur ein wertloses Zubehör der Nummer, die auf meinem Arm eintätowiert war. Bei einer direkten Konfrontation mit diesem Mann hatte ich keine Chance.

Vorsichtig und leise kroch ich aus meiner Pritsche. Meine nackten Füße berührten den kalten Betonboden. Die Kälte tat mir gut; ich bekam wieder einen kühlen Kopf. Ich sah nach links, ich sah nach rechts. Nur eine nackte Glühbirne über der Eingangstür spendete etwas Licht. Der Raum der Baracke glich einem dunklen Tunnel. Ich hörte das Atmen der schlafenden Gefangenen. Jemand schnarchte. Ich schlich den engen Gang zwischen den Pritschen entlang. Von Zeit zu Zeit blieb ich stehen, spitzte die Ohren, um jedes Geräusch um mich herum mitzubekommen, und tappte weiter. Meine Augen wurden wie die einer Katze, sie suchten einen leichtsinnigen Häftling, der nicht dafür gesorgt hatte, daß seine Mütze gut versteckt unter seiner Decke lag. Ich hatte Angst. Ich wußte, wenn man mich erwischte, würden sie mich kurz und klein schlagen. Niemand hätte mich verteidigt. Diebstahl war ein unverzeihliches Verbrechen. Der Schmerz in meinem Anus brannte wie Feuer. Jemand hustete. Ich erstarrte. Bewegungslos wartete ich ab, was passierte. Der Mann schlief weiter. Ich tat noch einige Schritte und blieb wieder stehen. Mein Gehirn arbeitete fieberhaft, um eine plausible Ausrede zu finden, falls man mich entdecken sollte. Keine Ausrede wäre indes gut genug für die wütenden Häftlinge gewesen. In Auschwitz hatte ich gesehen, wie sie einen Mützendieb erwischten. Die Gefangenen hängten ihn an einem Balken auf, die Leiche baumelte den ganzen Tag lang an dem Strick

– als Warnung für andere. Unwillkürlich schaute ich zu den Dachbalken hoch, und dieser Blick führte mich zu meinem Opfer. Er lag auf der obersten Pritsche. Sein Gesicht konnte ich nicht erkennen, denn er hatte die Decke darübergezogen. Doch die Spitze seiner Mütze lugte unter seinem angewinkelten Arm hervor. Vorsichtig zog ich an der Mütze. Der Mann rührte sich nicht. Die Mütze war in meiner Hand. Rasch steckte ich sie unter mein Hemd. Der rauhe Stoff kratzte an meiner Brust. Glücklich begann ich meinen Rückzug. Ich durfte nicht hetzen. Ich lauschte. Stille. Nur das laute Schlagen meines Herzens war in der Baracke zu hören. Ich ging auf Zehenspitzen, vorsichtig, einen Schritt nach dem anderen. Zehn Minuten vergingen, vielleicht auch nur eine, bis ich meine Pritsche erreicht hatte. Mein Nachbar auf der unteren Pritsche drehte sich um. Hatte er gesehen, was geschehen war? Ich hielt den Atem an. Er schlief weiter. Wie alle war er bestimmt müde. Unsere Müdigkeit wirkte stärker als eine Schlaftablette. Ich kletterte auf meinen Platz und versteckte die Mütze in meiner Hosentasche. Ich konnte nicht einschlafen. Bis zum Wecken machte ich kein Auge zu.

Der Appell war pünktlich um fünf Uhr. Scheinwerfer beleuchteten das Gelände. Es schneite leicht, und die Kälte drang uns bis in die Knochen. »Achtung!« brüllte der Kapo, und wir alle standen stramm. Das Zählen begann. Ich stellte mich in die zweite Reihe. Es war wichtig, eine gute Position in der Mitte zu erwischen, nicht zu auffällig, und nicht hintenan, so weit wie möglich außerhalb des Blickfeldes des Nazi-Offiziers. Vor mir, am Ende der ersten Reihe, stand Arpad Basci. Er konnte es sich erlauben, vor dem Offizier und dem Kapo zu stehen; dank seiner Stellung war er gegen Unheil immun. Ich fand ihn mühelos. Nur Basci hatte einen fetten Nacken, der über den Kragen seiner Uniform quoll; den Nacken eines Mannes, der keinen Hunger kannte. Auch seine Mütze war mir vertraut. Es waren Blutspuren darauf.

Irgendwo hinter mir stand ein Mensch, der auf seinen sicheren Tod wartete. Außer ihm wußten nur Arpad Basci und ich, was an diesem Morgen passieren würde. Arpad Basci würde bestimmt enttäuscht sein, wenn er merkte, daß ich am Leben geblieben war. Ich hatte keine Ahnung, was der Mann ohne Mütze fühlte und dachte. Ich hatte keine Gewissensbisse, ich verweigerte mich jedem Gedanken an ihn oder an seine Gefühle. Seine Existenz war mir nicht wichtig. Wenn ich mir nicht helfe, wer sonst wird es tun?

Der Offizier und der Kapo schritten durch die Reihen, inspizierten die Kleidung, die Haltung, die Arbeitsfähigkeit der Häftlinge. Wann würden sie zu ihm kommen? Der Offizier und der Kapo zählten die Gefangenen, ich die Sekunden. Ich wollte, daß die Sache schnell vorbei war. Die beiden inspizierten die vierte Reihe. Der Mann ohne Mütze flehte nicht um sein Leben. Der Mörder und das Opfer kannten die Spielregeln; es hatte keinen Sinn, um Gnade zu bitten. Der Schuß wurde ohne Vorwarnung abgefeuert. Ein kurzer Knall, trocken und ohne Echo. Sicher wurde er in den Kopf abgefeuert. Sie schossen immer in den Schädel. Immer von hinten. Immer aus kurzer Entfernung. Es war Krieg, und die Regierung verlangte von den Mördern, Kugeln zu sparen. Ich blickte mich nicht um. Ich wollte nicht wissen, wer erschossen worden war. Ich war froh zu leben.

Edgar Allen Poe

Das ovale Porträt

Das *château*, in welches mein Diener gewaltsam eingedrungen – denn lieber hatte er dies gewagt, als mich in einem desperat verwundeten Zustande im Freien nächtigen zu lassen –, war eines jener Bauwerke von vermischter Düsternis und Hoheit, wie sie seit langen Zeiten in den Apenninen dräuen, in Wirklichkeit nicht minder denn in der Phantasie von Mrs. Radcliffe. Allem Erscheinen nach war es vorübergehend und ganz kürzlich erst verlassen worden. Wir richteten uns in einem der kleinsten und am wenigsten üppig ausgestatteten Gemächer ein. Es lag in einem entlegnen Turme des Gebäudes. Sein Zierwerk war wohl reich, doch schon uralt, verfallen. Seine Wände waren mit Tapetengewirk behangen, und ihr Schmuck bestand aus mannigfaltigen und vielgestaltigen Wappentrophäen, zusammen mit einer ungewöhnlich großen Zahl von überaus beseelten modernen Malereien in Rahmen von reichgoldner Arabeske. Diese Gemälde, welche nicht nur an den Hauptflächen der Wände hingen, sondern auch in den vielen, von der bizarren Architektur des *château* bedingten Winkeln – diese Gemälde mit tiefstem Interesse zu betrachten, hatte mich vielleicht mein beginnendes Delirium bestimmt; so daß ich Pedro bat, die schweren Fensterläden des Raumes zu verschließen – denn Nacht war nun bereits –, die Flammenzungen eines wuchtigen Kandelabers zu entzünden, welcher zu Häupten meines Bettes stand, und weit die befransten Vorhänge von schwarzem Sammet auseinanderzuschlagen, welche das Bett selber einhüllten. Ich wünschte dies alles getan, damit ich mich – wenn nicht dem Schlafe, so doch dafür zumindest der Betrachtung dieser Bilder widmen konnte und der Lektüre eines schmalen Bändchens, das auf dem Pfühle sich gefunden und eine Kritik und Beschreibung der Bilder zum Inhalt hatte.

Lang, lange las ich – und mit Andacht schaut' ich. Eilig und köstlich flohn die Stunden hin, die tiefe Mittnacht kam. Die Stellung des Kandelabers mißfiel mir, doch mochte ich meinen schlummernden Diener nicht stören und stellte darum, indem ich unter Beschwernis meine Hand ausstreckte, mir lieber selbst den Leuchter so, daß seine Strahlen voller auf die Seiten fielen.

Aber dies hatte eine gänzlich unvorausgesehene Wirkung. Der Flammenschein der zahlreichen Kerzen (denn ihrer waren viele) ergoß sich nun in eine Nische des Gemachs, über welche bislang einer der Bettpfosten tiefen Schatten geworfen hatte. So sah ich jäh denn in lebhaftem Lichte ein Bildnis, das sich zuvor gar nicht hatte bemerken lassen. Es war das Porträt eines eben zum Weibe reifenden jungen Mädchens. Nur kurz, fast hastig blickte ich über das Gemälde hin, dann schloß ich die Augen. Warum ich dieses tat, war meinem eigenen Begreifen selber im ersten Augenblicke nicht ersichtlich. Doch während meine Lider noch geschlossen blieben, umgingen die Gedanken meinen Grund dafür, daß ich sie so geschlossen. Es war eine impulsive Bewegung gewesen, um Zeit zum Nachdenken zu gewinnen – um mich zu vergewissern, daß meine Vision mich nicht getäuscht habe –, um meine Phantasien zu beschwichtigen und zu bändigen, damit ein nüchternerer und gewisserer Blick dann möglich ward. Ein paar Augenblicke später sah ich erneut und wie gebannt auf das Bild.

Daß ich nun richtig sähe, konnt' und wollt' ich nicht bezweifeln; denn schon das erste Blitzen des Kerzenscheines auf dem Ölgemälde hatte, so war's mir, die träumerische Betäubung zerstreut, die über meine Sinne gesunken, und mich alsbald in waches Leben aufschrecken lassen.

Das Porträt, so habe ich bereits gesagt, war das eines jungen Mädchens. Es zeigte lediglich Kopf und Schultern, in jener Weise ausgeführt, die technisch *Vignette* heißt; im Stil sehr ähnlich den Köpfen, wie sie Sully mit Vorliebe malt. Die Arme, der Busen und selbst die Spitzen des glänzenden Haars schmolzen unmerklich in dem vagen, doch tiefen Schatten, welcher den Hintergrund des Ganzen bildete. Der Rahmen war oval, war reich vergüldet und von moreskem Filigran. Als Kunstgebilde konnte gleich gar nichts bewunderungswürdiger sein denn das Gemälde selbst. Doch war es nicht die Ausführung der Arbeit noch die unsterbliche Schönheit der gemalten Züge gewesen, was mich so plötzlich und so vehement bewegt. Am allerwenigsten gar ließ sich denken, daß meine Phantasie, hochauf gescheucht aus halbem Schlafgedämmer, den Kopf sollte fälschlich für den eines lebendigen Menschen gehalten haben. Die Eigentümlichkeiten der Darstellung, der Vignettierung und des Rahmens hätten, das sah ich jetzt sogleich, einen solchen Gedanken augenblicklich verbannen müssen – ja, hätten schon verhindert, ihm auch nur momentlang Raum zu geben. Indem ich ernstlich über diese Punkte hindachte, blieb ich wohl eine Stunde lang halb sitzend, halb zurückgelehnt vor dem Porträt, mein Sehen fest darauf gerichtet. Schließlich doch sank ich – befriedigt, das wahre Geheimnis seiner Wirkung erschaut zu haben – im

Bett zurück. Des Bildes Zauber hatte sich mir entdeckt: in einer absoluten *Lebensähnlichkeit* des Ausdrucks, die, anfangs nur verblüffend, mich schließlich überwältigte, verstörte und entsetzte. Mit tiefem und mit ehrfurchtsvollem Grauen bracht' ich den Kandelaber an seinen frühern Platz zurück. Nachdem die Ursache meiner heftigen Erregung so dem Blick entzogen war, sucht' ich begierig in dem Bändchen nach, das die Gemälde und ihre Geschichte behandelte. Die Nummer aufschlagend, welche das ovale Porträt bezeichnete, las ich dort die vagen und wunderlichen Sätze, die hier folgen:

»Sie war eine Jungfrau von seltenster Schönheit, und der heitre Sinn, der sie erfüllte, stand ihrem Liebreiz in nichts nach. Doch übel war die Stunde, da sie den Maler sah, ihn liebte und sein Weib ward. Er, leidenschaftlich, strebsam und von strengem Ernste, er besaß in seiner Kunst schon eine Braut; und sie ein Mädchen von seltenster Schönheit und einer Heiterkeit, die ihrer Schönheit in nichts nachstand; ganz Licht und Lächeln war sie, und fröhlich wie das junge Reh; sie liebte, pflegte, hegte alle Dinge; sie haßte nur die Kunst, die ihr Rivalin war; sie fürchtete nur die Palette und die Pinsel und andre widerwärtige Instrumente, die ihr den Anblick des Geliebten raubten. So war's ein schrecklich Ding für diese junge Frau, als sie den Maler von seinem Begehren sprechen hörte, auch sie, sie selbst zu porträtieren. Doch sie schickte sich in Demut darein und saß holdselig viele Wochen lang im dunkel-hohen Turmgemach, wo das Licht einzig von droben herab auf die bleiche Leinwand tropfte. Doch er, der Maler, berauschte sich an seinem Werke, das von Stund' zu Stunde und von Tag zu Tage seinen Fortgang nahm. Und er war ein leidenschaftlicher und wilder und mürrisch-launenhafter Mann, der sich in Träumereien ganz verlor; so daß er nicht sehen *wollte*, wie das Licht, das da so geisterhaft in jenen abgelegnen Turm hinabfiel, Gesundheit und die Lebensgeister seiner jungen Frau verwelken ließ, die – allen außer ihm ersichtlich – dahinschwand. Doch weiter lächelte sie und immer weiter, und ohne Klage, denn sie sah, daß der Maler (der hohen Ruhm genoß) ein heftiges und brennendes Vergnügen an seinem Werke nahm und Tag und Nächte an der Arbeit war, sie abzumalen, sie, die ihn so liebte, doch die tagtäglich mehr an Mut verlor und schwächer ward. Und manche wahrlich, die das Porträt geschaut, sprachen von seiner Ähnlichkeit in leisen Worten wie von einem gewaltigen Wunder und einem Beweise von nicht weniger der Macht des Malers denn seiner tiefen Liebe zu der, welche er so ausnehmend wohl abbildete. Doch als die Arbeit schließlich dem Ende näher kam, ward niemand mehr im Turme zugelassen; denn der Maler war wild geworden im Gluteifer um sein Werk, und selbst die Züge seines Weibes zu betrachten, hob er die Augen selten nur noch von der Leinwand ab. Und er *wollte* nicht sehen, wie die Tönungen, die er darauf verteilte, den Wangen des Wesens entzogen wurden, das neben ihm saß. Und als dann viele Wochen vorübergestrichen waren, und wenig mehr zu tun blieb – noch ein Pinselstrich am Munde, ein Tupfen dort am Aug' –, da flackerte der Geist des Mädchens noch einmal auf wie die Flamme in der Leuchterhülse. Und dann war der Pinselstrich getan und der Farbtupfen angebracht; und einen Augenblick lang stand der Maler versunken vor dem Werk, das er geschaffen; im nächsten aber, während er noch starrte, befiel ein Zittern ihn und große Blässe, Entsetzen packt' ihn, und mit lauter Stimme rief er: ›Wahrlich, das ist *das Leben* selbst!‹ und warf sich jählich herum, die Geliebte zu schaun: – *Sie war tot.*«

Robert Schneider

Das Weib im Mondschein

Den Kindern wurde er ein herzensguter Lehrer. Sie fingen an, ihn fast zärtlich zu umwerben, wenngleich sie die Scheu vor den gelben Augen nie ganz überwinden konnten. Selten wagte ein Kind, ihm in die Augen zu blicken. Er sang täglich mit ihnen, lehrte sie auf der Orgel seine musikalischen Bilder verstehen, deutete die Heilige Schrift wie ein Märchen und flößte ihnen beharrlich ein, daß nicht bloß der Mensch eine Seele habe, sondern auch die Kreatur, die Blume und der Stein. Ließ die Aufmerksamkeit nach, öffnete er ihre müden Lider, indem er Eschberger Stimmen imitierte, welche sie hernach erraten mußten. Wenn ein Kleines die Wochenlosung nicht bezahlen konnte, weil zu Hause Hunger herrschte, schlug er es nicht zu Boden, sondern nahm heimlich Eier, Brot und Käse von der Losung der anderen und gab es dem Kleinen mit auf den Heimweg. Hatte im Winter eines das obligate Holzscheit für den Schulofen vergessen, tadelte er es nicht, denn er sah wohl, daß es nicht einmal Strümpfe an den Beinchen trug. Er war ein aufmerksamer Lehrer, immer auf der Hut, in einem das Talent für die Musik zu entdecken. Er entdeckte Stimmen, die er formen konnte. Einen Musikanten fand er aber nicht. Bis auf Philipp, der immer zugegen war. Philipp aber war ein Idiot, und so mußte sein Talent verkümmern.

Aber das rastlose Werben um Elsbeth, dem nunmehr heiratsfähigen Weib, zehrte an ihm wie eine heimtückische Krankheit. Ihre Symptome zeigten sich vorerst an scheinbaren Bagatellen. Wurde unerwartet eine Tür geöffnet, schrak er übernervös auf. Sah er ein Weib von der Ferne zum Hof herkommen, steigerte sich sein Pulsschlag. Vernahm er nächtliches Weibergelächter beim Dorfbrunnen, wähnte er immer Elsbeths Lachen darunter. Musik, die ihm stets leichtgefallen, wurde ihm bald zur Mühseligkeit, und er mußte erkennen, daß er keinen Trost mehr in ihr finden mochte. Beim Antritt seines Organistenamtes hatte er noch täglich auf dem Instrument geübt, hatte es gepflegt und die Register bei guter Stimmung erhalten. Das wurde ihm nun zu beschwerlich, denn es gab auf dem Hof und in der Schule Arbeit ohne Ende. Rückte das Jahr zur Passionszeit, schien der musikalische Eifer wieder zu erwachen. Das Leiden Christi war ihm immer schon ein musikalisches Anliegen gewesen. Fast möchten wir sagen, daß es ihn zum Komponieren recht eigentlich stimulierte. So auch die neblige Zeit um das Fest Allerseelen, worin er die novemberliche Stimmung gepaart mit Weihrauchduft und schwarzen Gewändern in Musik zu setzen suchte. Er war ein Kind seiner Zeit. Er liebte alles, was mit dem Tod in Verbindung gebracht werden konnte.

In den Jahren des stillen Wartens auf Elsbeth veränderte sich die Theologie seines Glaubens. War er bisher ein nüchterner, aber stark glaubender Christ gewesen, so gärten nun Zweifel in ihm. Warum wollte Gott sein tägliches Nachtgebet nicht erhören? War es wirklich sein Wille, einen Menschen leiden zu sehen? War es sein Wille, einen Menschen in die Irre zu führen? Hatte er ihm nicht auf wunderbare Weise gezeigt, wem er vorbestimmt war? Hatte sich Gott am Ende von ihm abgewandt?

In dieser Zeit entwickelte Elias eine seltsam gesteigerte Marienverehrung. Er fing an, Marienbilder zu sammeln, Rosenkränze und Statuetten. Er tat dies mit nahezu fanatischer Sammlerwut und hielt sogar die Kleinen in der Schule an, ihm alle Devotionalien zu überlassen, welche daheim nicht mehr gebraucht wurden. Diese Stücke hortete er dann im Gaden als seinen kostbarsten Schatz. Die Wände füllten sich mit Bildern, an der Stirn- und Fußseite der Bettstatt hingen die Rosenkränze wie die Maiskolben zum Trocknen, und der Tisch strotzte von Figürchen aus Holz und aus Gips. Bemalte und unbemalte Marien mit und ohne Kopf, trauernde und verklärte Marien – Marien überall.

Wenn er die Kirche betrat, tat er die Kniebeuge nicht mehr vor dem Allerheiligsten, sondern ging zum Altar der Muttergottes, fiel – so niemand zugegen – auf die Knie, beugte sich zum Saum des Altarlinnens und küßte ihn mit heftiger Inbrunst. So verblieb er lange, und der ewig frische Blumenstrauß, den die Nulfin wöchentlich aufstellte, gab ihm neue Hoffnung. Zwar wußte er nicht, was es mit dem Strauß auf sich hatte, aber er wußte, daß es die Nulfin war, die ihn dort aufstellte. Er suchte alles, was mit Elsbeth in Verbindung gebracht werden konnte.

Diese bedenkliche Seelenverfassung rief den Peter auf den Plan. Er allein wußte, wie sehr Elias Elsbeth liebte.

Zu der Zeit, in welcher die folgende Begebenheit spielt, waren die Freunde ins einundzwanzigste Jahr gekommen. Peters Leben war wie das seines Freundes vorgezeichnet, und er durfte nicht erwarten, daß sich jemals eine Möglichkeit bieten möchte, der unerträglichen Langeweile des Bauerndaseins zu entkommen. An seinem zwanzigsten Geburtstag wanderte Nulf mit ihm nach Feldberg zu einem Advokaten, dem Sohn Hof, Wald und Bündten zu übertragen. Man wunderte sich damals in Eschberg sehr über

Nulf, weshalb er dem Sohn ein so grenzenloses Vertrauen entgegenbringen konnte, erbten doch die Söhne erst beim Tod der Väter. Aber bald mußte auch Nulf einsehen, daß er sich in Peter getäuscht hatte. Zwei Wochen nach Inkrafttretung des Erbkontrakts quartierte Peter die Eltern ins Bubengaden, die Wohnstube durften sie ohne seine Erlaubnis nicht mehr betreten. Seit diesem Mißgeschick sah man den Nulf wieder fromm zur Kirche gehen, und das machte ihn zum noch größeren Gespött im Dorf.

Wie unverhohlen Peters Neigungen zu der Zeit schon waren, zeigte sich an dem, wie er sein Vieh behandelte. Unter dem Vorwand des guten Haushaltens studierte er an mehreren Rindern, wie lange sie ohne Wasser auskommen möchten. Einem Kalb hackte er einmal den Schwanz ab, nur weil es munter gebockt hatte. Einer frisch geferkelten Sau stach er die Augen aus, nachdem sie zwei ihrer Ferkel zu Tode gebissen hatte. Als er sich am offensichtlich Grausamen satt gesehen hatte, sann er auf Methoden und Wege, wie die Kreatur zu quälen sei, ohne daß sie das Zutrauen zum Herrn verlöre. Und war ihm das gelungen, sah er mit offenem Mund und geilen Augen in die Augen des irre gewordenen Tieres.

Peter war kein Mann. Er hatte keinen Bartwuchs, war klein von Gestalt, im Gesicht die Spuren der Blattern, am Körper drahtig. Er hatte krauses Haar, und das unverkennbare Mal war sein verkrüppelter Unterarm. Seine Augen glänzten nußbraun. Es waren schöne Augen, wenn nicht das Licht des Abgründigen in ihnen flackerte.

Es ist unbegreiflich, weshalb unser Elias mit diesem Menschen umging, der die Kreatur quälte, so als trüge sie Schuld an seiner Lebenslangeweile. Gewiß war ihm Peters Naturell nicht unentdeckt geblieben. Er hatte ihn oftmals darum angefleht umzukehren, die Tiere in Frieden zu lassen, vor allem dann, wenn ihm Elsbeth wieder flennend die eine oder andere Grausamkeit zugetragen hatte. Dennoch schien das Gefühl der Dankbarkeit und Treue in Elias zu überwiegen. Er vergaß nie, daß Peter einstmals unterm Gaden gestanden und zu ihm gehalten hatte. Diese Treue machte ihn nun ungewollt zum Komplizen für Peters Bosheiten. Das wußte er. Und er wirkte nicht dagegen, denn es hätte ihn die wichtigste Freundschaft seines Lebens gekostet.

Es geschah in einer lauen Novembernacht zur Zeit des vollen Mondes. Das sind die Nächte, in denen sich der Sommer gegen den Herbst aufbäumt und den Menschen ein unruhiges Herz macht, vielleicht daß doch noch ein Suchender wie sie zu finden sei. Das Dorf lag im Vormitternachtsschlaf, die Wälder warfen riesenhafte Schatten in die vom Mondlicht blauschimmernden Bündten. Am Vorabend hatte Peter dem Elias geheimnisvoll bedeutet, er solle sich beim Hirschweiher am Fuß des Petrifelsen einfinden. Dort werde er auf ihn warten, und dann wolle er ihm das zeigen, was er sich schon immer erträumt habe. Er wolle ihm die Liebe zeigen.

Elias, durch solches Reden aufgestachelt, wanderte ohne Säumnis zu der verabredeten Stelle. Dort breitete sich eine Lichtung aus, der Boden war ein knöcheltiefer Sumpf. Auf solchen Plätzen pflegte sich das Rotwild zu suhlen. Als Elias in die Lichtung trat, roch er Tabakrauch. Das dünkte ihn wunderlich. Dann sah er den Peter, wie er an einem Baumstamm lehnte und hastig an einer Tabakpfeife zog. Peter grüßte ihn mit überreizter Stimme, in welcher Elias schon die Absicht des Gemeinen lesen konnte.

Zur selben Stunde rüstete sich ein alleinstehendes Weib zum nächtlichen Ausgang. Es war die Lamparter Burga, von der wir einmal sagten, sie habe das Leben und die Menschen liebgehabt und sei darum zur Dorfhure gemacht worden. Bei der Brandkatastrophe war ihr Haus in den Flammen untergegangen, und sie mußte sich als Magd bei ihrem Vetter Walther im Weiler Altig verdingen. Dort verliebte sie sich unsterblich in den Bruder des Vetters, der ein hochgewachsener, ausgemergelter Mann war und seit Kindesstatt an der Fallsucht litt. Die ganze Geschichte war dorfbekannt, und dorfbekannt war auch, daß der besagte Mann bei einem Unfall im Holz die Hoden verloren hatte. Die Burga liebte ihn dennoch. Wenn er sonntags nach Tisch sein Pfeifchen schmauchte, naste sie zufrieden nach dem Tabakrauch, saß still auf der Fensterbank, betrachtete ihren Gottfried und war vergnügt.

Die Burga war ein blühendes volles Weib mit kernigem Gesicht und blondem, dickgezopftem Haar. Der Köhler Michel hatte ihr ein versiegeltes Briefchen überreicht – er tat alles, was ihm nur irgend Geld einbringen mochte –, und darin stand auf gar fein geschöpftem Papier zu lesen, daß Gottfried sie um die Mitternacht beim Hirschweiher treffen wolle. Er habe ihr Dinge von großer Wichtigkeit mitzuteilen. Nun, Burga zweifelte nicht einen Augenblick an der Richtigkeit des Briefchens. Es war Gottfrieds Hand, dünkte sie eindeutig, welche das Briefchen verfaßt hatte. Feingewirkt war Peters Plan.

Als sie durch die blauglänzenden Bündten hinabwanderte, mußte sie vor lauter Vorfreude wieder und wieder innehalten, das Briefchen aus der Schürze ziehen und es mit vertrockneten Küssen bedecken. Dann roch sie Tabak, und davon zuckte ihr ganzer Leib zusammen.

»Gottfried?« hauchte sie erwartungsvoll in die mondhelle Lichtung. »Gottfried, bist du hier?« Obwohl sich die Burga nicht vor der Dunkelheit fürchtete – tat sie ihre Gänge doch meistens bei Nacht –, wurde ihr nun doch bange. Sie wartete und lauschte und vernahm keinen Ton.

»Gottfried!« fing sie an, sich Mut zuzureden, »ich bin es! Deine Burga! Ich bin da! So kömm doch heraus!«

Da erhob sich Gottfrieds Stimme in der Dunkelheit. »Tritt in das Licht, Burga! Ich will dich sehen!«

Der Burga klopfte das Herz, als sie in die Lichtung trat. »Es ist feucht hier!« lächelte sie ängstlich. »Wollen wir uns nicht einen besseren Platz suchen?« Und sie wandte ihren Kopf nach allen Seiten, den Ort der Stimme ausfindig zu machen. »Komm jetzt heraus!« forderte sie nun mit einem Anflug von Zorn. »Ich weiß, daß du hinter der Tanne stehst!«

»Was bist du für ein schönes Weib«, hub die Stimme aus der Dunkelheit an zu reden. »Weißt du, daß ich dich begehre seit dem Tag, an dem du zu uns auf den Hof gekommen?«

»Was redest du für Zeug?« warf die Burga lebendig ein und watete durch den knöcheltiefen Morast.

»Bleib in dem Lichte stehen!« rief Gottfried, und die Stimme überschlug sich so typisch, daß dem Weib die letzten Zweifel wichen.

»Ich bleibe hier stehen«, sagte sie mit mädchenhafter Allüre, verschränkte die Arme auf ihrem Bauch.

»Hast du mich jemals liebgehabt?« frug die Stimme traurig. Burga stutzte. Die Stimme frug noch dunkler: »Sprich, hast du mich jemals liebgehabt?«

Mit dieser Frage war das liebende Weib tief getroffen, und es fing ohne Hemmung an, ihr Innerstes preiszugeben. »Wenn ich beim Schlafengehen den Laubsack streichle, wünsche ich mir, es sei dein Haupt, Gottfried. Du darfst mich nicht verlachen, oder mich bei anderen ausrichten. Aber wenn du den Teller stehen läßt, esse ich ihn heimlich aus. Und oftmals gehe ich zu deinen Pfeifen und rieche an ihnen. Dann denke ich mir: Es wär halt eine große Freude, wenn mir der Herrgott ...«

»Ich glaube dir von dem kein Wort!« schrie Gottfried zornig. »Du gehst und legst dich zu anderen, treibst Sünde mit ihnen! Wie kannst du behaupten, daß du mich liebhast?«

Burga schwieg. Sie begriff den unheimlichen Spuk noch immer nicht, hätte ihn aber jetzt begreifen müssen, denn der wahre Gottfried hatte nie so zu ihr geredet. Dieses plötzlich redselige Gehabe schob sie dem Wirken der wundersamen Mondnacht zu. Überdies gab es in Eschberg ein altes Wort, an das sie mit kindlicher Reinheit glaubte: Bei Vollmond, ging das Wort, führt ein Engel zwei Menschen zusammen, und zwei trennt er durch den Tod.

»Wenn du mir wirklich gehören willst«, fuhr die Stimme aus der Dunkelheit fort, »dann zeige dich mir. Entblöße deinen schönen Leib, und ich werde dir glauben.«

Elias, der mit Peter hinter einem Stechlaubstock lag, fing bei diesen Worten an zu stottern. Da drückte ihm Peter die Hand fest in den Nacken, auf daß Elias ja das Spiel nicht verderbe.

»Ich tue, was du verlangst, wenn du mir versprichst, übers Jahr mein Gatte zu werden«, erwiderte Burga ruhig.

Und Elias schwur in der Stimme Gottfrieds, schwur auf die Heiligen, die Apostel und auf die Seelen aller verstorbenen Lamparter. Willenlos schien er dem Peter zu folgen, wiederholte dessen Worte, als sei er unter Hypnose.

Burga ging daran, sich zu entkleiden. »Mein Leib ist doch das Geringste, das ich ihm zeigen kann!« dachte sie und hatte keine Furcht mehr vor der Nacktheit. Sie nahm das Halstuch von der Schulter und legte es mit zarten Bewegungen über einen geknickten Reisigast. Das Mieder schnürte sie nicht minder zart auf, wollte sie doch ihrem Gottfried in allem gefallen. Eine warme Bö kam auf, strich über die Wipfel und machte ein ruhiges, dumpfes Rauschen. Burga entfaltete das Mieder, und die beiden Männer sahen ihre großen, ebenmäßig geformten, weich-seidenen Brüste hervorquellen. Dann beugte sie sich vor, die Röcke zu fassen, und dabei gingen ihre Brüste nieder und formten sich zu zwei vollen, reif gewordenen Birnen. Das Mondlicht tanzte im gezopften Haar und ließ es wie Lametta aufglänzen. Und das Licht floß über ihre weißen, breit gebauten Schultern, schmiegte sich an die glatte Haut des Rückens, und dort, wo das Rückgrat in einer sanften Mulde endete, entstand ein flüchtiger Schatten. Sie griff den ersten Rock und streifte ihn mit derart ruhigen Händen vom Körper, als sei sie ganz allein. Elias sah, wie sich ihre Brüste aufbäumten, als sie den Rock überzog, und er sah, wie sich dabei die Brustwarzen versteiften. Der Mund trocknete ihm aus, er wagte kaum zu atmen. Da griff das Weib den letzten der Röcke, strich ihn über den Kopf und war nackt. So stand es unbeweglich, mit geschlossenen Beinen, mit schlaff herabhängenden Armen. Aus den Händen trat kraftvolles Geäder, und der spitze, fruchtbare Bauch dehnte sich beim Atmen und wurde prall und wurde weich.

Elias starrte auf das breit geformte Becken des Weibes, konnte die Augen von der vollbehaarten Scham nicht mehr abwenden. Er hörte nicht, was ihm heißlippig ins Ohr gehaucht wurde. Erst als Peter ihn in den Arm kleubte, erwachte er.

»Ich glaube dir noch immer nicht!« rief Gottfried aus dem Stechlaubstock. »Zwei Prüfungen mußt du noch bestehen, und wenn du diese Prüfungen bestehst, so werden wir noch in diesem Monat Mann und Weib sein.«

Burga schwieg geduldig.

»Ein Weib soll«, sprach Gottfried in langen Pausen, »seinem Manne in allen Dingen untertan sein. Beweise, daß du mir gehorchen kannst!«

»Was du verlangst, werde ich tun!« sagte Burga vertrauensvoll.

»Öffne deinen Zopf!« forderte Gottfried mit sich überschlagender Stimme. Und während Burga ihren Zopf entwand, flog etwas Blitzendes vor ihre Füße. »Nimm das Messer und schneide dir das Haar ab!« Burga zögerte mit keinem Augenblick, tappte nach dem Messer und schnitt sich das Haar ab. So groß war ihre Liebe zu Gottfried. »Und nun«, bebte die Stimme, »lege dich in den Schlamm! Wälze dich darin, wie sich die Hirschkuh darin wälzt!«

»Warum verlangst du solche Dinge von mir?« stammelte Burga gedemütigt. »Ist es nicht genug?«

»Tue, was ich sage, oder du wirst mir niemals angehören!« schrie Gottfried.

Und das nackte Weib ließ sich auf die Knie hinab, tauchte ihre Hände in den Morast, beschmutzte das Gesicht, warf sich bäuchlings hinein, wälzte sich darin und fing an, laut und jämmerlich zu schluchzen. Da hörte sie plötzlich ein heimliches Lachen, hielt inne und blickte entsetzt nach allen Richtungen. Da wurde das Lachen so gewaltig, daß in den Felswänden ein Echo entstand. Burga riß sich aus dem Schlamm und schrie mit verzweifelter Stimme: »Ihr Hunde!! Ihr Hunde!!«, konnte aber nur noch die Schatten zweier Menschen ausmachen, wie sie talwärts schnellten. Burga setzte ihnen nach, mußte jedoch bald aufgeben, weil sie sich im Stechlaub die Füße wundgerissen hatte.

Da stand sie nun, kurzgeschoren, heulend und nackt. Dabei hatte sie doch nur dem Wort vertraut, daß bei Vollmond ein Engel zwei Liebende zusammenführt.

»So ist das Weib!« brüllte Peter triumphierend, als er sicher war, der Verfolgerin entkommen zu sein. »Das Weib ist dumm und einfältig. Es ist weich und feig. Und um der Liebe willen«, fügte er theatral hinzu, »tut sie alles!« Dann trat er ganz nahe zu dem vor Erschöpfung zitternden Stimmenkünstler. »Warum zitterst du?« frug er ihn böse. »Dieses Weib hat verdient, daß man es so traktiert! Es ist eine Hure, du hast es mit eigenen Augen gesehen!«

»Heilige Jungfrau, was habe ich getan?« stotterte Elias und fing an, hemmungslos zu flennen. Peter nahm den Kopf des Weinenden in seine Hände, hielt ihn fest und fing an, dessen dürre Lippen zu küssen. Und er fuhr mit den Händen zärtlich über Schultern und Brust und tastete nach Elias' Geschlecht. »Es wäre gut«, murmelte Peter dunkel, »wir stürben hier auf diesem Flecken.« Dann stieß er den Elias mit einem gewaltigen Aufschrei von sich und entfloh in die Dunkelheit des Waldes.

Das Verbrechen an dem unschuldigen Weib entfesselte in Elias bittere Schuldgefühle. Er suchte Zuflucht und Erlösung im Gebet, brachte sich mit endlosen Litaneien und Rosenkränzen um die wenigen Stunden seines Schlafs. Allein, das Bild von dem nackten Weib im Mondschein, den prallen birnengeformten Brüsten, der silbern glänzenden Scham, ließ ihn nicht mehr los. Er quälte sich, es zu vertreiben, aber das Weib erstand jede Nacht neu. Er suchte Vergebung im Orgelspiel und erschrak über sich selbst, als er erkennen mußte, daß er ein anderer geworden war. Er fing an, Gefallen daran zu finden, Musik gegen die Gesetzmäßigkeiten des Ohres zu komponieren. Er wußte intuitiv, daß Dissonanzen, werden sie nicht aufgelöst, etwas Sündiges und Verbotenes sind. Und weil er mit sich und seinem Leben nicht mehr ins reine kommen konnte, wurde sein Spiel nur desto reicher an dissonierenden Klängen. Er hatte die Sünde entdeckt und fing an, sie auszukosten. Sein ehemals naives Spiel erlangte die Kraft des Dämonischen.

Und Burga? Sie wußte, daß es nur einen gab im Dorf, der die Eschberger Stimmen imitieren konnte. Sie ahnte auch, daß der zweite Schatten Peters Schatten gewesen war. Aber zu keinem sprach sie je ein Wort darüber, ja blickte ihnen nicht einmal vorwurfsvoll in die Augen. Ihrem Vetter log sie daher, sie leide an Haarfäule und habe darum ihren Zopf abhauen müssen. Dann schickte sie sich wieder geduldig in den Alltag. So war es ihre Art.

Wenn er sonntags nach Tisch sein Pfeifchen schmauchte, naste sie zufrieden nach dem Tabakrauch, betrachtete ihren Gottfried und war vergnügt. Sie liebte die Menschen und das Leben. Diese Liebe konnte ihr keiner versauen.

Pam Houston

Etwas Süßes, Wildes

Unter dem zweiten Vollmond in diesem Dezember sehen die hohen Uinta-Berge aus, als hätte Gott sie berührt. Überall liegt tiefer Schnee, bis zu anderthalb Metern. Michael und ich leben im Hochland, aber wir wollen noch höher hinauf, mitten ins Herz der Uintas, dem höchsten Gebirge im Staat. Wir kommen von Kamas durch den Canyon herauf. Eine Menge Schnee liegt auf der alten Straße, aber man kommt durch, selbst mit Zweiradantrieb. Wir befinden uns in einer Übergangszone, wo Canyons und Berge aufeinandertreffen und all die Felsformationen, die die Straße säumen, bedeutungsvoll und bizarr wirken. Jedesmal, wenn wir eine neue Figur am Horizont sehen, erzähle ich Michael eine Indianerlegende dazu: der tanzende Krieger, die Mutter mit dem Kind, die drei alten Männer auf der Himmelsleiter. Diese Legenden sind ganz und gar meine Erfindung, aber selbst wenn Michael dies ahnt, läßt er es sich nicht anmerken.

Bei Vollmond muß ich einfach hinaus in die wilde Natur, und Michael schließt sich mir an, wie er es bei fast all meinen Einfällen tut. Aber heute ist Silvester, und, mehr noch, heute ist Blauer Mond, der erste seit vielen Monaten, vielen Jahren sogar. Ich habe das Gefühl, als könne unter diesem Mond alles mögliche passieren, wenn man es nur ein bißchen zuläßt.

Die Bäume um uns herum sind nun höher, und die Straße wird schmaler. Ein Hase, strahlend weiß im Scheinwerferlicht, flitzt vor uns her und verschwindet dann dorthin zurück, woher er gekommen ist. Vor zwei Wochen, auf der Fahrt in den Grand Canyon, machte ich Michael weis, daß es die Wolpertinger, wie er sie auf den Postkarten in Mexican Hat gesehen hat, wirklich gibt. Er stammt aus einem anderen Teil der Welt, wo der *Playboy* verboten ist und wo mehr wilde Tiere als Menschen leben und niemand auf die Idee kommen würde, ein Bild von einem Hasen mit Geweih zu verschicken. Michael ist nicht auf den Kopf gefallen, und es war nicht leicht, ihm etwas vorzumachen. Ich mußte eigenartige Paarungsrituale erfinden, bei denen Geweihe evolutionsbedingt die Folge waren, ich mußte mir eine Jagdsaison einfallen lassen und einen Bau mit einem mindestens dreißig Zentimeter breiten Eingang.

»Kein Geweih«, sagt er, als der Hase verschwunden ist.

»Nicht in dieser Jahreszeit«, sage ich. »Sie stoßen es im Herbst ab, nach der Paarungszeit, wie die Elche.«

Michael ist ehrlich und gutaussehend, zärtlich und freiheitsliebend. Fast zehn Jahre lang ist er herumgereist, meistens alleine, auf der Suche nach etwas; manchmal nennt er es eine »Karriere«. Genau betrachtet unterscheidet sich seine Geschichte gar nicht so sehr von meiner. Er kam vor drei Monaten in meine Stadt, und obwohl wir nicht darüber gesprochen haben, ist zwischen uns etwas, womit wir rechnen müssen. Es ist kraftvoll, gesund und erschreckend zugleich, und obwohl *Langlebigkeit* kein Wort ist, das mir behagt, so ist hier doch etwas, trotz unser beider Geschichten, das *dauern* wird.

Die Straße windet sich in Serpentinen auf einen weiteren Kamm, ich lege einen niedrigeren Gang ein, und plötzlich schauen wir wieder in die Richtung, aus der wir gekommen sind, zu Timpanogos, der schlafenden Prinzessin.

»Schau mal, das große Schneefeld auf ihrer Brust«, sage ich zu Michael, »links unterhalb des Gipfels.« Michael stellt den Kassettenrecorder leiser.

»Wenn jenes Schneefeld beim Schmelzen die Form eines Pferdekopfes annimmt, ist es Zeit für die Leute in den Tälern, ihr Getreide zu säen.«

Michael lächelt mich an und drückt meine Hand. Ich weiß nicht, woher ich meine Geschichten habe. Manchmal mache ich nur den Mund auf, und schon sind sie da.

Michael stellt den Kassettenrecorder wieder lauter. Er hört die schmalzigste Musik seit Menschengedenken. Ich meine Gordon Lightfoot und Andrew Lloyd Webbers Musicalmelodien. Als ich zum ersten Mal in sein Auto stieg, sangen John Denver und Julio Iglesias gerade ein Duett mit dem Titel »Perhaps Love«, und Michael sang bei Julios Part carusomäßig mit.

Gerade singt Sarah Brightman »I Don't Know How to Love Him«, und kurz vor der höchsten Stelle des Canyons läuft uns ein Reh vor die Räder. Es ist eine Damhirschkuh, die sich am Mondschein freut. Lautlos macht der Truck eine Vollbremsung auf der verschneiten Straße, und die Hirschkuh springt über die Leitplanke und verschwindet im Wald. Der Truck dreht sich einmal um die eigene Achse und richtet sich dann von allein wieder aus. Ich fahre rechts ran, und Michael steigt aus und legt Schneeketten an. Ich fahre jetzt beträchtlich langsamer. Der Schnee auf der Straße wird immer tiefer.

»Weißt du, was es bedeutet, wenn ein Reh im Mondschein von Ost nach West deinen Weg kreuzt?« frage ich.

Er schwenkt seine Hand hin und her, um mir zu verstehen zu geben, daß er es nicht weiß. »Es bedeutet, daß großes Glück auf dich wartet«, erzähle ich. »Es bedeutet, daß sich Gutes ereignen wird.«

Mir schwebt eine Bergwiese vor, zu der ich auf Skiern fahren möchte, ein Ort, an dem es Mitternacht werden soll und an dem wir unseren Champagner trinken. Aber ich bin diese Straße noch nie so tief im Winter hinaufgefahren, und so wie es aussieht, auch niemand anderes. Ich bin mir nicht sicher, wie weit wir kommen werden.

Beim vorletzten Vollmond sind wir nach Zion gefahren. Tagsüber wanderten wir bis Angel's Landing, und ich fotografierte Michael, eine Nahaufnahme mit der großen Blende. Als ich das Bild vom Fotoladen abholte, stach es zwischen den Aufnahmen der rot-orangenen Monolithen von Zion hervor wie eine Ikone inmitten von Ruinen. Er hat so einen bestimmten Blick, mit dem er mich ansieht, und den habe ich auf dem Foto festgehalten, einen Blick, aus dem gleichzeitig Begehren und Verführung und Liebe spricht, aber das ist noch nicht alles. Der Blick ist eine Frage, die eine Antwort fordert, er bricht etwas in mir auf, das erschreckend und tief und unbekannt ist: eine Unterwasserhöhle, ein Minenfeld, ein Gebet. Wenn ich mich besonders stark fühle, kann ich diesem Blick standhalten und ihn sogar erwidern. Meistens weiche ich ihm jedoch aus. Als ich die Fotos bezahlte, sagte ich zu dem Mädchen hinter der Ladentheke: »Das ist der Mann, den ich heiraten werde.« Ich schwöre es: Das habe ich noch nie zuvor in meinem Leben gesagt.

Wir sind am höchsten Punkt des Weges angelangt, aber ich habe Angst, den Truck anzuhalten, bevor ich ihn gewendet habe. Also steige ich auf die Bremse, und wir machen noch eine 180-Grad-Drehung. Wir stehen mitten auf der Straße, und der Schnee reicht bis zu den Trittbrettern, aber nach Hause geht es nur noch abwärts, und heute abend wird bestimmt niemand mehr hier heraufkommen.

Draußen ist es kalt und kristallklar. Wir ziehen noch mehr Sachen über und wachsen unsere Skier. Michael hat sich Stiefel ausgeliehen, die schwer und ihm viel zu groß sind. Wir befinden uns noch immer unterhalb der Baumgrenze, aber bald werden wir mit den Skiern hinaufsteigen und fast darüber hinausgelangen, und dann werden wir die ganze Gebirgskette sehen und all die Täler, hell erleuchtet und glänzend unter diesem seltenen Blauen Mond.

Wir haben nur ein paar hundert Meter zurückgelegt, als gewaltiges Flügelschlagen mich erschauern läßt und drei große graue Eulen sich in die Luft erheben. Ich bremse und lasse Michael rund anderthalb Kilometer Vorsprung. Er und ich sind in dieser unberührten Natur aufeinander eingestellt wie Wölfe, die sich mit den Schultern anstoßen und wissen, was es bedeutet. Jedes Wort wäre zuviel. In diesem Punkt sind wir uns ähnlich wie in keinem anderen, waren wir uns schon ähnlich, bevor wir uns kennenlernten.

Michael fährt vor mir her, er gleitet vielmehr, und hält die Stöcke in einer Hand und die Champagnerflasche in der anderen. Über mehreren Pullovern trägt er die lederne Fransenjacke, die ich ihm zu Weihnachten gekauft habe, und eine Fischermütze aus Baumwolle, auf der *Victoria Falls* steht. Dort, von wo er herkommt, ist es nie kalt, aber wenn man ihn sich heute abend so ansieht, könnte man meinen, er sei hier in den Bergen aufgewachsen.

Er hält kurz an, damit ich ihn einhole, und dann sagt er laut und auf Tswana, der Sprache des Landes, wo er zuletzt gearbeitet hat: »Ich bin so voller Lebensfreude«, was ich wiedererkenne, weil er es oft sagt und weil es klingt wie die Namen von drei oder vier Rentieren des Weihnachtsmanns, schnell hintereinander gesagt, ohne dazwischen Atem zu holen.

Mein Instinkt sagt mir, daß Michael genauso fühlt wie ich. Aber andere vertrautere Stimmen in mir sagen, daß das nicht stimmt. Bedingungslose Liebe ist Menschen wie mir, die nicht daran gewohnt sind, fremd, immer wieder versuchen wir, sie neu zu benennen, in ihr etwas anderes zu sehen: Boshaftigkeit, Unaufrichtigkeit, Schmerz. Es ist wie Auto fahren in einem fremden Land: früher oder später kommt der Moment, wo du auf die falsche Straßenseite steuern willst.

Michael holt Filme aus dem Videoladen, und wir sehen sie uns zu Hause an: *The Sound of Music, An Officer and a Gentleman, The Man from Snowy River, Crocodile Dundee.* Von all seinen Lieblingsfilmen endet nicht einer damit, daß der Held seine Lebensaufgabe findet.

Wir lassen den dichten Wald hinter uns, und der Schnee funkelt wie Diamanten, Hunderttausende, so wie früher im Osten die Glühwürmchen im Sommer. Es ist kalt, wenn man sich nicht bewegt, und deshalb tun wir's, und zwar auf die Wiese zu, die ich mir in den Kopf gesetzt habe. Hektare unberührten Pulverschnees zwischen den letzten Kiefern und der Felswand nach Westen. Nach Osten reicht der Blick weiter, bis hinauf in das Herz der Berge.

Wir erreichen sie gerade vor Mitternacht, lassen den Champagnerkorken knallen, und trotz der Kälte, trotz des Schnees, der überall und bodenlos ist, lieben wir uns. Und danach, als Michael auf mir liegt, mich rauh küßt und versucht, mich in die Wärme seiner Jacke zu hüllen, erschüttern zwölf Kanonenschüsse die Luft, weit, weit drunten im Tal. Mitternacht. Neujahr.

»Ob wohl jemand dort unten wohnt?« fragt Michael.

»Schon möglich«, sage ich, »aber es könnte auch der Geist

von Taylor Brown sein.« Ich hole tief Luft. »Taylor Brown besiedelte dieses Tal vor über hundert Jahren, auf der Suche nach Silber und Tierhäuten. Niemand weiß, was mit ihm geschah, ob eine seiner Minen einstürzte oder ein Grizzlybär ihn holte, oder ob die Einsamkeit ihn so verrückt machte, daß er einfach in den Wäldern verschwand. Dort unten in Kamas wissen sie nur, daß er eines Frühjahrs nicht mehr um Lebensmittelnachschub vom Berg herunterkam.«

»Und jetzt?« fragt Michael.

»Na ja«, sage ich, »das war 1902. Seit dem Winter 1903 – aber nur wenn es sehr, sehr kalt wird und nur bei Vollmond – hört man aus dem Dorf Kanonenschüsse, manchmal weit oben in den Bergen, manchmal unten, ganz in der Nähe des Dorfes, und die Leute schwören, daß es Taylor Browns Schwarzpulver-Büchse ist. Klang das in deinen Ohren wie eine Schwarzpulver-Büchse?« Das frage ich ihn, aber unglaublicherweise ist Michael hier, auf dreitausend Meter Höhe und bei mehr als zwanzig Grad minus, eingeschlafen.

Er ist kein ruhiger Schläfer. Jede Nacht, sogar zu Hause im Bett, bewegt sich sein Mund, und seine Hände, die nur ganz leicht auf mir liegen, spielen ein leises Lied. Früher hat mich das stundenlang wachgehalten, aber inzwischen habe ich mich daran gewöhnt, wie man sich an das regelmäßige nächtliche Pfeifen eines Zuges gewöhnt.

Es ist so still hier, und obwohl mir selbst noch nicht zu kalt ist, habe ich Angst, Michael schlafen zu lassen, Angst, ebenfalls einzuschlafen und daß wir hier gemeinsam erfrieren. Deshalb rüttle ich ihn wach, und er schreckt hoch.

»Du zeigst mir die schönsten Plätze«, sagt er, und ich lächle. »Wenn ich nur all diese Schönheit erfassen könnte.«

Immer wieder nimmt er mein Gesicht in seine Hände und sagt mir die Wahrheit, und was ich für ihn habe, sind nur Geschichten.

Wir schütteln den Schnee von unseren Kleidern und trinken den restlichen Champagner. Auf der langen Fahrt zurück zum Auto spielt Michael mit seinen Skistöcken und den Bäumen, was er »Don Quichotte de la Mancha« nennt. Er ruft etwas, was sein Akzent und die Entfernung verzerren, dann höre ich das Schlagen des Skistocks, und dann das leisere Geräusch von Schnee, der von den Ästen der Bäume auf die schneebedeckte Erde fällt. Ich möchte, daß er mich wieder küßt, ich möchte wissen, ob *wir* die Kanonenschüsse ausgelöst haben, aber ich frage nicht. Ich habe zu große Angst davor, zu sagen, daß ich *alles* von ihm will: Denn wenn ich ihn um eine Sache bitte, muß ich zugeben, daß ich *alles* will.

Wir kommen wieder dorthin, wo die Eulen waren, und wieder stören wir sie beim Jagen.

»Weißt du, was es bedeutet, wenn drei Eulen deinen Weg zweimal in einer Nacht im Mondschein kreuzen?«

»Was denn?« fragt er.

»Daß du vom Kleinen Bär gesegnet bist«, sage ich, »dem ersten Assistenten der Liebesgöttin.« Mehr will ich nicht sagen. Selbst hier, im Schnee und unter dem Blauen Mond, will ich nicht mehr als das sagen.

Beim Auto küßt er mich wieder, und ich warte auf die Kanonenschüsse, aber diesmal ist nichts zu hören. Das Mondlicht läßt mich seinen Gesichtsausdruck lesen. Er ist anders als sonst, weich und nicht ohne Traurigkeit, aber da ist auch etwas Süßes und Wildes.

Dann merken wir, daß wir unsere Mützen auf der Lichtung gelassen haben. Michael schlägt vor, sie zu holen, aber nachdem er mir schon gesagt hatte, daß seine Fersen von den geliehenen Skistiefeln wund sind, gehe ich an seiner Stelle. Ich fahre schnell, lautlos an den Eulen vorbei, ohne sie zu wecken, und als ich die Lichtung erreiche, ist der Mond schon weitergewandert. Bald wird er hinter dem Felsen sein. Ich sehe unsere Mützen bei dem Schnee-Engel, den unsere beiden Körper hinterlassen haben. Noch glitzert der Schnee im Mondlicht, und ich kann die Spuren von Koyoten sehen, ganz frisch, sie sind dorthin gegangen, wo die Mützen liegen, haben sie beschnüffelt und sind weitergezogen. Ich schaue, wo die Spuren zwischen den Kiefern verschwinden.

»Was bedeutet es, wenn ein Koyote deine Skispuren kreuzt«, sage ich zu der Lichtung.

Der Wind bewegt sacht die Zweige, und der Mond schlüpft hinter den Felsen. Aus der plötzlichen Finsternis kommt nun gar keine Antwort mehr.

Ich fahre zurück zum Truck, zurück zu dem, was vom Mondlicht übriggelassen wurde, und da sehe ich, daß Michael etwas in den Schnee gebaut hat. Zuerst denke ich, es ist ein Schneemann, aber als ich näher dran bin, erkenne ich eine Hochzeitstorte, dreistöckig, fast so groß wie ich, und er hat sie genau in die Mitte der verschneiten Straße gebaut. Er hat sie kunstvoll verziert: kleine Kiefernzweige umgeben jede Etage wie eine Girlande, glänzende Steine sprenkeln die Oberfläche jeder Schicht, zwei Kiefernzapfen stehen ganz oben drauf, Seite an Seite, unter einem Baldachin aus Ästchen.

Das Auto läuft gerade warm, aber durch die verschlossenen Türen und das Motorengeräusch kann ich Christopher Plummer und Julie Andrews singen hören: »But Somewhere In My Youth Or Childhood ...«

»Das ist ein alter Eskimobrauch«, sagt Michael. »Der Bräutigam baut eine Hochzeitstorte aus Schnee, und an dem Tag, an dem das letzte bißchen davon geschmolzen ist, weiß er, daß es Zeit ist zu heiraten.«

Michael steht ganz nah bei mir, ohne mich zu berühren. Ich atme in die Nacht, und die Kälte läuft verrückt und klar durch mein Gehirn. Er sieht mich mit seinem Zion-Blick an, und diesmal blicke ich zurück.

Ich sage: »Michael, heirate mich, bitte.«

Johannes Vilhelm Jensen

Die Siebenschläfer

Die jungen Burschen von Kjeldby waren am Silvesterabend draußen und schlugen nach altem Brauch mit Töpfen an die Türen. In mehreren Häusern hatte man sie schon aufgenommen, so daß sie vielleicht ein wenig angeheitert waren, als sie auf den Gedanken verfielen, dem »Hinterhof« einen Besuch abzustatten.

Mit den Leuten vom Hof jenseits des Sees hatten sie eine alte Rechnung zu begleichen. Denn als sie im vorigen Jahr dort gewesen waren, um ihren Silvesterschabernack zu treiben, hatte man sie schändlich behandelt. Allerdings hatten sie auch mit einem groben Spaß aufgewartet, denn gerade als die Hinterhofleute in mildester Weihnachtsstimmung bei ihrem Abendbrot, der süßen Grütze, saßen, wurde die Küchentür aufgerissen, und hinein flog ein mächtiger Farbtopf voller trockener Asche und landete mitten auf dem Tisch, so daß er zersprang und seinen Inhalt in jeden Winkel der Stube wirbelte. Die Hinterhofleute konnten vor Ärger und Husten gar nichts erkennen, sie tasteten in dem Nebel herum, doch schließlich fanden sie den Ausgang, und da hatten sie wahrhaftig keine Lust, die Burschen zu Speis und Trank hereinzuholen, nein, sie bewaffneten sich mit langen Peitschen, und jeder holte sich einen großen Dreschflegel, und so setzten sie den Burschen nach, die natürlich schleunigst weggelaufen waren, nachdem sie den

Topf mit der Asche hineingeworfen hatten. Sie wurden von den Hinterhofsöhnen, die flinker waren, als sie gedacht, unten am See eingeholt und so hart von ihnen bedrängt, daß ihnen nichts anderes übrigblieb, als ein Stück weit ins Wasser hinauszuwaten. Die Burschen, die ja in der Silvesternacht mit allem möglichen rechnen mußten, trugen allesamt ihre Schaftstiefel, die Hinterhofsöhne hingegen hatten nur Socken und Holzpantinen an den Füßen, so daß sie die Burschen im See nicht erreichen konnten. Aber wie es dem Wesen der Hinterhofsöhne entsprach, ließen sie sich gemütlich Zeit, blieben einige gute Stunden am Seeufer stehen und bereiteten sich bequem aufs Warten vor. Es war eine bitterkalte Nacht, beinahe Frostwetter, so daß die Burschen draußen, wo ihnen das Wasser hoch bis zu den Stiefelschäften stand, jämmerlich zu frieren begannen.

Um sich Abwechslung zu verschaffen und um sich warm zu halten, kamen die Söhne vom Hinterhof auf den Gedanken, mit ihren Peitschen und Flegeln aufs Wasser zu schlagen, und da der Wind vom Ufer her blies, spritzte das Wasser bis zu den Burschen hinaus und durchnäßte sie. Das erboste sie, und sie fluchten, aber statt Mitleid mit ihnen zu haben, holten die Hinterhofsöhne Steine und Erdklumpen, die sie so weit wie möglich in den See hinauswarfen, und nun fingen die armen, bis auf die Haut durchnäßten Burschen zu jammern an. Die Hinterhofsöhne hatten gute Weile und blieben am Ufer. Da mußten sich die Burschen bequemen, um einen Vergleich zu bitten, und seither wurden sie in den Weihnachtstagen deswegen tüchtig verulkt. Nun wollten sie sich rächen. Und in ihrer ausgelassenen Stimmung heckte einer von ihnen einen schändlichen Plan aus, den sie alle zusammen in Angriff nahmen, wobei sie sich den Buckel vollachten.

Doch um den Spaß zu verstehen, muß man vom Hinterhof und den Leuten dort etwas mehr wissen. Es war ein uralter Hof, der nördlich vom Kjeldby-See ganz einsam auf einer Anhöhe lag. Auch früher hatte er abseits gelegen, als sich das alte Bauerndorf, das jetzt bis auf die Spuren der Weiden und Kohlgärten mit Heckenrosen und verkrüppeltem Blumengestrüpp verschwunden ist, weiter westlich ausgebreitet hatte. Das heutige Kjeldby am Ostufer des Sees ist ein ganz neumodisches Dorf, das sich seit Menschengedenken entwickelt hat, nachdem die Landstraße angelegt wurde. Die Leute auf dem Hinterhof wollten die Scholle ihrer Väter nicht verlassen, sie blieben auf der uralten Wohnstätte sitzen und lebten weiter nach dem alten Brauch, den die neue Zeit nicht mehr verstand. Sie hatten ja immer abseits gelebt und fühlten sich weder durch die Unruhe auf der neuen Landstraße noch durch die vielen verstiegenen Ideen des modernen Kjeldby verlockt. Im übrigen war der Hinterhofbauer sehr wohlhabend.

Die Verschlafenheit der Leute und die unbeschreibliche Langsamkeit auf dem Hinterhof waren geradezu sprichwörtlich. Auf dem Hof wurde geschlafen, wenn sich nur eine Gelegenheit dazu bot. Da es hier so viele Söhne und Töchter gab, hielt man sich kein Gesinde, und so waren sie die ganze Zeit unter sich. Man gähnte und schlug ein Schneckentempo an, wenn etwas getan werden *mußte*; unter der Mütze hatten sie immerzu Bettstroh und Daunen in den Haaren; sie schauderten fortwährend, als ob sie aus Übermüdung frören, selbst wenn sie soeben ein Nickerchen gemacht hatten; sie krochen dahin, so müde und verschlafen waren sie. Wenn sie angesprochen wurden, blinzelten sie mit den zusammengekniffenen Augen und kratzten sich an den Armen, als wachten sie gerade auf und müßten sich besinnen, wo sie sich befanden. Wenn sie am Tisch saßen und aßen, hätte man ihnen in die Augen stechen können, und gewiß war es für sie ein schlimmer Traum oder ein Albdruck, wenn sie am Tage pflügten oder sonst etwas Notwendiges taten. Im Sommer war der ganze Hof wie ausgestorben, dann lagen sie draußen und ließen sich von der Sonne braten, während sie schlummerten. Der Bauer lag in voller Länge auf der Mauer, der eine Sohn im Winkel beim Schleifstein, ein anderer auf dem Boden eines Wagens, der dritte quer über der Schwelle der Tennentür, als hätte er sich nicht weiter schleppen können, und so schliefen sie, und drinnen im Hause schliefen die Frau und die Töchter, während ihnen die Fliegen haufenweise auf den Augenlidern herumkrabbelten. Man sagte, die Kleider der Hinterhofleute verblaßten im Sommer nur auf der einen Seite, weil sie auf der anderen schliefen.

Wenn sich die großen, starken Kerle bewegten, sah es wunderlich aus, denn es mochte eine Stunde dauern, bis sie zum Beispiel die Pferde angespannt hatten. Wenn sie fertig waren, hatten sie vielleicht vergessen, warum sie es getan hatten, und mußten ausspannen und es überschlafen. Sie konnten mitten in einem Gewitter mit dem Kinn auf dem Spatengriff im Stehen schlafen; sie hatten Nester rings auf den Feldern, und wenn sie schläfrig wurden, nahmen sie im nächstgelegenen ihre Zuflucht.

So rückständig und schwerfällig die Hinterhofleute waren, so altväterisch war auch der Hof selbst und der Bestand. Die Gebäude waren geradezu vorgeschichtlich mit ihren beworfenen Mauern und dem schrägen Dach, das fast bis zur Erde reichte. Man gebrauchte immer noch Holzpflüge und ähnliche alte Gerätschaften, die nirgends sonst mehr verwendet wurden. Wie alles auf dem Hof war auch das Vieh alt und unergiebig; die Kühe gaben wenig Milch, und die Mähren litten an Speichelfluß und hatten alle erdenklichen Fehler an den Beinen. Den Menschen schien das alles jedoch gut genug, denn die Lebensweise auf dem Hof paßte dazu. Sie waren nicht anspruchsvoll. In dem großen Topf, der im offenen Schornstein an einem Haken hing, kochte die Hausfrau selten etwas anderes als graue Roggenmehlgrütze, jenes ewige Gericht, von dem sich unsere Vorväter jahrhundertelang ernährten, während sie in Armut und Knechtschaft auf der Stelle traten. Auf dem Hinterhof war der Mehlbrei so dick und steif, daß die Bäuerin ihn an die Wände warf, wo die Männer ihn abknabberten, wie man sich erzählte. Wer diesen Roggenmehlbrei gesehen hatte, der konnte schon verstehen, daß sie so verschlafen waren, und warum sie den nächsten Tag nicht herbeisehnten.

Der älteste Sohn hatte in des Königs Diensten gestanden, und wie es ihm dabei ergangen, das war eine ganze Geschichte. Er weinte salzige Tränen, als ihm der Aushebungsarzt das Hemd auszog, und er war und blieb untröstlich bis zu dem Tage, an dem er entlassen wurde, so riesenstark er auch war, weil er an unheilbarer Geistesabwesenheit und Tränenüberfluß litt. Nun zitterten die andern, daß auch sie an die Reihe kommen könnten. Das einzige Mal, wo die Hinterhofsöhne das Lachen auf ihrer Seite gehabt hatten, war die Gelegenheit während der vorigen Weihnachtszeit gewesen, wo sie geduldig am Seeufer warteten, während den Burschen draußen im Wasser der Stolz einfror. Aber dafür sollte nun allen Ernstes Rache geübt werden.

Als die Burschen auf der anderen Seite des Sees anlangten, sahen sie, daß im Hinterhof noch Licht brannte; es war also noch zu früh für den Beginn ihrer Operation. Sie kamen an einem einzigen Häuschen vorbei, wo eine alte Witwe namens Maren wohnte, und zum Zeitvertreib gaben sie ihr ein Konzert mit Rasseltöpfen und gespaltenen

Schreibfedern. Die Alte war überglücklich, daß sich die Jugend ihrer so erinnerte, und sie kam heraus, um sich zu bedanken und ihrerseits ein gutes neues Jahr zu wünschen. Sie mußten unbedingt bei ihr eintreten. Sie hatten es jedenfalls warm in ihrem Stübchen, wo die beschlagene Bibel auf dem Tisch lag und obendrauf die Brille.

»Ach, meine lieben Leutchen, ich habe ja nichts, womit ich euch aufwarten könnte«, sagte Maren betrübt, nachdem sie alle hereingelassen hatte. »Es ist wirklich eine Schande! Ich hätte niemals gedacht, daß jemand herkommen und einer einsamen alten Frau wie mir ein gutes neues Jahr wünschen würde.«

»Das braucht dich nicht zu kümmern«, erwiderte der Anführer. »Wir haben eine Flasche Schnaps bei uns. Aber wenn du ein bißchen Hefe im Hause hättest …«

»Hefe? Wollt ihr etwa zu eurem Schnaps Hefe essen?«

»Beileibe nicht, Maren. Wir brauchen nur etwas Hefe, möglichst weiche, die gut klebt.«

»Menschenskinder!« rief Maren frohlockend. »Ihr habt einen Schabernack im Sinn, Gott segne euch! Ihr sollt Hefe bekommen, wenn ich welche habe. Was wollt ihr denn damit ankleben, und wer soll dafür herhalten?«

Das wollten die Burschen nicht sagen. Sie setzten hochmütige Mienen auf aus reiner Geheimniskrämerei. Die alte Maren fand tatsächlich in einem Spülnapf Hefe, gar keine kleine Portion, aber sie war trocken und rissig.

»Ich kann Wasser daraufgießen und sie aufwärmen«, schlug Maren vor, strahlend vor Eifer. Das war ja vortrefflich, und während die Hefe im Ofenrohr aufweichte, nahmen sie einen Schluck aus der Flasche und stopften sich die Pfeife.

»Ich weiß nicht, ob der Kaufmann jetzt noch auf hat«, sagte der Anführer, der in Gedanken vertieft dasaß.

»Aber nein, er hat längst geschlossen«, erklärte Maren. Der Bursche grübelte und sah zweifelnd aus.

»Wir brauchen Papier. Hast du Papier, Maren?«

»Wieviel braucht ihr denn? O ihr frechen Kerle! Ich glaube, ich kann euch helfen.«

»Wir brauchen viel, aber nicht zum Schreiben.«

»Schaut nur, was ich habe!« rief Maren ganz entzückt und holte aus einer Schublade einen ganzen Haufen Papierkram; es waren alte Umschläge von Zündholzschachteln, sorgfältig aufgeschnittene und geplättete Tüten und Blätter aus Schönschreibheften, und Maren opferte alles, begeistert über ihre Teilnahme an den Narrenstreichen, in die sie nicht eingeweiht werden durfte. Das Papier wurde begutachtet und brauchbar gefunden; die Menge schien auch zu genügen. Aber die Burschen hielten es fürs Beste, die Stücke zu größeren Teilen zusammenzuleimen, und als die Hefe tauglich war, wurde das mit großer Gründlichkeit ausgeführt. Maren stand daneben und schaute sehr gespannt zu, und als sie sah, wie groß die Papierstücke sein mußten, begriff sie plötzlich, wozu sie dienen sollten. Sie sagte jedoch kein Wort, dazu verstand sie sich zu gut darauf, einen Spaß zu genießen, aber sie schrumpfte vor innerem Vergnügen gleichsam zusammen, es knisterte in ihr, und die zahnlosen Kiefer schlugen aufeinander, so sehr weidete sie sich. Und als sie sich unbedingt Luft machen mußte, verriet sie dennoch nicht, was sie erraten hatte, sondern ließ sich vor Vergnügen quiekend auf einen Stuhl fallen.

Nun waren die Burschen fertig, und einer von ihnen ging hinaus, um nachzusehen, ob die Lichter im Hinterhof gelöscht waren; als er zurückkam, nickte er wortlos. Sie sagten bedeutungsvoll gute Nacht und bedankten sich bei der alten Maren, die ihnen ebenso verschwiegen zur Tür folgte. Aber als sie ein paar Schritte zurückgelegt hatten, hörten sie die einsame Alte vor Entzücken laut lachen, ehe sie die Tür schloß.

Der Hinterhof stand still und dunkel, als die Burschen hinaufkamen. Jetzt schliefen sie drinnen wie Murmeltiere; um sie zu wecken, hätte es mindestens eines Kanonenschusses bedurft. Nichtsdestoweniger machten sich die Burschen mit größter Vorsicht ans Werk, und sie ließen sich Zeit. Eine ganze Stunde verwendeten sie auf ihre Arbeit, die darin bestand, alle Fenster des Wohnhauses mit Papier zu bekleben. Das alte Gebäude hatte nicht sehr viele und nicht sehr große Fenster, so daß es sich gut machen ließ, nur zwei auf den Hof hinaus und ein paar Gucklöcher auf den Küchengarten hinaus. Die Burschen ließen kein Spältchen frei, durch das Licht hätte dringen können; sie verklebten jede erdenkliche Öffnung, auch die Schlüssellöcher, und als das geschehen war, schlichen sie ganz leise fort, wobei sie vor unterdrücktem Lachen lautlos keuchten.

Wegen des Silvesterabends waren die Leute vom Hinterhof später als gewöhnlich zur Ruhe gegangen. Darum fiel es ihnen nicht schwer, ohne Unterbrechung weit in den Neujahrstag hinein zu schlafen, was sie ohnehin getan hätten. Aber als sie nachmittags einer nach dem andern aufwachten und meinten, ausgeschlafen zu haben, war es rings um sie ja immer noch dunkel wie in einem Grabe. Deshalb standen sie nicht auf, sondern legten sich auf die andere Seite, um weiterzuschlafen, sehr erstaunt darüber, daß sie mitten in der Nacht aufgewacht waren. Der ganze Neujahrstag verging, doch gegen Abend wachte der Hinterhofbauer wieder auf, und es schien ihm, er hätte länger als üblich geschlafen. Er krabbelte also aus dem Bett und ging zur Tür, um nachzusehen, ob es nicht bald Tag würde. Inzwischen war es draußen ja wieder dunkel geworden, so eine richtige dichte Winterfinsternis, die einem in die Augäpfel dringt. Da sah der Mann ein, daß er sich geirrt haben mußte, und kroch in die Schlafkammer zurück. Einer der Söhne schob die Tür vom Alkovenbett auf und fragte gähnend, wie spät es wäre. Der Alte tastete die Uhrzeiger ab, es war kurz nach sieben. Im Winter kann diese Uhrzeit ja ebensogut Morgen wie Abend bedeuten.

»Ist es nicht später?« klagte der Sohn. »Ich bin so wach. Ich fürchte, ich bin krank. Ich habe schon lange wach gelegen. In meinem Magen saugt es, als ob ich Hunger hätte.«

»Hm, leg dich nur wieder hin«, tröstete der Alte, »und stör uns andere nicht. Wenn du krank bist, werden wir schon für dich sorgen, sobald es Tag ist.«

Damit kroch der Hinterhofbauer wieder in sein Bett. Um die Wahrheit zu sagen, auch er empfand merkwürdiges Verlangen nach Nahrung; aber das mußte ja Einbildung sein. Seine Frau lag wach und gähnte, daß es nur so pfiff, doch sie sagte nichts. Kurz darauf schlief das ganze Haus wieder.

Es traf sich, daß die Leute vom Hinterhof in der Silvesternacht den alten Donnerkalb beherbergten. Er kam gewohnheitsmäßig zu ihnen, er bevorzugte altertümliche Häuser, und der Hinterhofbauer bezeigte ihm immer Gastfreundschaft. Donnerkalb war abends gekommen, und nachdem er gegessen und sich mit einem Lied erkenntlich gezeigt hatte, war ihm ein Platz auf der Schlafbank angewiesen worden. Er schlief freundschaftlich mit den andern. Als der Bauer aufstand, um die Uhr abzutasten, hörte er, wie sich der alte Donnerkalb umdrehte und im Schlaf brummte. Doch als das Haus wieder still war, schlief Donnerkalb mit den andern weiter, ohne einen Mucks zu tun.

Es wäre jedoch zuviel verlangt, daß sich die Tiere auf dem Hof den ganzen Tag ruhig verhalten hätten. Aber es war für sie gesorgt worden. Wenn man einen Streich spielt, muß man es gründlich tun, und so hielten die Burschen aus Kjeldby am Neujahrstag Ausschau und stellten fest, daß der Schornstein auf dem Hof nicht rauchte. Ihr Versuch hatte also geklappt. Zwei von ihnen nahmen es auf sich, zum Hof hinaufzugehen und vorsichtig die Tiere zu füttern, damit sie vorläufig keinen Spektakel erhoben.

Die Leute auf dem Hinterhof schliefen die zweite Nacht durch, ohne sich zu rühren. Doch als sie abermals erwachten, waren sie frisch und auch hungrig. Der Alte stand auf und befühlte die Zeiger, jetzt war es acht Uhr, diesmal richtig am Morgen, aber sie glaubten, es wäre erst eine Stunde vergangen, seit sie das vorige Mal erwacht waren. Die Söhne hatten sich halb wahnsinnig geschlafen; sie miauten vor lauter Mattheit, begannen grundlos zu lachen und in dem stockdunklen Alkoven Unsinn zu treiben. Die Töchter im anderen Alkoven strampelten in den Kissen und rieben sich wie junge Kühe. Auch in Donnerkalb war Leben gekommen, man hörte ihn sich wälzen auf der Schlafbank wie einen großen trägen Troll, und er summte vor sich hin, zuerst ganz leise, dann immer lauter und mitteilsamer; mitunter verstummte er und schnalzte vor Wohlbehagen mit der Zunge. Er blieb jedoch unter dem Einfluß der Nacht und wollte nicht reden, obwohl ihm die Hinterhofsöhne aufmunternde Worte zuwarfen und ihn zu singen baten. Die langen Kerle wurden in der Dunkelheit immer dreister und hatten viele lose Einfälle, die Gelächter bewirkten.

»Wollt ihr wohl still sein!« befahl ihnen der Hinterhofbauer durch die Schlafkammertür. »Was sind das für Dummheiten am heiligen Neujahrsmorgen!«

Sie schwiegen folgsam. Doch bald darauf vergaß sich gar der Hausvater und stieß seine Frau an, die hellwach neben ihm lag: »Ich habe Hunger und Durst ...«

Diese Worte erweckten in den Alkoven lebhafte Zustimmung. Aber die Bäuerin war eine ernsthafte Frau und glaubte, die anderen wären wirr im Kopf. Wollten sie wohl den Mund halten! Ein wenig später fuhr sie erschrocken im Bett hoch, weil sie aus dem Alkoven der Söhne Kaugeräusche vernommen hatte. War es möglich, daß sie sich an den streng behüteten Schlackwürsten und dem Hammelspeck vergriffen hatten, die über den Betten am Dekkenbalken hingen? Sie irrte sich nicht.

»Schämt ihr euch nicht!« rief sie gekränkt und ergrimmt. »Was fällt euch ein! Nagt ihr die Schinken ab? Pfui über euch!«

Im Alkoven herrschte beschämte Stille. Aber die Frau blieb sitzen und dachte nach. Sie hatte selbst so ein seltsam leeres und verlangendes Gefühl im Magen. Und wenn der Mann es auch gesagt hatte ... Was war denn schlimmes dabei, ein kleines Vorfrühstück im Bett zu nehmen? Es war ja Feiertag. Nach kurzer Beratung mit ihrem Mann stand sie auf und tastete sich in die Küche, wo sie einen guten Teil Kuchen und Butterbrote zusammensuchte. Sie machte kein Licht an, da sie es gewöhnt war, sich im Dunkeln zurechtzufinden. Sie füllte auch einen großen Krug mit Weihnachtsbier und kehrte mit den Sachen zurück. Sie stürzten sich wahrhaftig aufs Essen. Und während sie im Bett aßen und tranken, wurde die Unterhaltung ungewöhnlich lebhaft, das war ein munteres Schwatzen wie noch nie in einer Morgenstunde. Alle wunderten sich, wie lange die Silvesternacht gedauert hatte, und sprachen darüber. Sie dachten auch daran, einander ein gutes neues Jahr zu wünschen. Keiner wurde satt von dem, was sie bekommen hatten, und die Bäuerin gab jedem besondere Erlaubnis, in die Speisekammer zu gehen und sich nach Belieben zu bedienen. Da gab es nun ein Schleichen auf bloßen Füßen und eine Rückkehr mit großen Stücken Brot, Käse und Fleisch, und all das wurde im Bett verzehrt. Die Wärme war verlorengegangen, und sie froren gottsjämmerlich. Eine der Töchter nahm es auf sich, den Ofen zu heizen, aber solange es so kalt war, fanden es alle unmenschlich, aufzustehen. Und da sie nun gegessen und getrunken hatten und es lange dauern konnte, bis es in der Stube warm wurde, legten sie sich nacheinander zu einem Schläfchen nieder. Es währte bis zum Abend.

Aber als sie in der dritten Nacht aufwachten, konnten sie wirklich nicht weiterschlafen. Die Söhne gingen vor die offene Tür und spähten in Kälte und Dunkelheit nach einem Tageszeichen; es schien ihnen, eine so lange Nacht hätten sie noch nie erlebt. Der Bauer zog sich etwas an und ging hinaus, um die Tiere zu füttern. Die Kühe widerkäuten und hatten es recht gut, als ob sie soeben aus der Krippe gefressen hätten. Auch die Pferde waren ruhig und satt; aber der Inhalt der Futterkiste war auffallend zusammengeschrumpft. Der Bauer schwieg über seine Annahme, daß sich hier ein Kobold bemerkbar gemacht hatte; es war besser, darüber nicht zu sprechen.

Da es Nacht war und dunkel blieb, hatten sie ja nichts anderes zu tun, als sich wieder ins Bett zu legen. Die Söhne waren hellwach und baten, Licht anzünden zu dürfen; sie wollten im Bett Karten spielen, diese Heiden, aber das erlaubte die Mutter denn doch nicht. Wozu sollten sie Licht brennen, wenn kein ernster Grund dazu vorlag?

Die Söhne konnten sich jedoch nicht ruhig halten. Es war so viel Mut in ihnen, sie lagen mit springlebendigen großen Augen in der kohlschwarzen Dunkelheit. Einer von ihnen begann mit wilder Todesverachtung absichtlich und laut zu knattern; die andern nahmen alle Tatkraft zusammen und sekundierten jeder mit einem Donnerknall, worauf sie alle in Lachkrämpfe fielen. Die Alten warfen ihnen Unanständigkeit vor, mußten aber selbst lachen, und die Töchter verkrochen sich unter ihre Daunenbetten, von wo ihr Lachen klang, als wären sie tief in die Erde gesunken. Die dunkle Stube widerhallte von einem Gelächter, das sich nicht zurückhalten ließ – eine richtige, sinnlose Herzensfreude, die wie ein Überschwang von Gesundheit nach dem Ausruhen ist. Sie lachten schallend, kugelten sich im Bett, ohne die gewaltigen Kräfte anwenden zu können, die sich in ihnen angesammelt hatten. Die Söhne rauften sich wie Schulbuben unter ungeheuren Lachsalven. Die Mädchen kitzelten einander, bis sie wie Schweine quiekten, die sich im Frühjahr draußen austoben. Dabei wurden sie durstig, gossen Weihnachtsbier hinunter und ersannen neue Späße, um sich die schrecklich lange Nacht zu vertreiben.

Donnerkalb mußte herhalten, er war ja durchaus bereit, an der Munterkeit teilzunehmen. Er sang zuerst ein Lied, und das war eine seiner feinsten Nummern, eine von denen, für die er sonst einen Groschen oder eine große Tüte Pfeifentabak bekommen mußte. Es war ein starkes, gepfeffertes Lied, das sich zum Singen im Dunkeln gut eignete. Es hatte denn auch Erfolg, fast zu großen. Die Söhne wieherten, daß man kein Wort mehr verstehen konnte.

Danach gab Donnerkalb Rätsel auf, die so gut waren, daß die Lösung auf der Hand lag, ohne daß jemand gewagt hätte, sie auszusprechen. Er trug sehr gut vor, seine tiefe Stimme hatte einen moosig gepolsterten Klang, als ob einer über federnden Wiesengrund stampft.

Aber Donnerkalb merkte bald, daß hier alle Geistesgaben verschwendet waren, denn niemand hörte zu vor Lachen und Albernheit. Er schwieg und pustete wie ein Blasebalg, der die Luft von sich gibt, während der Schmied zum Schlag ausholt. Hier brauchte man derberen Spaß als den, der sich in Worten ausdrücken läßt, und darüber sann Donnerkalb nach, während die andern im Bett tollten und ihn schließlich vergaßen. Niemand kümmerte sich darum, weshalb der Alte im Dunkeln umherschlich, obwohl sie ihn wie einen Bock knurren und in zärtlichstes Schmatzen ausbrechen hörten. Donnerkalb, der seine Hände überall hatte, war oben in einem Loch des schrägen Daches auf einen Spatz gestoßen und hatte ihn in seine großen Hände genommen, und während er ihm schmeichelnd zuredete und so gerührt tat, machte er hinterlistig einen großen Schritt und ließ den Spatz im Bett der Mädchen los.

Der Spatz flatterte, und die Mädchen schrien in Todesangst auf. Plötzlich fühlten sie etwas aufs Bett springen; das war die Katze, die lebendig geworden und in der Dunkelheit aufs Bett gesprungen war, und nun kam es im Bett zur Spatzenjagd! Die Mädchen kreischten und fielen fast in Ohnmacht, lebten wieder auf und lachten. Der Spatz surrte wie eine Spindel von einem Winkel des grabesdunklen Alkovenbettes zum andern, und die Katze hinterdrein von einer Bettwand zur andern, alle zehn Krallen ausstreckend! Endlich fingen die Mädchen die Katze und erwürgten sie beinahe vor Ausgelassenheit.

Donnerkalb hatte sich inzwischen wieder verkrochen und dachte an seine Jugend zurück, worüber er alles und alle ringsum vergaß.

Als die andern den Vorfall mit dem Spatz zur Genüge ausgekostet hatten, suchten sie neuen Zeitvertreib. Sie brauchten keinen besonderen Vorwand zum Lachen, denn sie hatten sich in der Lustigkeit nie geübt; sie waren dankbar für jede Äußerung der Lebensfreude, die sie sich glücklich verschafft hatten, mochte sie noch so derb oder banal sein. Einer der Söhne hatte den Einfall, wie ein Verrückter zu johlen und zu pfeifen und fand darin einen ungeahnten tiefen Genuß; vielleicht lag es daran, daß er sich so zu benehmen vermochte, ohne in Wirklichkeit übergeschnappt zu sein. Der Jüngste bewies ebensolche Erfindungsgabe, indem er den Invaliden spielte; mit einer Schnur band er sich das Bein auf und humpelte in der Dunkelheit herum, ganz still und eins mit dem Glück, das er dabei empfand. Der Hinterhofbauer erzählte großartige Geschichten von Betrügereien beim Viehhandel, die keine Seele anhörte, die ihm selbst aber bis ins Mark wohl taten. Sein Leben lang war es sein größtes Vergnügen gewesen, alle diese lichtscheuen Taten zu verschweigen und sie für sich zu behalten; jetzt aber fühlte er zum erstenmal, wie süß es war, sein allerdunkelstes und garstiges Inneres zu eröffnen. Die einzige, die an der Orgie nicht teilnahm, war die Bäuerin, denn es ist sowohl über als auch unter der Würde einer Hausmutter, sich in Familienstimmungen zu mischen. Aber sie merkte sich das eine und das andere, sie wunderte sich. Eine solche Nacht hatte sie noch nie erlebt. Sie kannte ihren Mann nicht wieder und verstand ihre Kinder nicht; sie ließen sich alle gehen. Nie hatte sie gehört, daß die Menschen sich belustigen sollten. Hier aber gaben sie sich einfach dem Vergnügen hin, und es war klar, daß sie es als Glückseligkeit empfanden. Nicht etwa, daß es ihnen gut anstand, denn sie hatten es ja noch nie versucht, und darum schossen sie übers Ziel hinaus und hüpften verkehrt umher wie eckige Bälle. Die Bäuerin freute sich nicht. Sie ahnte, daß ihre Macht auf dem Spiele stand. Man mußte ja schweigen und aus dem Schimpflichen die Lehre ziehen, um dann im Alltag nach und nach wieder die Oberhand zu gewinnen. Sie sah voraus, daß sie in zukünftigen Nächten hier viel weinen würde, ehe sie den Hinterhofbauer vom Gipfel seiner Sorglosigkeit heruntergeholt hatte.

Aber vorläufig dachte niemand an die Stille. Das Haus war im siebenten Himmel.

Sie lachten und durchtollten die ganze übrige Nacht. Die Leute vom Hinterhof begannen das neue Jahr mit dem Lebensmut einer anderen Welt und mit einer aufgesparten Riesenkraft, die Berge versetzen konnte.

Aber sie entgingen dem Gefühl nicht, ziemlich spät aufgewacht zu sein; es schwante ihnen, daß sie hinter ihrer Zeit zurückgeblieben waren, als sie sich später am Vormittag angekleidet und auf den Weg zur Kirche gemacht hatten, ohne einen einzigen Menschen zu erblicken. Die Kirche war verschlossen und verriegelt, und das verstanden sie nicht.

Ein Bursche aus Kjeldby tauchte auf, ein beispiellos diensteifriger Mensch, der ihnen sagen konnte, daß kein Gottesdienst stattfand, alldieweil es der dritte Neujahrstag war, nicht der erste, wie sie mit Recht glaubten. Derselbe Bursche klärte sie darüber auf, daß man sich in Kjeldby sehr darüber verwundert hatte, zwei Tage lang überhaupt keinen Rauch aus dem Schornstein des Hinterhofs aufsteigen zu sehen. Er schien Lust zu haben, noch viele andere Dinge zu erläutern, aber die Hinterhofleute sagten, sie müßten nach Hause. Sie ertrugen das Gesicht des Burschen nicht, wagten es nicht, ihn anzublicken; sie verabschiedeten sich hastig und eilten sehr verstimmt heimwärts. Es mußte einem ja auch schwindlig werden, wenn man entdeckt, daß die Zeit, in der man lebt, und die man für funkelnagelneu hält, für alle andern längst vergangen ist. Jetzt war in den Hinterhofleuten kein Lachen mehr. Sie fanden es nicht höflich von dem Burschen, daß er zu lachen begann, als sie ihm den Rücken kehrten. Zu Hause untersuchten sie die Fensterscheiben, fanden aber nichts Merkwürdiges daran, außer einigen schwachen Hefe- und Papierspuren. Am

Morgen waren die Fenster durchaus klar gewesen. Die Burschen hatten nämlich das Papier in der Nacht zum dritten Neujahrstag entfernt. Es war ihnen bedenklich vorgekommen, als sich den ganzen zweiten Neujahrstag kein Lebenszeichen auf dem Hof bemerkbar gemacht hatte. Angenommen, die Leute drinnen schliefen sich tot! So waren die Burschen abends hinaufgeschlichen, um die Lage zu erforschen. Aber da hatten sie gehört, wie die Familie drinnen in der Dunkelheit jubelte und grölte, als ob sie einen großen Festschmaus hielte, und im Schutze des gewaltigen Freudenlärms hatten sie das Papier aufgeweicht und von den Fensterscheiben gekratzt.

Die Leute vom Hinterhof zeigten sich an den übrigen Feiertagen nicht im Dorf. Sie saßen an den stillen Frostabenden daheim und hörten das schallende Gelächter von Kjeldby über den ganzen See heraufhallen.

Jorge Amado

Tibérias Fest

Ja schwierig und überraschend war die kleine Otália – Jesus hatte recht. Fast noch ein Kind, war sie doch bereits imstande, die verwickeltsten Situationen zu meistern, wie sie an Tibérias Geburtstagsfeier bewies.

Noch heute hallt am Meeressaum von Bahia, am gesamten Kai, auf den Märkten und ihrer Umgebung, das Echo jenes Festes wider, nicht nur wegen der Fröhlichkeit, die dabei herrschte, wegen der Unmengen von Schnaps und Bier, die dabei konsumiert wurden, sondern auch wegen der Entschlossenheit, die Otália an den Tag legte, als die Ereignisse es erforderten. In Stunden schwerster Entscheidungen erkennt man das wahre Maß, das wahre Gesicht eines Mannes oder einer Frau. Mitunter glaubt man über einen Menschen Bescheid zu wissen, ihn von innen und außen zu kennen, und plötzlich, wenn es auf Spitz und Knopf geht, enthüllt er sich als ein ganz anderer, der Schüchterne wird kühn, der Feigling ein Draufgänger.

Vielleicht weil sie seit der Rückkehr des Korporals verärgert und von Kummer zerfressen war, hatte Tibéria beschlossen, ihr Wiegenfest mit besonderem Prunk zu begehen. Nachdem die ihr durch Neger Massu übermittelte Einladung so unverblümt abgelehnt worden war, hatte sich die Lage zwischen ihr und Martim schier ausweglos zugespitzt. Wenn sie nicht in sein Haus kam – so erhitzte sich

Martim –, betrat er auch nicht ihr Bordell. Der Korporal, bewandert in Dingen der Etikette und des Protokolls, folgerte, Tibéria habe die Verpflichtung, ihn zuerst zu besuchen, denn er sei von der Reise zurückgekehrt und überdies verheiratet, so daß es den Freunden oblag, Marialva ihre Aufwartung zu machen, sie kennenzulernen und sie in Bahia willkommen zu heißen. Daß derartige Narrheiten, Torheiten, Dummheiten zwei langjährige Freunde trennen, daß sie in bösen Lästermäulern beängstigende Ausmaße annehmen und eine festgefügte Freundschaft zunichte machen konnten! Denn nichts auf der Welt kommt einer guten Freundschaft gleich, sie ist das Salz des Lebens. Und es war ein Trauerspiel, mit ansehen zu müssen, wie die alte Freundschaft von Tibéria und Martim in die Brüche ging. Als Tibéria die vom Korporal geäußerte Ansicht hörte, erklärte sie jedem, der es hören wollte, Marialva solle sich zum Warten lieber hinsetzen, denn sie würde wohl ein Leben lang auf ihren Besuch warten müssen; denn nicht sie, Tibéria, eine geachtete, geschätzte Frau, würde sich der Mühe unterziehen, einer hergelaufenen Hure aus dem Busch, einem ungewaschenen Schankerlappen, einen Willkommensbesuch abzustatten

Freilich vermied Tibéria es, den Namen des Korporals in den Mund zu nehmen, sie umging es, ihn im gleichen Atemzug mit ihr zu nennen. Nach außen stellte sie die gewohnte Fröhlichkeit zur Schau, doch ihre Busenfreunde wußten, wie verletzt und vergrämt sie war, weshalb die Männer sie an ihrem Ehrentag auch mit besonderer Liebe zu umhegen suchten. Und zwar seit dem frühen Morgen, anläßlich der Fünf-Uhr-Messe in der Bonfim-Kirche. Zahlreiche Personen waren zum mittäglichen Bohnentopf geladen, viele sollten abends zu Tanz und Trunk kommen. Doch zur Messe erschien nur der engste Freundeskreis:

die Frauen des Freudenhauses (sie hatten zusammengelegt, um den Pater zu bezahlen, den Küster zu belohnen und für die Kosten der Kerzen und des Blumenschmucks für den Altar des wundertätigen Heiligen aufzukommen) sowie die Freunde ihres Alltags. Um Fremde und Neugierige auszuschalten, hatte Tibéria die Messe auf diese frühe Stunde verlegt.

Sie kam am Arm von Jesus, sie entstieg dem Taxi Hilários, ihres Gevatters. Sie begrüßte auf den Treppenstufen die Freunde, zu allererst Jesuíno Tollhahn. Die Mädchen bildeten einen frischfröhlichen Reigen und umringten sie, um mit dem Paar die Kirche zu betreten.

Das war für Tibéria der Augenblick der größten Ergriffenheit. Die über den Kopf gebreitete schwarze Mantille, die ihr Gesicht zur Hälfte verbarg, das perlmuttgebundene Gebetbuch in der Hand, das schwarze strenge Kleid verliehen ihr ein frommes Aussehen. Sie kniete in der ersten Bank, Jesus an ihrer Seite. Die Dirnen verteilten sich auf die anschließenden Bänke, die Freundinnen weiter hinten, in der Nähe des Weihwasserbeckens.

Sie kniete, die Hände gefaltet, das Gesicht gesenkt, ihre Lippen bewegten sich. Sie öffnete nicht ihr Brevier, als brauchte sie es nicht, um sich der in ihrer Kindheit erlernten Gebete zu erinnern. Jesus stand, er war fast ein Kirchenmann, denn seine Hände, seine Schere und seine Nadel hatten die Sutanen und dort getragenen Priestergewänder verfertigt, er war ein Vertrauter jener heiligen Gegenstände; gleichmütig erwartete er den Augenblick der Tränen. Denn die Tränen kamen unfehlbar jedes Jahr im Verlauf der Messe, und das mühsam verhaltene Schluchzen ließ Tibérias Brust, die breit war wie ein Sofa, wogen und keuchen. Welche Ergriffenheit mochte in der feierlichen Stunde ihrer Geburtstagsmesse ihr Inneres bewegen? Was für Erinnerungen, was für Geschehnisse, Gesichter, Orte, was für Tote mochten eine halbe Stunde lang in ihr umgehen, wenn sie allein mit sich war, während ihre Lippen Gebete murmelten, wenn ihr Denken sich vielleicht in den Tagen ihrer Kindheit und Jugend verlor? Wenn die Tränen ihren Augen entquollen, wenn ihre Brust erschüttert bebte, streckte Jesus die Hand aus und legte sie in innigem Einverständnis auf die Schulter seiner Frau. Tibéria ergriff die tröstliche Hand und führte sie dankbar an die Lippen. Sie hob die Augen, lächelte Jesus an, und der Augenblick der Tränen war vorüber.

Als sie in jenem Jahr Hilários Taxi entquoll und die Stufen zur Kirche emporstieg, umfaßte sie die Anwesenden mit einem Blick. Die Dirnen lachten, der Festmorgen versetzte sie in freudige Erregung, der Anblick der morgendlichen Welt verscheuchte ihre letzte Schläfrigkeit. Gewöhnt, spät zu erwachen, kannten sie nichts von dem Leben der Stadt zu jener frühen Morgenstunde. Wenn sie zufällig bei Tagesanbruch wach waren, so deshalb, weil sie noch nicht schlafen gegangen waren und auf diese Weise nie den Tag anbrechen sahen, sie arbeiteten noch, umgeben von Rauch und alkoholgetränktem Atem, sie waren müde von der vergeudeten Nacht und von der Verpflichtung zu lachen. Am Morgen von Tibérias Geburtstag war das anders: In aller Herrgottsfrühe sprangen sie aus dem Bett, zogen ihre zurückhaltendsten Kleider an, legten kaum einen Hauch von Rouge auf und sahen in Tibérias Gesellschaft aus wie Verwandte, Töchter und Nichten, die eine geliebte Angehörige feiern.

Sie umringten sie auf der Treppe mit Kaskaden von Gelächter, das bei jeder Gelegenheit ihren Mündern entsprudelte. Nachdem sie die Umarmungen der Freunde empfangen hatte, betrat Tibéria rasch die Kirche, bemüht, im Halblicht des Vorraums Martims Gestalt zu erspähen. Nicht ein einziges Mal hatte er sie in den letzten Jahren sitzen lassen. Stets war er der erste gewesen, der sie umarmte, der ihr einen Sohneskuß auf die feisten Wangen drückte. Stets war er elegant herausstaffiert, sein weißer Anzug strahlte förmlich von Stärke, seine polierten Schuhspitzen versandten Blitze. Als Tibéria sein Fehlen gewahrte, senkte sie den Kopf: Ihr Fest begann traurig.

Sie kniete nieder, wie sie es jedes Jahr am selben Ort tat, faltete die Hände, und ihre Lippen begannen wieder die alten Gebete zu murmeln. Doch ihr Denken folgte nicht seinem gewohnten Lauf, es drang nicht tief in ihre Erinnerungen, in die fernen Verstecke der Jugend, um das plumpe und muntere kleine Mädchen der ersten Liebeleien an die Oberfläche zu holen. Sie vermochte sich nicht einmal an ihre Kindheit auf dem Land, an Vater und Mutter zu erinnern, die sie so früh und für immer verloren hatte. Martim war nicht gekommen, derartigen Undank hatte sie noch nie erlebt, wie falsch war seine Freundschaft gewesen, wie unbeständig seine Gefühle. Es brauchte ihm nur irgendeine Schlampe über den Weg zu laufen, und schon warf er alte, bewährte Freundschaften über Bord. Tibéria senkte den Kopf über die gefalteten Hände, in diesem Jahr drohten die Tränen früher als zu der gewohnten Stunde zu fließen …

Sie fühlte den Druck von Jesus' Fingern auf ihrer Schulter. Jesus begriff, er wußte, was Martim ihr bedeutete, wie mütterlich sie ihn liebte. Er war der lange Zeit erwartete Sohn, die in ihrem Innern leer gebliebene Stelle. Sie hatte sich sehnlich einen Sohn gewünscht, hatte eine langwierige ärztliche Behandlung über sich ergehen lassen, doch ohne jeden Erfolg. Martim war der Erbe all ihrer im Lauf der Jahre angesammelten Zärtlichkeit.

Jesus streifte leicht ihre Schulter, sie wollte schon seine Hand ergreifen und küssen, als er ihr zuraunte:

»Sieh, dort ...«

Sie wandte den Kopf, Martim stand im Portal, das Licht fiel auf ihn, sein weißer Anzug schimmerte, es blitzten die schwarzen spitzen Halbschuhe. Er lächelte ihr entgegen. Tibéria wollte nicht lächeln, sie wünschte ein mürrisches Gesicht zu zeigen, all den in den letzten Wochen schlecht verdrängten Ärger – wie sollte sie widerstehen? Martim lächelte sie an, er blinzelte mit den Augen, nun lächelte auch sie. Wieder neigte sie den Kopf, nun fand sie die alten Bilder wieder, die Jugend, Vater und Mutter. Heiße, tröstliche Tränen liefen ihr übers Gesicht, ihre Brust geriet in Bewegung, Jesus legte die Hand auf ihre Schulter.

Damit nichts übergangen werde, muß festgestellt werden, daß Martim nicht so unwillkürlich herbeigeeilt war, wie man hätte erwarten können. Am Vorabend nämlich, zu später Stunde, war Jesuíno Tollhahn im Haus des Korporals erschienen und hatte lange mit ihm geredet. Marialva hatte den Schnaps gereicht, sie saß dabei und machte sich in der Nähe der beiden Männer zu schaffen. Jesuíno kam vom Hundertsten ins Tausendste, Marialva merkte, daß die ganze Rederei nur eine Einleitung war, Tollhahn hatte sich noch nicht geäußert. Doch nachdem er sein Gläschen an die Lippen gesetzt hatte, sagte er:

»Weißt du auch, Martim, daß morgen Tibéria Geburtstag hat?«

Der Korporal wiegte den Kopf hin und her, während ein Schatten über seine Züge huschte. Jesuíno fuhr fort:

»Die Messe findet um fünf Uhr früh in Bonfim statt, du weißt Bescheid ...«

Marialva warf einen Blick auf den einen, dann auf den anderen, diese Angelegenheit interessierte sie brennend.

Es entstand ein kurzes Schweigen, Martim blickte durchs Fenster auf die Straße, ohne etwas zu sehen, er sah nicht einmal die Herren des Strandes, die mit einer Stoffkugel Fußball spielten, auch nicht die Straßenbahn, die in ihren Schienen kreischte, Jesuíno hätte es beschwören mögen. Endlich sagte er:

»Weißt du, Tollhahn, ich werde nicht kommen.«

»Und warum nicht?«

»Tibéria hat sich mir und Marialva gegenüber nicht richtig benommen. Sie hat mich beleidigt.«

Jesuíno nahm den leeren Kelch auf, blickte hinein, Marialva stand auf, um nachzuschenken.

»Vielen Dank«, sagte er. »Du mußt wissen, was du tust. Wenn du nicht hingehen willst, so bleibst du eben zu Hause, damit habe ich nichts zu schaffen ... Nur eines möchte ich dir gesagt haben: Wenn man mit unserem Mütterchen diskutiert, hat sie immer mehr Recht als irgendeiner von uns.«

»Mit unserem Mütterchen ...«

»Ja, was denn sonst ...«

Er leerte sein Glas, Marialva trat dicht an ihn heran:

»Meinetwegen kann Martim ruhig hingehen. Dona Tibéria mag mich nicht leiden, ich weiß nicht, warum, es muß irgendein Tratsch dahinterstecken ... Doch deshalb braucht Martim sich noch lange nicht mit ihr zu verzanken ... Ich hab's ihm bereits gesagt ...«

»Wenn ich du wäre«, schloß Jesuíno, »ginge ich allein zur Messe, die nur für die engsten Freunde bestimmt ist, hinterher gingen wir beide zum Bohnentopf ... Über nichts würde Tibéria sich mehr freuen ...«

Martim antwortete nicht, Jesuíno Tollhahn wechselte den Gesprächsstoff, trank noch einen Schluck und ging fort. Als er bereits den Hang hinabschritt, hörte er eine

Stimme, die ihn im Dunkeln rief. Es war Marialva, sie war ihm nachgelaufen, um ihm zu sagen:

»Überlaß es mir, er wird schon gehen … Er will nur meinetwegen nicht, aber ich kriege ihn noch herum … Er tut, was ich will …« Und sie lachte.

So ging Martim allein zur Messe, zum Mittagessen kam er gemeinsam mit Marialva. Das massige Bohnengericht dampfte in zwei Benzinkanistern: Kilos und Kilos Bohnen, Landjäger, Trockenfleisch, Rauchfleisch aus dem Sertão, frisches Rind- und Schweinefleisch, Schwanzstücke, Schweinsfuß, Rippen, Schinkenspeck. Gar nicht zu reden vom Reis, von den Keulen, von den Lenden, von Huhn in brauner Tunke, vom Maniokmehl, kurzum: ein Gericht, um ein Regiment zu sättigen.

Zwar machten die Geladenen nicht gerade ein Regiment aus, sie aßen jedoch für ein Bataillon und waren Esser, vor denen man den Hut ziehen konnte. Schnaps, Wermut und Bier gab es nach Herzenslust. Etliche der Gäste würden sicherlich nicht bis zum abendlichen Fest durchhalten, sondern noch beim Mittagessen schlappmachen. So zum Beispiel Curió: der rührte kaum das Essen an und leerte ein Gläschen Schnaps nach dem anderen, fast ohne Pause.

In ihrem Schaukelstuhl ausgestreckt, wieder ganz die alte nach den widerstreitenden Erregungen der Messe, nahm Tibéria Glückwünsche und Geschenke entgegen, Umarmungen und Küsse, heiter und fröhlich beherrschte sie ihr Fest. Von Zeit zu Zeit rief sie eine der Dirnen, trug ihr auf, Fulano oder Beltrano neu nachzuschöpfen, besorgt um das Wohl eines jeden ihrer Geburtstagsgäste. Jesus ging im Wohnzimmer umher, doch ohne sich dabei weit von Tibérias Platz zu entfernen; er wartete ihr eigenhändig auf, schenkte ihr Wermut, ihr Lieblingsgetränk, ein und fuhr ihr dabei zärtlich übers Haar. Er hatte ihr lange Ohrgehänge zum Geschenk gemacht, die sie nun zur Schau trug, einen Schmuck, in dem sie wie eine riesige orientalische Statue wirkte.

Als Marialva ankam, ging sie unverzüglich auf Tibéria zu und überbot sich in Knicksen, Kratzfüßen, in schmeichelnden Redensarten. Sie wünschte, sich bei der Bordellbesitzerin, einer bedeutenden Persönlichkeit in ihrer Umwelt, lieb Kind zu machen. Eines Tages war sie vielleicht auf sie angewiesen, sie wußte, was die Stunde geschlagen hatte. Tibéria nahm die Ehrung entgegen, ohne sich aus der Ruhe bringen zu lassen, sie wiegte den Kopf hin und her, als wären ihr die Lobhudeleien angenehm, unterbrach die Rednerin nur, um ihrem schwarzen Küchenjungen Anweisungen zu erteilen, und hieß sie sofort mit herablassender Gebärde fortfahren. Als Marialva geendet hatte, lächelte Tibéria ihr zu, wobei sie sich freundlich, aber zurückhaltend gab, ohne sonderliche Begeisterung über Marialvas Teilnahme an ihrem Fest zu bekunden, ohne sie zu ihrer Verheiratung zu beglückwünschen, als wüßte sie nicht einmal, daß sie die Frau des Korporals war, ohne ihr ein Kompliment über ihre Schönheit zu machen. Freilich entging ihr Marialvas anziehende Gestalt nicht, sie hielt es jedoch für besser, kein Wort darüber zu verlieren. Sie kam ihr herzlich entgegen, lud sie zum Sitzen ein, wies eine der Dirnen an, sie zu bedienen, so als wäre sie eine offizielle Besucherin, doch keinen Augenblick spielte sie auf ihre Verbindung zu Martim an, auf die vielbesprochene Eheschließung, auf ihr in Vila América eingerichtetes Heim. Auch mit Martim wechselte sie kein diesbezügliches Wort und kam ihm entgegen, als wäre nichts passiert, als wäre er nicht einmal nach Recôncavo gereist. Martim versuchte die Sache ins reine zu bringen und die von Tibéria aufgerichtete fragwürdige Schranke zu durchbrechen. So fragte er kurz entschlossen:

»Wie findest du meine Frau, Mütterchen? Ist sie nicht ein patentes Mädchen?«

Tibéria tat, als hätte sie nicht gehört, und richtete das Wort an einen beliebigen Gast. Martim wiederholte die Frage und berührte sie am Arm.

»Ein jeder ißt aus dem Teller, der ihm lieb ist ...«, brummte sie. Eine wenig passende Antwort, wie man sieht, so daß Martim hinter den versteckten Sinn, die Boshaftigkeit, den Spott ihrer Worte zu kommen suchte. Schließlich zog er die Schultern ein und wandte seine Schritte zu der in der Nähe sitzenden Marialva: Augenscheinlich war Tibéria nicht zu einer Sympathieerklärung aufgelegt, noch immer war sie gekränkt, da sie sich weigerte, Marialva zärtlich anzunehmen. Wie lange würde sie den Trotzkopf spielen? Martim kannte sie gut, sie war im Grunde unfähig, lange böse zu sein und sich in Haß und Abneigung zu verkrampfen. Vorderhand hielt sie sich streng an die Grenzen der guten Erziehung, sie übertrieb sogar gewisse Aufmerksamkeiten, die einem Gast zustehende Betreuung, indem sie Marialva mit Speisen und Getränken förmlich überschütten und ihr bei jeder Gelegenheit neu auftragen ließ. Weniger mit der Absicht, ihr angenehm zu sein, als ihr zu zeigen, wie üppig es in ihrem Hause zuging, als ihr den Prunk ihres Festes ins Gesicht zu schleudern und die Verschwendung, die sie mit festen und flüssigen Genüssen trieb.

Die anderen Frauen, die vom Hause und die geladenen, verbargen nicht ihre Neugierde, sie drängten sich gegenseitig, um Marialva zu begaffen, um ihr Kleid in Augenschein zu nehmen, ihre Schuhe, ihre Frisur, und sie machten leise lachend untereinander Bemerkungen. Marialvas erstes öffentliches Auftreten kam gewissermaßen ihrer Einführung in die ortsansässige Gesellschaft gleich. Wäre in jenem nächtlichen Bereich billiger Freuden ein Gesellschaftsberichterstatter zugegen gewesen, er hätte fraglos diese Tatsache zur Kenntnis genommen und sie gebührend und bewundernd gewürdigt. Marialva fühlte sich im Brennpunkt aller Blicke und gab sich den zudringlichen Weibsbildern gegenüber ebenso abweisend und hochtrabend wie sie sich Tibéria gegenüber liebedienerisch und bescheiden benommen hatte. Als geliebtes Weibchen an Martims Arm musterte sie alle übrigen von der Höhe ihrer überlegenen Stellung herab. Sie flüsterte Martim zu, zwickte ihn zärtlich ins Ohr, tauschte Küsse mit ihm und zog alle Register der stimmlichen Koketterie. Die Frauen machten ihre Glossen, freilich aus purem Neid.

Besonders weil die Männer nur für sie Augen hatten, einschließlich derer, die sie in Martims Haus kennengelernt und mit ihr gesprochen hatten, während sie Kaffee und Schnaps herumreichte. Marialva hatte sich für das Fest herausgeputzt, sie trug ein neues Fähnchen mit engem Rock, das jede Schwellung ihres Körpers hervorhob, und wenn sie sich setzte, zeigte sie Beine und Knie. Als ausgezeichnete Schneiderin schnitt und nähte sie ihre Kleider selbst. Der einzige, der sie anzusehen vermied und Abstand hielt, war Curió. Er hatte das Bohnengericht nur gekostet und ließ sich mit Schnaps vollaufen.

Der Auftritt mit Otália spielte sich im Verlaufe des Abends ab, auf dem Höhepunkt der Festlichkeit. Viele waren nicht einmal nach Hause gegangen und hatten das Mittagessen in die abendliche Tanzerei übergehen lassen. Marialva indes war nach Hause geeilt, um sich umzuziehen, und erschien in Blau, tief ausgeschnitten, mit offenem Haar. Sie trat am Arme Martims ein, als bereits im Vorraum getanzt wurde, dort, wo die Dirnen sonst ihre Kunden erwarteten. Als sie ihren Einzug hielt, geriet die Musikkapelle fast aus dem Takt, da André, der die Flöte spielte, danebengriff und Tibúrcio die Augen so weit aufriß, daß er seine Mandoline fallen ließ. Tibúrcio war ein Student der Rechte, ein berühmter Bohemien, Intimus Tibérias, ein vorzüglicher Mandolinenspieler. Er hatte sich der Hauskapelle – zwei Gitarren, Harmonika und Flöte – zugesellt. Marialva, nach wie vor an Martims Arm, durchschritt die Länge des Wohnzimmers bis zum Schaukelstuhl, der einem Thronsitz gleichkam, in dem das Geburtstagskind, umringt von den Dirnen seines Etablissements, neue Glückwünsche entgegennahm. Man brachte ein Geschenk, ein Stück Kleiderstoff, überreichte es ihm und ging dann zum Tanzen über.

Nun war es stadtbekannt, daß der Korporal ein Salonlöwe war. Als alter Karnevalshengst, der seine Künste beim Baronschwof darzubieten liebte, war er ein leidenschaftlicher Tänzer und gab wahre Schaustellungen, wenn er das Tanzbein schwang. Lange war er nicht mehr in Bahia zu sehen gewesen, so daß er sich an diesem Abend besonders ins Zeug legte. Marialva konnte sich schwerlich mit ihm messen, doch machte sie mögliche Schwächen durch geschmeidige Bewegungen wett, indem sie sich bald an ihn schmiegte, bald entfloh, und sich, begierig auf Bett und Mann, dann wieder seiner Führung überließ. Es war nicht nur Martims reine Tanzkunst, welche die Blicke bannte, seine vor lauter Behendigkeit und Anmut vogelgleich schwebende Leichtigkeit. Denn wer hätte nicht gerne jene schmiegsamen Hüften zum Rhythmus der Klänge gleiten und wirbeln gesehen?

Als der Tanz beendet war, ließ der Korporal Marialva im Wohnzimmer zurück, um sich ein Gläschen zu genehmigen, hinten im Haus, mit den Freunden. Dort waren alle versammelt, nur Curió fehlte, gleich nach dem Mittagessen war er umgesunken und hatte fortgeschafft werden müssen. Jesuíno, Neger Massu, Windsbraut, Ipicilone, Nelke-im-Knopfloch, Isidro, Alonso und so viele andere. Sie tanzten wenig, tranken dafür aber um so mehr. Der Korporal stellte sich zu den Freunden, nun war er zufrieden, der Streit mit Tibéria war ihm ein Stachel im Fleisch gewesen. Zum ersten Mal seit seiner Rückkehr trank er wie in alten Zeiten seit dem Vormittag und war unwiderstehlich zum Lachen aufgelegt.

Im Wohnzimmer hatte Marialva es sich auf einem Stuhl bequem gemacht und ließ sich bewundern. Sie senkte die Augen, sandte sie auf die Reise, auf der Suche nach Curió. Als sie sich nach der Bohnensuppe eilends auf den Heimweg gemacht hatte, war der junge Werbefachmann bereits nicht mehr zurechnungsfähig gewesen und hatte wirres Zeug gefaselt. Sicherlich hatte man ihn heimgeschleppt. Zu schade, Marialva hätte ihn gern gesehen, wie er sich aus Liebe, aus unwiderstehlicher Leidenschaft zu ihr bis zur Bewußtlosigkeit betrank. Er war nur noch ein Bündel, ein Häuflein Mensch. So liebte sie die Männer zu sehen: zu ihren Füßen, sich vor ihr im Staub wälzend. Sie fühlte die Augen auf sich haften, an ihren Beinen hochgleiten, über ihren Ausschnitt huschen. Sie schlug die Beine übereinander, geschickt ein Stück Schenkel mal enthüllend, mal verbergend.

Jetzt spielte die Musik einen Samba, einen jener mitreißenden Tänze. Marialva hätte gern getanzt, warum kam Martim nicht zurück? Er ließ sich förmlich vollaufen mit Zuckerrohrschnaps, noch nie hatte sie ihn so hemmungslos bechern sehen. Das Wohnzimmer füllte sich rasch mit fröhlichen Paaren. Der Samba war wie geschaffen, damit man mit den Hüften wippte, damit in den Männeraugen

Begierde, ein gelbes, stumpfes Licht, aufleuchtete. Warum holte Martim sie nicht? Die anderen wagten sich nicht heran, sie war die Frau des Korporals, das wäre unschicklich gewesen. Überdies tanzte keiner wie er, so elegant und mutwillig, und er gehörte ihr, ausschließlich ihr …

Nein, er gehörte nicht ausschließlich ihr, stellte Marialva fest, als sie ihn, Otália in seinen Armen, plötzlich durch den Wohnsaal wirbeln sah. Sie hatte die beiden nicht hereinschweben sehen, hatte den Beginn ihrer Unverfrorenheit, ihres schamlosen Benehmens, nicht miterlebt. Wo hatte er sie bloß aufgegabelt, die bleichgesichtige, schwindsüchtige Göre, diese spillerige Schnepfe mit Zöpfen und Gürtelkleid? Otália trug dasselbe Kleid vom Morgen, von der Messe, sie sah wirklich aus wie eine kleine Landpomeranze, kaum mehr als ein Backfisch mit Zöpfen, die ihr im Nacken in die Luft standen.

Im Raum kreisend, lächelte sie in Martims Armen. Sie lächelte, und der Korporal lächelte, sein Gesicht strahlte Glückseligkeit. Wer ihn nicht genau kannte, konnte nicht wissen, wie betrunken er war, denn außer seinem Wohlbefinden, das aus seinen Augen sprach und sich in hemmungslosem Gelächter offenbarte, verriet ihn nichts. Indessen, seit der Messe hatte er getrunken: Gleich dort, in unmittelbarer Umgebung der Kirche, hatten er, Jesuíno Tollhahn und Massu zu Beginn der Feierlichkeiten etliche Appetitanreger hinter die Binde gekippt. Nun lächelte er Otália ermunternd zu. Sie stellte beim Tanzen keine von Marialvas Verrenkungen zur Schau, sie war ein Blatt, dahinflatternd im Wind, ihre Füße schienen den Fußboden nicht zu berühren, sie war ein süßes Kind, durch Zufall wieder aufgefunden, aus Musik geboren, eine dem Korporal wahrhaft ebenbürtige Tänzerin.

Sie tanzten so rein, so rein und schön, daß die übrigen

Paare eines nach dem anderen die Tanzfläche räumten und lieber zuschauten, um dem echten Tanzpaar den Raum zu überlassen.

Dann ließ Martim Otália los und begann, vor ihr einherzutanzen, mit atemberaubender Schnelligkeit und Vielfalt die erstaunlichsten Schritte ausführend, während das Mädchen, auf der Stelle kreisend, den Tanz ihres Partners ergänzte. Nach der Schaustellung zogen sie durch die Mitte des Saales ab, ledig wie Vögel, Träger der Anmut und Fröhlichkeit. Vorher hatten die Männer mit begehrlich entflammten Augen Marialva zugeschaut. Jetzt schauten Männer und Frauen, von Zärtlichkeit erwärmt, Otália zu. Martim lachte, und sein Tanz wurde immer rasender, sausender.

Nie in ihrem Leben hatte Marialva sich so beleidigt und angegriffen gefühlt. Sie schloß die Augen, um nicht zusehen, sie preßte die Zähne aufeinander, um nicht herausschreien zu müssen. Sie war leichenblaß, kalter Schweiß bedeckte ihre Stirn, ihre Hände.

Sie sah die beiden in nächster Nähe vor sich wirbeln, auf Otálias Lippen ein Lächeln, ein Glanz in Martims Augen. Ein Nebelschleier legte sich vor ihre Augen und verdunkelte ihr die Sicht, und die Einsicht dazu. Als sie wieder zu sich kam, fand sie sich mitten im Saal, auf Otália zugehend, und schrie:

»Raus mit dir, Rotzgöre, und laß meinen Kerl los!«

Alles war so rasch und unerwartet gekommen, daß etliche es gar nicht bemerkten, wie die Trinker im Hinterzimmer, die damit das Beste des Festes versäumten. Marialva war auf Otália losgestürzt und versuchte, sie durch einen heftigen Stoß von Martim loszureißen.

Doch Otália ließ nicht locker und tanzte weiter. Nun entfaltete Martim lachend seine Künste vor beiden Frauen und streckte die Arme mal nach der einen, dann nach der anderen aus, beglückt, so umstritten zu sein. Otália lächelte und tanzte weiter, als wäre nichts geschehen. Eine Welle der Begeisterung ging durch den Raum, gab es etwas Fesselnderes als Weibergezänk?

Marialva blieb stehen, ihr Mund stand halb offen, ihr Atem stockte. Als sie wieder handeln konnte, rannte sie von neuem auf Otália los und schrie:

»Hure! Schwindsuchtsrotz!«

Doch Otália, nicht faul, versetzte ihr im Rhythmus des Tanzes Fußtritte gegen das Schienbein, als Marialva die Hände ausstreckte, um sie an den Zöpfen zu zerren. Stöhnend wich die Frau des Korporals zurück und hielt sich das getroffene Bein. Angesichts ihres Wehgeschreis kamen einige Frauen zur Tanzfläche gelaufen, um Otália festzuhalten, aber das junge Ding bot allen die Stirn, ohne ihr Tanzen abzubrechen, und verpaßte noch rasch Marialva zwei derbe Hiebe. Erst jetzt erhob Tibéria Einspruch und forderte Achtung und Anstand in ihrem Haus und für ihr Fest. Nach Jesuínos Meinung hätte sie es früher tun können. Sie hatte Tollhahn zufolge sogar schon vorher Jesus' Eingreifen verhindert, als Otália die Hand hob, um Marialva ins Gesicht zu schlagen. Schließlich stieg sie majestätisch von ihrem Thron herab und rief die entfesselte Otália zu sich:

»Komm, mein Kind, und mach dich nicht billig ...«

Marialva wurde unter Geschrei weggeschoben. Martim lachte, er lachte immer lauter, während er, mit Hilfe von Neger Massu und Windsbraut, die schluchzende Marialva fortzerrte. Er wußte nicht genau, ob er zu Hause seiner Frau eine gehörige Tracht Prügel verpassen oder ihr recht geben und sie trösten sollte. In jener Nacht konnte und wollte er sich mit niemandem verzanken. Auch nicht mit Tibéria,obgleich sie ihm im Vorbeigehen zugeraunt hatte:

»Nimm deine Allerweltsschlampe mit, mein Sohn. Und wenn du wieder heiratest, frag mich vorher, damit du eine bessere Wahl triffst ...«

Er war aber auch nicht böse auf Otália, die Marialva Püffe versetzt hatte, sie war eben ein beherztes, eigenwilliges Persönchen. Auch gegen Marialva hegte er keinen Zorn: Hatte sie sich nicht aus Eifersucht zu ihrer Handlungsweise hinreißen lassen? Auf niemanden hatte er einen Zorn. Im Gegenteil, fröhlich zog er durch die Gassen, versöhnt mit Tibéria, seinem Mütterchen Tibéria, eine Freundin wie die gab es nicht ein zweites Mal. Als er Marialva in die Straßenbahn hineinbugsierte, entdeckte der Korporal Martim seine Stadt wieder, als wäre er an jenem Tag zurückgekehrt, als wären die vergangenen Wochen ein Traum gewesen.

Neger Massu und Windsbraut halfen ihm, die widerspenstige Marialva zu verfrachten, sie wehrte sich und biß Windsbraut in die Hand. Dann versuchte sie dem Korporal das Gesicht zu zerkratzen und schrie zum Gaudium der wenigen Fahrgäste:

»Hund! Hast dich mit diesem Besen eingelassen! Schmutzfink! Hurenbock!«

Martim lachte aus vollem Halse. Neger Massu lachte auch. Windsbraut streckte die Arme aus, sich mühsam im Gleichgewicht haltend, und erklärte den Mitreisenden, dem Schaffner, dem Fahrer:

»Ein Fest wie bei Tibéria gibt's nur einmal ... Nicht mal in Deutschland zur Zeit des Kaisers der Welt, weder dort noch sonstwo. Stimmt's oder stimmt's nicht?«

Die Straßenbahn fuhr ab und nahm Marialva mit, während das Gebrüll und Gelächter des Korporals im anbrechenden Morgen durch die Gassen hallten.

Holly-Jane Rahlens

Mangoldsuppe

»Ist in der Mangoldsuppe Fett?« fragte ich.

Pierre, unser Kellner, schaute mich fragend an. »Nein, ich glaube nicht, *mademoiselle*«, antwortete er zögernd.

»Ich meine, können Sie mir sagen, was alles drin ist?«

»Natürlich kann ich das. Mangold zum Beispiel.«

Heike wartete geduldig, bis ich mich zu einer Bestellung durchrang. Sie hatte schon geordert. Als Vorspeise Hummerparfait und als Hauptgericht knuspriges Spanferkel, bestreut mit Petersilie, verziert mit Rosinen, dekoriert mit glasierten Zwiebeln, angerichtet mit Rosenkohl – geschwenkt in Sauce hollandaise. Die Beilage: ein duftendes Kartoffel-Gratin.

»Und zum Dessert nehme ich vielleicht die *marquise au chocolat* mit Vanille-Mandel-Eis«, hatte sie abschließend gesagt, genüßlich die Speisekarte zugeklappt und nach ihrem Aperitif gelangt.

Oh, so zierlich zu sein, daß man in Größe 34 paßt und sich nicht um *beaucoup de calories* sorgen muß!

»Ist dir klar, wieviel Kalorien du da zu dir nimmst?« sagte ich. »Spanferkel! Das allein hat ja schon mindestens 2000. Damit kannst du die ganze Fremdenlegion verköstigen.«

»Übertreib nicht so«, rügte Heike mich.

»Wer übertreibt hier? Ich versuch ja nur gerade mühsam, ein paar Pfund loszuwerden, mehr nicht.«

Seit drei Wochen achtete ich penibelst auf meinen Fettkonsum, verschmähte Gebratenes und Gesottenes, rühmte die Kunst des Pochierens, Dünstens und Grillens. Ich hatte gelernt, mich von Magerjoghurt zu ernähren, den Kaffee schwarz zu trinken und Thunfisch ohne alles vom Teller zu futtern wie eine Katze. Und ich hatte mich an ignorante Kellner und Kellnerinnen gewöhnt, die die Augen verdrehten, sobald ich meine speziellen Wünsche äußerte.

Von Pierre lasse ich mich nicht einschüchtern, nahm ich mir vor.

»Ich meine, Pierre«, fuhr ich so liebenswürdig wie möglich fort, »ist in oder auf der Mangoldsuppe außer Wasser noch etwas anderes? Sie wissen schon, Käse oder …«

Pierre verdrehte die Augen. Na, bitte.

»Ach, das meinen Sie! *Mais non, mademoiselle!* Käse ist nicht darauf, aber eine Crème-fraîche-Haube. Und Croutons.«

»Aha!« schrie ich triumphierend. »Ich wußte es! Crème fraîche und Croutons! Nein, danke, Pierre. Ich möchte lieber einen gemischten grünen Salat, bitte, ohne Dressing. Und seien Sie sparsam mit dem Olivenöl. Noch besser, bringen Sie mir das Öl separat. Und ich möchte *Coq au vin* ohne Haut. Und ohne *vin*. Das Gemüse gedünstet bitte und nicht geschmort. Danke.«

Pierre und Heike schauten mich an, als hätte ich gerade eine doppelte Portion blaue Bohnen bestellt.

»Na gut«, kapitulierte ich, »tun Sie den *vin* doch in den *coq*, den aber bitte ohne Haut.«

»Einen Drink, *mademoiselle?«*

»Mineralwasser bitte, natriumarm«, antwortete ich entschlossen. »Mit einem Spritzer Zitrone.«

Oh, was für Höllenqualen, im Restaurant zu essen, wenn man ehrlich bemüht ist, Kalorien zu zählen.

»Du nimmst das alles viel zu ernst«, sagte Heike, als Pierre verschwunden war.

»Du hast leicht reden. Du mußtest in deinem ganzen Leben noch kein Gramm abnehmen.«

»Nur durch Diät abzunehmen bringt's nicht auf Dauer. Du mußt deinen Energieverbrauch entsprechend steigern.«

Es war noch früh am Abend, doch ihre Stimme hatte bereits diese pedantische Schärfe. Und meine den schrillen Unterton.

»Aber du siehst gut aus«, fuhr Heike versöhnlicher fort. »Ich sehe, daß du schon beträchtlich abgenommen hast. Jetzt setz dich doch nicht so unter Druck.«

»Wenn du meinst, *ich* hätte abgenommen, dann solltest du mal meine Wohnung sehen!«

»Deine Wohnung? Sei nicht albern.«

»Doch, wirklich! Allein gestern hat sie fünfzig Kilo abgenommen. Ich mußte nur ein paar Aktenordner mit alten Manuskripten und meine gesammelten Kontoauszüge von 1972 bis 1984 wegwerfen. Du kannst dir ja nicht vorstellen, mit welcher Wonne ich zusehe, wie meine Wohnung ihren Ballast verliert. Und was ich alles finde – du würdest dich wundern. Ich habe zwei riesige rot-gelbe Pompoms gefunden – autsch!«

Als ich die Arme hob, um mit meinen imaginären Pompoms zu wedeln, schoß mir ein Schmerz durch den Rücken.

»O Gott«, jammerte ich, »mein Rücken bringt mich noch um. Die elende Bückerei! Und obendrein bin ich von einem Stuhl gefallen. Habe ich dir von dem Stuhl erzählt?«

»Was für einem Stuhl?

»Erinnerst du dich an Hannes?«

»Welcher Hannes?«

»Der Lange mit der Zahnpasta auf der Brille.«

»Der Computermusiker?«

»Nein, das war Konrad. Und der war eher klein und trug Kontaktlinsen. Nein, Hannes war der Schriftsteller.«

»Ich kann sie eh nicht auseinanderhalten. Und?«

»Und was?«

»Und – was ist mit Hannes?«

Heike Lindner gehörte zu den direkten, pragmatisch-nüchternen Typen, und ihre Redeweise war so schlank und rank wie ihre Figur. Als wir vor zwanzig Jahren in der Neuköllner Wohngemeinschaft zusammengewohnt hatten, nannte ich sie immer Heike die Vernünftige. Neben Jürgen, meinem Ex, und Ruth Trautenau, die auch dort wohnten, spielte Heike eine wichtige Rolle, als ich die deutsche Sprache zu erlernen begann. Sie scheute keine Mühe, mir anfangs nur die vernünftigsten und praktischsten Sätze beizubringen: »Einmal einfach« für die U-Bahn, »Das ist zu teuer« für Boutiquen und »Wo sind die Toiletten, bitte?« für überall. Ja, viel von dem, was ich heute weiß, ist ihr Verdienst – um so überraschender, daß ich mir nie so recht ihren klaren, genauen Umgang mit Worten angeeignet habe.

Seit einigen Jahren nun betrieb Heike ein eigenes Text- und Übersetzungsbüro mit fünf Festangestellten und mindestens zwanzig Honorarkräften. Weil sie dort hauptsächlich ihre Mitarbeiter herumkommandierte und Bedienungsanleitungen und wissenschaftliches Geschwafel übersetzte, war sie noch besserwisserischer und apodiktischer geworden, als sie ohnehin war. Das weiß ich so genau, weil ich ab und zu für sie arbeite. Aber meine jüngste Übersetzung, ein vor zwei Wochen fertiggestelltes Werbepamphlet für eine Designerkaffeemaschine, war vielleicht auch meine letzte. Denn Heike hatte die Dreistigkeit besessen, meinen

Text zu redigieren, ohne es mit mir abzusprechen. Und dabei waren ihr noch Fehler unterlaufen! Warum bilden sie sich eigentlich immer ein, sie könnten sich das erlauben – »sie«, die Deutschen, die überzeugt sind, sie könnten Kaffeemaschinen-Gebrauchsanweisungen in makellosem Englisch verfassen, nur weil sie ein Jahr an einer High-School mitten auf den Weizenfeldern von Minnesota verbracht haben.

»Also, was ist mit Hannes?« fragte Heike noch einmal.

»Hannes?«

»Dem Stuhl.«

»Ach ja, richtig. Also, vor ein paar Wochen habe ich beim Ausmisten einen Klappstuhl gefunden, den ich für unsere Museumsbesuche gekauft hatte. Und als ich ihn beim Skatspielen mit dem Professor und Martin wieder ausprobiert habe, krachte er zusammen ...« Ich stockte. »Doch ich wollte dir was anderes erzählen ... Was man nicht alles findet, wenn man mal wirklich anfängt, das Unterste zuoberst zu kehren. Als ich das Badezimmer geputzt und die ganzen Medikamente mit abgelaufenem Verfallsdatum aussortiert habe, habe ich das hier entdeckt.« Ich zeigte auf meine Lippen. »*Scarlet Passion*. Den Lippenstift habe ich vor Jahren gekauft und dann vergessen. Aber das beste war die Haartönung, ein komplettes Set mit Handschuhen und Schüsselchen und Plastikumhang.«

Heike lachte leise in sich hinein. »Weißt du noch, was wir immer für eine Schweinerei mit dem Henna veranstaltet haben?«

»Wir? Nur du und Ruth. Aber das ist kein Henna. Sondern dieses neue Naturzeugs – auf Pflanzenbasis, das Ruth mir geschenkt hat, bevor sie nach Gomera gegangen ist. ›Tu mal was für dein Haar‹, hat sie gesagt. Morgen mach ich's.«

»Morgen? Mir gefällt das Grau.«

»Es nimmt aber überhand. Als ich im Juni meine Mutter besucht habe, war sie schockiert, als sie das viele Grau gesehen hat. Da fühlte *sie* sich alt. Sie kommt zu Weihnachten. Deshalb will ich es tönen. Ihr Weihnachtsgeschenk. Dann fühlt sie sich zehn Jahre jünger.«

Heike kicherte. »Das ist mal was Neues.«

»Aber ich wollte dir was anderes erzählen …«

»Von den Pompoms?«

»Genau! Ich habe zwei Pompoms aus der Junior-High-School in einem Karton mit Erinnerungsstücken gefunden. Und da fiel mir die Geschichte dazu wieder ein. Ich *muß* sie dir erzählen.«

An einem Tisch ein paar Meter weiter wurde das knusprige Spanferkel serviert. Mit Petersilie bestreut, mit Rosinen verziert, mit glasierten Zwiebeln dekoriert, mit Rosenkohl angerichtet – in Sauce hollandaise geschwenkt. Beilage: Kartoffel-Gratin. Ein Duftschwall zog zu uns herüber und kitzelte meine Geschmacksnerven. Einen Moment fühlte ich mich einer Ohnmacht nahe. Was war ich hungrig! Mein Magen brüllte.

»Ich verhungere«, sagte ich ungeduldig und hielt hektisch Ausschau nach Pierre.

Heike seufzte ärgerlich. »Immer mit der Ruhe, Becky. Du bist nicht die einzige hier.«

»Sie könnten wenigstens schon mal das Brot und unsere Getränke bringen. In Amerika würde man sich so einen lahmen Service nicht bieten lassen.«

»Und macht die Hausputzerei Spaß?« fragte Heike. Sie sagte es, wie andere Leute sich erkundigen, ob es einem schmeckt. Typische Frage für eine Sauberkeitsfanatikerin.

»Spaß? Von Putzen kann noch gar keine Rede sein! Ich bin die größte Schlampe, die ich kenne. Das weißt du doch. Wenn du mich das nächste Mal besuchst, zeige ich dir die ganzen Wollmäuse und Spinnweben, die Krümel unter dem Teppich und die Haarpfropfen, die die Badewanne verstopfen. Ich laß alles so, damit du es überprüfen kannst. Mir geht's eigentlich nur um den ganzen Krempel, Heike. Mehr nicht.«

»Und das ist alles, was du in den letzten Wochen gemacht hast? Kalorien gezählt und dein Chaos archiviert?«

In Wirklichkeit meinte Heike: Wenn du nichts weiter tust, als deinen Abfall zu sortieren, warum hilfst du mir dann nicht bei meinen öden Übersetzungen?

»Natürlich habe ich auch noch tausend andere Sachen gemacht«, parierte ich geschickt. »Zum Beispiel habe ich letzte Woche Umberto Bernini interviewt, den Schauspieler. In Englisch. Es wird bald gesendet.«

»Und?«

»Und was?«

»Und was ist mit ihm?«

»Nichts. Obwohl er dir bestimmt gefallen würde. Für dich wäre er wie geschaffen. Er liebt Klatsch.«

So streng und stur Heike auch oft war, sie hatte eine Schwäche. Sie liebte Klatsch. Weil sie tagein, tagaus grauenhafte wissenschaftliche Texte und Computerhandbücher übersetzte, las sie, wenn sie Zeit und Muße hatte, die Regenbogenpresse. Sie war meine Klatschquelle Nummer eins. Und manchmal verwöhnte ich sie auch mit dem einen oder anderen Skandälchen.

»Bernini hat mir erzählt, daß er als Kind geklaut hat«, sagte ich und ahmte ihn mit pseudoitalienischem Akzent nach. »›Als ich war Bambino, bin ich klein, fragile wie ein Zwerg. Aber gutes Dieb, weil ich aussehe unschuldig und schnell bin.‹ Auf meine Frage, ob ich das rausschneiden solle, sagte er: ›No, no, no, ich bin stolz. Klatsch und Metaphysik liebe ich!‹ Tolles Interview.«

Heike und ich lachten über meine Bernini-Imitation. Was die Stimmung verbesserte, aber unseligerweise auch die Aufmerksamkeit des Paars an dem Spanferkeltisch erregte. Ooh nein, die Frau erkannte mich! Ich spüre es immer, wenn es passiert. Das sind ganz bestimmte Vibrations.

»Und?« sagte Heike. »Und was?«

»Und was passierte danach?«

»Wonach?«

»Nach dem Interview?«

»Du meinst, ob ich mit ihm in sein Hotel gegangen bin?«

»Und, bist du?« fragte sie und riß die Augen sperrangelweit auf.

»Er hat mir erzählt, er hätte eine Freundin. Da habe ich ihn *in*diskret gefragt, ob er treu sei.«

»Ist das mit drauf?«

»Na logisch! Ich habe ihn also gefragt, ob er treu sei, und weißt du, was er gesagt hat?«

»Was?«

»Er hat gesagt: ›Was bedeutet das – treu?‹«

Heike und ich wurden immer alberner. Die paar Schlucke Aperitif waren von meinem leeren Magen schnurstracks in meine kicherige Hirnhälfte gestiegen. Die Spanferkeldame lächelte mich an.

»Ich wette, sie kommt gleich«, sagte ich leise zu Heike. »Sie kommt und fragt: ›Sind Sie die Dame vom Fernsehen?‹«

»Und?«

»Dann sage ich zu ihr ...«

»Nein, ich meine *ihn!* Was hast du zu ihm gesagt?«

»Zu wem?«

»Zu Bernini.«

»Wozu?«

»Über Treue.«

»Ach so, ja. Eigentlich nichts. Ich habe ihm gesagt, was ›treu‹ bedeutet, und er hat gesagt: ›Mir gefällt nicht Untreue.‹ Dann sind wir mit dem gesamten Team zum Essen gegangen, und das war's.«

»Siehst du, das stört mich an dir«, sagte Heike.

»Was?« fragte ich verwirrt.

»Ich rede über Bernini, und du redest über dich. Ehrlich, mir ist es völlig egal, ob die Frau dich erkennt oder nicht. Befrei dich von deinen narzißtischen Obsessionen.«

»Meinen ›narzißtischen Obsessionen‹? Ich kann das nicht mal aussprechen, wie soll ich mich dann davon befreien? Also, wo liegt das Problem, Heike?« Ich seufzte.

»Das Problem ist, daß du dich für einen Star hältst.«

»Und deins ist, daß du nicht kapierst, daß ich einer bin.« Meine Stimme wurde lauter.

»Nein, Becky! Du bildest dir ein, daß alles, was du tust, sagst und schreibst, der Weisheit letzter Schluß ist. Ich korrigiere ein paar Sätze in deiner Übersetzung, und du gehst an die Decke. Du bist egozentrisch und ichbesessen und brauchst ständig eine Bestätigung, wie einmalig du bist. Hör auf, über dich selbst zu reden, und fang an, anderen Leuten zuzuhören.«

»Bist du jetzt fertig? Dann will ich dir mal folgendes sagen: Erstens klingst du wie eins deiner Handbücher. Zweitens ist es mein Job, anderen Leuten zuzuhören, und ich mach ihn gut. Und drittens: Soll ich etwa nicht an die Decke gehen, wenn eine Dilettantin daherkommt und meinen Text ›korrigiert‹?«

Heike erbleichte.

»Jawohl! Im Englischen bist du Dilettantin«, sagte ich. »Es ist nichts weiter als die ganz gewöhnliche deutsche Arroganz, wenn du meinst, du könntest mein Englisch korrigieren.«

»Ach, dann sind es jetzt die Deutschen.«

»Ich lebe seit zwanzig Jahren hier. Ich glaube, ich weiß, worüber ich rede.«

»Wenigstens bist du ehrlich. Normalerweise bist du zu opportunistisch, um die Wahrheit zu sagen.«

»Du wählst das Wort ›opportunistisch‹«, entgegnete ich scharf. »Ich würde das Wort ›höflich‹ benutzen.«

Heike schnaubte.

»Warum mußt du immer so gottverdammt tough und kritisch sein?« Inzwischen war ich wütend. »Noch nie habe ich gehört, wie ein Deutscher sich entschuldigt. Als ob die Worte ›Es tut mir leid‹ in der deutschen Sprache nicht existieren. Warum bist du so stur? Warum kann man nicht mal einen Fehler machen und es auch zugeben, verdammt noch mal!«

Plötzlich erschien Pierre mit Brot und Butter, Heikes Wein und meinem Wasser an unserem Tisch. Ich schnappte mir ein trockenes Brötchen und riß ein Stück ab. Dann schaute ich wieder zu dem Spanferkeltisch. Die Frau beäugte mich. In höchstens vier Minuten, schätzte ich, war sie an unserem Tisch. Sie hatte schon den gewissen Blick.

»Was gibt's sonst Neues?« fragte Heike beinahe selbstironisch.

War das ihre Art, mir ein Friedensangebot zu machen? Sollte sie ruhig noch ein bißchen auf ihrem Stuhl hin und her rutschen. Ich nahm mir bewußt Zeit, Krume für Krume mein Brötchen zu verspeisen.

»Der *New Yorker* wird *Bingo Berlin* veröffentlichen«, sagte ich schließlich. »Marshas Freundin Susan Josephs hat mich gestern angerufen.«

»Wahnsinn!« Heike war sehr überrascht. Das warf ich ihr nicht vor. Ich war es auch gewesen.

»Sie meinte, es sei genau die richtige Mischung von witzig und sentimental. Und Berlin sei eine aufregende, faszinierende Stadt, und es lohne sich, darüber was zu bringen.«

»Das ist ja toll. Wirklich.«

Ja, es war toll. Schon bei dem bloßen Gedanken kriegte ich ein ganz warmes, wohliges Gefühl im Magen. Mein einziges Problem war nun, nach diesem Erfolg mit einer neuen Geschichte zu kommen. Wenn das nächste Teil kein Hit wurde – dann war's das gewesen. »Du bist immer nur so gut wie dein nächstes Projekt«, war der Lieblingsspruch meiner Produzentin Karla Menzel.

Der Gedanke an Karla Menzel verwandelte die wohlige Wärme in meinem Magen zu kaltem Grusel. Vor zwei Tagen war sie zu irgendeiner Medienkonferenz nach Köln gejettet und hatte Gisela, ihre Sekretärin, beauftragt, einen Termin mit mir für morgen früh zu vereinbaren.

»Warum?« hatte ich Gisela gefragt.

»Weiß ich nicht, aber es klang dringend.«

»Bitte, sag ihr doch, sie möchte mich anrufen.«

Aber Karla Menzel hatte nicht angerufen. Das konnte nur Ärger bedeuten. Ich grämte mich schon den ganzen Tag. Ich hasse es, wenn ich nicht weiß, was los ist. Und Karla war so unberechenbar und launisch. Ich wußte nie, was ihr im Kopf herumgeisterte. An einem Tag lobt sie mich als größte lebende Interviewerin diesseits des Atlantik, am nächsten nörgelt sie an meinem Akzent herum, meinen Fragen oder der Art, wie ich den Kopf neige, wenn ich vor der Kamera nachdenke.

»Du machst dir Sorgen, daß mein Kopf zu schief liegen könnte, Karla?« hatte ich einmal empört zu ihr gesagt. »Ich konzentriere mich darauf, meine Sache gut zu machen, und du machst dir Sorgen um einen 45-Grad-Winkel?«

»Die Einschaltquoten, Becky. Ich mache mir Sorgen um die Einschaltquoten. Die sind zu niedrig.«

»Was kann ich dafür, wenn du mich nur im dritten Programm unterbringst. Sogar mein Rochester-Malone-Interview hatte niedrige Einschaltquoten. Obwohl alle meinten, daß es großartig war. Und da habe ich den Kopf sogar in einem 90-Grad-Winkel gehalten. Die ganze Zeit.«

Es stimmte, alle waren sich einig gewesen, daß mein Gespräch mit dem irischen Muskelmann, dem Megastar Malone, hinreißend war. Alle außer mir. Ich fand es grauenhaft. Mittendrin war mir nämlich bewußt geworden, was an *Bei Becky*, mir selbst und dem Journalismus nicht stimmte.

Bei Becky war eine der letzten Stationen auf Rochester Malones deutscher Blitz-Promotiontour für seinen Action-Adventure-Streifen *McLimbo*. Die ersten paar Minuten unseres Interviews hatte er nur über seine Millionen und seine Luxusschlitten, seine Hollywoodvillen, Swimmingpools und Erfolge gelabert. Er war bester Laune – vermutlich, weil er sich endlich mit jemandem in echtem Englisch unterhalten konnte – und wurde allmählich locker. Ja, sogar sentimental. Er erzählte von seiner Böse-Buben-Kindheit in Boston und dem irischen Hammeleintopf seiner Mutter, aber vor allem von dem Horror seiner zweiten Scheidung.

Es war ein rundum gelungenes Interview, die Atmosphäre stimmte, und es kam viel dabei heraus. Aber plötzlich merkte ich, daß ich mit Malone richtig *reden* wollte, ihm nicht nur Fragen stellen, sondern Erfahrungen mit ihm austauschen wollte. Wie gern hätte ich ihm von Konrad erzählt, dem Computermusiker, der gerade mit mir Schluß gemacht hatte, und von Hannes, dem Schriftsteller, der mich mitten im Berliner Aquarium hatte sitzenlassen. Ich fand, wir hätten uns wunderbar gegenseitig Geschichten erzählen können, wie Fremde, die sich an einem faulen Sonntagmorgen in einem Café kennenlernen und in ein, zwei Stunden dicke Freunde werden. Ich hatte keine Villa, aber ich hätte ihm das Leben in einer Neuköllner Wohngemeinschaft in den Siebzigern schildern können, oder was für einen Spaß es macht, jeden Montag Skat zu spielen. Ich hätte ihm so manche Geschichte erzählen können. Aber das ging natürlich nicht. Das war nicht mein Job. Ich war Journalistin, Interviewerin, keine Geschichtenerzählerin. Man hatte mir beigebracht, daß die Geschichten anderer Menschen interessanter seien als meine, ihre Villen und Scheidungen und Swimmingpools bedeuteten der Welt mehr als meine Bude, Freunde oder Pompoms. Man hatte mir beigebracht, es sei egozentrisch und narzißtisch, das Wort »ich« zu benutzen.

Doch an dem Abend nach dem Rochester-Malone-Interview ging ich nach Hause, setzte mich an den Schreibtisch und begann endlich an *Bingo Berlin* zu arbeiten.

»Das sind ja wirklich grandiose Neuigkeiten. *Bingo Berlin*!« sagte Heike.

»Ich brauche einen guten Illustrator dafür«, sagte ich und verbannte Karla Menzel und Rochester Malone aus meinen Gedanken. »Und zwar muß er modern, witzig, intelligent, schnell und *billig* sein. Kennst du einen?«

Nach einem Moment Nachdenken erwiderte sie: »Wie wär's mit Benno Fabian? Er hat ein paar ordentliche Bilder für ein Buch gemacht, an dem wir neulich gearbeitet haben. Ein großer, schlanker Mann. Ein bißchen schüchtern, aber mit Tiefgang. Der elegante Gentleman-Typ. Seine Lippen sind ein bißchen dünn, aber seine Schultern eher breit und …«

»Heike, ich suche einen Illustrator, kein Model.«

Unser kleiner Streit war beinahe vergessen.

»Benno Fabian?« überlegte ich. »Ist das Frido Fabians

Bruder? Ich habe Frido vor ein paar Jahren interviewt, kurz bevor seine Platte *Früchte des Glücks* herauskam. Ich war ganz scharf auf ihn.«

»Benno hat das Cover gemacht, und wenn du auf Frido immer noch scharf bist – er ist zu haben. Ich habe neulich gelesen, daß sich seine dritte Frau gerade von ihm getrennt hat.«

»Wenn du nichts dagegen hast, warte ich lieber, bis die Scheidung durch ist.«

»Da wir gerade über Männer reden«, fuhr Heike fort, »hast du mal wieder was von deinem Spezi gehört?«

»Meinem Spezi? Was für ein Spezi? ›Arschloch-Spezi‹? Über den rede ich nicht.«

»Scheiß auf den Typ.«

»Ich habe eine lange Angora-Unterhose von ihm gefunden und zu Putzlappen zerschnitten. Als ich dann die fürchterlichen Ordner aus dem Schubkasten unter meinem Bett ausgemistet hatte, habe ich danach alles mit den Angoralappen saubergewischt.«

»Hat dir sicher gutgetan.«

»Nein, eigentlich fand ich's nicht mehr sonderlich befriedigend. Auf einmal war alles nicht mehr so wichtig. Es war viel aufregender, endlich diesen ganzen Kruscht loszuwerden.«

»Apropos deine Wohnung«, sagte Heike, »ich habe neulich was übersetzt, wo jemand mit der Behauptung zitiert wurde, daß Menschen, die immer versuchen, Ordnung in ihr Leben zu bringen, anal fixiert sind. Man hat sie als Babys zu lange in ihren schmutzigen Windeln liegen gelassen.«

Ich kicherte.

»Nein, hör doch«, beharrte Heike, »ich erzähle dir das zu deinem eigenen Besten. Laut einer bestimmten Theorie deutet Unordnung auf Kreativität, und ein vollkommen ordentlicher Raum ist ein Indiz dafür, daß ein Mensch vor sich selbst Angst hat und sich sein inneres Bedürfnis nach Kontrolle in dem äußeren Raum widerspiegelt. Was sagst du dazu?«

»Dazu kann ich nur sagen, wenn man Freundinnen wie dich hat, Heike, braucht man keine Feinde mehr. Können wir das Thema wechseln?«

»Aber eins muß ich dir lassen. Deine Disziplin beeindruckt mich. Wie machst du das?«

»Ich setze mir ein Ziel«, antwortete ich geschmeichelt. »Und ganz egal ...« Aah, die Spanferkeldame erhob sich.

»Heike«, flüsterte ich. »Sie kommt. Gleich steht sie hier am Tisch und sagt: ›Sind Sie nicht die Dame vom Fernsehen?‹«

»Und was sagst du dann?« flüsterte Heike zurück. »Ich sage: ›Ja, ich mach die Pornoshow im Kabelfernsehen.‹«

Die Frau, Ende Vierzig und in vollem Ornat – leuchtendgelbes Chanelkostüm mit glänzenden Goldknöpfen und schwarzen Borten, mehrere Lagen Goldketten, die in den Rüschen ihrer weißen Seidenbluse versanken –, schritt vorsichtig auf unseren Tisch zu. Ein Lächeln klebte auf ihrem Gesicht.

»Entschuldigung«, sagte sie.

»Ja?« antwortete ich überaus huldvoll.

»Wären Sie so freundlich, mir zu sagen, wie spät es ist?«

»Viertel vor neun«, sagte Heike wie aus der Pistole geschossen.

Die Dame lächelte und ging zur Toilette.

Schluck.

»Also, ich habe dich gefragt, wie du soviel Selbstdisziplin aufbringst«, sagte Heike, nicht ohne einen gewissen Triumph in der Stimme.

»Man setzt sich ein Ziel«, antwortete ich etwas kleinlaut. »Und behält es fest im Auge. Egal, was passiert, man darf nicht zulassen, daß einen irgendwas von dem Weg abbringt. Nichts!«

Plötzlich erschien Pierre an unserem Tisch.

»*Mademoiselle*«, murmelte er in meine Richtung. »Der *chef* bittet um Entschuldigung, aber wir haben keinen *coq* mehr, weder mit noch ohne *vin*. Wollen Sie die Speisekarte noch einmal sehen?«

»*Non!*« rief ich. »Wie schrecklich! Was soll ich denn jetzt bloß essen?«

Heike und Pierre schauten mich erwartungsvoll an.

»Okay«, sagte ich, »ich nehme das Spanferkel. Aber seien Sie bitte sparsam mit der Petersilie!«

Ich machte meinen Gürtel ein Loch weiter.

»Barry hat mich vor ein paar Wochen gefragt, was ich für einen IQ hätte«, erzählte ich Heike. »148, habe ich gesagt.«

»Zwei Kaffee, bitte«, gelang es Heike dem an uns vorbeieilenden Pierre zuzurufen. Sie zündete sich eine Zigarette an.

Das Spanferkel war wunderbar gewesen. Mein Magen befand sich in einem Zustand seliger Sättigung, meine Lippen waren wund vom vielen Fettabreiben mit den dicken Leinenservietten und mein Kopf trunken vor Befriedigung. Und natürlich plagten mich heftige Schuldgefühle, weil ich nicht nur Schwein gegessen, sondern mich auch wie eins benommen hatte.

»Dein IQ ist 148?« fragte Heike baß erstaunt.

»Nein. Das heißt, ich habe keine Ahnung, wie hoch er ist. Unsere Ergebnisse wurden sofort weggeschlossen. Aber einmal, da war ich dreizehn, bin ich zum Lehrerpult geschlichen, als die Lehrerin hinten im Raum die Pflanzen goß. Ich habe so getan, als spitzte ich meinen Bleistift über dem Papierkorb, aber in Wirklichkeit habe ich eine Reihe Ziffern in einem Buch überflogen, das aufgeschlagen auf dem Pult lag. Neben meinem Namen habe ich die Ziffern 1-3-2 gesehen.«

Heike schaute mich ungläubig an.

»Okay«, sagte ich. »Vielleicht stand nur 1-2-3 da, denn damals war ich auch schon kurzsichtig. Und streng genommen waren es vielleicht nicht mal unsere Testergebnisse. Es hätte wer weiß was sein können.«

»Becky, warum erzählst du mir das?«

»Um dich mental vorzubereiten.«

Sie nickte – zögernd, muß ich hinzufügen.

»Auf jeden Fall«, fuhr ich fort, »beugte ich mich gerade darüber, um besser sehen zu können, da fragte Miss Cohen, meine Lehrerin, von hinten aus dem Raum, was ich dort an ihrem Pult verloren hätte. Und ohne mit der Wimper zu zucken, habe ich geantwortet: ›Ach nichts, Miss Cohen. Ich habe nur meinen Bleistift gespitzt, und da ist was auf Ihr Pult gefallen, und ich habe es weggewischt, damit Sie nicht schmutzig werden.‹ Sie lächelte, bedankte sich, weil ich so rücksichtsvoll war, und ich ging hochzufrieden zurück zu meinem Platz und beschloß an Ort und Stelle, daß mein IQ von nun an wenigstens 123 sei, vielleicht sogar 132.«

»Warum rennst du dann durch die Gegend und behauptest, er sei 148?«

»Warum nicht? Ist doch auch egal. Ich kam mir jedenfalls sehr schlau vor, weniger wegen meiner neu erworbenen Intelligenz als vielmehr, weil ich wieder einmal bewiesen hatte, wie leicht man jemanden beschwindeln kann.«

Heike zog die Augenbrauen zusammen.

»Was ich damit nur sagen will«, fuhr ich fort, »ist, daß ich lüge.«

Heike dachte einen Augenblick über mein Bekenntnis nach. »Du neigst zu Übertreibungen, gut«, sagte sie schließlich. »Aber zwischen Lügen und Übertreiben besteht ein riesengroßer Unterschied.«

»Belassen wir es dabei, daß es immer ein Problem für mich war, das ›was ist‹ von dem ›was sein könnte‹ zu trennen und zu unterscheiden zwischen dem, was wirklich geschehen ist, und dem, was hätte geschehen können.«

»Willst du damit sagen: Es hätte ja sein können, daß du deinen Bleistift gespitzt hast, und deswegen kannst du auch behaupten, du hättest es getan. Und weil du nicht geistig zurückgeblieben bist, könnte dein IQ auch 148 sein. Folglich sagst du, er sei 148.«

»Genau.«

Heike die Vernünftige, muß man an dieser Stelle sagen, war selber nicht auf den Kopf gefallen. Ihr IQ ist mindestens 120.

»Was aber noch wichtiger ist, Heike, manchmal *fühle* ich mich wie ein 148er-Hirn. Zum Beispiel, wenn ich mit Barry zusammen bin. Bei ihm fühle ich mich ausgesprochen klug. Ein anderes Beispiel für das, was ich meine: Du weißt doch, daß ich immer erzähle, Hannes, der Schriftsteller mit der Zahnpasta, habe mir seine Liebe gestanden, als wir vor dem Iglu saßen.«

»Im Völkerkundemuseum, wenn ich mich recht erinnere.«

»Das ist gelogen.«

»Wirklich? Hat er nie gesagt, er sei in dich verliebt?«

»Doch! Aber nicht vor einem Iglu. Es war vor einem Südsee*korombu,* einem Kulthaus aus Nord-Neuguinea ...«

»Becky, darf ich bitte noch einmal fragen, warum du mir das alles erzählst? Nicht, daß ich es uninteressant fände. Ich will nur wissen, warum es relevant ist.«

»Heike, ich erzähle dir jetzt die Pompom-Geschichte. Ich erzähle dir etwas, was ich erlebt habe, als ich dreizehn war. Und da ich im tiefsten Inneren meines schamlosen Herzens doch ein ehrliches Mädchen bin, verspreche ich dir, wenn schon keinen wahrhaften Bericht der Ereignisse, so doch wenigstens, daß ich versuche, dir nach bestem Wissen und Gewissen zu vermitteln, wie ich es empfunden habe.«

Heike hob eine Braue. »Und du erinnerst dich daran?«

»Ja, ich glaube, ja. Ich stehe immer noch in Kontakt mit meinem dreizehn Jahre alten Ich.«

»Also, ich bitte dich!«

»Das meine ich ernst!« protestierte ich. »Es ist sehr gesund für Erwachsene, mit ihren jüngeren Ichs in Verbindung zu bleiben.«

»Und wie stellt man das an?« Sie dachte offenbar, ich spinne, hatte aber keine Lust, mir zu widersprechen.

»Indem man sie hereinläßt, wenn sie klopfen. Manchmal weckt mich mein dreizehnjähriges Ich mitten in der Nacht, und wenn ich die Kleine lasse, dann erinnert sie mich daran, wie es war, sie zu sein, wie es war, sich zum erstenmal zu verlieben oder von den Eltern in tödliche Verlegenheit gebracht zu werden oder sich etwas so entsetzlich zu wünschen, daß man, um es zu bekommen, sogar bereit ist, erwachsen zu werden. Sie ist ganz in Ordnung, mein dreizehnjähriges Ich, viel netter zum Beispiel als mein siebzehnjähriges. Oder mein fünfundzwanzigjähriges. Erinnerst du dich? Weißt du noch, wie eifersüchtig ich mit fünfundzwanzig war und abhängig und unsensibel? Da wird mir immer noch angst und bange.«

Heike starrte mich mit blankem Unverständnis an.

»Egal«, fuhr ich fort, »mein dreizehnjähriges Ich und ich haben uns neulich mal länger unterhalten, und da habe ich begriffen, daß wir viel mehr gemeinsam haben als nur einen flachen Busen.«

»Hat sie auch gelogen?«

»Sie hatte eine gewisse Begabung.«

Pierre kam mit unserem Kaffee und Heikes *marquise au chocolat*, die mit drei lockeren Kugeln Vanille-Mandel-Eis dekoriert war. »Dessert«, sagte er. Dann zückte er einen hübschen *petit* Löffel, schaute mich an und sagte: »Für Sie, *mademoiselle*, wenn Sie einmal kosten wollen.« Er legte den Löffel sorgsam neben meinen Kaffee.

»Vielen herzlichen Dank, Pierre«, antwortete ich höflich, »aber ich fürchte, ich habe keinen Platz mehr. Meine Aufnahmekapazität ist erschöpft.«

Pierre entschwand.

Ich betrachtete Heikes Nachtisch. Eine Augenweide. »Ich habe noch nie *marquise au chocolat* probiert«, sagte ich und nahm meinen Löffel. Ich schaufelte vorsichtig ein wenig Schokolade darauf und kappte dann behutsam einen der weichen weißen Eishügel.

»Auf jeden Fall, Heike«, sagte ich und hob den Löffel an die Lippen, »würde dir mein gegenwärtiges Ich so gern die Wahrheit und nichts als die Wahrheit erzählen. Aber es manipuliert die Wirklichkeit schon, es schönt seine Erinnerung. Es hat sich zum Beispiel entschieden, seine Geschichte mit den Worten ›Eines schönen Tages‹ zu beginnen. Schrecklich, unverbesserlich. Es weiß nämlich ganz genau, als die Geschichte anfing, war es in Wirklichkeit kalt, bewölkt und nieselig.«

Ich öffnete den Mund und verschlang die *marquise*.

Sara Paretsky

Drei-Punkt Po

Cinda Goodrich und ich kannten uns vom Joggen. Sie war Berufsfotografin und arbeitete zu genauso unregelmäßigen Zeiten wie ich in meinem Job als Privatdetektivin. Wir trafen uns oft am Vormittag am Belmont Harbor. Dann hatten wir das Ufer des Lake Michigan für uns, denn die schnieken jungen Karrieremenschen joggen ziemlich früh, damit sie es zu ihren wichtigen Terminen um acht Uhr morgens schaffen.

Cinda joggte manchmal zusammen mit ihrem Freund Jonathan Michaels und immer mit ihrem Golden Retriever Drei-Punkt Po, kurz Po. Der Name der Hündin hatte eine ganz persönliche Bedeutung für Cinda und Jonathan; sie lachten nur und schüttelten den Kopf, wenn ich sie danach fragte.

Jonathan spielte Klavier, oft auch bei privaten Partys spät in der Nacht. Er stand selten vor Mittag auf und überließ die körperliche Ertüchtigung gewöhnlich Cinda und Po. Cinda joggte immer, egal, ob die Sonne herunterbrannte oder ob es schneite. Ich quäle mich jede Woche vierzig Kilometer ab, um gegen das Alter und die Kalorien anzukämpfen, Cinda hingegen absolvierte jeden Morgen mit fast andächtiger Hingabe mehr als fünfzehn Kilometer.

Im Dezember sah ich sie einmal eine ganze Woche lang nicht und überlegte, ob sie vielleicht krank war. Am folgenden Sonntag jedoch begegneten wir uns wieder auf der kleinen Landzunge vor Belmont Harbor – sie kehrte von ihrer ungefähr fünf Kilometer langen Strecke im Norden zurück, und ich wollte gerade umdrehen, um wieder nach Hause zu laufen. Während wir nebeneinander herjoggten, erzählte sie mir, daß sie von Eli Burton, dem schicken Kaufhaus an der North Michigan Avenue, den Auftrag bekommen hatte, Kinder im Gespräch mit dem Weihnachtsmann zu fotografieren. Sie verzog das Gesicht.

»Eric Liebermann mußte sich seine Sporen wahrscheinlich nicht so verdienen, aber wenigstens bedeutet das, daß Jonathan und ich den Januar auf den Bahamas verbringen können.« Sie rief Po, die an einem toten Vogel auf den Felsen am Wasser herumschnüffelte, und lief weiter.

In der Woche vor Weihnachten fielen die Temperaturen plötzlich. Es war der kälteste Dezember der Geschichte. In meinem Wohnzimmer war es so kalt, daß ich mich nicht darin aufhalten konnte; ich erledigte alles eingemummt vom Bett aus und stellte mir sogar den Fernseher ins Schlafzimmer. Am Weihnachtsabend ging ich nicht aus dem Haus.

Am ersten Weihnachtsfeiertag sollte ich Freunde in einem nördlichen Vorort besuchen. Ich hüllte mich in eine Decke und ging ins Wohnzimmer, um das Eis am Fenster wegzukratzen. Ich wollte sehen, wie tief verschneit die Halsted Street war, und ging davon aus, daß mein armer kleiner Omega nicht einmal anspringen würde.

Ich war seit dem Temperatursturz vor fünf Tagen nicht mehr beim Joggen gewesen und kam mir ein bißchen schwabbelig vor. Eigentlich hätte ich mich zwingen sollen hinauszugehen, aber ich war zu träge, dem Wetter zu trotzen. Ich wollte gerade wieder ins Schlafzimmer zurück und ein paar Geschenke einpacken, als mir der Golden Retriever auffiel, der flott die Straße hinunterlief. Es war Po, und hinter der Hündin lief Cinda, mit einer warmen orangefarbenen Daunenjacke und einer Skimütze.

»Das ist doch nicht zu fassen«, murmelte ich. Wenn sie das kann, schaffe ich es auch. Ich zog Skiunterwäsche, zwei Paar wollene Socken, Sweatshirts und eine Daunenjacke an und versuchte, mir mit folgenden Sprüchen Mut zu machen: »Wer nicht wagt, der nicht gewinnt« und »Dabeisein ist alles«.

Die Sprüche halfen mir bis vor die Tür, aber auf die Kälte draußen war ich nicht gefaßt. Der Wind preßte mir die Luft aus den Lungen, und ich keuchte. Ich stolperte zurück in den Hauseingang, band mir einen Schal vors Gesicht, setzte Ohrenschützer, eine Wollmütze und eine Sonnenbrille auf, um die Augen zu schützen.

Trotzdem mußte ich mich überwinden. Nach gut einem Kilometer war die Blutzirkulation in Gang gekommen, und meine Arme und Beine erwärmten sich, aber meine Füße waren immer noch kalt, und nicht einmal meine dicke Vermummung konnte den Wind daran hindern, meine Wangen abzuscheuern. Es waren nur wenige Autos auf der Straße und keine Leute, alles war wie ausgestorben. So würde es nach einem Atomkrieg sein: keine Menschen, klirrende Kälte und Schnee, der wie ein Sandsturm in der Wüste über den Boden trieb.

Am Lake sah es noch gruseliger aus: Dampf stieg dort auf wie aus einem riesigen Kessel. Das Wasser war hinter den schweren Nebelschleiern nicht zu sehen. Ich blieb einen Augenblick lang staunend stehen, doch der Wind bohrte sich schnell durch meine Kleiderschichten.

Der Weg am Lake entlang wand sich kurvig zu der Landzunge, so daß man nie weiter als ein paar Meter sehen konnte. Ich erwartete, daß ich auf dem Rückweg Cinda und Po begegnen würde, kam aber lediglich an einem einsamen männlichen Jogger vorbei, dessen Gesicht unter der blauen Skimütze und der khakifarbenen Daunenjacke nicht zu erkennen war.

Ganz draußen auf der Landzunge blies der Wind ungehindert über den Lake. Er trieb heulend Schnee und Eiskügelchen herüber. Ich wollte gerade umdrehen und wieder nach Hause joggen, als ich durch den schneidenden Wind einen Hund bellen hörte. Eigentlich wollte ich nicht zum Wasser hinunter, aber was war, wenn Po seine Herrin verloren hatte?

Die Felsen, die zum Lake hinunterführten, waren mit Eis überzogen. Ich rutschte und stolperte und versuchte verzweifelt, mich mit Fingern und Füßen festzukrallen – selbst wenn jemand vorbeikam, würde ich ein Bad im eiskalten Wasser nicht überstehen.

Schließlich entdeckte ich Po auf einem flachen Felsen. Sie stand an der Stelle, an der er auf das nebelverhangene Wasser überhing, und bellte wie wild. Ich rief »Po«. Sie drehte sich kurz um, wollte aber nicht kommen.

Ich konnte mir schon vorstellen, was mich erwartete, wenn ich mich bis zur Spitze des Felsens vorarbeitete. Ich legte mich flach auf den eisigen Felsen, hakte die Füße am einen Ende ein und schob mich durch den Nebel vor, um ins Wasser zu schauen. Als Po merkte, daß ich mich näherte, hörte sie zu bellen auf und rannte winselnd hin und her.

Cindas Körper war unter der Oberfläche gerade noch zu erkennen. Von der Stelle aus, wo ich lag, waren es ungefähr eineinhalb Meter bis zum Wasser. Ich konnte sie nicht erreichen und wagte es nicht, hineinzuspringen. Nachdem ich verzweifelt überlegt hatte, was zu machen sei, löste ich den langen Schal von meinem Hals. Ich machte ihn an einem gezackten Felsvorsprung neben mir fest und wand das andere Ende mit einem Stoßgebet um meine Taille.

Wenn ich den Oberkörper nach vorn beugte, konnte ich das Wasser erreichen. Ich hielt den Atem an und tauchte die Arme hinein. Was für ein Schock! Ich konzentrierte mich auf Cinda, auf den Hund, auf den Gedanken an Weihnachten in einem nördlichen Vorort, auf alles andere als auf die Kälte, die meine Arme beinahe lähmte. »Du hast nur eine Chance, Vic. Die darfst du nicht vertun.«

Das Gewicht ihres Körpers hätte mich fast zu Cinda hineingezogen. Ich rutschte über den eisigen Felsen, bis ich endlich Halt an dem Felsvorsprung fand, an dem ich meinen Schal festgebunden hatte. Po war keine große Hilfe. Sie setzte sich neben mich und wimmerte vor Angst, während ich ihre Herrin aus dem Wasser zerrte. Cindas Kleider hatten sich mit Wasser vollgesaugt, wahrscheinlich wog sie hundert Kilo. Ein paarmal wäre sie mir beinahe entglitten, fast wäre ich selbst ins Wasser gerutscht, doch schließlich gelang es mir, sie herauszubekommen. Ich versuchte verzweifelt, sie wiederzubeleben, und Po leckte besorgt ihr Gesicht, aber es bestand keine Hoffnung. Irgendwann wurde mir klar, daß ich selbst erfrieren würde, wenn ich noch länger dort bleiben würde. Ich versuchte, Po mitzulocken, doch sie wollte nicht von Cindas Seite weichen. Ich rannte so schnell ich konnte zum Hafen zurück, wo ich einen Wagen anhielt. Ich klapperte so sehr mit den Zähnen, daß ich fast kein Wort herausbrachte, konnte den Fremden aber klarmachen, daß draußen auf der Landzunge eine Tote lag. Sie fuhren mich zum Polizeirevier an der Town Hall.

Den größten Teil des Weihnachtstages verbrachte ich unter dicken Decken im Bett und löffelte heiße Suppe, die mir meine Freundin Dr. Lotty Herschel gekocht hatte. Ich hatte Frostbeulen an zwei Fingern, doch Lotty meinte, daß sie wieder verschwinden würden. Um sieben Uhr ging sie zum Abendessen bei ihrer Krankenschwester Carol Alvarado und deren Familie.

Die Polizei hatte Cinda weggebracht, und Jonathan hatte Po überredet, mit ihm nach Hause zu kommen. Wahrscheinlich war es zu einer ziemlich tragischen Szene gekommen – Jonathan hatte geweint, und der Hund hatte sich nicht von Cindas Leiche trennen wollen. Ich war selbst nicht dort gewesen, hatte es mir aber von einem befreundeten Reporter erzählen lassen.

Es war erst acht Uhr, als das Telefon neben meinem Bett zu klingeln begann, doch ich schlief bereits, dick in Decken gehüllt. Vermutlich hatte es bereits acht- oder neunmal geklingelt, bevor ich aufwachte, und es dauerte noch eine ganze Weile, bevor ich einen meiner wunden Arme ausstreckte, um den Hörer abzunehmen.

»Hallo?« fragte ich groggy.

»Vic. Vic, tut mir leid, daß ich dich störe, aber ich brauche deine Hilfe.«

»Wer ist denn dran?« Allmählich wurde ich wach.

»Jonathan Michaels. Sie haben mich festgenommen, weil sie glauben, daß ich Cinda umgebracht habe. Mehr als diesen einen Anruf erlauben sie mir nicht.« Er versuchte, zusammenhängend zu reden, aber seine Stimme kippte.

»Cinda umgebracht?« wiederholte ich. »Ich hab' gedacht, sie ist ausgerutscht und hingefallen.«

»Offenbar hat jemand sie erwürgt und sie ins Wasser gestoßen, nachdem sie tot war. Bitte frag mich nicht, woher die das wissen. Und frag mich auch nicht, warum sie glauben, daß dieser Jemand ich war. Das Problem ... das Problem ist Po. Ich hab' niemanden, der auf sie aufpassen könnte.«

»Wo bist du jetzt?« Ich schwang die Beine über die Bettkante und zog meine lange Unterhose an. Er war in ihrer gemeinsamen Wohnung, ungefähr vier Häuser von meinem Apartment entfernt, und auf dem Weg zum Polizeirevier und dann zum Cook-County-Gefängnis. Der Beamte, der ihn festgenommen hatte, befand sich offenbar in Weihnachtsstimmung und würde ihn auf mich warten lassen, wenn ich mich beeilte.

Als ich auflegte, war ich bereits halb angekleidet und zog nur noch meine Jeans, Stiefel und einen dicken Pullover an. Jonathan und zwei Polizisten standen schon an seiner Haustür, als ich herbeieilte. Er gab mir seine Wohnungsschlüssel. Aus der Ferne hörte ich Pos gedämpftes Bellen.

»Hast du einen Anwalt?« fragte ich.

Jonathan, normalerweise ein fröhlicher junger Mann mit Bart und langen, blonden Locken, sah jetzt ziemlich ungepflegt aus. Er schüttelte trübsinnig den Kopf.

»Den wirst du aber brauchen. Ich kann dir jemanden suchen oder dich selber vertreten, bis wir einen Besseren finden. Ich praktiziere nicht mehr, also brauchst du einen richtigen Anwalt, aber ich könnte dir zumindest bei den Formalitäten helfen.«

Er nahm dankbar an, und ich folgte ihm in den wartenden Polizeiwagen. Die Beamten beantworteten keine meiner Fragen. Als wir im Polizeipräsidium in der Eleventh Street eintrafen, bestand ich darauf, mit dem zuständigen Beamten zu sprechen, und wurde zu Detective Sergeant John McGonnigal gebracht.

McGonnigal und ich kannten uns von früher. Er war ein stämmiger junger Mann, vor dem ich Hochachtung hatte. Ich war mir nicht so sicher, ob das auch umgekehrt so war. »Fröhliche Weihnachten, Sergeant. Schrecklich, an so einem Tag Dienst zu haben, stimmt's?«

»Fröhliche Weihnachten, Miss Warshawski. Was machen Sie denn hier?«

»Ich vertrete Jonathan Michaels. Irgend jemand ist auf die Idee gekommen, daß er heute morgen Miss Goodrich in den Lake Michigan gestoßen hat.«

»Das ist nicht nur so eine Idee. Sie wurde erwürgt und in den See gestoßen, als sie bereits tot war. Er hat kein Alibi für die betreffende Zeit.«

»Kein Alibi! Und wer in dieser Stadt hat eins?«

Es steckte mehr dahinter, erklärte er mir steif. Nachbarn von Michaels und Cinda – im gleichen Stockwerk und darunter – hatten die beiden spät in der Nacht streiten hören. Sie hatten den Streit am Morgen wieder aufgenommen.

Schließlich hatte Cinda gegen halb zehn die Tür hinter sich zugeschlagen und war zusammen mit dem Hund aus dem Haus gestürmt.

»Er ist ihr nicht gefolgt, Sergeant.«

»Woher wollen Sie das wissen?«

Ich erklärte ihm, daß ich Cinda von meinem Wohnzimmerfenster aus beobachtet hatte. »Und da draußen auf der Landzunge bin ich Mr. Michaels nicht begegnet. Ich habe nur einen einzigen Menschen gesehen.«

Er stürzte sich auf diese Information. Wieso war ich mir sicher, daß dieser Mensch nicht Jonathan gewesen war? Schließlich erklärte McGonnigal sich bereit, Jonathans Kleidung durchzugehen, um festzustellen, ob er eine marineblaue Skimütze und eine khakifarbene Jacke besaß. Außerdem wies McGonnigal mich darauf hin, daß es zwei Zugänge zu der Landzunge gab – Jonathan hätte sie durchaus in Richtung Norden verlassen können.

»Vielleicht. Aber das ist eine winzige Möglichkeit, und die wird sich ziemlich schnell zerschlagen. Ich brauche jetzt ein bißchen Zeit allein mit meinem Mandanten.«

McGonnigal war alles andere als beglückt darüber, daß ich Michaels vertreten wollte, konnte aber nichts dagegen tun. Er ließ uns in einem kleinen Vernehmungszimmer allein.

»Ich gehe mal davon aus, daß du Cinda nicht umgebracht hast«, sagte ich forsch. »Aber der Form halber: Hast du's getan?«

Er schüttelte den Kopf. »Nein. Selbst wenn ich aufgehört hätte, sie zu lieben, was nicht der Fall ist, würde ich meine Probleme nicht so lösen.« Er fuhr sich mit der Hand durch die langen Haare. »Ich kann das alles nicht fassen. Ich kann's noch nicht mal glauben, daß Cinda tot ist. Das ist alles so schnell gegangen. Und jetzt haben sie mich festgenommen.« Er hatte schöne Hände mit langen, kräftigen Fingern. Sie waren kräftig genug, um jemanden zu erdrosseln.

»Worüber habt ihr euch heute morgen gestritten?«

»Gestritten?«

»Stell dich nicht dumm, Jonathan; ich bin hier die einzige, die dir hilft. Eure Nachbarn haben euch gehört – deswegen hat die Polizei dich verhaftet.«

Er lächelte ein bißchen dümmlich. »Ach, das klingt jetzt alles so albern. Ich denke die ganze Zeit, wenn ich sie nicht so wütend gemacht hätte, wäre sie vielleicht nicht da raus. Und dann wäre sie jetzt noch am Leben.«

»Vielleicht. Vielleicht auch nicht. Worüber habt ihr euch gestritten?«

Er zögerte mit seiner Antwort. »Über die verdammten Weihnachtsmannfotos, die sie gemacht hat. Ich hab' sowieso nicht gewollt, daß sie den Auftrag annimmt. Sie ist – sie war eine zu gute Fotografin, um ihre Zeit mit solchem Zeug zu verschwenden. Sie ist wütend geworden und hat mich gefragt, was ich mir eigentlich einbilde. Die ganze Sache hat angefangen, weil heute früh um eins jemand angerufen hat. Ich war gerade von einem Gig zurückgekommen«

– plötzlich lächelte er gequält – »von einem Lawrence-Welk-Gig, und da hat das Telefon geklingelt. Jemand, den sie bei dem Weihnachtsmanntermin aufgenommen hatte. Er hat gesagt, er ist ziemlich schüchtern und möchte nicht, daß er zusammen mit seinem Kind auf dem Foto zu sehen ist. Dann hat er gefragt, ob sie ihm die Negative vorbeibringen könnte.«

»*Sie* hatte die Negative? Nicht Burton's?«

»Ja. Idiotisch. Sie hat den Film selber entwickelt. Offenbar hatte der Typ zuerst bei Burton's angerufen. Kurzum: Sie hat sich bereit erklärt, ihn heute zu treffen und ihm die Negative zu geben, und ich war wütend. Warum sollte sie an Weihnachten aus dem Haus gehen, bloß damit so ein Trottel seinen Willen kriegt? Und warum hatte sie die dämlichen Bilder überhaupt gemacht?«

Plötzlich fiel sein Gesicht in sich zusammen, und er fing zu schluchzen an. »Sie war wunderschön, und ich habe sie sehr geliebt. Warum bloß habe ich mit ihr gestritten?«

Ich tätschelte seine Schulter und hielt seine Hand, bis er zu weinen aufhörte. »Weißt du, wenn sie sich mit dem Anrufer treffen wollte, ist er wahrscheinlich auch ihr Mörder.«

»Das habe ich mir auch schon gedacht. Und ich hab's der Polizei erzählt. Aber die haben gesagt, so was würde ich mir unter den gegebenen Umständen natürlich ausdenken.«

Ich quetschte ihn noch ungefähr eine halbe Stunde lang aus. Was hatte sie über den Anrufer gesagt? Hatte er ihr seinen Namen gegeben? Nein, sie kannte seinen Namen nicht. Woher hatte sie dann gewußt, welche Negative die richtigen waren? Das wußte sie nicht – sie wußte nur den Tag und die Uhrzeit, zu der er dagewesen war, also nahm sie alle Negative des betreffenden Morgens mit. Mehr wußte er nicht; sie war zu wütend gewesen, um ihm zu sagen, was sie mitnahm. Ja, sie hatte die Negative dabei gehabt.

Er gab mir genaue Anweisungen, wie ich mich um Po zu kümmern hätte. Nur Trockenfutter. Beim Essen nichts abgeben. So oft spazierengehen, wie ich wollte – sie war gern draußen und liebte Schnee und Wasser. Sie folgte aufs Wort und lief nie an der Leine. Bevor ich ging, unterhielt ich mich noch mit McGonnigal. Er erklärte mir, er würde die Geschichte mit dem Mann auf dem Foto von Burton's am nächsten Tag weiterverfolgen, nähme die Sache aber nicht so ernst. Er sagte mir, sie hätten keine Filme bei Cinda gefunden, und zwar deshalb, weil sie keine mitgenommen habe – Jonathan hätte sich das ausgedacht. Allerdings erklärte er sich bereit, Jonathan über Nacht im Präsidium in der Eleventh Street zu behalten. Am Morgen konnte er einen Antrag auf Kaution stellen, damit er nicht in die Fänge der Banden im Cook-County-Gefängnis geriete.

Ich nahm ein Taxi zurück zur North Side. Es war nicht viel Verkehr, so daß wir schnell vorankamen. Fast nach jedem Kilometer kamen wir an einem verlassenen Wagen am Straßenrand vorbei, so daß die arktische Landschaft noch trostloser aussah als vorher.

Als ich in Jonathans Wohnung war, kostete es mich große Überwindung, mit dem Hund noch einmal hinauszugehen. Po begleitete mich brav, drehte sich jedoch immer wieder um und sah mich an, als hoffe sie, ich könnte mich in Cinda verwandeln.

Als wir zurückkamen, hatte ich keine Kraft mehr, in meine eigene Wohnung zu gehen. Im Schlafzimmer ließ ich meine Kleider auf den Boden fallen und legte mich ins Bett.

Der Tag der Unschuldigen Kinder, den meine katholischen, polnisch-stämmigen Verwandten mit großen Feierlichkeiten begehen, war schon ziemlich weit fortgeschritten, als ich wieder aufwachte. Po sah mich mit ihren braunen Augen tadelnd an und hechelte. »Schon gut, schon gut«, brummte ich, schlug die Decke zurück und rappelte mich hoch.

Am Abend zuvor war ich zu müde gewesen, um mich nach dem Bad umzusehen. Jetzt fand ich es; es war Teil einer großen Dunkelkammer. Offenbar hatte Cinda die Verbindungswand zum Eßzimmer herausgerissen, um Platz für ein Waschbecken und eingebaute Regale zu schaffen. Überall hingen Abzüge, und Chemikalien und Damenunterwäsche lagen friedlich, wenn auch unpassend, durcheinander. Ich borgte mir eine Zahnbürste und schnüffelte vorsichtig an der Zahnpastatube, um sicherzugehen, daß sich darin wirklich Crest und keines der Entwicklungsmittel befand.

Dann zog ich mich an und führte Po rund um den Block. Die Temperaturen waren deutlich gestiegen; auf einem Thermometer an der Ecke sah ich, daß es –13 Grad hatte. Po wollte zum Lake rennen, aber ich fühlte mich an jenem Morgen nicht in der Lage, so weit zu gehen, und konnte sie nur mit Mühe zurückrufen. Falls mein Wagen nach dem Mittagessen ansprang, konnten wir nachsehen, ob sich im Schnee irgendwelche Hinweise verbargen.

Ich rief Lotty von Cindas Wohnung aus an und erklärte ihr, wo ich mich befand und warum. Sie sagte mir, ich sei ganz schön dumm, daß ich so früh wieder aufgestanden sei, aber wenn ich mir jetzt keine Lungenentzündung geholt hätte, würde ich wahrscheinlich überleben, bis jemand versuchte, mich zu erschießen. Besonders viel Mut machte mir das nicht.

Während ich mir in Cindas Küche Kaffee und Toast

machte, fing ich an, verschiedene Anwälte anzurufen, um jemanden aufzutreiben, der bereit war, Jonathan zu vertreten. Tim Oldham, der zusammen mit mir Jura studiert hatte, hatte sich inzwischen eine hübsche Kanzlei aufgebaut. Er war zwar nicht sonderlich begeistert von der Aussicht, einen Mandanten mit wenig Geld zu übernehmen, aber ich übte einfach ein bißchen nicht allzu subtilen Druck auf ihn aus, indem ich ihm erzählte, ich hätte ihn vor ein paar Wochen in Gesellschaft einer Lady an der Gold Coast gesehen, die wenig Ähnlichkeit mit seiner Frau hatte. Er versprach mir, daß Jonathan noch vor dem Abend wieder zu Hause sein würde, bedachte mich mit ein paar wenig schmeichelhaften Schimpfworten und legte auf.

Abgesehen von der Küche, dem Schlafzimmer und der Dunkelkammer gab es in der Wohnung noch einen anderen Raum, der fast völlig von einem Flügel eingenommen wurde. Auf dem Boden stapelten sich die Noten – Jonathan konnte sich entweder keine Regale leisten, oder er hielt sie für überflüssig. An den Wänden hingen postergroße Fotos von Jonathan am Klavier, die Cinda aufgenommen hatte. Sie waren wirklich gut.

Ich ging noch einmal in die Dunkelkammer und suchte ein bißchen in den Fotos herum. Cinda hatte alle Weihnachtsmannfotos in ordentlich beschriftete Umschläge gesteckt. Der Name eines jeden Kindes stand sorgfältig neben der Negativnummer auf der betreffenden Filmrolle. Ich schaltete eine Lichtschiene an und begann mir die Negative anzusehen. Sie hatte drei Wochen lang jeden Tag fotografiert, so daß Tausende von Bildern zusammengekommen waren.

Es glich der sprichwörtlichen Suche nach der Nadel im Heuhaufen. Die meisten der Fotos zeigten Kinder. Dazu kamen noch ein paar, die Cinda zum eigenen Vergnügen von den Zuschauern gemacht hatte, und einige künstlerische Aufnahmen durch Glas auf reflektierende Lichter. Wahrscheinlich war der Anrufer einer von den Zuschauern.

Nach dem Mittagessen ging ich mit Po zu meinem Wagen. Sie begleitete mich willig und sprang voller Freude auf den Rücksitz. »Du bist wirklich zu vertrauensselig«, sagte ich. Sie sah mich freundlich an und hechelte. Nach kurzem Brummen sprang der Omega tatsächlich an, und ich fuhr in Richtung Norden zur Bryn Mawr Avenue und wieder zurück, damit sich die Batterie ordentlich auflud, bevor ich in den Parkplatz am Belmont Harbor einbog. Po war fast außer sich vor Aufregung und schlug mit dem Schwanz gegen das hintere Fenster, bis ich die Tür öffnete und sie herausließ. Sie rannte mir auf dem Uferweg voran. Ich versuchte nicht, sie zurückzurufen; ich konnte mir schon denken, daß ich sie an Cindas Fels wiederfinden würde.

Ich ging ganz langsam und suchte den Boden nach Spuren ab – einem Film? Einer Visitenkarte? Heute ging längst nicht soviel Wind, die Luft war wärmer und die Sicht gut. Trotzdem fand ich nichts.

Am Lake hatten sich die Nebel gehoben, so daß das Wasser stahlgrau dalag. Wie erwartet, stand Po auf dem Felsen, auf dem ich sie gestern gefunden hatte. Sie bot ein Bild des Jammers. Offenbar hatte sie erwartet, ihre Herrin dort anzutreffen.

Ich durchkämmte das Gebiet sorgfältig und fand schließlich eine graue Filmdose, die jedoch leer war. Ich schob sie in die Tasche, denn ich konnte sie zumindest McGonnigal zeigen und hoffen, daß er sie wichtig finden würde. Po ließ sich nur mit allergrößtem Widerwillen von dem Felsen weglocken. Als wir wieder auf dem Uferweg waren, wandte sie sich ständig nach Cinda um. Ich mußte sie in den Wagen heben. Auf der Fahrt zum Polizeipräsidium drehte sie sich immer wieder auf dem Rücksitz herum, was ihr gar nicht so leicht fiel, weil sie größer war als der Sitz.

McGonnigal schien nicht sonderlich beeindruckt von der Dose, die ich gefunden hatte, aber er nahm sie und schickte sie der Spurensicherung. Ich fragte ihn, was er bei Burton's erfahren hatte; sie hatten dort keine Abzüge von Fotos, die waren alle bei Cinda. Wenn jemand ein Bild bestellen wollte, schickte er seinen Namen an Cinda, und sie lieferte das Foto. Sie hatten McGonnigal eine Kopie der Liste mit den siebenhundert Leuten gegeben, die Bilder wollten, und er ließ sie von jemandem durchsehen, um festzustellen, ob sich irgendwelche namentlich bekannten Kriminellen darunter befanden, aber offenbar hielt er das für Zeitverschwendung. Wenn sein Chief Lieutenant Robert Mallory nicht ein Freund meines Vaters gewesen wäre, hätte er vermutlich nicht einmal diese Anstrengung unternommen.

Ich schaute noch kurz bei Jonathan vorbei, der einigermaßen guter Laune zu sein schien. Er erzählte mir, daß Tim Oldham bei ihm gewesen war. »Er hält mich für einen Hippie und meint wohl, daß ich im Vergleich mit seinen sonstigen Mandanten nicht besonders interessant bin, aber ich spüre, daß er sein Bestes gibt.« Er übte gerade ein Stück von Schubert auf der Bettkante, die er als Tastatur benutzte. Ich sagte ihm, Po gehe es gut, doch sie warte draußen im Wagen auf mich, und deshalb müsse ich gehen.

Den restlichen Nachmittag verbrachte ich damit, Cindas Weihnachtsmannfotos durchzugehen. Ich hatte ungefähr ein Drittel davon angesehen, als Tim Oldham mich um fünf anrief, um mir mitzuteilen, daß Jonathan noch eine Nacht hinter Gittern verbringen müsse, weil er wegen der

Feiertage keinen Antrag auf Kaution hatte stellen können.

»Du schuldest mir was, Vic; undankbarere Feiertage habe ich bis jetzt kaum erlebt.«

»Du dienst der Gerechtigkeitsfindung, Tim«, sagte ich fröhlich. »Was könntest du dir Schöneres wünschen? Denk an den Eid, den du geschworen hast, als du Anwalt geworden bist.«

»Da denk' ich lieber an die Flüche, die ich dir gern an den Kopf werfen würde«, brummte er.

Ich lachte und legte auf. Dann führte ich Po noch ein letztes Mal spazieren, gab ihr das abendliche Fressen und machte Anstalten, wieder in meine eigene Wohnung zurückzukehren. Als die Hündin sah, daß ich meinen Mantel anzog, ließ sie ihre Futterschüssel im Stich und begann, schwanzwedelnd um mich herumzulaufen, um mir zu zeigen, daß sie gern spielen würde. Ich rief immer wieder »nein«, jedoch ohne Erfolg. Sie faßte das nur wieder als neues Spiel auf – schließlich wußte sie, daß die Menschen immer so taten, als solle sie sie nicht begleiten, sie aber letztendlich doch mitnahmen.

Sie war ziemlich aufgeregt, als ich sie wieder in die Wohnung zurückschob, und begann zu bellen, als ich die Tür zuschloß. Golden Retriever sind eigentlich keine Kläffer; sie bellen selten und winseln nie. Ihre Stimme ist tief und voll und kommt aus dem Bauch.

Cindas Wohnung befand sich im zweiten Stock. Vom Erdgeschoß aus konnte ich Po immer noch hören, sogar noch vor dem Haus. »Verdammt!« murmelte ich. Wie lange würde sie das wohl durchhalten? Waren Hunde wie Babys? Ignorierte man sie eine Weile und zwang sie so einzuschlafen? Funktionierte das überhaupt bei Babys? Auch nachdem ich fünf Minuten im eisigen Wind gestanden hatte, hörte ich Po noch. Ich fluchte leise vor mich hin und ging wieder ins Haus.

Sie war ganz aus dem Häuschen, als sie mich sah, sprang an mir hoch und leckte mir das Gesicht ab, um mir zu zeigen, daß sie mir nicht böse war. »Nun übertreib mal nicht«, sagte ich mit strenger Stimme. Sie wedelte voller Freude mit dem Schwanz. »Du bist jetzt eine Waise; so herzlos kann ich nicht sein.«

Sie stimmte mir zu und folgte mir hocherfreut die Treppe hinunter und in meine Wohnung. Dort nahm ich ein Bad, zog mich um, machte mir etwas zu essen und sah die Post durch. Dann ging ich mit Po rund um den Block, zu einem kleinen Park und wieder zu ihrer eigenen Straße. Diesmal nahm ich meine eigene Zahnbürste mit; es hatte nicht viel Sinn, den Hund allein zu lassen, bis Jonathan wieder freigelassen wurde.

Cinda und Jonathan hatten nur wenige Möbel, besaßen dafür aber eine wunderbare Stereoanlage und eine große Plattensammlung. Ich legte eine mit Quartetten von Benjamin Britten auf, holte mir einen Roman aus dem Stapel technischer Bücher auf Cindas Seite des Betts und riß mir eine Flasche Burgunder unter den Nagel. Dann rollte ich mich mit Buch und Wein auf einem Knautschsessel zusammen. Po legte sich zu meinen Füßen auf den Boden und hechelte zufrieden vor sich hin. – Eine friedliche häusliche Idylle. Vielleicht sollte ich mir einen Hund zulegen, dachte ich.

Kurz nach Mitternacht war ich mit dem Buch und der Flasche Wein fertig und ging ins Bett. Po tappte hinter mir ins Schlafzimmer und rollte sich auf dem Bettvorleger zusammen. Ich schlief schnell ein.

Etwa zwei Stunden später schlug Po an und weckte mich auf. »Was ist denn los, altes Mädchen? Hast du Alpträume?«

Ich wollte mich gerade umdrehen und weiterschlafen, als sie noch einmal bellte. »Ruhig jetzt!« sagte ich.

Ich hörte, wie sie aufstand und zur Tür ging. Und dann hörte ich auch das Geräusch, das ihre scharfen Ohren vor mir wahrgenommen hatten. Jemand versuchte, in die Wohnung einzudringen. Jonathan konnte es nicht sein, denn ich hatte seine Schlüssel, und außerdem versuchte der Jemand es mit einem Dietrich. Ich hatte meine Jeans, Stiefel und das Sweatshirt innerhalb von dreißig Sekunden an und hielt mich nicht lange mit der Unterwäsche auf. Der Eindringling hatte inzwischen das untere Schloß geknackt und war gerade mit dem oberen beschäftigt.

Po stand vor der Tür, das Nackenfell gesträubt. Sie gehorchte meinem geflüsterten Befehl und bellte nicht. Dann folgte sie mir widerwillig in die Dunkelkammer mit Bad. Ich scheuchte sie in die Duschkabine und zog den Vorhang so leise wie möglich zu.

Wir warteten in der Dunkelheit, während der Eindringling sich weiterhin mit den Schlössern beschäftigte. Es war ziemlich entnervend, ihm dabei zuzuhören und zu wissen, daß er sich gleich auf uns stürzen könnte. Ich fragte mich, ob ich die richtige Entscheidung getroffen hatte; vielleicht hätte ich die hintere Treppe hinunterlaufen und die Polizei holen sollen. Doch jetzt war es zu spät; wir hörten bereits schwere Stiefel über den Boden des Wohnzimmers gehen. Po knurrte tief und drohend.

»Hundchen? Bist du da drin, Hundchen?« Der Mann wußte also Bescheid über Po, aber er wußte nicht, ob sie sich in der Wohnung befand. Offenbar hatte er ihr kurzes Bellen vorher nicht gehört. Er hatte eine hohe Tenorstimme mit leichtem spanischem Akzent.

Po knurrte ganz leise weiter. Schließlich ging die Tür zur Dunkelkammer auf, und der Eindringling kam herein.

Er leuchtete den Raum mit einer Taschenlampe aus; durch den Vorhang hindurch sah ich ihren Lichtkegel auf und ab wippen. Als er sich sicher war, daß niemand sich in der Dunkelkammer aufhielt, schaltete er das Deckenlicht ein. Das Licht war mit der Belüftung gekoppelt, deren lautes Geräusch Pos leises Knurren übertönte.

Ich konnte ihn nicht sehen, aber offenbar ging er Cindas Fotosammlung durch. Er schaltete die Lichtschiene ein und ließ sich eine ganze Weile Zeit beim Durchsehen der Negative. Ich war stolz auf Po; soviel Geduld hätte ich einem Hund nicht zugetraut. Der Eindringling saß wohl eine Stunde da. Meine Muskeln verkrampften sich, und das Wasser tropfte mir auf den Kopf, doch sie blieb die ganze Zeit ruhig neben mir sitzen.

Schließlich schien er das gefunden zu haben, was er suchte. Er stand auf. Ich hörte, wie noch einmal Papier raschelte, dann ging das Licht aus.

»Jetzt!« rief ich Po zu. Sie rannte aus dem Raum und erwischte den Eindringling auf dem Weg zur Tür. Blaues Licht flammte auf; ein Schuß löste sich. Po jaulte auf und blieb einen Moment stehen. Inzwischen hatte auch ich den Raum durchquert. Der Eindringling war auf dem Weg aus der Wohnung.

Ich holte meinen Parka von dem Stuhl, über den ich ihn gehängt hatte, und hastete ihm nach. Po blutete ein wenig aus der linken Schulter, aber offenbar war es nur ein Streifschuß gewesen, denn sie lief, ohne zu hinken. Wir stolperten zusammen die Treppe hinunter und hinaus in die eisige Dezembernacht. Als wir an der Tür ankamen, packte ich den Hund und rollte mit ihm auf den Boden. Ich hörte noch ein paar Schüsse, doch wir bewegten uns zu schnell, um ein gutes Ziel abzugeben.

Der Mann rannte im Licht der Straßenlaternen die Halsted Street zur Belmont Avenue hinunter. Er trug die blaue Skimütze und den khakifarbenen Parka des einsamen Joggers, den ich am Morgen des vergangenen Tages am Hafen gesehen hatte.

Als er hörte, daß Po und ich ihm auf den Fersen waren, wurde er schneller und rannte zu einem Wagen an der Ecke. Wir waren jetzt an meinem Omega angelangt. Ich schob den Hund auf den Rücksitz, schickte ein Stoßgebet zum Schutzheiligen der Delco-Batterien und schaltete den Motor an.

Die Straßen waren menschenleer. Ich holte den dunklen Lincoln Ecke Sheridan Road/Lake Shore Drive an der Belmont Avenue ein. Statt in den Drive einzubiegen, fuhr der Lincoln geradeaus weiter zum Hafen.

»So, mein Mädchen«, sagte ich zu Po. »Sieh zu, daß du den Kerl erwischst. Dann lassen wir deine Schulter zusammenflicken. Und danach kriegst du dein Lieblingsfressen, auch wenn's 'ne ganze Kuh ist.«

Der Hund hechelte mit glänzenden Augen über dem Vordersitz. Der Lincoln blieb am Ende des Hafenparkplatzes stehen. Ich parkte den Omega ungefähr fünfzig Meter davon entfernt und stieg zusammen mit dem Hund aus. Hinter einer Reihe von abgestellten Autos rannten wir über den Parkplatz und blieben im Schutz eines Lieferwagens bei dem Lincoln stehen. Hier begann Po zu bellen und hörte nicht mehr auf.

Sie würde damit die Aufmerksamkeit anderer Leute erregen, vielleicht sogar die Polizei herbeilocken, also gab ich mir keine Mühe, sie davon abzuhalten. Der Mann in dem Lincoln war offenbar zu demselben Schluß gekommen, denn er kurbelte das Autofenster herunter und begann auf uns zu feuern. Doch das war Verschwendung von Munition, weil der Lieferwagen uns schützte.

Die Schießerei trieb Po nur dazu, noch lauter zu bellen.

Und das erregte Aufmerksamkeit auf dem Lake Shore Drive; aus den Augenwinkeln sah ich das Blaulicht der Chicagoer Polizei. Auch unser Angreifer sah es. Die Tür des Wagens ging auf, und der Mann mit der Skimütze schlüpfte heraus. Er rannte den Uferweg entlang, weg vom Hafeneingang, hinaus auf die Landzunge. Ich klatschte in die Hände und begann, ihm nachzurennen. Po war viel schneller als ich; deshalb verlor ich sie in der Dunkelheit aus den Augen, während ich mich vorsichtig auf dem vereisten Weg vorarbeitete. Ich zitterte in dem beißenden Wind und bei dem Gedanken an das dunkle eiskalte Wasser zu meiner Rechten. Ich hörte es unheilvoll gegen die eisbedeckten Felsen klatschen und den Mann vor mir weiterstapfen. Po hingegen war lautlos, denn sie suchte sich ihren Weg über die eisigen Steine auf leisen Sohlen.

Als ich die Kurve zur Landzunge umrundete, hörte ich, wie der Mann Po etwas auf Spanisch zurief, dann einen Schuß und lautes Platschen. Die Wut darüber, daß er auf den Hund geschossen hatte, verlieh mir Bärenkräfte. Als ich seine dunkle Gestalt vor den Felsen sah, stürzte ich mich auf ihn.

Er war überhaupt nicht auf mich vorbereitet. Wir fielen gemeinsam auf den Boden und rollten die Felsen hinunter. Die Waffe glitt ihm aus der Hand, schlug mit einem lauten Knall auf das Eis und fiel ins Wasser. Wir kämpften ungefähr einen halben Meter vom Wasser entfernt – wer als erster den Halt verlor, würde hineingestoßen werden.

Unsere Parkas machten unsere Arme schwer und behinderten unsere Schläge. Er stürzte sich unbeholfen auf meinen Hals. Ich duckte mich weg, erwischte seine Skimütze und schlug seinen Kopf gegen die Felsen. Er ächzte, zog sich ein Stück zurück und versuchte, mir einen Fußtritt zu versetzen. Als ich seinem Fuß auswich, mußte ich ihn loslassen und glitt rückwärts übers Eis. Er folgte mir sofort und schob mich über die Kante des Felsens. Meine Füße landeten im Wasser. Ich zog sie mühevoll wieder heraus und versuchte mich, behindert durch die eisigen Klumpen daran, zurückzuziehen.

Während ich noch nach Halt suchte, kam eine dunkle Gestalt aus dem Wasser und kletterte neben mir auf den Felsen. Po. Sie war also doch nicht tot. Sie schüttelte sich und bespritzte mich und meinen Angreifer mit Wasser. Diese plötzliche kalte Dusche überraschte ihn. Er blieb lange genug stehen, daß ich ein ganzes Stück zurückweichen und Atem schöpfen konnte.

Die Hündin blieb heftig zitternd an meiner Seite. Ich streichelte ihr nasses Fell. »Gleich, Mädchen. Wir gehen gleich heim und trocknen dich ab.«

Gerade als der Angreifer sich auf uns stürzen wollte, ging ein Suchscheinwerfer an. »Hier spricht die Polizei«, hörten wir über Lautsprecher. »Lassen Sie die Waffen fallen und kommen Sie heraus.«

Der Mann warf mich um. Po jaulte auf und vergrub ihre Zähne in seinem Bein. Seine Schmerzensschreie führten die Polizei zu uns.

Die Beamten hatten starke Taschenlampen dabei. Jetzt fiel mein Blick auf einen Klumpen durchweichtes Papier, ein kleines braunes Kuvert mit den Abdrücken von Pos Zähnen auf dem Boden. Po wedelte mit dem Schwanz und nahm es vom Boden ins Maul. »Der gehört mir!« brüllte der Angreifer mit seiner hohen Stimme. Er wehrte sich gegen die Polizisten und versuchte, an den Umschlag zu kommen. »Den hab' ich doch ins Wasser geworfen. Wie kann das sein? Wieso hat der Hund ihn jetzt?«

»Po ist eben ein Retriever, ein guter Apportierhund«, sagte ich.

Auf dem Polizeirevier sahen wir uns die Negative an, die Po aus dem Wasser geholt hatte. Sie zeigten einen Mann mit Skimütze, der den Weihnachtsmann mit eindringlichem, nachdenklichem Blick dabei beobachtete, wie er mit seinem kleinen Jungen redete. Kein Wunder, daß Cinda ihn vor die Linse genommen hatte.

»Das ist ein Kokaindealer«, erklärte Sergeant McGonnigal mir. »Der ist ausgerückt, als er auf Kaution draußen war. Kein Wunder, daß der keine Fotos von sich veröffentlicht haben wollte. Aber diesmal nehmen wir ihn wegen Mordes fest.«

Ein Uniformierter brachte Jonathan in McGonnigals Büro. Der Sergeant räusperte sich verlegen. »Sieht fast so aus, als hätte Ihr Hund Sie gerettet, Mr. Michaels.«

Po, die in eine Polizeipferdedecke gehüllt zu meinen Füßen lag, bellte vor Freude. Sie rappelte sich hoch und tappte, die Decke hinter sich herschleifend, schwanzwedelnd und mit steifen Knochen zu Jonathan hinüber.

Ich erzählte ihm von unserem Abenteuer und wie heldenhaft die Hündin sich geschlagen hatte. »Und was ist mit der leeren Filmdose, die ich Ihnen heute nachmittag gegeben habe, Sergeant?«

Offenbar hatte Cinda die Dose zu ihrem Treffen mit dem Mann mitgenommen, ohne zu wissen, wie gefährlich er war. Als er merkte, daß sie leer war, hatte er sie wohl weggeworfen und sich auf Cinda gestürzt. »Er hat ein volles Geständnis abgelegt«, sagte McGonnigal. »Der Anblick des Hundes mit den Negativen im Maul hat ihn so verwirrt, daß er die Nerven verloren hat. Ich weiß, daß er gute Anwälte hat – einer davon ist Ihr Freund Oldham –, aber ich hoffe, wir haben genügend Beweise, um den Richter daran zu hindern, daß er eine Kaution bewilligt.«

Jonathan war auf die Knie gegangen, um den Hund zu streicheln und mit ihm zu reden. Er sah McGonnigal über die Schulter an. »Oldham ist sicher erleichtert, daß Sie den Richtigen erwischt haben – einen Mörder, der es sich erlauben kann, eine Zehn-Millionen-Dollar-Kaution sausen zu lassen, ist doch ein viel einträglicherer Mandant als ein Mann, der sich kaum das Hundefutter für seinen Retriever leisten kann.« Er wandte sich wieder dem Hund zu. »Aber heute abend machen wir einen drauf, du kriegst ein Steak, und ich esse Hackfleisch, Miss Drei-Punkt Po von Blackstone, Volksheldin und Trägerin des *Croix de Chien* für besondere Tapferkeit.« Po hechelte glücklich und leckte ihm das Gesicht.

Caradog Prichard

In einer mondhellen Nacht

Nachdem Owen Gorlan die Abreibung von Johnny-Süden gekriegt hatte, fingen alle an, ihn Oma Owen zu nennen. Und so ist er zu seinem Namen gekommen. Als er nach dem Schlag von Johnny ausgestreckt auf dem Rükken lag und Bienenkorb-Frank noch zählte (natürlich auf walisisch), gab Owen kein Lebenszeichen von sich, aber als Bienenkorb-Frank bei acht war, wechselte er aus irgendeinem Grund auf einmal ins Englische. Neun rief er (was ausgesprochen genauso wie nain klingt, das walisische Wort für Großmutter), und Owen sah aus, als würde er jetzt aufwachen, und drehte sich halb auf den Bauch. Aber bevor Frank zehn sagen konnte, sackte er wieder zusammen und fiel platt auf den Rücken, und irgendein Komiker behauptete, daß er nicht gemerkt hatte, daß Frank englisch redete, als er neun sagte und brüllte. Das nützt nichts, seine Oma ist nicht hier, Frank, und alle brachen in Lachen aus, sogar Owens Freunde, die bloßgestellt waren, weil er eine ordentliche Abreibung gekriegt hatte.

Owen hat nämlich gar keine Oma, sagte Roli Pant im Pommesladen.

Er selber war jedenfalls eine alte Oma, wenn Johnny-Süden ihm so eine Abreibung verpassen konnte, sagte einer von den anderen Jungs.

Paß auf, jetzt nennen sie ihn bestimmt Oma Owen, sagte Huw zu mir.

Und er wurde Oma Owen.

Aber wenn ihr meine Oma vom Pen Bryn gekannt hättet, damals vor vielen Jahren, dann würdet ihr mich auch Omas Baby nennen.

Oma war sehr in Ordnung. Jedesmal wenn ich hungrig bin, denke ich an sie. Mensch, jetzt würde ich auch gern was Ordentliches essen. Aber das ist nicht der Grund, wieso ich jetzt an sie denke. Ich weiß noch, wie sie mir vor vielen Jahren genau hier auf der Poststraße begegnet ist. Wie geht es dir? fragte sie mich, als ob ich ein Fremder wäre und sie mich nie gesehen hätte. Was für ein unfreundliches Wetter, sagte sie, obwohl es genauso schön war wie heute abend. Sie war natürlich verwirrt, wo sie damals doch schon über neunzig war.

Und wenn Oma verwirrt war, schlüpfte sie heimlich aus dem Haus, ohne daß jemand sie sah, und ging zur Obstgarten-Kate, wo sie geboren war, da drüben, rechts von der Poststraße. Jetzt wohnt da keiner mehr, und im Dach sind große Löcher, durch die man den Himmel sehen kann. Aber damals, als Oma da hinging, wenn sie verwirrt war, wohnten noch Leute da. Nette Leute waren das. Und einer von ihnen öffnete dann immer die Tür, wenn Oma klopfte, und sagte zu ihr: Komm rein, Betsan Parry, und gab ihr eine Tasse Tee. Nach einem kleinen Schwätzchen witschte sie dann wieder hübsch nach Hause, und die Obstgarten-Kate hatte für ein oder zwei Monate Ruhe vor ihr, bis sie wieder anfing, verwirrt zu werden.

Oma war auch ganz schön streng. Als Mam krank wurde, war sie es, die gekommen ist und uns versorgt hat. Und um von Angst zu reden, damals, als ich Moi Blut spucken sah, war das gar nichts gegen den Schreck, den ich an dem Tag kriegte, als ich aus der Schule kam, und Mam saß krank im Schaukelstuhl.

Es war mitten im Winter, und es hatte die ganze Nacht geschneit. Bevor ich morgens zur Schule ging, hatte ich von unserer Haustür bis zur Straße einen Weg durch den Schnee frei gemacht und dann Ellis-Nebenan-Evans und den anderen beim Weg den Berg runter geholfen, bevor sie zur Arbeit in den Schieferbruch gingen. Der Schnee reichte bis über das Fenster vom Vorderzimmer, und als ich aufwachte, dachte ich, wir wären lebendig begraben. Als wir einen Weg bergab geschaufelt hatten, stand an beiden Seiten eine hohe Schneemauer, und weder Ellis Evans noch Humphrey-Letztes-Haus konnten drübergucken und ich schon gar nicht.

Als es Zeit für die Schule war, war der Berg zwischen den beiden hohen Schneemauern wie ein gläsernes Laken. Paß auf, daß du nicht hinfällst, Küken, wenn du den Berg runtergehst, sagte Mam.

Bestimmt nicht, sagte ich, als ich aus der Tür ging. Aber noch bevor ich bis zur Straße gekommen war, hatte ich die Beine in der Luft und den Kopf auf dem Boden. Ich kam mir wie ein junges Tier vor, das zum ersten Mal läuft. Zum Glück hatte Mam die Tür zugemacht und sah nicht, wie ich auf die Nase fiel.

Danach bin ich in die Hocke gegangen. Ich hatte schon früher, wenn Glatteis war, gelernt, wie man den Berg runterschliddert. Wir mußten uns nur mitten auf die Straße stellen und uns einen ganz leichten Ruck geben und uns dann hinhocken, und dann sausten wir den Berg runter wie die kleine Bahn im Steinbruch. Und wir brauchten auch nicht zu bremsen, weil der Berg in der Friedhofsstraße endete, und die war eben, aber wir hörten erst am Friedhofstor auf zu rutschen. Danach mußten wir nur noch über den Friedhof zur Poststraße gehen, und schon waren wir in der Schule.

Mensch, war es an dem Tag kalt in der Schule. An eins kann ich mich noch ganz genau erinnern. Schul-Price war hingefallen und hatte sich den Arm gebrochen, daher trug er ihn in einer Schlinge. Und worüber ich den ganzen Tag nachdenken mußte und manchmal richtig zu zittern anfing, das war seine Hand, die aus dem Gips rausguckte wie die von einem Toten, als ob sie nicht zu ihm gehörte.

Ich war froh, als die Glocke zur großen Pause läutete, weil ich dann beim Spielen wieder warm werden konnte. Wir warfen natürlich mit Schneebällen, und an dem Tag passierte ein schlimmer Unfall auf dem Schulhof. Irgend jemand warf einen Schneeball mit einem Stein drin, und der traf Bierfaß-Johnny und schlug ein Loch in seinen Kopf, und das Blut lief raus. Aber alle Achtung, er weinte kein bißchen, er ging nur zur Pumpe und hielt seinen Kopf drunter, um den Dreck rauszuwaschen, und kriegte dann von Schul-Price ein Pflaster drauf.

Als Essenszeit war, hatte ich ordentlich Hunger, und aus Klein-Kohle-Owens Haus kam so ein schöner Geruch nach Labskaus, und ich war gespannt, was für ein Essen Mam uns gemacht hatte.

Aber als ich durch die Tür kam, lag keine Decke auf dem Tisch oder sonstwas, und das Haus kam mir vor, als ob es leer wäre, bloß daß Mam im Schaukelstuhl saß. Und als sie den Kopf drehte, um mich anzuschauen, kriegte ich fast einen Anfall. Ihr Gesicht war kreideweiß, und ihre Augen waren riesig, als würden sie gleich aus ihrem Kopf rauskommen. Sie konnte nicht sprechen, sie konnte nur ihre Lippen lecken und mich ansehen, als ob sie betäubt wäre.

Was ist los, Mam? fragte ich und weinte fast. Dann rannte

ich, so schnell ich konnte, in die Küche, um ihr etwas Wasser zu holen, und als sie ein wenig davon getrunken hatte, ging es ihr ein bißchen besser.

Oma, sagte sie schwach. Geh zum Pen Bryn und hol Oma.

Ich sauste wie der Blitz aus der Tür und rannte auf dem Glatteis zu Nebenans und sagte Grace Evans, daß Mam krank war. Und Grace Evans sagte kein Wort und legte sich sofort ihren Schal um und kam mit zu unserem Haus.

Ich gehe Oma holen, sagte ich und rannte, so schnell ich konnte, zum Pen Bryn hoch.

Als ich mit Oma wieder nach Hause kam, hatte Grace Evans Mam zu Bett gebracht, der Kessel kochte auf dem Feuer, und auf dem Tisch lag eine Decke.

Das ist wieder das alte Rheuma, Betsan Parry, sagte Grace Evans. Wir rufen lieber Doktor Pritchard.

Darf ich ihn holen? fragte ich.

Nein, sie ist jetzt erst mal gut versorgt, sagte Grace Evans. Komm lieber zu uns zum Mittagessen, und geh auf dem Weg zur Schule beim Doktor vorbei.

Und so machten wir es dann. Und Oma wohnte drei Monate bei uns, bis Mam wieder gesund war.

Mensch, war Oma streng. Einmal war ich mit Huw auf der Schafweide gewesen und kam nach Hause und hatte richtigen Hunger.

Darf ich noch eine Scheibe Brot mit Butter haben, Oma? fragte ich.

Genau wie Klein-Kohle-Owen, als er auf der Gorlan beim Heumachen half und dann war Essenszeit. Mrs. Williams-Gorlan war gerade dabei, eine Scheibe Brot für ihn abzuschneiden, und fragte Owen: Möchtest du eine ganze Scheibe, Owen, Liebes?

Ja, bitte, sagte Owen, und noch eine dazu. Und alle fingen an zu lachen, außer Mrs. Williams. Sie sah ihn finster an.

Aber als ich fragte: Darf ich noch eine Scheibe Brot mit Butter haben, Oma, nachdem ich hintereinander schon vier gegessen hatte, was machte Oma da in ihrer Wut – sie warf mir das ganze Brot über den Tisch.

Hier, da hast du's, du gieriger kleiner Racker. Nimm lieber gleich das ganze Brot, damit du auch bestimmt genug hast.

Mensch, Oma war ganz schön streng. Aber sie war auch eine gute Seele. Um mal von Wundern zu reden. Ich habe nie die Geschichten geglaubt, die Milchkarren-Bob im Kindergottesdienst von Jesus erzählte und von den Wundern, die er vollbrachte. Wie er Wasser in Wein verwandelte und machte, daß Menschen von den Toten auferstanden, und solche Sachen, und besonders die Geschichte, wie er die Fünftausend mit fünf Broten und zwei Fischen speiste. Aber nach dem Dienstag, als ich mit Mam zum Gemeindetreffen gegangen war, hab ich die Geschichten aus dem Kindergottesdienst von Jesus und wie er die Wunder vollbrachte alle geglaubt.

Das war, bevor Mam krank wurde, ein Jahr nachdem Humphrey-Letztes-Haus wieder zur See gegangen war, nachdem er sich mit seiner Frau Lisa verzankt hatte und geschworen hatte, er kommt nie mehr zu ihr zurück.

Aber du wirst sehen, er kommt bestimmt zurück, sagte Mam zu Lisa, als sie zu uns kam, um zu sagen, daß Humphrey sie verlassen hatte.

Aber wovon soll ich denn leben? fragte Lisa.

Mach dir um ihn keine Sorgen, sagte Mam. Wenn er nicht zurückkommt, kriegst du Geld von der Gemeinde so wie ich.

Was? fragte Lisa. Ich soll von der Wohlfahrt leben? Niemals.

Hör mal, es gab schon bessere Leute als dich und mich, die auf die Gemeinde angewiesen waren, sagte Mam.

Aber Lisa-Letztes-Haus rümpfte nur die Nase und ging beleidigt weg.

Die ist komisch, nicht, Mam?

Ja, Küken. Sie weiß noch nicht, wie es ist, wenn man auf Kosten der Gemeinde leben muß. Aber das wird sie wohl müssen.

Jedenfalls war es Dienstag abend, und ich war nachmittags halb verhungert aus der Schule gekommen, und Mam hatte Milchkartoffeln gemacht.

Wir haben kein Brot mehr für Butterbrote für dich, sagte sie, und als ich von meinen Milchkartoffeln hochsah, um sie anzugucken, konnte ich sehen, daß sie beinahe weinte.

Macht nichts, Mam. Mensch, sind die Milchkartoffeln lecker.

Wir haben auch keine Kartoffeln mehr.

Macht nichts, Mam. Ich geh morgen früh welche besorgen, wenn ich das Vieh geholt hab. Robin Gorlan wird mir auf dem Nachhauseweg einen kleinen Sack voll ausgraben.

Aber was machen wir wegen dem Brot?

Mach dir keine Sorgen, Mam. Soll ich heute abend mit zum Gemeindetreffen gehen?

Ja, das ist vielleicht besser.

Und danach gehen wir Oma auf dem Pen Bryn besuchen.

Also gut.

Und los ging's zum Gemeindetreffen, nachdem ich mich nach dem Tee gewaschen und gekämmt hatte.

Hughes der Pfarrer leitete das Gemeindetreffen, und Dienstagabend war kein Chor, deswegen saß ich in unserer Bank mit Mam. Die Kirche war fast leer, und es war kein bißchen so wie sonntags.

Nachdem Hughes der Pfarrer eine ganze Menge Gebete gesprochen hatte, kam er zu dem Gebet, das ich am liebsten mochte. Das, wo er für die Jungen betete, die zur Armee gegangen waren, und für die, die Matrosen geworden waren. Und nach der Hälfte des Gebets sagte er alle Namen von den Jungen hintereinander auf: Elwyn Davies, Earnest Davies, William Evans, Herbert Francis, Robert Wheldon Griffiths, John Hughes, Arfon Jones, Idwal Jones, Hughie Lewis, Alfred Morris, Ifor Owen, Emrys Price, Robert Pritchard, Heilyn Roberts, Ithel Thomas, David Williams, Edgar Williams, John Williams, Ritchie Williams ... Und danach hielten alle zwei Minuten lang die Köpfe gesenkt und dachten alle möglichen Sachen. Man hätte eine Stecknadel fallen hören können.

Er hat heute Oberstraßen-Elwyns Namen nicht genannt, Mam, sagte ich mit gesenktem Kopf.

Gestern gefallen, sagte Mam sehr leise.

Da saß ich also mit gesenktem Kopf und dachte daran, wie Oberstraßen-Elwyn vor einem Monat aus Frankreich heimgekehrt war und wie Huw und ich losrannten, um zu sehen, wie er die Lôn Newydd hochkam.

Oje, wie siehst du denn aus, Elwyn, sagte Huw zu ihm. Wo bist du bloß gewesen, daß deine Kleider und deine Schuhe so dreckig sind?

Was glaubst du wohl, du dämlicher kleiner Lausebengel, sagte Elwyn. In den Gräben natürlich. Den ganzen Tag bis zu den Knien im Matsch, mein Junge, und die ganze Nacht auch. Drei Wochen lang, ohne daß wir uns rühren konnten.

Mensch, sah der vielleicht müde aus. Aber mit uns hat er noch Quatsch gemacht.

Guck mal, sagte er zu Huw. Setz dir das hier aufs Gesicht, wie schön das riecht.

Und er gab Huw die Gasmaske, die er auf der Brust trug. So macht man das, sagte Elwyn und setzte sie Huw aufs Gesicht, und er sah wie eine Vogelscheuche aus.

Aber Huw hatte sie keine Sekunde auf, da versuchte er schon, sie wieder runterzureißen.

Hilfe, ich ersticke, sagte er und fing an zu spucken und sich wie verrückt die Nase zu putzen, und ihm liefen die Augen. Und der arme alte Elwyn fiel fast um vor Lachen.

Seht mal her, ihr faulen kleinen Racker, sagte er und stellte sich an die Mauer, um den Rucksack abzunehmen, der auf seinem Rücken saß. Den könnt ihr für mich zur Oberstraße hochtragen. Und wir gingen alle beide mit ihm den ganzen Weg bis zur Oberstraße und wechselten uns mit dem Rucksack ab, und seine Mam kam wie eine Verrückte aus dem Haus gerannt und nahm ihn in die Arme und schrie Elwyn, Liebes, Elwyn, Liebes, und sie lachte und weinte gleichzeitig. Der arme alte Oberstraßen-Elwyn.

Aber ich war gerade bei dem Wunder, das passierte, als Mam und ich an dem Abend beim Gemeindetreffen waren. Es muß angefangen haben, als wir alle gemeinsam das Vaterunser sagten, nachdem wir Der Herr ist mein Hirte, mir wird nichts mangeln gesungen hatten.

Vater unser, der du bist im Himmel, sagte Hughes der Pfarrer auf seinen Knien.

Der du bist im Himmel, sagten wir mit gesenkten Köpfen.

Geheiligt werde dein Name ... 'ligt werde dein Name ... Dein Reich komme ... Reich komme ... Dein Wille geschehe wie im Himmel, so auch auf Erden ... Erden ... Gib uns unser täglich Brot ... Brot.

Und als er täglich Brot gesagt hatte, machte ich nicht

mehr mit den anderen weiter, ich fing an nachzudenken. Mir fiel ein, daß Mam vor dem Gottesdienst gesagt hatte, daß wir kein Brot mehr für Butterbrote hatten, und deswegen bat ich Gott um ein bißchen mehr täglich Brot, weil das Gemeindegeld immer erst freitags kam.

Wie kann Gott mir ein Brot schenken? dachte ich bei mir. Und dann mußte ich an Kartoffeln und Fleisch und Reispudding und lauter solche Sachen denken, und mir fiel der Geruch von Labskaus ein, der aus Klein-Kohle-Owens Haus gekommen war, und ich achtete nicht mehr auf das, was die anderen sagten.

Vater unser, der du bist im Himmel, sagte ich, gib uns heute einen großen Teller voll Kartoffeln und Braten und eine große Schüssel Reispudding und ganz viel Rosinenbrot und jede Menge Korinthenkuchen und Marmeladentörtchen und Haufen von Käse und Schinken und Eier und Pilze zum Frühstück und einen neuen Anzug für Pfingsten und eine Menge Taschengeld ... denn dein ist das Reich und die Macht und die Herrlichkeit, von Ewigkeit zu Ewigkeit. Amen.

In dem Augenblick sprach Hughes der Pfarrer gerade den Segen, und alle machten sich bereit rauszugehen. Der Friede Gottes, welcher höher ist als alle Vernunft, sagte Hughes der Pfarrer, sei mit euch jetzt und immerdar. Amen.

Amen, sagten wir.

Und alle gingen wir hinaus.

Es war ein schöner mondheller Abend, genau wie heute abend, als wir zu Omas Haus oben am Pen Bryn hochgingen, und das Küchenfenster war erleuchtet, weil Oma die Rolläden nicht runtergelassen hatte.

Wart einen Augenblick, ich seh nach, ob sie schläft, sagte ich und lief voraus, um durchs Fenster zu schauen. Und da saß Oma im Lehnstuhl am Feuer, die Brille saß auf ihrer

Nasenspitze und fiel fast runter, und die große Bibel lag geöffnet auf ihren Knien, sie hatte die Hände draufgelegt und drehte die beiden Daumen immerzu umeinander. Ich dachte erst, sie schläft, aber als ich sah, wie sie die Daumen immer umeinander drehte, wußte ich, daß sie nur döste.

Hallo, Oma, wir sind's, sagte ich, als ich die Tür öffnete, und Mam kam direkt hinter mir herein.

Kommt rein und macht die Tür zu, sagte sie. Es wird kalt heute nacht, und es würde mich nicht wundern, wenn wir morgen ein bißchen Schnee kriegen. Ich war gerade dabei, das Abendessen zu machen. Ihr könnt genausogut bleiben und mitessen. Es dauert nicht lange.

Und sie legte das schwarze Band, das an der großen Bibel befestigt war, an die Stelle, wo sie geöffnet gewesen war, dann klappte sie sie zu und legte sie auf den runden Tisch. Und als Oma nach hinten ging, um das Geschirr zu holen, ging ich zur Bibel, um zu gucken, was sie gerade gelesen hatte, und hier ist, was ich sah, als ich die Bibel bei dem schwarzen Band aufklappte: Der Herr ist mein Hirte. Mir wird nichts mangeln.

Ich konnte den ganzen Psalm auswendig, weil ich ihn bei Milchkarren-Bob im Kindergottesdienst gelernt hatte. Das ist aber komisch, dachte ich bei mir. Oma hat hier gesessen und muß ihn zur selben Zeit gelesen haben, als wir ihn beim Gemeindetreffen in der Kirche gesungen haben.

Oberstraßen-Margret-Williams' Sohn ist gefallen, sagte Mam, als Oma die Teller auf den Tisch stellte.

Oma sagte nichts. Sie seufzte nur ein bißchen, wie sie es ganz oft ohne richtigen Grund tat, aber nicht, wenn jemand getötet worden war.

Hughes der Pfarrer hat seinen Namen heute abend beim Gemeindetreffen in der Kirche nicht mit all den anderen genannt, sagte ich.

Das wird hart für Margaret sein, der Verlust, sagte Mam.

Wie alt war er? fragte Oma.

Vorigen Monat ist er zweiundzwanzig geworden, sagte Mam.

Sie werden alle gegangen sein, und wir mit ihnen, bevor dieser Krieg zu Ende ist, sagte Oma. Kommt zu Tisch. Ich habe euch heute abend nicht viel anzubieten.

Oma hatte Labskaus zum Abendessen gemacht. Ich mochte Omas Labskaus lieber als jedes andere Labskaus, das ich schon gegessen hatte, aber ich weiß nicht, wie sie es hingekriegt hat, daß es so gut schmeckte, weil sie im Schlachterladen nur einmal die Woche einen Knochen bekam, und ich brachte ihn ihr dann am Samstag. Aber bei Oma gab es die ganze Woche Labskaus, egal, welcher Abend es war.

Mensch, Oma, dieses Labskaus ist gut, sagte ich.

Iß dich satt, mein Junge, sagte sie. Und dann wandte sie sich an Mam und sagte: Ich bin richtig froh, daß ihr heute abend gekommen seid, weil etwas sehr Seltsames passiert ist, als ich heute nachmittag in Ann Jones' Laden war.

Hier passieren dauernd seltsame Sachen, sagte Mam. Gestern abend ist Humphrey-Letztes-Haus wieder von der See zurückgekehrt, wo Lisa doch gesagt hatte, er kommt nie mehr wieder. Und was ist dir passiert?

Nun, als ich mit meinen Kartoffeln für sechs Pennies von Ann Jones' Laden zurückkam, was stand da vor der Tür – ein riesengroßer Korb mit lauter schönen Sachen, Butter und Zucker und Schinken und Eier und Käse und zwei ganzen Broten.

Nein.

Doch, wirklich.

Und was hast du damit gemacht?

Der Korb und die Sachen stehen hinten.

Der Junge von Willy Edwards' Laden hat sich wohl geirrt und die bestellten Sachen zum falschen Haus gebracht. Morgen kommt er sie sicher wieder abholen.

Das dachte ich auch. Aber als ich den Korb durchgesehen habe, um zu gucken, was drin war, habe ich dies gefunden.

Und Oma langte in ihre Schürzentasche und zog einen Zettel raus. Sieh mal, was da drauf steht, sagte sie zu Mam.

Und Mam nahm den Zettel, holte ihre Brille raus, setzte sie auf die Nase und las laut:

Für Betsan Parry als Dankgeschenk. Von einem Gönner.

Was meinst du. Woher kommt das wohl? fragte Oma.

Großer Gott, das weiß ich nicht.

Du hast doch erst nächsten Monat Geburtstag, Oma, sagte ich. Ein Geburtstagsgeschenk ist es jedenfalls nicht.

Nein, es ist kein Geburtstagsgeschenk.

Vielleicht hat ein Engel den Korb vom Himmel gebracht, sagte ich, weil mir einfiel, wie ich das Vaterunser beim Gemeindetreffen aufgesagt und mir lauter Sachen von Gott gewünscht hatte. Und dann merkte ich, daß das meiste, was ich mir zu essen gewünscht hatte, wirklich im Korb war.

Vielleicht hat der Junge recht, sagte Mam.

Nun, wer auch immer ihn gebracht hat, für mich ist er ein Engel, sagte Oma. Hast du gerade gesagt, daß Humphrey-Letztes-Haus wieder von der See zurück ist?

Mensch, das war der Engel, ganz bestimmt, Oma. Das ist ein sehr netter Mann, der Humphrey. Das letzte Mal, als er nach Hause kam, hat er Mam zehn Schilling geschenkt, und mir hat er auch viele schöne Geschenke gemacht.

Humphrey. Ich weiß nicht, sagte Mam.

Das war wirklich anständig von ihm, wenn er es war. Humphrey war immer ein netter kleiner Junge, sagte Oma.

Irgendwann werden wir es bestimmt herausfinden. Und wenn er nicht als Engel vom Himmel gekommen ist, dann geht er aber bestimmt als Engel dorthin, wenn er solche Sachen macht.

Er muß schon ein Engel sein, wenn er mit Lisa zusammenleben kann.

Weißt du noch die Glockenschachtel, die er mir geschenkt hat, Mam? Bestimmt läuten genau solche Glokken im Himmel. Humphrey-Letztes-Haus hat mir nie erzählt, woher er die Schachtel hat. Vielleicht stammt sie auch aus dem Himmel.

Dieser Junge redet jeden Tag mehr dummes Zeug, sagte Oma.

Er sagt aber auch eine ganze Menge vernünftiges Zeug, sagte Mam und lächelte mich kräftig an. Stimmt doch, Küken, oder?

Ich versuch es wenigstens, sagte ich. Darf ich dir beim Abwaschen helfen, Oma?

Nein, überlaß das mal mir. Ich möchte, daß deine Mam mit nach hinten kommt und sich den Korb ansieht. Da ist viel zuviel drin für mich. Ihr nehmt lieber ein bißchen was für euch mit.

Und die beiden gingen nach hinten, und ich konnte das Labskaus alleine aufessen. Und da saß ich und aß das Labskaus und betete im stillen immer noch Vater unser, der du bist im Himmel und versuchte rauszukriegen, wer zum Teufel Oma den Korb gebracht hatte, wenn es nicht Humphrey-Letztes-Haus war. Und wenn es Humphrey-Letztes-Haus war, dann mußte Humphrey ein richtiger Engel sein und nicht wie alle anderen, und irgend jemand muß ihm beide Flügel abgeschnitten haben, als er noch ein kleiner Engel und noch nicht erwachsen war.

Nimm lieber den Korb dafür, sagte Oma von hinten.

Und die zwei kamen wieder, und Mam trug den Korb mit lauter Eßsachen.

Ich kann dir nur sehr, sehr danken, sagte Mam.

Ach was, nicht der Rede wert. Du brauchst die Sachen mehr als ich. Macht die Tür hinter euch zu. Ich möchte noch ein bißchen lesen.

Und Oma nahm die große Bibel vom runden Tisch und setzte sich in den Lehnstuhl. Und da saß sie dann, mit der Brille auf der Nase, und hatte den Kopf in die Bibel gesteckt, als wir am Fenster vorbeikamen und nach Hause gingen.

Mensch, es war eine schöne Nacht, als wir nach Hause gingen, eine mondhelle Nacht, genau wie heute nacht, und der Mond leuchtete von oben und lachte uns aus.

Glaubst du, daß es Humphrey war? fragte Mam, als ich ihr den Korb abnahm, um ihn den Berg hochzutragen.

Nein, das war Gott. Ich habe ihn um alles gebeten, was im Korb ist, als ich heute abend in der Kirche beim Gemeindetreffen gebetet habe.

Ist das wahr, Küken?

Ja. Und es war Gott, der das Gebet erhört hat.

Ja, das tut Gott, Gebete erhören. Er hat sie mir manches Mal erhört.

Und als ich ins Bett ging, sang Mam fröhlich:

God fills every earthly space
Present is he in every place

Und ich kniete mich neben das Bett, um vor dem Schlafen das Vaterunser zu sagen, Vater unser, der du bist im Himmel, sagte ich. Danke schön für deine Kartoffeln und den Braten und für Brot und Butter und Zucker und Käse und Schinken und Eier und alles übrige.

Das war doch mal ein richtiges Wunder für euch, was?

Paolo Volponi

Der Silberdolch

Ostern fiel auf den 19. April, Lavinias sechsten Geburtstag, und um den zweifachen Festtag gebührend zu feiern, machte die Familie einen Ausflug auf den Petrano.

Die Hochebene stand noch nicht in Blüte, aber ein weicher Mantel aus frischem, grünem Gras war über ihre weiten Flächen gebreitet, zahllose Insekten schwirrten darüber hin, hellgrüne Heuschrecken, die übermannshohe Sprünge vollführten. In Schwärmen erhoben sie sich in die Luft und webten mit ihrem Flug einen riesigen Schleier.

Nach dem Picknick auf der Wiese entfernte sich Damiano gemeinsam mit dem Enkel von der Gruppe, um die ersten Narzissen suchen zu gehen. Sie waren lange unterwegs, ab und zu duckten sie sich, wenn eine Lerche über ihnen in der Luft stand und dem Lockruf des Menschen Beifall zu spenden schien. Damín gelang es nicht, ihren Ruf nachzumachen, dafür verscheuchte er die Vögel, wenn sie in seiner Nähe vorüberschwebten.

Den Rückweg nahmen sie über eine Reihe von kleinen Hügeln, deren Abhänge stellenweise von Buchen und Kornelkirschbäumen bestanden waren. Plötzlich bemerkten sie hinter einem dieser Büsche die Mutter, die mit aufgelöstem Haar über ihre Nacktheit gebeugt, gerade ihr Geschäft verrichtete. Beide hatten sie die gleiche Reaktion, sie fuhren zusammen, in einem heftigen Gefühl von Scham und Aggressivität zugleich. Dann aber war es Damín, der dem Großvater ganz unverhohlen bedeutete, er solle stehenbleiben, und auf den nackten Rücken der Mutter wies. Mit ausgestrecktem Arm stand er da und schaute gebannt hinüber, gab weder ein Zeichen, um sich bemerkbar zu machen, noch trat er einen Schritt näher, dabei lächelte er, um sich Mut zu machen.

Aber das Bewußtsein, daß er seine Lust nicht bis auf ihren Grund würde auskosten können, veranlaßte ihn, sich wieder dem Großvater zuzuwenden. Nur durch dessen Vermittlung konnte er seinen Genuß an diesem Anblick erhöhen und sich noch obendrein das Vergnügen der Komplizenschaft verschaffen.

Die Mutter hatte sich wieder aufgerichtet, sie beugte sich noch einmal tief vornüber, um sich abzuwischen, und ging dann in die entgegengesetzte Richtung davon. Vor übersteigerter Erregung lachte Damín laut auf. Er faßte den Großvater bei der Hand und führte ihn an die Stelle des Schauspiels. Damiano folgte dem Enkel, aber wortlos und ohne hinzusehen, ging er an dem Busch vorüber, atmete nur sehr schwer. Heuschrecken und Lerchen waren verschwunden, und vor den beiden tat sich nun ein weites blaues Tal auf, das von Bodenwelle zu Bodenwelle gemächlich nach unten abfiel bis zu den von Feldern und höher gelegenen Höfen gezeichneten Hügeln. Ein großer lebendiger Trichter, der für beide, und zwar in der vollkommensten Weise, den soeben genossenen wunderbaren Anblick ergänzte.

Den Nachmittag über war Damiano äußerst schweigsam, und gegen Abend zog er sich auch von seinem Enkel zurück. Er hatte sich der Länge nach auf der Wiese ausgestreckt, reglos überließ er sich einem bitteren Gedanken, der ihm durch den ganzen Körper lief.

Zu Hause wartete er im Garten, bis die anderen sich zum Schlafen zurückgezogen hatten, dann ging er ins Bad. Zwar fürchtete er, auf irgendwelche Spuren jenes Körpers zu stoßen, schaute sich daher unverwandt im Spiegel an, hielt den Atem an und preßte die Lippen zusammen, um nicht womöglich seinen Geruch einzuatmen. Dabei zitterte er aber vor Begehren. Mit der rechten Hand faßte er nach seinem Schwanz, zog ihn hoch und sah ihn im Spiegel ganz vor sich: Er war steif und prall vor blinder Entschlossenheit. Um ihn deutlicher zu spüren, packte er fester zu, und eine Welle der Lust und des Stolzes überkam ihn.

Auch nachdem er sich befriedigt hatte, blieb er noch vor dem Spiegel stehen. Der innere Aufruhr zeichnete sich deutlich auf seinem Gesicht ab, aber er fühlte weniger Gewissensbisse als das Verlangen, weiterzumachen, vorzudringen bis zu jenem Frauenleib, den er beständig vor sich sah. Er suchte unter den Kleidungsstücken, unter den Seifen und Fläschchen. Er fand nichts wirklich ihr Gehöriges, nicht einmal eine Anspielung. Die Seife, die sie benutzte, lag noch unangebrochen in ihrem Seidenpapier.

Er verließ das Badezimmer und begann im Treppenhaus zu suchen, in der Küche, im Lager. Er fand nichts, und seine Verzweiflung wuchs. Er ging in den Garten, aber es hing keine Wäsche zum Trocknen da. Beim Hinaufgehen sah er auf der letzten Treppenstufe, einen neben dem anderen und mit aufgebundenen Schnürsenkeln, die Sportschuhe, die die Frau auf dem Ausflug in die Berge getragen hatte: Sie waren aus Wildleder, zweifarbig, die Spitzen durch einen aufgesteppten Besatz verstärkt, die Sohle und der halbhohe Absatz aus Gummi. Er drückte sie an sich. Lange hielt er in jeder Hand einen: Er tauchte sein Gesicht in ihre Öffnung und begann, sie zu küssen, auch die Schnürsenkel und Ösen. Der leichte Gestank, den sie ausströmten, machte ihn benommen: Nach und nach entführte dieser säuerliche Geruch ihn sich selbst, entfernte ihn von der Wahrheit des eigenen Körpers und Gefühls. Er ging und schloß sich wieder im Bad ein; trat vor den Spiegel, die Schuhe direkt an Hals und Wange gepreßt. Schnurrbart und Haare schauten zwischen Falten und Sohlen hervor, und der Blick, der an ihnen entlangstreifte, machte sie nur noch vertrauter. So ging das die ganze Nacht, bis das Krähen der Hähne, das vom Fluß heraufdrang, ihn aufschreckte.

Er stellte die Schuhe wieder an ihren Platz zurück und ging in die Küche, wo er ans Fenster trat und das Licht der Morgendämmerung erwartete.

Während des Elf-Uhr-Hochamts war Damín, der seinen Platz neben der Mutter hatte, aufgefallen, daß auf der anderen Seite der Bank in tadelloser Haltung und in Uniform Trajano Marcacci stand, der Faschistenführer von Fossombrone, der Mann mit dem Silberdolch. Frech wippte er gegen den Rhythmus der Gesänge der Gläubigen vor und zurück, und von den äußersten Punkten dieser Schaukelbewegung aus schaute er schräg zu seiner Mutter herüber.

Die Frau vertiefte sich in ihr Gebetbuch, betete und sang aber nicht, sondern bewegte bloß die Lippen in einer Art Kaubewegung, der sie sich mit wachsendem Genuß und wachsender Schuld überließ.

Wenigstens glaubte der Sohn in der Weißglut seines Zorns, diese Regungen von ihrem Gesicht und aus jeder ihrer Bewegungen ablesen zu können. Er sah auch einmal Marcacci eine Hand nach dem Gebetbuch der Mutter ausstrecken. Brüsk hatte sie ihre Hände zurückgezogen, dabei jedoch die Kaubewegung ihrer Lippen verstärkt.

Damín war aufgefallen, daß Marcacci schon seit einigen Sonntagen am Eingang des Domes wartete, um dann gemeinsam mit ihnen dreien in Richtung auf die Bänke weiterzugehen. Er hatte sich jedesmal enger an Vitina geschmiegt und war dabei unmerklich von der Mutter abgerückt.

Während des allgemeinen Stoßseufzers der Erleichterung am Ende der Messe hatte Marcacci sich zu seiner Mutter hinübergeneigt und ihr zugelächelt; er hatte sich sofort abgewandt und seinen Arm fester um Vitina geschlungen.

In die zweite Hälfte Mai fiel eine Reihe von Feiertagen, die Messen folgten dicht aufeinander, und die Mutter wollte keine auslassen, sie brannte darauf, hinzugehen, und verbrachte viel Zeit bei den Vorbereitungen. Ihre Haare waren glänzender denn je, ihre Wellenbewegung schmiegte sich unter die Blicke des Faschisten. Auch die Seide ihrer Kleider leuchtete höher neben den Bändern dieser Uniform. Jenseits ihrer Zwirnhandschuhe glänzte die silberne Schnalle, die die schwarze Gestalt des Mannes gürtete: daneben funkelte der unbesiegbare Dolch.

Damín litt unter den Mutmaßungen, die auf ihn einstürmten, denen er sich aber nicht verschließen konnte, ebensowenig wie er seinen Platz neben der Mutter aufgeben wollte, seinen Platz am Rande dessen, was um sie herum vorging.

Bis er während einer Vesperandacht sah, wie das Buch den Händen der Mutter entglitt und Marcacci es sofort aufhob.

Er hatte es rasch durchgeblättert und darauf geblasen, wie um den Staub zu entfernen. Aber irgendein Zeichen, vielleicht nur einen Knick im Papier, einen Nagelkratzer auf einem Wort oder auch nur einem Buchstaben mußte er darin gelassen haben. Er brannte vor Begierde, nach dem Buch zu greifen, und mußte sich an Vitina festhalten, um nicht die Beherrschung zu verlieren. Er ließ die Schwester nicht wieder los, bis sie zu Hause ankamen. Die Mutter zog sich in ihr Zimmer zurück, er führte Vitina in den Garten, kehrte dann ins Haus zurück und schaute durchs Schlüsselloch: Er sah das Buch auf dem Toilettentisch der Mutter und sie selbst, wie sie vor dem Spiegel auf und ab ging, sich betrachtete und an sich entlangstrich. Er sah, wie sie sich aufs Bett setzte, sich lange mit immer ein und derselben Bewegung kämmte und dann anfing, sich auszuziehen, ganz langsam; lange verweilte sie bei jedem einzelnen Kleidungsstück und noch länger bei jedem soeben entblößten Körperteil.

Damín schaute zu und litt mit einer offenen Scham, so offen wie die aufgeklappte Puderdose neben dem sündigen Buch: Er roch den Duft dieses Puders und sah gegen das Licht, das durch die Vorhänge drang, die leichte Wolke, in der er zerstäubte. In ihrem Lichthof zögerte die Mutter bei den letzten Kleidungsstücken.

Vitina kam zurück und überraschte ihn beim Spionieren, sagte aber nichts. Sie streckte ihm nur ihre Hand entgegen, als wollte sie ihm helfen, sich aus dieser Position wieder aufzurichten.

Am nächsten Tag konnte er unbemerkt an das Buch kommen und brauchte auch gar nicht lange zu suchen und zu blättern, denn bald schon fiel aus der Mitte ein Zettel heraus. Er hob ihn auf und sah darauf das Wort »Liebe« neben einer Zeichnung mit einem Herzen und einem Dolch. Das Bild des Silberdolchs des Faschistenführers lag in seinen Händen und bezeugte dort über diesem Herzen seinen ganzen Willen und seine Macht, zu töten.

Damín legte das Buch mit dem Zettel darin an seinen Platz zurück und warf sich auf die Schwester: Den ganzen Nachmittag über umarmte und küßte er sie im Duft des sonnigen Gartens. Dieser Duft wurde mit zunehmender Wärme immer stärker, so daß seine Intensität schließlich der des Schmerzes über die Sünde der Mutter gleichkam. Er schaute über die Mauer auf die Flußlandschaft hinunter, und wie dort das Blau schwerer auf dem Rand des Tales lastete, so empfand er tief in seinem Inneren noch einen anderen, anhaltenderen und größeren Schmerz: den über die mütterliche Schönheit.

Er begann, die Salatpflanzen zu gießen, die Stecklinge, das Basilikum und sogar die wilden Nelken, ohne wie jeden Abend bis zum Sonnenuntergang damit zu warten, wenn er es gemeinsam mit dem Großvater tat. Der kam später als gewöhnlich nach Hause und war gar nicht überrascht, daß er den Garten schon gegossen hatte, und auch ausreichend. Er blieb vor dem Feigenbaum stehen und betastete die eine oder andere Frucht. Er tat nichts weiter und sprach auch nicht, während Damín auf Rettung wartete, darauf, aus den Windungen seines Schmerzes herausgeführt zu werden, in denen er zu ersticken drohte.

Beim Abendessen war die Mutter gelassen, zu ihrem Schwiegervater sogar entgegenkommender als gewöhnlich, mehrfach richtete sie völlig natürlich das Wort an ihn, jedesmal von einem anderen Lächeln begleitet. Der Großvater hatte einsilbig geantwortet und sich dann gleich mit dem Rücken zum Tisch gesetzt, um mehr Licht zum Zeitunglesen zu haben. Vitina spielte mit ihrem Besteck und mit Brotkrümeln, die Großmutter kaute und wischte dann mit kleinen Brotstückchen auch noch die Teller der Enkel aus.

Die Mutter lehnte sich auf ihrem Stuhl zurück und öffnete zwei Knöpfe über dem Busen. Damín sah ihre Brüste bis zu den milchigweißen Halbmonden des Ansatzes. Er ging sein Schulbuch holen und machte sich daran, ein Gedicht zu lesen. Aber die nächste Seite, auf der eine Grammatikaufgabe zu lösen war, rief ihm plötzlich und fast mit Schrecken in Erinnerung, daß in zwei Tagen der Vater nach Hause kommen würde. Schwierigere Aufgaben und die Anwesenheit des Vaters hatten die gleiche Wirkung auf ihn: Sie schüchterten ihn ein und verwirrten ihn noch zusätzlich in seinem Drama und in den Vermutungen und Plänen, die er anstellte, um es zu lindern, vor sich zu verbergen oder doch zumindest von sich abzurücken. Der Vater brach überall ein, vermischte Wirkliches und Unwirkliches und rammte die Marterpfähle eines anderen Schmerzes voller Wut und Scham in sein Inneres.

Er hörte, wie die Mutter aus dem Bett aufstand, und ihm war klar, daß sie sich an den Toilettentisch setzte. Er glaubte sogar das Geräusch ihres Kämmens hören zu können. Er schaute zu Vitina hinüber, sie schlief, und der schwache Lichtschein vom Fenster her fiel auf ihre Haare, die sich über das ganze Kissen ergossen. Mit offenen Augen, bei völlig klarem Verstand und in deutlicher Vorahnung begann er, zu warten. Bald schon hatte die Mutter die Tür ihres Zimmers hinter sich geschlossen und war bis ans Gartentor gelangt.

Durch das angelehnte Fenster sah er, wie sie zwischen Beeten und Pflanzen in Richtung auf das verfallene Gebäude am Ende des Gartens zuging. Ausgerechnet durch das Loch in der Mauer, den vertrauten Mittelpunkt so vieler seiner Spiele, sah er sie verschwinden. Ohne sich etwas überzuziehen, lief er in den Gatten hinaus und kletterte auf den Feigenbaum, um die Gartenmauer nach der Flußseite hin zu umgehen, von hinten an das Gebäude heranzukommen und durch die Ritzen zu spähen, die er ebenfalls jede einzeln ganz genau kannte. Die Mutter war da drinnen auf dem Sandfußboden und lag in Marcaccis Armen.

Der zog sie rasch und mit entschlossenen Handgriffen aus. Als Damín sah, daß seine Mutter keinen Schlüpfer trug, packte sein Schmerz ihn noch heftiger. Die beiden küßten sich, dann legten sie sich auf den Boden, einer über den anderen: die Mutter unten auf dem Sand, den Morgenrock unter Kopf und Haare geschoben. Er hörte sie keuchen und stöhnen, sich unter abgerissenen Worten und Ausrufen heftig bewegen und in endlosen Seufzern vergehen.

Er stand an die Mauer geklammert, Schmerz und Kälte schüttelten ihn in heftigen Stößen, und er schämte sich, sogar vor der Mauer, vor ihren Ziegelsteinen, an denen er sich festhielt, und vor den Ritzen, durch die er schaute. Es war eine Scham voll mitleidigen Bedauerns um all die unschuldigen, unbeschwerten Spiele, die er an diesem Ort gespielt hatte.

Die beiden Liebenden hatten inzwischen ihre Position gewechselt und küßten sich wieder, Marcaccis Dolch lag neben ihm, und er hatte sich eine Zigarette angesteckt, deren bläulicher Rauch kerzengerade wie ein Faden bis unters Dach aufstieg.

Damín schaute noch auf den Boden, auch als die Mutter schon wieder durch das Loch in der Mauer verschwunden war. Sorgfältig zog Marcacci sich an, klopfte sich den Staub aus Hose und Jacke, und zum Schluß gürtete er mit einstudierter Geste und einem Lächeln um die Lippen den silbernen Dolch. Dann verließ er das Gebäude durch die eingefallene Tür, die auf die Treppe zur alten Gerberei am Fluß hinausführte. Damín betrat den Schauplatz, auf dem sich all dies abgespielt hatte, um sich den Boden genauer zu besehen: Aber er war nur hier und da ein bißchen aufgewühlt, an anderen Stellen plattgedrückt, wie nach einem Spiel. Da waren weiter keine Spuren, Gegenstände oder Zeichen. Es war verzweifelt wahr, unbewegt und unverändert blieb die Erde dieselbe wie alle Tage, erstreckte sich vor und hinter ihm bis zum Fluß und darüber hinaus in die Dunkelheit. Er schämte sich für die Erde und auch für die Tränen, die er auf sie niederfallen ließ.

Zurück schlug er denselben Weg ein wie die Mutter, als könnte er ihre Fußspuren rückgängig machen oder doch wenigstens verwischen. Er kroch nicht in sein Bett zurück, sondern legte sich zu seiner Schwester. Er näherte sich ihrem warmen Köpfchen, und würgende Rührung überkam ihn. Als er wieder atmen konnte, kehrte er zu dem inzwischen angstvoll erworbenen Wissen zurück, voller Grauen vor dem Abgrund, der sich da vor ihm auftat. Ein neues Lustgefühl schlich sich jedoch schmeichelnd bei ihm ein und nahm nach und nach ganz von ihm Besitz, Kopf und Bauch.

Endlich hatte er nämlich das wahre Schauspiel und das ganze unerhörte Ausmaß der mütterlichen Schuld vor sich: Daß diese Schuld bestand, davon war er, wenn auch mit Entsetzen, von jeher fest überzeugt gewesen. Mangels genaueren Wissens hatte er sie jedoch nur ahnend erfassen und sich ausmalen können.

Jetzt hielt dieses Schauspiel ihn in seinem Bann, ließ die noch frische Erinnerung es bis ins Detail genau immer wieder vor ihm ablaufen, es füllte ihn ganz aus, und er mußte seine Wahrheit und Wirkung ertragen. Daß er diese Szene aber nun nicht mehr selbst zu erfinden, sondern nur noch passiv mitzuerleben brauchte, minderte seine Schuld daran erheblich, und vielleicht sogar seinen Schmerz.

Bald aber schon setzten ihm düstere Gedanken und Gewissensbisse derart zu, daß er die Erinnerung an jene Szene allein nicht mehr aushielt. Tatsächlich brachte er sie ein paar Tage lang mit allem und jedem in Verbindung, mit jeder Blüte im Garten, mit der Form der Wolken, mit allen Geräuschen des Flusses und auch mit dem Dröhnen, das von der Via Flaminia herüberdrang, wo die Autos von Rom her vorüberbrausten. Jede Geste, jedes Wort der Leute auf der Straße rief sie ihm in Erinnerung, die Art, wie sie einander, ihn oder auch nur die Straße und die Häuser ansahen, das Schweigen des Großvaters, das ihm der Ausdruck unbehaglicher Mitwisserschaft schien; das Verhalten der Tiere, der Tauben, die in den Garten kamen, oder der Hunde und Katzen, die ihm auf der Straße begegneten; vor allem aber der Geruch im Haus, der merkwürdig schwer geworden war, und der Geschmack des Essens. Jeder Löffel von der Suppe, die die Mutter zubereitet hatte, war Teil jener Szene, bedeutete, sich in ansteckende Berührung mit ihr zu bringen.

Er vermied es, die Mutter anzusehen, um die allzu beredten Zeichen ihrer Genugtuung nicht wahrnehmen zu müssen. Noch in den Geräuschen, die sie in der Küche machte, in ihren Worten, ihrem häufig durch Ausrufe und Gemurmel unterbrochenen Summen, womit sie ihre alltäglichen Verrichtungen begleitete, selbst darin, wie sie eine Tür öffnete oder schloß, ihm oder seiner Schwester etwas reichte, wie sie ein Handtuch oder einen Pullover in die Hand nahm und weglegte, entdeckte er überdeutlich eine Folge und Fortsetzung dieser Wahrheit, einen Akt der sie beständig streifenden Lust.

Dann ging er in den Garten hinaus und blieb wie betäubt in der Sonne stehen, scharrte nur ganz leicht mit einer Zehe oder mit der Sandale im Sand. Er rief Vitina und veranstaltete grausame Spiele mit ihr: Er zerraufte ihr die Haare oder zupfte sie grob an der Schürze; er öffnete und schloß ihr die Knie oder erstickte sie in brünstigen Umarmungen. Vitina lief nicht weg, sie beklagte und wehrte sich auch nicht, als hätte sie begriffen, daß sie und dieser ihr angebeteter Bruder einander ganz durchdringen mußten, um sich mit vereinten Kräften gegen eine unverständliche Außenwelt, ja gegen das Leben selbst zur Wehr zu setzen.

Unerfüllt und umgetrieben von dieser alles umfassenden Wahrheit, suchte Damín sich in der Nähe des Großvaters, bei seinen Arbeiten im Tonbruch und am Brennofen, zu schaffen zu machen. Aber auch hier begegnete ihm auf Schritt und Tritt, in Gesten, Gegenständen und Formen die bedrohliche unausweichliche Wahrheit der körperlichen Liebe, ihres tagtäglichen natürlichen Vollzugs: ein Ineinandergreifen und gegenseitiges Sich-Ergänzen aller Elemente des Gefühls und der Materie, Berührung und Durchdringung, Reifung, Eroberung und letztes Ziel.

Über all diesen Figuren und Assoziationen stand als Inbegriff der höchsten und durch nichts gerechtfertigten Liebe die Vereinigung seiner Mutter mit dem Faschistenführer, mit Marcacci, dem attraktiven Mann und draufgängerischen Eroberer, ja Mörder: eine Schaufel im Ton, das Quietschen einer Tür am Brennofen, der Riegel, der zum Verschließen durch seinen Ring geschoben werden mußte, eine frischgeformte Vase, ein trockener Krug, eine frischgebrannte Schüssel, die lodernden Flammen im Rund der Kontrolluken am Ofen.

Auf dem Grund all dieser Vexierbilder der Liebe war er jeden Moment darauf gefaßt, das Gesicht, die ganze Gestalt, den Dolch Marcaccis auftauchen zu sehen. Aus den Mündern der Vasen drangen die schlüpfrigen Eh, die gurgelnden Ah und Oh des Gestöhns seiner Mutter.

Der Großvater bemerkte seine Lustlosigkeit bei der Arbeit und meinte, er solle lieber nach Hause gehen und lernen. Diese Aufforderung war aber nicht bös gemeint. Zu gut erinnerte sich der Alte mit Kopf und Herz der Beweise, die der Enkel schon davon gegeben hatte, ein geborener Töpfer, ein echter Damiano zu sein, ein Künstler, ganz wie es der von Generation zu Generation alternierenden Berufung und Rollenverteilung in der Familie Possanza entsprach.

So fühlte Damín sich getrieben, seine Kreise um sich selbst und um seine Wahrheit, die in jener Szene in der Ruine am Ende des Gartens beschlossen war, weiter auszudehnen. Er suchte verstärkt Anschluß an seine Schulkameraden, spielte auch auf den Spielplätzen der anderen Stadtviertel, und zweimal ging er sogar in den Gemeindezirkel der Pfarrei.

Eines samstagsnachmittags, kurz vor Schulschluß im zweiten Jahr des Vorbereitungskurses auf das Gymnasium, ging er zum Laufen auf den Sportplatz, wo sich eine Menge Gleichaltriger und Erwachsener zusammenfand. Auch Marcacci war dort; mit nacktem Oberkörper, in Khakihosen und dem Fez der Balilla auf dem Kopf stand er in der Sonne und teilte nach allen Seiten Befehle aus, an Sportler wie Zuschauer gleichermaßen. Der unvermeidliche Dolch glänzte an seiner Seite und, belebt von einer höheren Kraft, wie nur Schönheit, Macht und die Niedertracht der Autorität sie verleihen, sprühten seine schwarzen Augen Feuer, so daß es fast aussah, als schielte er.

Lange stand Damín wie angewurzelt da und kam vom Anblick dieser Gesten nicht los. Ein Nachbarsjunge riß ihn schließlich da heraus, wie aus einer Verzauberung, und zog ihn mit sich fort. Damín war dankbar dafür und gab es ihm auch zu verstehen, was der andere ausnutzte, indem er sich ins Kino einladen ließ und obendrein noch zwei Popolari und eine Moresca verlangte. Damín wechselte das Zwei-Lire-Stück, das ihm sein Großvater geschenkt hatte, und ihm wurde ganz schwer ums Herz dabei, denn dieses Geldstück erschien ihm plötzlich wie ein Spiegelbild seiner Familie und seines ganzen unerträglichen Schmerzes. Der Film zerstreute und besänftigte ihn, und er blieb auch noch zur zweiten Vorstellung, weit über die Abendessenszeit hinaus.

Jon Krakauer

In eisige Höhen

Auf dem Gipfel des Everest fühlt man sich auch mit Sauerstoff aus der Flasche nicht wie auf Meereshöhe. Als ich über den Südgipfel kletterte, mein Regulierungsventil auf zwei Liter Sauerstoff pro Minute eingestellt, mußte ich nach jedem mühseligen Schritt anhalten und drei-, viermal tief durchatmen. Dann setzte ich den Fuß einen weiteren Schritt vor, dann wieder anhalten und viermal tief Luft schöpfen – ein schnelleres Tempo vorzulegen wäre über meine Kräfte gegangen. Da das Sauerstoffsystem, das wir benutzten, letztlich nur eine dürftige Mischung aus komprimierter Luft und Luft der Umgebung abgab, fühlten sich 8800 Meter mit zusätzlichem Sauerstoff an wie 7800 Meter ohne denselben. Aber der Flaschensauerstoff hatte andere Vorteile, die nicht so leicht in Zahlen auszudrücken sind.

Als ich so auf der Schneide des Gipfelgrates entlangkletterte und komprimierte Luft in meine geschundenen Lungen saugte, stieg in mir ein seltsam angenehmes, trügerisches Gefühl der Ruhe auf. Die Welt hinter der Gummimaske war von einer phantastischen Intensität, aber irgendwie nicht ganz real, so als würde ein Film in Zeitlupe auf die Gläser meiner Schneebrille projiziert werden. Ich fühlte mich wie im Drogenrausch, entrückt, vollkommen isoliert von der äußeren Welt und ihren Reizen.

Immer wieder mußte ich mir in Erinnerung rufen, daß sich links und rechts von mir nichts als 2000 Meter Luft befand, daß es hier um alles ging, daß ich für einen einzigen Fehltritt mit meinem Leben zahlen würde.

Eine halbe Stunde nach dem Südgipfel kam ich am Fuße des Hillary-Step an. Die über zehn Meter hohe, fast senkrechte Felsstufe gehört zu den berühmtesten Steilstücken in der Welt des Bergsteigens, und beim Anblick ihrer Fels- und Eispartien stockte einem das Blut in den Adern, aber wie wohl jeder echte Kletterer lechzte ich danach, das »scharfe Ende des Seils« zu nehmen und als Seilerster vorauszuklettern. Es war jedoch klar, daß Boukreev, Beidleman und Harris das gleiche fühlten, und es war wohl nicht mehr als eine dem Sauerstoffmangel entsprungene Illusion meinerseits, zu glauben, daß auch nur einer sich von einem Kunden diese so heißbegehrte Aufgabe wegschnappen lassen würde.

Am Ende beanspruchte Boukreev – als leitender Bergführer und der einzige unter uns, der den Everest bereits bestiegen hatte – die Ehre für sich. Zusammen mit Beidleman, der das Seil nachgab, bot er über die Steilstufe eine meisterhafte Vorstellung. Aber die Sache dauerte, und ich blickte nervös auf meine Uhr und fragte mich, ob mir vielleicht der Sauerstoff ausgehen würde. Mein erster Behälter war um 7 Uhr auf dem Balkon aufgebraucht gewesen und hatte damit ungefähr sieben Stunden gehalten. Über den Daumen gepeilt hieß dies, wie ich mir auf dem Südgipfel ausgerechnet hatte, daß mein zweiter Behälter so gegen 14 Uhr leer sein würde. Ich nahm dummerweise an, das ließe mir genügend Zeit, den Gipfel zu erreichen und auf den Südgipfel zurückzukehren, um mir meine dritte Flasche zu holen. Mittlerweile war es jedoch schon nach eins, und allmählich regten sich in mir ernsthafte Zweifel.

Am oberen Ende der Stufe teilte ich Beidleman meine Besorgnis mit. Ich fragte ihn, ob er was dagegen hätte, wenn ich schnell zum Gipfel vorauseilte, anstatt ihm weiter dabei zu helfen, die letzte Rolle Seil am Grat zu fixieren. »Nur zu«, sagte er herzlich. »Ich mach das hier schon.«

Als ich die letzten Meter zum Gipfel hochstapfte, hatte ich beinahe das Gefühl, unter Wasser zu gehen, so als bewegte sich das Leben nur mit einem Viertel Geschwindigkeit. Und dann stand ich plötzlich auf einem schmalen Eiskeil – verziert von einer weggeworfenen Sauerstoffflasche und einem verwitterten Vermessungspfahl aus Aluminium –, von dem man nicht mehr höher steigen konnte. Eine Kette buddhistischer Gebetsfahnen flatterte heftig im Wind. Weit unten, auf einer Seite des Berges, an der ich noch niemals hinabgeblickt hatte, breitete sich bis zum Horizont das trockene tibetische Hochplateau aus, eine unermeßliche Fläche aus dunkelbrauner Erde.

Auf dem Gipfel des Everest zu stehen soll angeblich einen ganzen Schwall von Hochgefühlen in einem auslösen. Entgegen allen Erwartungen hatte ich nun doch noch ein Ziel erreicht, von dem ich seit meiner Kindheit geträumt hatte. Aber der Gipfel war letztlich nur die halbe Miete. Auch der bescheidenste Wunsch, mir selbst zu gratulieren, wurde von einer düsteren Vorahnung von dem, was mir nun bevorstand, überschattet – der lange, gefährliche Abstieg.

[…]

Um 18 Uhr 30, als das letzte Tageslicht aus dem Himmel sickerte, kam ich bis auf knapp 70 Höhenmeter an Camp Vier heran. Zwischen mir und der Sicherheit befand sich jetzt nur noch ein Hindernis: ein bauchiger Hang aus hartem, blankem Eis, über den ich ohne Seilsicherung absteigen mußte. Graupelgeschosse, von 130-Stundenkilometer-Böen getrieben, zerstachen mein Gesicht, jede ungeschützte Stelle war augenblicklich gefroren. Die Zelte, die nicht weiter als 200 Meter entfernt standen, waren in dem Schneegestöber stets nur kurze Augenblicke zu erkennen. Es gab keinen Spielraum für Fehler. Aus Angst vor einem folgenschweren Fehltritt setzte ich mich hin, um vor dem weiteren Abstieg meine Energie zu sammeln.

Einmal nicht mehr auf den Beinen, überkam mich lähmende Trägheit. Es war ja so viel leichter, dazusitzen und sich auszuruhen, als sich diesem gefährlichen Eishang zu stellen. Während der Sturm mir also um die Ohren pfiff, hockte ich einfach nur da, ließ meine Gedanken schweifen und blieb so vielleicht eine Dreiviertelstunde lang sitzen.

Ich hatte die Schnüre meiner Kapuze zugezogen, die jetzt nur noch ein kleines Guckloch für die Augen frei ließ, und ich war gerade dabei, die nutzlose, zugefrorene Sauerstoffmaske unter meinem Kinn abzunehmen, als Andy Harris plötzlich aus der Düsternis neben mir auftauchte. Ich leuchtete ihn mit meiner Stirnlampe an und zuckte vor Schreck zusammen, als ich sein entstelltes Gesicht sah. Seine Wangen waren mit einem Panzer aus Eis und Reif überzogen, ein Auge war zugefroren, und er sprach nur noch ganz undeutlich. Er sah schlimm aus. »Wo geht's zu den Zelten?« platzte es aus ihm heraus. Er suchte verzweifelt nach einem Unterschlupf.

Ich zeigte in Richtung Camp Vier und warnte ihn gleich darauf vor dem Eishang unter uns. »Ist steiler, als es aussieht!« rief ich aus voller Kehle, um gegen den Wind anzukommen. »Vielleicht sollte ich zuerst gehen und drüben im Lager ein Seil holen ...« Ich hatte den Satz noch nicht zu Ende gesprochen, als Andy sich unvermittelt abwandte und über den Rand des Eishangs trat. Ich hockte völlig verblüfft da.

Mit dem Hintern auf dem Eis fegte er die ersten Meter des Abhangs hinunter, das steilste Stück überhaupt. »Andy!« rief ich ihm hinterher. »Du bist verrückt, es so zu versuchen! Das geht schief!« Er rief irgend etwas zurück, aber seine Worte wurden von dem heulenden Wind davongetragen. Eine Sekunde später verlor er das Gleichgewicht, purzelte Hals über Kopf weiter und jagte plötzlich mit dem Kopf voran den Eishang hinunter.

Dann lag er 70 Meter tiefer am Fuß des Hangs da, ein regungsloser Haufen, kaum noch sichtbar. Ich war sicher, daß er sich ein Bein gebrochen hatte, vielleicht sogar das Genick. Aber dann – unglaublich, aber wahr – stand er auf, winkte, daß er okay sei, und taumelte auf Camp Vier zu, das in dem Moment gerade gut sichtbar war, 150 Meter weiter.

Ich konnte die dunklen Umrisse von drei, vier Leuten ausmachen, die draußen vor den Zelten standen. Ihre Stirnlampen flackerten durch die treibenden Schneewände hindurch. Harris ging über das Flachstück auf sie zu. Er legte die Strecke in weniger als zehn Minuten zurück. Als die Wolken sich einen Moment später wieder zusammenzogen und mir die Sicht raubten, hatte er nur noch 20 Meter bis zu den Zelten, vielleicht sogar weniger. Danach verlor ich ihn aus den Augen, aber ich war sicher, daß er im schützenden Lager angekommen war, wo Chuldum und Arita zweifellos mit heißem Tee warteten. Während ich weiter draußen im Sturm herumsaß, immer noch mit diesem Eisbuckel zwischen mir und den Zelten, spürte ich plötzlich einen stechenden Neid. Ich ärgerte mich, daß mein Bergführer nicht auf mich gewartet hatte.

In meinem Rucksack war nicht viel mehr drin als drei

leere Sauerstoffflaschen und ein halber Liter gefrorener Limonade; er wog wahrscheinlich nicht mehr als acht, neun Kilo. Aber ich war mit meinen Kräften am Ende und hatte keine Lust, mir beim Abstieg durch den Hang ein Bein zu brechen. Ich warf also den Rucksack über den Rand und hoffte, daß er irgendwohin rutschen würde, wo ich ihn mir später wieder holen konnte. Dann stand ich auf und ging über das Eis hinab, das so glatt und hart war wie eine Bowlingkugel.

Fünfzehn Minuten heikler, zermürbender Arbeit mit den Steigeisen brachten mich heil und unversehrt an den Fuß des Hanges, wo ich ohne Schwierigkeiten meinen Rucksack wiederfand. Weitere zehn Minuten später war auch ich im Lager. Ich stürzte in mein Zelt, die Steigeisen noch an den Schuhen, zog den Reißverschluß zu und breitete mich auf dem reifbedeckten Boden aus. Ich konnte nicht einmal mehr aufrecht sitzen, so erschöpft war ich. Jetzt merkte ich eigentlich erst richtig, wie abgekämpft ich war: Noch nie im Leben hatte ich mich so verausgabt. Aber ich war in Sicherheit, Andy war in Sicherheit. Die anderen wären bestimmt auch bald im Camp. Wir haben's geschafft, Scheiße noch mal! Wir haben den Everest bestiegen. Zwischendurch ist es mal ein bißchen drunter und drüber gegangen, aber am Ende ist alles gutgegangen.

Erst viele Stunden später sollte ich erfahren, daß in Wahrheit nicht alles gutgegangen war – daß 19 Männer und Frauen oben auf dem Berg in einem Sturm festsaßen und verzweifelt um ihr Leben kämpften.

[...]

Um 15 Uhr 10 war Fischer immer noch nicht auf dem Gipfel angekommen, erzählt Beidleman und fügt hinzu: »Ich sagte mir, daß es an der Zeit war, schleunigst hier zu verschwinden, obwohl von Scott immer noch nichts zu sehen war.« Er rief Pittman, Gammelgaard, Fox und Madsen zusammen und machte sich mit ihnen auf den Weg, den Gipfelgrat hinunter. 20 Minuten später, gleich oberhalb vom Hillary-Step, stießen sie auf Fischer. »Ich hab dann eigentlich kaum was gesagt«, meint Beidleman. »Er hat bloß so halb seine Hand gehoben. Er schien sich ganz schön abzuplagen, aber es war Scott, ich hab mir also nicht groß Sorgen gemacht. Ich hab gedacht, jetzt zokkelt er noch zum Gipfel hoch, und dann wird er uns ziemlich schnell einholen, um zu helfen, die Leute runterzubringen.«

Beidlemans größte Sorge galt damals Pittman: »Zu dem Zeitpunkt waren alle ganz schön fertig, aber Sandy wirkte besonders wackelig auf den Beinen. Ich habe gedacht, wenn ich sie nicht ganz genau im Auge behalte, dann stürzt sie mir noch vom Grat. Ich habe also geschaut, daß sie sich auch richtig ins Fixseil eingehängt hat, und an Stellen, wo kein Seil war, habe ich sie von hinten an ihrem Klettergurt gepackt und sie eng bei mir gehalten, bis wieder ein Abschnitt mit Seil kam. Sie war dermaßen am Ende, daß ich mich fragte, ob sie überhaupt mitgekriegt hat, daß ich da war.«

Etwas unterhalb des Südgipfels, wo die Gruppe in eine dichte Wolkendecke mit Schneefällen hinabstieg, brach Pittman erneut zusammen und bat Fox, ihr eine Spritze mit Dexamethason zu verabreichen, einem starken Hormonpräparat. »Dex«, wie es allgemein genannt wird, kann die negativen Wirkungen der Höhe vorübergehend aufheben. Jeder in Fischers Team bewahrte für den Notfall eine vorbereitete Spritze dieses Medikaments in einem Zahnbürstenbehälter aus Plastik im Daunenanzug auf, damit sie nicht einfrieren konnte. »Ich habe Sandys Hose ein Stück runtergezogen«, weiß Fox noch, »und ihr dann die Nadel voll in die Hüfte gerammt, mitten durch ihre langen Unterhosen und so weiter.«

Beidleman, der kurz auf dem Südgipfel zurückgeblieben war, um den Sauerstoffvorrat durchzusehen, kam genau in dem Augenblick am Schauplatz des Geschehens an und sah noch, wie Fox Pittman – die mit dem Gesicht im Schnee lag – die Spritze ins Fleisch jagte. »Als ich über den Hügel kam und Sandy dort liegen sah, während Charlotte über ihr stand und mit einer Spritze herumwedelte, da hab ich gedacht: ›Scheiße, Mann, jetzt haben wir den Salat‹. Ich habe Sandy gefragt, was los ist, und als sie dann geantwortet hat, kam aus ihrem Mund nur irgendein unverständliches Gestammel.« Bei Beidleman klingelten sämtliche Alarmglocken, und er wies Gammelgaard an, ihre volle Sauerstoffflasche gegen Pittmans fast leere zu tauschen. Dann stellte er sicher, daß der Regler voll aufgedreht war, packte die halb bewußtlose Pittman an ihrem Klettergurt und begann sie den steilen schneebedeckten Südostgrat hinabzuschleppen. »Wenn ich sie einmal ins Gleiten gebracht hatte«, erklärt er, »habe ich sie losgelassen und bin vor ihr hergerutscht. Alle fünfzig Meter oder so hab ich angehalten, mir das Fixseil um die Hände gewickelt und mich dann bereitgemacht, um sie mit dem Körper aufzuhalten, wenn sie angerauscht kam. Als sie das erste Mal in mich hineingerutscht ist, haben sich die Spitzen ihrer Steigeisen in meinen Daunenanzug gebohrt. Die Daunen sind überall rumgeflogen.« Zur allgemeinen Erleichterung taten die Spritze und die Extradosis Sauerstoff ihre Wirkung. Die wiederbelebte Pittman war bald in der Lage, den Abstieg aus eigenen Kräften fortzusetzen.

[...]

Einer nach dem anderen folgten Beidleman und der Rest von Fischers Kunden den Spuren, die ich 15 oder 20 Minuten zuvor gemacht hatte, durch den immer schlimmer werdenden Schneesturm. Adams war hinter mir, den anderen voraus. Dann kamen Namba, Groom und Weathers, danach Schoening, Gammelgaard und Beidleman und schließlich Pittman, Fox und Madsen.

150 Meter oberhalb vom Südsattel, wo der steile Schiefer in einen sanfteren Schneehang übergeht, ging Namba der Sauerstoff aus, und die kleine Japanerin setzte sich auf den Boden und weigerte sich weiterzugehen. »Als ich ihr die Sauerstoffmaske abnehmen wollte, damit sie besser atmen kann«, erzählt Groom, »hat sie sie einfach wieder aufgesetzt und wollte nicht mit sich reden lassen. Alle meine Überredungskünste halfen nicht, sie davon zu überzeugen, daß ihr Sauerstoff aus war und daß die Maske sie nur am Atmen hindert. Beck war mittlerweile so schwach, daß er nicht mehr ohne fremde Hilfe gehen konnte, und ich mußte ihn mit der Schulter stützen. Zum Glück ist dann genau zu der Zeit Neal zu uns aufgeschlossen.« Beidleman, der sah, daß Groom sich mit Weathers abplagte, machte sich daran, Namba Richtung Camp Vier zu schleppen, obwohl sie nicht zu Fischers Team gehörte.

Es war jetzt ungefähr 18 Uhr 45 und beinahe völlig dunkel. Beidleman, Groom, ihre Kunden und zwei Sherpas aus Fischers Team, die verspätet aus der Dunkelheit aufgetaucht waren – Tashi Tsherihg und Ngawang Dorje –, hatten sich zu einer Gruppe zusammengeschlossen. Obwohl sie nur schleppend vorankamen, waren sie schließlich nur noch 70 Höhenmeter von Camp Vier entfernt. Zu dem Zeitpunkt kam ich gerade bei den Zelten an – wahrscheinlich nicht mehr als 15 Minuten vor den ersten der Beidleman-Gruppe. Aber in dieser kurzen Zeitspanne war der Sturm plötzlich in einen mit voller Wucht daherfegenden Orkan ausgeartet, und die Sichtweite sank auf sechs, sieben Meter.

Um den gefährlichen Eisbuckel zu vermeiden, nahm Beidleman mit seiner Gruppe einen Umweg, der im weiten Bogen nach Osten führte, wo der Hang weniger steil war. Um 19 Uhr 30 erreichten sie dann die weite, fast ebene Fläche des Südsattels. Mittlerweile hatten jedoch nur noch drei oder vier Leute Stirnlampen mit Batterien, die noch nicht leer waren, und alle standen kurz vor dem Zusammenbruch. Fox war immer mehr auf Madsens Hilfe angewiesen. Weathers und Namba konnten sich nicht mehr fortbewegen, ohne von Groom und Beidleman gestützt zu werden.

Beidleman wußte, daß sie sich auf der östlichen, tibetischen Seite des Sattels befanden und daß die Zelte irgendwo westwärts sein mußten. Aber diese Richtung einschlagen hieß, direkt gegen den schneidend kalten Sturm zu marschieren. Vom Wind aufgepeitschte Eis- und Schneekristalle schlugen den Bergsteigern mit gewaltiger Wucht ins Gesicht und zerkratzten ihnen die Augen, so daß sie nicht einmal mehr sahen, wohin sie gingen. »Es war dermaßen strapaziös und qualvoll«, erklärt Schoening, »daß man unweigerlich dazu geneigt hat, sich vom Wind abzuwenden, schräg nach links auszuweichen, und das war unser Fehler.

Manchmal haben wir nicht einmal mehr unsere Füße gesehen, so heftig hat es gestürmt«, fährt er fort. »Ich war ständig in Angst, daß jemand sich einfach hinsetzt oder den Anschluß an die Gruppe verliert und wir ihn nie mehr wiedersehen. Als wir dann aber den flachen Sattel erreicht haben, sind wir den Sherpas gefolgt, und ich dachte, sie wissen bestimmt, wo das Lager ist. Dann sind sie plötzlich stehengeblieben und haben kehrtgemacht, und da war natürlich klar, daß sie überhaupt keine Ahnung haben, wo wir sind. Da wurde mir nun wirklich langsam mulmig. Da ist mir zum ersten Mal klargeworden, wie ernst die Lage ist.«

Die nächsten zwei Stunden wankten Beidleman, Groom, die beiden Sherpas und die sieben Kunden blind im Sturm herum und hofften inständig, zufällig beim Lager anzukommen, immer mehr an Erschöpfung und Unterkühlung leidend. Einmal stießen sie auf ein paar weggeworfene Sauerstoffbehälter, die darauf schließen ließen, daß die Zelte nicht mehr weit waren, aber die Bergsteiger konnten sie einfach nicht orten. »Es war das totale Chaos«, erzählt Beidleman. »Die Leute irren kreuz und quer durcheinander. Ich schreie jeden an und versuche sie dazu zu kriegen, einem einzigen Anführer zu folgen. Schließlich, wahrscheinlich so gegen zehn Uhr, gehe ich diesen kleinen Hügel hoch, und plötzlich habe ich das Gefühl, am Abgrund der Erde zu stehen. Ich habe eine riesige Leere direkt unterhalb von mir gespürt.«

Die Gruppe hatte sich, ohne es zu bemerken, an das östliche Ende des Sattels verlaufen, an den Rand der 2000 Meter abfallenden Kangshung-Wand. Sie befanden sich auf gleicher Höhe mit Camp Vier, nur 300 Meter vom sicheren Lager entfernt*, aber, wie Beidleman weitererzählt: »Mir war klar, wenn wir weiter im Sturm herumirren, ist es nur eine Frage der Zeit, bis wir jemanden verlieren. Ich war völlig erschöpft und hab's kaum noch geschafft, Yasuko zu stützen. Charlotte und Sandy konnten kaum noch stehen. Ich hab dann also geschrien, daß sich alle hinhocken und aneinanderkauern sollen, bis der Sturm ein wenig abklingt.«

* Ein durchtrainierter Bergsteiger dürfte (in extremer Höhe) für den Aufstieg über 300 Höhenmeter selten mehr als drei Stunden benötigen. In diesem Falle geht es jedoch um Entfernungs- und nicht Höhenmeter – die Gruppe hätte die mehr oder weniger flache Strecke also in etwa fünfzehn Minuten zurücklegen können, wenn sie gewußt hätte, wo die Zelte standen.

Beidleman und Schoening machten sich auf die Suche nach einer windgeschützten Stelle, aber da war weit und breit nichts. Die Sauerstoffvorräte waren längst ausgegangen, was die Gruppe nur noch anfälliger für die Wind-chill machte, der zu Temperaturen von 75 Grad minus führte. Die Kletterer hockten wie ein jämmerlicher Haufen im Windschatten eines Felsblocks zusammengekauert, der kaum größer als eine Geschirrspülmaschine war, auf vom Sturm blankpoliertem Eis. »Die Kälte hatte mich inzwischen fast geschafft«, erzählt Charlotte Fox. »Mir waren die Augen zugefroren. Ich hatte keine Ahnung, wie wir da lebend wieder rauskommen sollten. Die Kälte tat so weh, daß es einfach nicht auszuhalten war. Ich habe mich kugelrund zusammengerollt, den Tod erwartet und nur gehofft, daß alles ganz schnell geht.«

»Wir haben gegenseitig auf uns eingetrommelt, um uns warm zu halten«, weiß Weathers noch. »Irgend jemand hat uns zugeschrien, daß wir die Arme und Beine in Bewegung halten sollen. Sandy war völlig hysterisch. Sie hat die ganze Zeit geschrien: ›Ich will nicht sterben! Ich will nicht sterben!‹ Aber sonst hat niemand viel gesagt.«

300 Meter weiter westlich lag ich am ganzen Leib zitternd in meinem Zelt – und das, obwohl ich dick eingepackt mit meinem Daunenanzug und jedem Fetzen Kleidung, den ich besaß, im Schlafsack lag. Der Sturm war drauf und dran, das Zelt zu zerfetzen. Jedesmal, wenn der Eingang geöffnet wurde, kamen ganze Wolken von Schneestaub hereingeweht, so daß innen alles mit einer zwei Zentimeter dicken Schneeschicht bedeckt war. Ich hatte keine Ahnung von der Tragödie, die sich draußen im Sturm abspielte. Immer wieder verfiel ich in eine Art Delirium, in das Erschöpfung, Dehydrierung und all die verschiedenen Wirkungen des Sauerstoffmangels mich versetzt hatten.

Irgendwann am frühen Abend kam Stuart Hutchison, mein Zeltgenosse, herein, schüttelte mich heftig und fragte, ob ich mit ihm nach draußen gehen würde, um auf Töpfe zu schlagen und mit Stirnlampen Lichtsignale in den Himmel abzusenden. Vielleicht konnte man dadurch ja ein paar verirrten Bergsteigern den Weg zum Lager weisen. Ich war jedoch zu schwach und zu wirr, um zu antworten. Hutchison – der bereits um 14 Uhr im Lager angekommen war und daher erheblich weniger geschwächt war als ich – versuchte dann ein paar von den Kunden oder den Sherpas in den anderen Zelten für seinen Plan zu gewinnen. Alle litten entweder zu sehr unter der Kälte oder waren zu erschöpft. Also ging Hutchison allein in den Sturm hinaus.

Sechsmal verließ er in jener Nacht unser Zelt, um nach den vermißten Bergsteigern zu suchen, aber der Schneesturm war so stark, daß er sich nie viel weiter als ein paar Meter über die Grenze des Lagers hinauswagte. »Die Winde kamen mit der Gewalt von Geschossen daher«, betonte er. »Der Schneestaub schien aus einem Sandstrahlgebläse zu kommen. Ich konnte immer nur eine Viertelstunde draußen bleiben, dann ist mir zu kalt geworden, und ich bin ins Zelt zurück.«

Beidleman wiederum, der immer noch mit den anderen am Ostrand des Sattels ausharrte, nahm seinen ganzen Willen zusammen, um auf dem Posten zu bleiben und auf ein Zeichen zu warten, daß der Sturm vielleicht nachließ. Kurz vor Mitternacht wurde seine Wachsamkeit belohnt, er hatte ein paar Sterne am Himmel entdeckt und rief den anderen zu, sie sollten schauen. Am Boden peitschte weiterhin ein tosender Schneesturm, aber weit oben klarte der Himmel allmählich auf und enthüllte die kantigen Silhouetten des Everest und des Lhotse. Klev Schoening meinte, daß er, ausgehend von diesen Orientierungspunkten, jetzt wisse, wo die Gruppe sich im Verhältnis zu Camp Vier befand. Nachdem er und Beidleman sich eine Weile gegenseitig angeschrien hatten, konnte er den Bergführer überzeugen, daß er wußte, wo die Zelte waren.

Beidleman versuchte nun die Leute dazu zu bringen, sich wieder auf die Beine zu machen und Schoening zu folgen, aber Pittman, Fox, Weathers und Namba waren zu schwach dazu. Dem Bergführer war nun klar, daß alle sterben würden, wenn nicht bald irgend jemand aus der Gruppe es zu den Zelten schaffte und ein Rettungsteam zusammentrommelte. Beidleman versammelte also jene um sich, die sich noch aus eigener Kraft fortbewegen konnten, und dann wankten er, Schoening, Gammelgaard, Groom und die beiden Sherpas in den Sturm hinaus, um Hilfe zu holen. Die vier völlig außer Gefecht gesetzten Kunden ließ er mit Tim Madsen zurück. Madsen wollte seine Freundin, Charlotte Fox, nicht zurücklassen. Er blieb also dort und erklärte sich selbstlos bereit, sich um die anderen zu kümmern, bis Hilfe eintreffen würde.

Zwanzig Minuten später humpelte Beidlemans Haufen in Camp Vier ein, wo man sich mit einem sehr besorgten Anatoli Boukreev überschwenglich in die Arme fiel. Schoening und Beidleman, die kaum noch sprechen konnten, erklärten dem Russen, wo er die fünf anderen zu suchen hatte, die mitten im Toben der Elemente zurückgeblieben waren. Dann brachen sie in ihren jeweiligen Zelten zusammen, völlig am Ende.

Boukreev war mehrere Stunden vor allen anderen aus Fischers Team am Südsattel angekommen. Tatsächlich war er bereits um 17 Uhr, als seine Teamgefährten sich noch immer auf 8500 Meter durch die Wolken nach unten kämpften, in seinem Zelt, wo er sich ausruhte und Tee trank. Erfahrene Bergführer würden seine Entscheidung später in Frage stellen, so weit vor den seiner Obhut anvertrauten Kunden abzusteigen – ein extrem ungewöhnliches Verhalten für einen Bergführer. Einer der Kunden aus jener Gruppe hat für Boukreev nichts als Verachtung übrig und vertritt beharrlich die Meinung, daß der Bergführer, als es wirklich darauf ankam, »sich in aller Eile davongemacht« hat.

Anatoli war gegen 14 Uhr vom Gipfel aufgebrochen und schon kurz darauf am Hillary-Step im Stau steckengeblieben. Sobald die Menge sich wieder zerstreut hatte, stieg er, ohne auf irgendwelche Kunden zu warten, zügig den Südostgrat hinunter – obwohl er Fischer oben auf der Felsstufe noch gesagt hatte, daß er mit Martin Adams hinuntergehen würde. Boukreev war daher längst im Lager, als der Sturm seinen Höhepunkt erreichte.

Als ich Anatoli nach der Expedition fragte, warum er so schnell vor seiner Gruppe nach unten gestiegen war, gab er mir die Durchschrift eines Interviews, das er erst ein paar Tage zuvor im Beisein eines Dolmetschers *Men's Journal* gegeben hatte. Boukreev sagte mir, daß er die Durchschrift gelesen habe und mit dem Inhalt einverstanden sei. Als ich es an Ort und Stelle las, stieß ich auf eine Reihe von Fragen über den Abstieg, die er wie folgt beantwortet hatte: *Ich blieb etwa eine Stunde [auf dem Gipfel] ... Es ist sehr kalt, was natürlich Kraft kostet ... Meine Einstellung war die, daß es niemandem nützt, wenn ich hier herumsitze und friere. Besser, ich kehre auf Camp Vier zurück, um so Sauerstoff zu den zurückkehrenden Bergsteigern hochbringen zu können oder um zu Hilfe zu eilen, falls jemandem während des Abstiegs die Kräfte ausgehen. Wenn man in solch großen Höhen untätig herumsitzt, büßt man in der Kälte an Kraft ein, und dann ist man zu gar nichts mehr nütze.*

Boukreev benutzte keinen zusätzlichen Sauerstoff, was ihn zweifellos wesentlich empfindlicher für die Kälte machte. Ohne dieses wichtige Hilfsmittel waren Erfrierungserscheinungen und Unterkühlung nur eine Frage der Zeit; er konnte es sich daher einfach nicht leisten, sich lange auf dem Gipfelgrat aufzuhalten und auf Nachzügler zu warten. Aus welchem Grund auch immer, jedenfalls eilte er seinem Team weit voraus – was er ja bereits während der gesamten Expedition so gehalten hatte, wie Fischer in seinen letzten Briefen und Telefonaten vom Basislager nach Seattle deutlich gemacht hatte.

Als ich ihn danach fragte, was er sich denn nun dabei gedacht habe, als er seine Leute auf dem Gipfelgrat zurückließ, bestand Anatoli darauf, daß es im Interesse des Teams war: »Es ist viel besser, wenn ich mich auf dem Südsattel aufwärme und bereit bin, Sauerstoff hochzutragen, wenn die Leute keinen mehr haben.« Und tatsächlich, kurz nach Einbruch der Dunkelheit, als Beidlemans Gruppe immer noch nicht zurückgekehrt war und der Sturm Orkanstärke erreicht hatte, wurde Boukreev klar, daß sie in Schwierigkeiten stecken mußten, und er unternahm einen mutigen Versuch, den Leuten Sauerstoff zu bringen. Aber seine Taktik wies einen ernsthaften Mangel auf: Da weder er noch Beidleman ein Funkgerät hatten, gab es für Anatoli keine Möglichkeit, in Erfahrung zu bringen, was denn nun tatsächlich mit den vermißten Leuten passiert war, die genauen Umstände ihrer Notlage oder wo sie sich in dem riesigen Gebiet des oberen Bergabschnitts überhaupt befanden.

Gegen 19 Uhr 30 verließ Boukreev Camp Vier und machte sich dennoch auf die Suche. Zu dem Zeitpunkt, wie er erzählt: *... betrug die Sichtweite vielleicht einen Meter. Und dann war sie praktisch gleich Null. Ich hatte eine Stirnlampe,* *und ich fing an, Flaschensauerstoff zu benutzen, um schneller voranzukommen. Ich hatte drei Flaschen dabei. Ich versuchte, schneller zu gehen, aber die Sicht war weg ... Es war, als wären einem die Augen genommen worden, man konnte nichts sehen, man war blind. So was ist sehr gefährlich, denn man kann in eine Gletscherspalte fallen, man kann über die Südseite des Lhotse abstürzen, 3000 Meter direkt nach unten. Ich habe versucht, hochzugehen, aber es war zu dunkel, ich konnte das Fixseil nicht finden.*

Etwa 200 Meter oberhalb des Sattels wurde Boukreev klar, wie aussichtslos sein Unterfangen war. Er kehrte zu den Zelten zurück und, wie er einräumt, hätte sich dabei beinahe selbst verirrt. Wie dem auch sei, es machte keinen Unterschied, daß er seinen Rettungsversuch abgebrochen hatte, da sich seine Teamgefährten längst nicht mehr oben im Gipfelbereich befanden, wohin Boukreev sich aufgemacht hatte – als er seine Suche aufgab, irrte Beidlemans Gruppe bereits auf dem Südsattel umher, 200 Meter *unterhalb* des Russen.

Als er gegen 21 Uhr im Camp Vier ankam, war Boukreev tief beunruhigt über die 19 vermißten Bergsteiger; da er aber keine Ahnung hatte, wo sie sich aufhielten, blieb ihm nichts anderes übrig, als abzuwarten. Dann, um 0 Uhr 45, kamen Beidleman, Groom, Schoening und Gammelgaard ins Lager gehumpelt. »Klev und Neal waren total ohne Power und konnten kaum noch sprechen«, weiß Boukreev noch. »Sie sagen mir, Charlotte, Sandy und Tim brauchen Hilfe, Sandy ist ganz nah davor zu sterben. Dann sagen sie mir die ungefähre Position von ihnen, wo ich sie finden kann.«

Als Stuart Hutchison hörte, wie die Gruppe eintraf, ging er hinaus und half Groom. »Ich habe Mike ins Zelt gebracht«, erzählt Hutchison, »er war wirklich fix und fertig. Er konnte sich zwar noch recht klar verständlich machen, aber er hat dafür all seine Kräfte aufbringen müssen, wie ein Sterbender für seine letzten Worte. ›Ihr müßt euch ein paar Sherpas schnappen‹, hat er gesagt. ›Sie müssen Beck und Yasuko holen.‹ Und dann hat er in Richtung der Kangshung-Seite vom Sattel gezeigt.«

Hutchison bemühte sich jedoch vergeblich, ein Rettungsteam zusammenzustellen. Chuldum und Arita – Sherpas in Halls Team, welche die Gipfelgruppe nicht begleitet hatten und sich auf Camp Vier speziell für einen solchen Notfall bereit hielten – waren durch eine Kohlenmonoxidvergiftung außer Gefecht gesetzt, die sie sich beim Kochen in einem schlecht gelüfteten Zelt geholt hatten. Und die anderen vier Sherpas in unserem Team waren von der Gipfelbesteigung noch zu unterkühlt und geschwächt.

Nach der Expedition fragte ich Hutchison, warum er nicht, nachdem er erfahren hatte, wo die vermißten Gefährten ungefähr zu finden waren, Frank Fischbeck, Lou Kasischke oder John Taske weckte – oder ein zweites Mal versuchte, mich zu wecken –, um uns für die Bergungsaktion einzuspannen. »Ihr wart ja alle fix und fertig, das war offensichtlich. Deshalb habe ich nicht einmal daran gedacht, euch zu fragen. Ihr wart so weit jenseits jeder normalen Erschöpfung, daß ich mir dachte, wenn ihr bei der Rettungsaktion mitmacht, daß ihr die Situation nur noch verschlimmert – daß ihr da loszieht und schließlich selbst gerettet werden müßt.« Letztlich lief es darauf hinaus, daß Stuart allein in den Sturm zog. Aber ein weiteres Mal brach er seinen Rettungsversuch am Rand des Lagers ab, da er befürchtete, nicht mehr zurückzufinden, falls er sich weiter hinauswagen würde.

Zur gleichen Zeit versuchte auch Boukreev ein Bergungsteam zusammenzustellen. Er sprach deswegen aber weder mit Hutchison, noch kam er in mein Zelt. Die Bemühungen der beiden wurden also zu keinem Zeitpunkt aufeinander abgestimmt, und ich selbst habe von den Bergungsplänen nie erfahren. Am Ende stellte Boukreev, wie Hutchison, fest, daß alle, die er aufwecken konnte, entweder zu krank oder zu erschöpft waren oder Angst hatten. Der Russe beschloß daraufhin, die Gruppe allein ins Lager zurückzubringen. Mutig stürzte er sich in den Schlund des Orkans und suchte beinahe eine Stunde lang den Sattel ab, konnte aber niemanden finden.

Boukreev gab nicht auf. Er kehrte ins Lager zurück, ließ sich von Schoening und Beidleman noch einmal genau die Richtung erklären und zog dann wieder in den Sturm hinaus. Dieses Mal erblickte er den schwachen Schein von Madsens Stirnlampe und konnte die Gesuchten dadurch lokalisieren. »Sie haben auf dem Eis gelegen, regungslos«, sagte Boukreev. »Sie konnten nicht mehr sprechen.« Madsen war noch bei Bewußtsein und war mehr oder minder in der Lage, es auch allein zu schaffen; Pittman, Fox und Weathers waren jedoch völlig hilflos, und Namba schien tot zu sein.

Nachdem Beidleman und die anderen aufgebrochen waren, um Hilfe zu holen, hatte Madsen die verbliebenen Bergsteiger um sich geschart und alle mit barscher Stimme dazu angetrieben, sich zu bewegen, um warm zu bleiben. »Yasuko habe ich in Becks Schoß gesetzt«, erzählt Madsen, »mit dem zu dem Zeitpunkt aber kaum noch was anzufangen war, und Yasuko hat sich überhaupt nicht mehr gerührt. Ein bißchen später habe ich gesehen, daß sie sich flach auf den Rücken gelegt hatte. Der Schnee ist ihr in die Kapuze geweht. Sie muß irgendwie einen Handschuh verloren haben – an ihrer rechten Hand trug sie jedenfalls keinen, und ihre Finger waren so verkrampft, daß man sie nicht mehr geradestrecken konnte. Die ganze Hand sah aus wie ein Klumpen Eis. Ich habe sie für tot gehalten«, fährt Madsen fort. »Aber eine Weile später bewegte sie sich plötzlich, und da ist mir echt ein Schauer den Rücken runtergelaufen: Sie hat den Kopf ein bißchen hochgehoben, so als will sie sich aufrichten, und ihr rechter Arm fährt hoch, und das war's dann. Yasuko hat sich wieder zurückgelegt und nie wieder bewegt.«

Als Boukreev auf die Gruppe stieß, war ihm sofort klar, daß er immer nur jeweils eine Person ins Lager bringen konnte. Er hatte eine Sauerstoffflasche dabei, die er und Madsen an Pittmans Maske anschlossen. Dann gab er Madsen zu verstehen, daß er so schnell wie möglich zurückkehren würde, und machte sich mit Fox auf den Weg zu den Zelten. »Als sie dann gegangen sind«, erzählt Madsen, »liegt Beck wie ein Embryo zusammengekrümmt da und rührt sich kaum, und Sandy hat zusammengerollt in meinem Schoß gehockt und sich ebensowenig gerührt. Ich habe sie dann angeschrien: ›Hey, immer mit den Händen wackeln! Ich will deine Hände sehen!‹ Und als sie sich aufrichtet und die Hände rausnimmt, sehe ich, daß sie keine Handschuhe anhat – daß sie an ihren Handgelenken baumeln. Ich versuche also, ihr wieder die Handschuhe überzuziehen, und plötzlich höre ich Beck ganz leise faseln: ›Hey, ich hab's!‹ Dann rollte er sich irgendwie ein Stück weg, hockt sich auf einen großen Felsblock und stellt sich mit ausgestreckten Armen mitten in den Wind. Eine Sekunde später kommt eine steife Bö und weht ihn rückwärts in die Nacht, außerhalb der Reichweite meiner Stirnlampe. Und das war das letzte, was ich von ihm gesehen habe. Toli ist kurz danach zurückgekommen und hat sich Sandy geschnappt. Ich habe dann meine Sachen gepackt und bin ihnen hinterhergetrottet und habe versucht, mich immer an Tolis und Sandys Stirnlampe zu halten. Von Yasuko habe ich da bereits geglaubt, daß sie tot ist, und Beck war für mich verloren.« Als sie schließlich das Lager erreichten, war es 4 Uhr 30, und über dem östlichen Horizont klarte allmählich der Himmel auf. Als Beidleman von Madsen hörte, daß Yasuko es nicht geschafft hatte, brach er in seinem Zelt zusammen und mußte eine Dreiviertelstunde lang weinen.

[...]

Susanne Röckel

Hochstraße

Die Hochstraße ist eine Autobahn auf Stelzen, die die Stadt ringförmig umgibt und in Nord-Süd-Richtung durchschneidet. Auf der Hochstraße ist man dem gefahrenreichen Verkehrsgewühl am Boden enthoben und kann sich ganz dem Genuß zügigen Autofahrens hingeben. Diese Bequemlichkeit geht mit einem sonderbaren Phänomen der Wahrnehmung einher. Man stellt fest, daß die Stadt von hier oben gesehen eine andere ist.

Wo sich unten das Leben im unendlich abwechslungsreichen Nebeneinander verschiedenartigster Sinneseindrücke darstellt, wo ausweglose Elend an prunkenden Reichtum grenzt, rücksichtslose Expansion an verzweifeltes Zurückbleiben, brutale Zerstörung an unbeschwert experimentierenden Neubeginn, scheint oben alles von der gleichen gespenstischen Starre erfaßt. Hier hält das graue Alter der stürmischen, gierigen Jugend seinen bösen Spiegel vor. Ein kalter, vom Leben abgenutzter und ausgelaugter Riesenkörper zeigt sich in seiner ganzen schmutzstarrenden Häßlichkeit. Sein Atem ist stinkender Smog, seine Haut ist von einem grauen, schleimigen Film überzogen, den kein Regen mehr abwäscht. Wie lange weigert sich dieser Körper schon zu sterben?

Nachts ist die Hochstraße von Schweinwerfern grell erleuchtet. Daneben scheint das Lichtermeer der Innenstadt nur eine Handvoll armseliger Funzeln. Kaum durchdringt ihr matter Schein die schwüle Luft, die wie ein nasser Scheuerlappen vom Himmel hängt. Hier und da sieht man sterngleich blinkende Reklamewände, mondblau schimmernde Fernsehschirme und andere vertraute Anzeichen geschäftiger menschlicher Aufschneiderei. Und doch kommt man von der Vorstellung nicht los, auf einsamer Piste eine wüste Gegend zu durchmessen. Welche Flut ließ diesen Haufen durcheinandergeworfener steinerner Würfel einst zurück? Wer mag zwischen diesen müden Mauern hausen, in diesen stickigen Labyrinthen umherirren? Wohin brachen die Menschen auf, die vor Zeiten aus Schwäche hier niedersanken? Was haben sie verloren, daß sie glauben, an diesem unbewohnbaren Ort sei etwas zu gewinnen?

Carmen Rohrbach

Schüsse in der Nacht

Der See ist laubfroschgrün und kreisrund – ein Kratersee. Vom Rand des Kraters blicke ich hinab, nachdem ich den schroffen, von tiefen Erosionsrinnen gezeichneten Vulkan hinaufgestiegen bin. Ich freue mich über die unerwartete Belohnung. Der Wind bläst heftig hier oben, und ich breite die Arme aus, als könnte ich fliegen.

Nasser konnte ich nicht zu dem mühsamen Aufstieg bewegen. Es bedrückt mich, einen Begleiter zu haben, der unter dem leidet, was mir wichtig ist und Vergnügen bereitet. Seine Verstimmung einfach zu ignorieren gelingt nicht immer, jedenfalls nicht über einen langen Zeitraum, vor allem nicht bei der Nähe, die sich durch das Wandern zu zweit ergibt. Deshalb brauche ich den Abstand und schöpfe bei meiner Vulkanbesteigung neue Energie. Für ihn wäre es gut, wenn wir öfters auf Menschen treffen würden, aber von Bir Ali bis zur Mündung des Wadi Hajar gibt es keine Siedlungen. Wir wandern durch eine Urlandschaft aus schwarzen Vulkanen und weißem Flugsand. Rankengewächse überziehen den Sand wie grüne Spitzendecken. Sie wachsen kreisrund und haben nicht selten einen Durchmesser von über zehn Metern. Die Früchte, grün oder goldgelb, hängen wie kostbare Perlen im Geflecht. Diese Kürbispflanzen leben vom Tau, der jeden Morgen an ihren Blättern kondensiert.

Eine hellfarbene Eidechsenart gehört zu den wenigen

Bewohnern der Dünen. Sie verschafft sich auf originelle Weise Kühlung: Nur mit den Fersen berührt sie den heißen Sand, klappt die extrem langen Zehen nach oben und läßt sie vom Wind kühlen.

Seit wenigen Jahren durchquert eine Teerstraße diese vulkanische Wüstenregion. Nasser ist verärgert, weil ich mich weigere, auf dieser Straße zu gehen. Wir würden schneller vorankommen, meint er. Er versteht nicht, daß es mir unerträglich wäre, in dieser grandiosen Naturlandschaft auf einer Straße gehen zu müssen, außerdem denke ich an Al Wasim mit seiner panischen Angst vor Fahrzeugen. Es ist sowieso schwierig genug mit dem Schönen, weil das Futter wieder einmal knapp ist. Früher haben Kameltreiber ihre Tiere mit Trockenfisch gefüttert, wenn sie diese fast vegetationslose Zone durchqueren mußten. Freya Stark beschreibt drastisch den Gestank, den Kamele absondern, die Trockenfisch gefressen haben. Bei einem Versuch lehnte Al Wasim entschieden ab, Fisch zu fressen. Entrüstet packte er den Fischbottich mit den Zähnen und schleuderte ihn fort. Ich versöhnte ihn schnell mit ein paar Datteln. Mit dieser Köstlichkeit kann ich ihn auch locken weiterzugehen, ansonsten führe ich ihn zu jeder Pflanze, die ich erspähen kann, und so gestaltet sich unser Weg manchmal sehr kurvenreich. Nasser murrt, ich würde mein Kamel unnötig verwöhnen.

Unser Wasser wird knapp. Wir wußten, daß es unterwegs keine Brunnen geben würde, und haben in Bir Ali alle Kanister bis zum Rand gefüllt. Da wir aber die Zeit im unwegsamen Gebiet unterschätzt hatten, glaubten wir, mit dem Wasser nicht sonderlich sparsam sein zu müssen. Jetzt darf das Wasser nur noch zum Trinken und Kochen verwendet werden, und Nasser muß auf seine fünf Gebetswaschungen pro Tag verzichten.

Deshalb sind alle froh, als wir endlich das Wadi Hajar erreichen. Meine größte Freude ist es, zu sehen, wie Al Wasim mit tiefen Zügen säuft. Dreimal senkt er das Maul hinab und saugt das Wasser in sich hinein. Ich versuche zu schätzen, wieviel Liter es wohl sein mögen, und betrachte aufmerksam den langen Hals, kann aber keine Schluckbewegungen erkennen.

Das Wadi Hajar gehört zu den welligen Flußtälern, die ganzjährig Wasser führen. Es muß besonders viel geregnet haben, denn das Flußbett ist randvoll. Wir können es nicht als Weg benutzen, sondern müssen zum Jol aufsteigen und über das Hochplateau wandern. Die nächste Siedlung, Sidarah, ist 150 Kilometer entfernt. Da die Kost auf dem Jol mager sein wird, kann Al Wasim sich zuvor an saftigen Pflanzen satt fressen. Vier Tage genießt er das Schlaraffenleben, von dem er vermutlich immer träumt.

Dann ist die Zeit der Muße vorbei, und der Aufstieg beginnt. In Serpentinen schraubt sich der Pfad hinauf. Bei jeder Kurve öffnet sich der Blick weiter, und der Wind weht frischer. Es ist eines meiner größten Vergnügen, auf Berge zu steigen und die Niederungen unter mir zu lassen.

Diese zerklüftete Felsenwelt ist ein erstarrtes Abbild der Erdgeschichte. Farbige Bänder zeigen an, wo sich bestimmte Mineralien konzentrieren. Die auffälligen Färbungen sind schwefelgelb, gipsweiß und violett durch manganhaltige Einschlüsse. Je höher wir kommen, um so artenreicher ist auch die Tierwelt. Pulks von Steinhühnern trippeln gleich aufgezogenen Spielzeugtieren durchs Geröll, fliegen schnurrend auf und landen in sicherem Abstand. Steinschmätzer lassen ihre einprägsamen Lieder ertönen, und braune Senegal-Tauben picken trockene Samen auf.

Stark ist dann der Kontrast von dem reichhaltigen Leben an den Abhängen zur lebensfeindlichen Einöde auf dem Jol. Pflanzen sind hier selten, und manchmal vergeht der Tag ohne einen Vogelruf.

Nasser entdeckt eine Piste, die in unserer Richtung verläuft, und beschwört mich, ihr zu folgen. Für ihn ist diese Piste eine Garantie, daß uns nichts passieren kann. Ich denke, das Gegenteil könnte der Fall sein.

Früher zogen Karawanen über den Jol und brachten Waren in die Täler, heute sind es Lastwagen, die diese Aufgabe übernommen haben. Als die Motorisierung im Jemen begann, fühlten sich die Beduinen in ihrer Existenz bedroht. Sie befürchteten zu Recht, daß ihre traditionelle Lebensgrundlage als Karawanenführer durch die Lastwagen zerstört würde, weil diese in kürzerer Zeit mehr Waren transportieren können. Die Beduinen wehrten sich, rollten Steine auf die Straßen, rissen Fahrbahnen auf, hielten Fahrzeuge an und raubten sie aus. Es dauerte aber nicht lange, da waren auch viele Beduinen fasziniert von der rasanten Fortbewegungsweise und strebten danach, eigene Fahrzeuge zu haben. Nun sitzt so mancher Beduine, der mit einem Kamel nicht mehr umgehen kann, hinter dem Steuer eines Lastwagens.

Ich folge ungern der Piste, zum Glück ist diese wenig befahren. Nur zwei, drei Lastwagen am Tag donnern vorbei. Nasser stoppt jeden für einen Plausch mit dem Fahrer. Mir ist nicht wohl dabei, weil unsere Wanderung dadurch bekannt wird und jemand auf die Idee kommen könnte, uns aufzulauern. Aber keines meiner Argumente ist stark genug, Nasser von der Piste abzubringen, und wenn ich gegen seinen Willen einen anderen Weg einschlage, ist sein Gezeter schier unerträglich.

Eines Abends rasten wir unter einer Baumgruppe mit zwei hohen Ilb-Bäumen und mehreren Akazien. Drei

Brunnen sind senkrecht in den Fels getrieben, und wir füllen unsere Kanister mit dem Regenwasser, das sich in den Löchern gesammelt hat.

Nachts schrecke ich vom Knall eines Schusses hoch. Gleich darauf fallen noch zwei Schüsse. Im Dunkel der Nacht wirken Schüsse besonders unheimlich, auch wenn ich mich mit der Erklärung beruhige, daß Jemeniten sich gern am Klang ihrer Waffen erfreuen. Auf einmal leuchtet eine Taschenlampe auf. Nasser hat sie angeknipst. Ist er verrückt? Hätte ich ihm nur nicht meine Ersatzlampe gegeben! Wie sagt man auf arabisch »Licht aus!«? Vor Ärger fällt es mir nicht ein. Leise und doch so eindringlich wie möglich rufe ich: »*Musch nur!* Kein Licht!« Endlich kapiert er. Ich krieche aus meinem Zelt und eile geduckt zu seinem Schlafplatz. »Mach nie wieder die Taschenlampe an! Wir dürfen doch niemanden auf uns aufmerksam machen, der in der Nacht herumballert.«

Gerade will ich zum Zelt zurückgehen, da durchschneiden Autoscheinwerfer grell die Dunkelheit. Ich drücke mich gegen den Boden und zische Nasser zu: »Kein Licht! Kein Laut!«

Es sind zwei Fahrzeuge. Sie kommen näher. Geradewegs auf unser Lager zu. Hätte ich doch nur darauf bestanden, weit weg von der Piste zu lagern! Hoffentlich bleibt Al Wasim liegen. Ich habe seine beiden Vorderbeine festgebunden, aber wenn er in Panik gerät, entwickelt er ungeheure Kräfte. Die Landrover rasen heran – und vorbei! Bevor ich erleichtert durchatmen kann, stoppen sie, nur 50 Meter von uns entfernt. Fünf Männer steigen aus, leuchten mit ihren Taschenlampen herum und palavern laut. Ich wage kaum zu atmen. Nasser bewegt sich plötzlich und nimmt das Gewehr in Anschlag. Dieser Tollkopf will womöglich einen Warnschuß abgeben. Die Männer werden nicht zögern, auf das Mündungsfeuer zu zielen. In meiner Verzweiflung packe ich Nasser am Arm und flüstere heiser: »*La gate!* Nicht töten!« Ich wollte sagen: »Nicht schießen!«, aber vor Schreck war mir das Wort entfallen. Mein Beschützer verspricht, erst abzudrücken, wenn die anderen das Feuer eröffnen, aber ich traue ihm nicht und fürchte mich mehr vor seiner Torheit als vor den fremden Männern.

Die fünf laufen herum und leuchten die Gegend ab. Wir sind noch immer unentdeckt. Da richtet sich Nasser halb auf. Ich drücke ihn sofort nieder. »Was fällt dir ein!« flüstere ich wütend. Nasser antwortet leise: »Ich will mit den Leuten reden.« Was macht man nur mit so einem Kindskopf? Wäre die Situation nicht so brisant, müßte ich lachen. »*Abeden!* Rühr dich nicht von der Stelle!« befehle ich hart.

Das Warten dauert eine Ewigkeit. Hoffentlich dreht Nasser nicht durch. Ich blicke zu Al Wasim hinüber. Er hat die Ohren hochgestellt und lauscht den Geräuschen. Noch liegt er ruhig da, ein großer, dunkler Körper in der Dunkelheit.

Endlich steigen die Männer ein und fahren davon. Was mögen sie hier gewollt haben? Ich glaube nicht, daß sie uns suchten – dann hätten sie uns auch gefunden. Nasser meint, die Leute hätten geredet, als seien sie betrunken. Alkohol ist zwar im Jemen strengstens verboten, für manchen aber gerade deswegen eine große Verführung.

»Und da wolltest du mit denen reden? Wer getrunken hat, handelt nicht mehr vernünftig. Wir wären ihnen als Opfer gerade recht gewesen, da hätten sie ihre Aggressionen abreagieren können.«

Bis vier Uhr morgens rasen die beiden Fahrzeuge hin und her über die Piste, als seien sie vom Teufel getrieben. Eine schreckliche Nacht! Kaum war ich eingedöst, blendeten mich die Scheinwerfer erneut, und die Motoren jaulten auf. Jedesmal schlug mein Herz bis zum Hals vor Angst, sie würden wieder anhalten und uns doch noch entdecken. Zu dieser Zeit weiß ich glücklicherweise noch nichts von dem Schrecken, der dem Alptraum dieser Nacht folgen sollte.

Nach dem Frühstück brechen wir bald auf. Ich fühle mich matt, weil ich kaum geschlafen habe. Nasser aber klagt über Kopfschmerzen und bittet darum, die ganze Strecke reiten zu dürfen.

Von Süden zieht eine Schlechtwetterfront auf und treibt uns mit orkanartigen Stößen vor sich her. Dramatisch stauen sich dunkle Wolken am Himmel und bilden unheilvolle Formationen. Nirgends ein Platz, wo wir uns vor dem drohenden Unwetter schützen könnten.

Der Boden ist gleichmäßig mit fingernagelgroßen Steinen übersät. Diese Steinchen sind die einzigen Strukturen weit und breit. Das Auge findet keine Anhaltspunkte, um Entfernungen einzuschätzen und die Dimension der Weite zu begrenzen. Unter den wild heranjagenden Wolken fühlen wir uns wie Insekten, die schutzlos auf dieser schier grenzenlosen Hochebene herumkrabbeln. An diesem Tag marschiere ich zehn Stunden lang, immer in der Hoffnung auf einen Platz, wo wir für Al Wasim Futter und für uns einen Unterschlupf vor dem Unwetter finden. Meine Ausdauer wird belohnt. Eine Stunde vor Sonnenuntergang erreichen wir eine Hütte, einen kleinen Schutzraum aus Felsgestein, den sich Hirten gebaut haben. Die Hütte ist leer und der Boden sauber. Neben der Tür liegt Feuerholz, und an einigen Büschen wird Al Wasim seinen Hunger stillen können.

Den ganzen Tag lang kam kein einziges Fahrzeug die

Piste entlang. Jetzt beim Absatteln höre ich Motorengeräusch in der Ferne. Nasser läßt sich nicht mehr aufhalten. Er rennt los, um den Wagen abzupassen. Während ich weiter mit dem Entknoten beschäftigt bin, dirigiert Nasser den Fahrer direkt zu unserem Lagerplatz, obwohl er weiß, wie sehr sich Al Wasim vor Motoren fürchtet. Das Kamel springt panisch auf, die Lasten rutschen von seinem Rükken und hängen nun zwischen den gelockerten Seilen unter seinem Bauch. Vor Schreck bäumt sich Al Wasim auf und versucht durchzugehen. Nur mit Mühe gelingt es mir, ihn festzuhalten. Es fällt mir schwer, Ruhe zu bewahren, aber ich zwinge mich, meine Wut nicht zu zeigen. Eine Ausländerin, die sich nicht beherrschen kann, macht sich nur lächerlich und wird verachtet. Mühsam gelingt es mir, mein Kamel doch noch vom Gepäck zu befreien.

Nasser strahlt vor Glück. Die drei Männer im Landrover, die er gerade kennengelernt hat, seien gute Freunde. Sie hätten uns eingeladen, bei ihnen zu übernachten.

»Schon gut, Nasser, morgen werden wir sie besuchen.«

»Nein, heute! Gleich! Wir gehen zu ihrem Haus!«

»Unmöglich, Nasser, in einer Stunde ist es dunkel, und ich sehe hier nirgendwo ein Haus, das man in einer Stunde erreichen könnte.«

Ich führe Al Wasim hinter die Hütte, wo einige Sträucher wachsen, und binde ihn dort fest. Bei meiner Rückkehr werde ich mit vollendeten Tatsachen konfrontiert: Säcke, Sattel, Kanister, Nassers Schlafdecke, alles befindet sich auf der Ladefläche des Landrovers. Nasser überschlägt sich vor Eifer, mich zu überreden: Es sei nicht weit. Ganz in der Nähe. Wir könnten hier nicht bleiben, bei Gewitter kämen die bösen Geister, die *djinns*, und wären durch Gebete nicht zu bändigen.

Ich bin müde vom langen Marsch, matt von der durchwachten Nacht, und meine Widerstandskraft ist gebrochen durch die zahllosen Auseinandersetzungen mit Nasser. Ich sage: »Du kannst gern fahren, ich bleibe«, und hoffe insgeheim, ihn damit für immer los zu sein.

Der Fahrer des Landrovers, ein attraktiver Mann mit schwarzen Locken, die ihm bis auf die Schultern fallen, kommt auf mich zu. Charmant und mit gewinnendem Lächeln versucht er mich zu überreden: »Wir können doch eine Frau in dieser Einöde nicht ungeschützt allein lassen. Fahr einfach mit uns.«

Da habe ich eine glückliche Eingebung: »Machen wir es umgekehrt, ich lade euch alle herzlich zum Tee ein, und dann koche ich noch etwas Gutes zum Essen.« Ich bin stolz auf meinen Einfall, weil dadurch Nasser die für ihn nötige Gesellschaft hätte.

Vergeblich! Die Einladung können sie nicht annehmen, weil sie etwas Wichtiges zu erledigen haben. »Komm mit! Unser Haus ist ganz nah!«

Mein Widerstand bricht zusammen. In meinem Kopf ist plötzlich eine große Leere. Keines meiner Argumente hatte eine Wirkung. Sie stehen um mich herum und warten auf mein Einverständnis.

»Was aber machen wir mit Al Wasim?« frage ich Nasser.

»Kein Problem! Ich werde ihn führen, es ist doch nicht weit«, antwortet er.

Meine Frage signalisiert den anderen, daß ich weich geworden bin. Sie drängen mich zum Auto. Mir wird nicht richtig klar, was geschieht. Auf einmal sitze ich neben dem Fahrer. Die zwei anderen quetschen sich neben mich, statt auf die Ladefläche zu steigen. Die Alarmglocken, die mich warnen, dringen nicht bis in mein Bewußtsein. Es gibt Momente im Leben, für die man später keine Erklärung hat, Situationen, in denen man handelt, als sei man fremdbestimmt. Wie hypnotisiert sitze ich im Auto. Noch wäre Zeit, »Halt!« zu schreien und aus dem Wagen zu springen. Statt dessen ziehe ich die Schultern ein, um Abstand zwischen mir und den Mitfahrern zu halten.

Die Bewußtseinstrübung dauert nicht lange an, aber dann ist es schon zu spät. Eingequetscht sitze ich zwischen den Männern und frage mich bestürzt: Wie konnte ich das nur tun? Ein eisiger Schauer läßt mich innerlich erstarren, als mir klar wird: Ich bin ihnen ausgeliefert. Schreckliche Gedanken rasen mir durch den Kopf: Sie werden mich umbringen! Sie werden mich entführen, mein Gepäck rauben und mich in eine Schlucht werfen. Niemand wird mich je wiederfinden, für immer spurlos verschwunden. Ein leichtes Spiel für sie, und ich selbst habe mich in ihre Hände begehen. Wie konnte ich nur so dumm sein?

Inzwischen ist es stockdunkel. Das Fahrzeug rast auf einer abschüssigen Piste dahin. Bei jeder Kurve sehe ich einen schwarzen Abgrund. Was soll ich tun? Wie kann ich mich retten? Fieberhaft suche ich nach einem Ausweg und verwerfe eine Idee nach der anderen.

[...]

Scheich Saleh Ali Mohammed al Basrib muß sich nicht um Autorität bemühen, sie umgibt ihn wie eine Aura. Im Gebiet von Sidarah ist er das Stammesoberhaupt und verantwortlich für alles, was dort passiert. Er verkörpert Würde, Macht und Gerechtigkeit. Jeder Angehörige seines Stammes kann ihn um Hilfe und Unterstützung bitten, muß sich aber auch seinem Schiedsspruch unterwerfen.

Der Scheich hört zu, ohne mich zu unterbrechen. Seine Augen sind zwingend auf mich gerichtet, als wollten sie die Wahrheit hinter den Wörtern schauen. Vor diesen saugenden Augen etwas zu verbergen, scheint mir ganz und gar unmöglich. Als ich geendet habe, stellt er nur zwei Fragen: Wie hieß der Fahrer, und welche Nummer hatte der Landrover?

»Er nannte sich Said, das ist alles, was ich weiß«, und mir ist bewußt, wie dürftig meine Aussage ist.

»Said? So heißen viele hier. Hast du dir nicht den Vatersnamen sagen lassen?«

Ich schüttele stumm den Kopf. Auch Nasser kennt nur den Vornamen, und um die Autonummer haben wir uns beide nicht gekümmert. Saleh al Basrib schaut mich durchdringend an und sagt: »Allah muß dich beschützt haben. Ein Wunder, daß du noch lebst.« Er ruft einen seiner Söhne, einen zwölfjährigen Knaben, und trägt ihm auf, einen Said zu finden, der einen Landrover fährt.

»Warum ihn suchen? Er hat uns zwar Unglück gebracht, aber ohne es zu wollen. Etwas Strafbares hat er nicht getan«, wende ich ein.

»Getan oder nicht! Ich muß wissen, wer der Mann war, und ich will seine Geschichte hören.«

Wie wird es meinem armen Kamel inzwischen ergehen? Vielleicht ist es schon tot, oder es stürzt in diesem Moment ab? Sein Körper fällt und fällt und zerschmettert tief unten in einer Schlucht. Immer wieder steht mir dieses furchtbare Bild vor Augen.

In der Nacht führte Nasser meinen Schönen über den Paß, und ausgerechnet in der Steilwand riß er sich los und flüchtete. Er kann sich dort nur auf der Piste fortbewegen, die in die senkrechte Wand hineingesprengt worden ist. Am unbefestigten Rand der Piste droht der jähe Abgrund. Bei jedem Fahrzeug wird Al Wasim in Panik geraten und ... Aber ich darf keine Ungeduld zeigen und den Scheich damit verstimmen. Er will mir mit seinem Landrover helfen, das Kamel wiederzufinden.

Ich hatte nicht daran geglaubt, aber schon nach einer Stunde haben sie Said gefunden. Mit seinen zwei Begleitern tritt er in den Raum und bleibt beim Eingang stehen. In seinem Gesicht spiegeln sich Verlegenheit und Trotz. Scheich Saleh al Basrib geht zu ihm, nimmt ihn brüderlich bei der Hand und führt ihn zum Sitzpolster an seiner linken Seite. Nasser hockt rechts neben dem Scheich. Die Begleiter Saids setzen sich am Rand nieder. Der Austausch von Höflichkeiten, Fragen nach der Gesundheit und der Familie sind wie immer Auftakt des Gespräches. Eine gute Gelegenheit, sich zu sammeln, sich mit dem Gegenüber vertraut zu machen und seine Gefühle zu kontrollieren. Als der Scheich aber zum Thema kommt, ist es, als würden wild gewordene Bienen ausschwärmen. Von einem Moment auf den anderen schreien alle durcheinander. Ein Orkan von Stimmen. Augen rollen, die Stirnadern schwellen an, die Gesichter sind verzerrt, die Fäuste geballt. Scheich Saleh hat die lauteste Stimme und überdröhnt alle. Mit seiner Stimmgewalt bringt er die anderen zum Verstummen. In wenigen Sekunden hat er es geschafft, die wutentbrannten Männer in zahme Lämmchen zu verwandeln, die brav abwarten, bis sie gefragt werden und antworten dürfen.

Said rechtfertigt sich: Nasser habe ihn wegen des drohenden Gewitters um Hilfe gebeten, deshalb habe er die Ausländerin ins Wadi nach Sidarah gefahren, aber nicht wie versprochen in sein Haus eingeladen, weil es gar nicht sein eigenes Haus ist, sondern das von Verwandten, und die hätten ihm die Erlaubnis verweigert. Da wollte er die Frau wieder ins Gebirge zurückbringen, aber dann gab es unterwegs Probleme mit dem Wagen. Da blieb ihm nichts anderes übrig, als der Frau zu sagen, sie müsse jetzt aussteigen und auf ihren Begleiter warten. Sie hätten dann ihr Fahrzeug reparieren können und eigentlich heimfahren wollen, aber dann hätten sie sich doch dazu entschlossen, dem Begleiter der Frau zu sagen, wo diese auf ihn warte.

»War es so?« fragt mich der Scheich.

»*Naam!*« bestätige ich, und die grauenvolle Nacht ist mir wieder gegenwärtig. Nur fünf Meter war die Felsplatte breit, auf der ich hockte. Das Gewitter hatte sich zusammengeballt und entlud sich mit Urgewalt. Der Donner widerhallte schaurig von den Steilwänden, und die Blitze zeigten für Sekunden den furchtbaren Abgrund. Die Wolken öffneten sich, und der Regen prasselte herab. Ich verstand nicht, warum sie mich an dieser gefährlichen Stelle abgesetzt hatten und dann weitergefahren waren. Ich befürchtete, sie würden zuerst Nasser als Zeugen beseitigen und danach mich ermorden. Nach zwei Stunden kamen sie zurück. Nasser hockte im Auto, bleich wie ein Gespenst. Seine *djambija*, das Zeichen seiner Manneswürde, hatte er verloren, und in der Hand hielt er das zerrissene Seil. Al Wasim sei auf und davon, berichtete Nasser mit zitternden Lippen. Als ein Blitz in der Nähe eingeschlagen war und der Donner knallte, habe sich das Tier aufgebäumt, von der Leine losgerissen und sei in der Dunkelheit verschwunden.

Völlig durchnäßt und verstört stieg ich wieder in den Landrover und fuhr wiederum zurück bis zum Ortsrand von Sidarah. Dort luden sie uns neben der Straße ab, weil sie ja keine Unterkunft für uns hatten. Nasser war tief getroffen und fühlte sich beleidigt. Als Belohnung für die ausgestandene Angst hatte er sich auf eine sichere Unterkunft, auf heißen Tee und gutes Essen gefreut. Da standen wir nun im Dunkeln und im Regen. Der Boden war matschig, nirgendwo ein Platz, wo wir uns zum Schlafen hätten hinlegen können. Mit einer Plane als Regenschutz hockten wir uns an den Straßenrand. Hunde bellten, Hähne krähten, Esel schrien. Es roch nach Morast und Exkrementen. Stunde um Stunde verging. Es wurde und wurde nicht hell. Ein Alptraum!

Nasser, immer noch wütend, schreit: »Auf der Straße habt ihr uns abgesetzt, bei Nacht und Regen! Aber ihr hattet versprochen, uns zu bewirten. Lügner!«

Said will aufbrausen, doch der Scheich beschwichtigt ihn. Nun sei alles geklärt, sagt er. Said habe helfen wollen, aber im Eifer vergessen, daß er gar nicht die Möglichkeit hatte, die Fremden einzuladen. Als ihm das bewußt geworden sei, habe er sich bemüht, den Schaden zu begrenzen, was ihm aber nur unvollkommen gelang. Auch habe er sich mit der Entfernung verschätzt und dadurch die Fremden zum Mitfahren verlockt. Für die Strecke von der Hütte bis zum Wadi brauche man nämlich mindestens sieben Stunden zu Fuß. Aber das seien alles keine schlimmen Vergehen.

Zu mir gewandt sagt der Scheich: »Du hast Glück gehabt, daß du nicht an die falschen Leute geraten bist. Lasse es dir eine Lehre sein: Steige nie wieder zu Fremden in ein Auto! Nasser und ich werden jetzt losfahren und dein Kamel suchen. Du gehst inzwischen zu den Frauen.«

Ich überlege blitzschnell: Wenn sie Al Wasim wirklich finden, wird Nasser das Tier niemals allein führen und sicher ins Tal bringen können. Ich muß mitfahren, sonst ist alles vergebens. Aber langatmige Erklärungen verderben alles, vor allem darf ich Nasser nicht in den Augen der anderen herabsetzen und als Schwächling darstellen. Ich kann mein Ziel nur erreichen, wenn ich keine Angriffsfläche biete. Ich lege mir einen Satz zurecht, den ich wie eine Parole wiederhole: »*Ana lasim aruch, aleschan ana masula.* Ich muß mitkommen, weil ich verantwortlich für das Kamel bin.«

Der Scheich hält mir entgegen, das sei nichts für eine Frau, es sei zu anstrengend, die Sonne zu heiß, die Berge zu hoch. Zwar weiß er, daß ich von Al Bayda bis Sidarah gewandert bin, hier jedoch unterstehe ich ihm und seiner Verantwortung. Aber meine Strategie bewährt sich diesmal. Gebetsmühlenartig sage ich immer wieder denselben Satz.

Er gibt auf. »Na gut, komm mit.«

Karl Valentin

Ein Mitternachtsständchen

Karl Valentin: Erlaube mir, ein Drama »Mitternachtsständchen« zum Vortrag zu bringen: Mit eigenen Requisiten und eigenen Dekorationen. Kostüme und Dekorationen aus der Brockensammlung, München, Kohlstraße zwei. Das Stück spielt zwischen Karfreitag und der Römerschanze bei Grünwald Ende des vorigen Jahrhunderts, nachmittags gegen halb drei Uhr. Die Rollen liegen in den Händen des Herrn »Ich« und aso – ist vielleicht jemand da, der als Gast mitwirken möchte? – Geh sagen S', die Frau Ding soll reinkommen, die hat schon öfters Theater gspielt! – Bitte, tragen S' meine Kostüme herein und eine spanische Wand dazu!

Diener bringt das Verlangte. Valentin zieht sich an, stellt eine Kulisse auf, die Ritterburg. Mitwirkender Gast kommt auf die Bühne.

K. V. zum *mitwirkenden Gast*: Also, Sie brauchen nichts zu tun, als bei einem Fenster herauszuschauen. Sie gehen jetzt in das Haus hinein, und wenn ich dreimal pfeif, dann schaun Sie zum Fenster raus! Sagen brauchen S' nichts als wie: »Ich lieb dich nicht mehr, ich liebe einen andern!«

Valentin setzt ihm ein Nachthäubchen auf, geht mit ihm hinter die spanische Wand, zieht ihn an und pudert ihn ganz weiß. Zum Beleuchter:

Sie sind so gut und beleuchten alles grell und farbig! –

Zum Beispiel, wenn ich von der Sonne sing, beleuchten S' hell, wenn ich von der Nacht sing, beleuchten S' dunkel, und wenn ich vom Morgenrot sing, beleuchten S' 's Morgenrot! – Jetzt fangen wir an. *Valentin singt mit der Gitarre ein Ständchen, Bühne finster.*

Leise, leise – wie ein Schatten – schleich ich mich auf d' Nacht beim Mondenschein – Mondenschein – Mondenschein –

Schreit zornig zum Beleuchter: Mondenschein! – Ja, hörn denn Sie net?

Beleuchter beleuchtet ganz grellweiß.

K. V.: Ach, das ist ja die Sonne – beim Mondenschein hab i gsagt! – gelb – *Beleuchter macht gelb.*

K. V.: So is's recht! Singt:

Zu meinem lieben Schätzelein,
Die wohnt in diesem Haus, Haus No. 9 –
Herz, mein Herz, erhör mein Flehn,
Ich bitte dich, du kleine süße Maus,
Schau doch zum Fenster raus!

Liebchen schaut raus. Nicht rausschaun – erst, wenn ich dreimal pfiffen hab! *Pfeift dreimal, Liebchen schaut raus.*

K. V. *singt:*

Da bist du ja, mein Engel,
Du bist mein Himmelreich,
Was ist dir geschehen?
Du bist ja furchtbar bleich!

Beleuchtung rot.

K. V. *schimpft:* Bleich! – De hat ja an Rotlauf – de schaut aus wia a Bluatorange! *Singt:*

Ich wollte dich besuchen,
Schon am Gründonnerstag. *Grün.*
Doch war es mir nicht möglich,
Weil krank ich im Bettchen lag,

Ich glaub, ich hab dir's ja schon gsagt,
Ich hab erst kurz die Gelbsucht ghabt. *Gelb.*
Doch heut bin ich gekommen
Zu dir, mein Schätzelein,
Und bring dir Liebeslieder
Beim goldenen Mondenschein!

Regenbogenfarben.

K. V.: Jetzt macht der an Regenbogen! – Habn Sie schon an gscheckatn Mond gsehng? *Zum Liebchen:* Jetzt sagn S', »Ich lieb dich nicht mehr, ich liebe einen andern!«

Liebchen sagt den Satz mit hoher Stimme.

K. V. *ganz baff:* Was? – Du liebst einen andern???? Wia kannst denn du des toa, du Rufa!???

Singt:

Du liebest einen andern!
Das machst du mir nicht weis. *Weiß.*
Ich kann es gar nicht fassen,
Mir wird ums Herz so hoaß – heiß!
An mir, da nagt der Kummer,
Mein Haar wird langsam grau! *Blau.*

Zum Beleuchter:

Blaue Haare gibt's net! – grau hab i gsagt!
Ich kann's nicht überleben,
Ich sterb hier auf grüner Au! *Gelb* – grüner Au! –
Vergeß nie, daß in finsterer Nacht. *Weiß.*

Spricht: Finsterer Nacht – finsterer Nacht – geh – was is denn mit der Nacht? – Ich kann mi do net beim Tag umbringa! – *Schwarz* –

Singt:

Dein Liebster sich hier umgebracht.

Ersticht sich mit einem Degen. Fällt zu Boden.

Singt:

Da lieg ich nun als Leiche
Vor deinem Fenster tot!
Am Horizont, da leucht mir
Das letzte Morgenrot! *Blau.*

Steht zornig auf: I mag nimmer – i lass mi net dablecka! I lass mir do net die schöne dramatische Szene verpatzen! – Wenn Sie das Morgenrot blau beleuchten, dann tun S' mir leid – jetzt grad am Schluß, wo alles geweint hätt, verpatzen Sie alles – und 's Liebchen – des Rindviech lacht, wenn ich stirb – mit solche Leut kann ma nix machn! *Zum Publikum:* Wissen S', wenn zum Beispiel im Hoftheater so was passiert, dann lassen s' wenigstens einen – so eisernen Vorhang runter, dann sieht das Publikum nicht, was auf der Bühne los ist – aber da hat man ja nichts auf der Bamberlbühne! – Man könnt schon einen anmachen – sehn S', wenn man ... *Erklärt dem Publikum eiserne Träger und Rollen und sagt:* Also – entschuldigen S' vielmals!

Robert Gernhardt

Ein Tag

Wenn meine Frau und ich morgens satt und etwas schwerfällig nach Hause kommen, gilt unser erster Gang den Kinderzimmern. Paul ist meistens noch nicht da. »Das ist ein Bursche«, sage ich, »der kann es mit jedem aufnehmen. So eine Ausdauer.« In meiner Stimme schwingt väterlicher Stolz, und meine Frau nickt.

Leise öffne ich dann die Tür von Vivians Zimmer. Sie hängt festgekrallt an ihrem Schlafbalken. Die Vorhänge sind zugezogen, und im dämmrigen Licht des Morgens erkennt man, wie schön ihr Haar ist, das schwer und glänzend fast bis auf den Boden fällt. Sie hört das Geräusch und öffnet die Augen. Sie hört jedes Geräusch.

»Bist du schon lange hier, Vivian«, frage ich.

Sie lächelt und fährt mit ihrer Zunge die Zähne entlang. Die sind weiß und spitz, es gibt keine schöneren weit und breit. »Noch nicht sehr lange, Papa.«

»Hast du etwas mitgebracht?« Ich stelle diese Frage nur zum Schein, denn Vivian bringt immer etwas mit. Aber sie freut sich, wenn sie wie gewöhnlich antworten kann: »Es steht in der Küche.«

Um ehrlich zu sein, Paul ist nicht so pflichtbewußt. Er bringt selten etwas mit. Darüber habe ich mit meiner Frau schon oft gesprochen. Sie verteidigt ihn immer. »Er ist noch jung«, sagt sie, »er denkt nur an sich. So sind junge Menschen nun einmal.« Insgeheim gebe ich meiner Frau recht, ich war früher auch nicht anders. Aber nach außen muß ich natürlich hart sein.

Vor Tonis Tür zögern wir beide und schauen uns an. Toni ist unser Sorgenkind, aber jedesmal hoffen wir, daß über Nacht ein Wunder geschehen ist.

»Ich habe Toni gestern abend ein Kaninchen gebracht«, sage ich zu meiner Frau. »Vielleicht hat sie Hunger bekommen.«

Ich öffne die Tür, und wir schauen hinein. Meinem Herzen gibt es immer einen Stich, wenn ich Toni schlafen sehe. Sie hat ihre Beine angezogen und liegt zusammengekauert in der Ecke. Aber heute ist es noch schlimmer als sonst. Mit dem linken Arm umschlingt sie das Kaninchen, das uns aus großen Augen anblickt und wegzuhoppeln versucht. Davon wacht Toni auf und schaut uns etwas ängstlich ins Gesicht.

»Toni«, sage ich streng, »wie schläfst du denn schon wieder? Was meinst du, warum deine Eltern dir den schönen Balken da angebracht haben?«

»Ich habe versucht, so zu schlafen, wie ihr gesagt habt«, entgegnet Toni mit trauriger Stimme. »Ich kann es nicht. Meine Nägel sind zu schwach. Ich falle immer herunter.«

Nun mischt sich meine Frau ein: »Die Nacht ist überhaupt nicht zum Schlafen da. Was hast du seit gestern abend gemacht? Vivian konnte in deinem Alter schon draußen herumfliegen. Warum weinst du?«

»Weil ich Hunger habe«, sagt Toni kläglich.

Hier werde ich wütend. »Warum habe ich dir wohl gestern abend das Kaninchen mitgebracht? Weißt du, was du mit dem Kaninchen machen sollst?«

»Ich weiß, aber ich trau' mich nicht.«

»Was willst du also?«

»Am liebsten Milch.«

Daran ist meine Frau schuld. Weiß der Himmel, wie sie damals auf die Idee kam, Toni Milch zu geben, als sie kein Blut trinken wollte.

»Oh«, sage ich, »wie konntest du nur.«

Meine Frau weiß genau, was ich meine und zieht mich ängstlich aus dem Zimmer. »Wir können uns doch nicht in Gegenwart des Kindes streiten. Davon wird die Sache auch nicht besser.« Sie hat recht, und ich gebe mich geschlagen.

»Ich gehe jetzt schlafen, Liebling«, sagt sie lächelnd.

»Ich schaue nach Großvater«, entgegne ich. »Bis gleich.«

Jeden Morgen spielt sie diese Komödie. Denn ich weiß natürlich genau, daß sie jetzt noch schnell auf die Straße fliegt und von den Milchwagen, die klirrend die Stadt durchfahren, etwas Milch für Toni stibitzt. Gegen Mutterliebe ist kein Kraut gewachsen.

Ich sehe währenddessen in die Küche. Vivian war wieder fleißig, drei Flaschen hat sie mitgebracht. Eine nehme ich für Großvater mit.

»Komm rauf, Junge«, sagt er, als ich sein Zimmer betrete. Er öffnet die Flasche und schnuppert an ihr.

»Kuhblut«, sagt er glücklich. »Es ist noch warm.« Großvater kommt vom Lande, von Menschen hat er nie viel gehalten, aber Tiere mag er.

»Es gibt nichts Besseres als warmes Kuhblut«, pflegt er immer zu sagen. Er sagt es auch diesmal und hält mir die Flasche hin. »Willst du einen Schluck?«

»Nein danke, ich bin satt.«

»Um so besser.«

»Hast du irgendeinen Kummer?« fragt er mich dann teilnahmsvoll.

»Nun ja, das Übliche.«

»Toni?«

»Ja.«

»Mach dir nichts draus, Junge, so etwas kommt vor. Kinder schlagen manchmal aus der Art. Schlimmstenfalls wird sie ein Mensch.«

So reden wir etwas, bis ich ins Nebenzimmer gehe und mich müde neben meine Frau hänge. Ich schließe die Augen und höre noch, wie Paul geräuschvoll nach Hause kommt. Er ist ein rücksichtsloser Junge, aber man kann ihm nicht böse sein. Toni wird jetzt wohl mit dem Kaninchen spielen. So ist das im Leben, wo viel Licht ist, ist auch Schatten. Aber alles in allem habe ich wohl Grund, zufrieden zu sein. Unter solchen Gedanken schlafe ich ein und wache nicht eher auf, als bis wir uns abends wieder versammeln, die Zähne nachfeilen, Erfahrungen austauschen und Scherzworte wechseln. Dann schwingen wir uns in die Luft, und unsere Wege trennen sich. Paul fliegt nach Osten, Vivian nach Westen, meine Frau nach Norden und ich in die wohlhabenden Vorstädte des Südens, wo sich die feisten Herren und ihre Ehefrauen gerade ins Bett begeben.

Michael Köhlmeier

Grüne Nacht

Medi Winter ist der einzige Mensch, von dem ich weiß, daß er Durchschlafschwierigkeiten hat. Einmal hatte sie gesagt, sie gehe keine Nacht vor ein Uhr ins Bett, dann schlafe sie sofort ein, schlafe eine Viertelstunde und wache auf. Und dann liege sie wach bis fünf. Ob sie über Sachen nachdenke, hatte ich sie gefragt, oder ob sie einfach nur so daliege. Niemand liegt drei Stunden lang einfach nur so da, hatte sie geantwortet. Ich habe sie mir vorgestellt, die Medi Winter, wie sie in einem weißen, weiten Nachthemd mit Rüschen um den Kragen auf dem Rücken ruht, das Gesicht fahl und so alt, wie es bei Tag nie aussehen würde, spitznasig und eingefallen.

Medi kam in letzter Zeit nur noch selten ins Café, und wenn sie kam, dann setzte sie sich hinten an den Ecktisch neben das Klavier. Ihr Mund war braunrot geschminkt und zornig geformt.

»Medi«, sagte ich, »ich bin froh, daß ich dich sehe. Hast du das Gewitter gestern nacht mitgekriegt, um zwei Uhr? Ein Gewitter im Winter! Stimmt es, daß ein Gewitter im Winter Unglück bringt?«

»Ich weiß so etwas nicht«, sagte sie. »Es hat ordentlich gekracht, das habe ich gehört.« Ihre Unterlippe gab weiche Kommentare dazu ab, so als existierte irgendwo ein frecher, fescher Verursacher des Wintergewitters letzte Nacht.

»Und sonst ist dir an dem Gewitter nichts aufgefallen, Medi?«

Es war ihr nichts aufgefallen, nein. Ich nehme an, sie hat das Gewitter bei geschlossenen Fensterläden abgewartet. Meine Frau hat das Gewitter auch bei geschlossenen Läden abgewartet. Ich aber habe zum Fenster hinausgeschaut.

Ich war aufgeschreckt worden durch einen Donnerschlag und, noch zum größten Teil im Schlafland drüben, dachte, unser Heizkessel sei explodiert. Meine Frau war natürlich auch aufgewacht, ich sagte, ich wolle nachsehen, ob etwas passiert ist, und ging in die Küche. Ich zog die Vorhänge zurück und blickte hinaus in den Nachthimmel.

Und da geschah es. Der Himmel hellte giftgrün auf, ein milchiges, das Firmament ausfüllendes Giftgrün. Jeder Mensch hat schon viele Gewitter erlebt, aber ich habe noch nie eines erlebt, dessen Blitze ein Feuer anzünden, das so grün ist wie eine Kerzenflamme, in die man Salzkörner wirft. Grün. Der ganze Himmel grün. Und als das lautlose Licht erlosch, konterten meine Augen mit der Komplementärfarbe, der Himmel flammte noch einmal auf, diesmal in mir, weniger hell, in einem weichen Violett. Dann war alles finster um mich her, und vor Staunen vergaß ich zu zählen, so daß ich, als der Donner einsetzte, nicht sagen konnte, wie weit das Gewitter von uns entfernt war.

Ich lief ins Schlafzimmer und sagte meiner Frau, der Blitz sei grün gewesen, er habe den ganzen Himmel grün werden lassen. Und ich sagte gleich dazu, es könne allerdings sein, daß ich es mir nur eingebildet habe. Und dann lief ich wieder in die Küche zurück und stellte mich ans Fenster und wartete. Ich dachte nämlich, ich hätte es mir tatsächlich nur eingebildet, oder daß meine Augen, weil ich ja noch nicht richtig wach gewesen war, nicht richtig funktioniert hätten.

Und da flammte abermals ein Blitz auf. Und der Himmel war wieder grün. Er war sogar grüner, als ich erwartet hatte. Ich hatte ihn grün mit einem breiten Stich ins Gelbe erwartet. Aber er war grün, so grün, wie manche Zahnpasten grün sind.

Nein, sagte ich mir, ich bilde es mir nicht ein, und ich bekam Angst. Dann der Donner. Der war normal.

Nirgendwo habe ich je gelesen, daß Blitze den Himmel grün färben, nie hat mir jemand so etwas erzählt! Noch nie wurde dieses Phänomen beobachtet! Etwas Neues kündet von etwas Neuem! – Einen dritten Beweis brauche ich, dachte ich, und wußte doch nicht, was eigentlich bewiesen werden sollte.

Ich wartete. Erst wartete ich stehend, die Handflächen an die kalten Fensterscheiben gelegt. Schließlich setzte ich mich. Es war still. Ich dachte, wenigstens der Kühlschrank wird ein Geräusch abgeben. Und da fiel mir erst auf, daß er keines abgab. Es war still.

Ich wußte sehr genau, wann ich zum letztenmal spät in der Nacht in einer Küche gesessen und begonnen hatte, mich in nichts aufzulösen. Ich war zwölf Jahre alt gewesen. Am Abend zuvor hatte meine Mutter die Fenster in der Küche geputzt, es war später Sommer oder schon Herbst. Sie hatte die Doppelfenster aufgeschraubt, um die Scheiben innen zu putzen. Da war eine Fliege nach innen geflogen, und als meine Mutter die Fenster wieder zuschraubte, war die Fliege zwischen den Scheiben, und sie war eingesperrt, und meine Mutter merkte es nicht, und ich sagte nichts. Und mitten in der Nacht wachte ich auf, schlich mich in die Küche und beobachtete die Fliege zwischen den Scheiben. Und es war still. Ich kann mich nicht erinnern, ob wir damals überhaupt einen Eisschrank besaßen.

Aber damals war keine Gewitternacht gewesen, und die Jahrtausendwende war weit, und ich fürchtete mich vor niemandem und nichts.

»Und«, sagte Medi Winter, »hat dein Blitz noch einmal den Himmel grün gemacht in dieser Nacht?«

Was ist nur in sie gefahren, dachte ich, warum schminkt sich diese Frau den Mund rot wie gestocktes Blut und malt ihn in eine schlecht gelaunte Form und knetet die Unterlippe, daß es aussehen muß, als finde sie die ganze Welt nicht so viel wert?

»War Max schon da?« fragte sie.

»Nein«, sagte ich.

Ich erhob mich, klopfte mit dem Knöchel auf die Tischplatte – weiß nicht, was das bedeuten sollte –, ging durch das Café und setzte mich an den Tisch, der am weitesten von Medi Winter entfernt stand. Ich war nicht gekränkt, aber ich wollte, daß Medi dachte, ich sei es.

Rosetta Loy

Aiglon

Die Sonne zog sich allmählich zurück, und dichter wurden die kleinen Schattenhügel auf dem Sand, dort wo er am meisten zertrampelt war. Ein milder Abend, fast wie eine Decke, die sanft ausgebreitet wird. Es war ein schwerer Tag gewesen: Mittags war die Nachricht eingetroffen, daß England Deutschland den Krieg erklärt hatte (die Mädchen waren gerade ins Wasser gegangen), und um fünf war dann Frankreich an der Reihe gewesen. Aber die Fünf-Uhr-Nachricht war in einem Augenblick eingetroffen, als großes Durcheinander herrschte (das Wettfischen sollte gerade beginnen, Kategorie *Juniores*) und die Teilnehmer schon Schlange standen in der Erwartung, ihren Platz zugewiesen zu bekommen, daher hatte Lisa sich mit einem eher zerstreuten »O Gott ...« begnügt, einzig und allein besorgt, daß *Aiglon* eine gute Position erhalten würde. Eine strategische Position, natürlich was die Fische betraf; und ihr Blick war dem Leiter des Wettkampfs gefolgt, der ganz in Weiß auf der Mole stand und mit den Armen fuchtelte. Große Sorgen hatte ihr auch der Augenblick bereitet, als die Fische gewogen wurden: *Aiglon* war Achtzehnter von zweiundzwanzig geworden.

Jetzt waren alle fortgegangen, nur er war noch da und entwirrte seine Angelschnüre, ungerührt von der Schönheit des Abends, ohne auch nur im entferntesten zu ahnen, was er so halbnackt im Sonnenuntergang für sie bedeutete. Er fluchte über die Knoten, die er nicht aufbekam, über das Pech, das ihn seit dem Morgen verfolgt hatte.

Lisa liebte ihn in aller Stille, am Meeresrand in ihr Badetuch gehüllt. Sie war empfänglich für das warme, schräge Licht, das sich an die Kabinen zu klammern schien, an die Fahnenstangen, an die smaragdgrüne Kuppel der Rotonda, bis es sich schließlich in den Myriaden goldener Tröpfchen verlor, die ihre Füße umspielten. Sie war auch empfänglich für die *Nocturnes* von Chopin, und wenn sie sie auf dem Klavier spielen hörte, stellte sie sich *Aiglons* Mutter mit den großen, weichen Händen vor, die wie Vögel über die Tastatur flogen, den in der Blässe des Gesichts halbgeöffneten, geranienroten Mund. Manchmal dachte sie, daß es, hätte sie jenen Mund küssen können, ein wenig so gewesen wäre, als legte sie die Lippen auf die des Sohnes, obwohl sie doch so ganz anders waren. Und obwohl der Sohn sie ignorierte, war die Mutter zum Ausgleich oft freundlich zu ihr und hatte ihr eines Morgens Anispastillen angeboten, auf deren Einwickelpapier in Silber geschrieben stand: *toi et moi*.

Die Sonne hatte stundenlang auf seinen Kopf gebrannt, und der Junge fühlte sich benommen, und außerdem störte ihn vor allem das Mädchen, das dort noch auf ihn wartete. Er sah die Scheiben der Rotonda im letzten Licht aufblitzen und dachte an seine Mutter, die in ihrem Kleid aus Crêpe-de-chine tanzte, mit Haaren schwarz wie Rabenfedern. »He, du da«, hatte er gerufen, »schau mal, ob du dort in der Nähe einen meiner Korken siehst.«

Sofort hatte sie sich gerührt und angefangen, herumzuschauen, aber der Sand war leer, leer bis zu den Kabinen, und kalt. Nur ein Kind hatte sein Blecheimerchen vergessen, und die Wellen trugen es langsam schaukelnd hin und her. »Nein«, hatte sie gerufen, »hier liegt nichts«, und war, sich mit dem Badetuch bedeckend, auf ihn zugegangen.

Aber der Junge hatte anderes zu tun als sie anzuschauen und lief, die dichten kastanienbraunen Haare schüttelnd, auf und ab, tiefliegende Augen unter den Brauen. »Ein Reinfall«, wiederholte er immerfort, »ein echter Reinfall ...« Er hatte nur einen Arm, jetzt, nachdem er sich umgedreht hatte, segelte der Stumpf durch die blaue Abendluft. Herrliches Meisterwerk der Natur, von den Parzen abgehackt, denen er selbst wunderbarerweise entkommen war.

Wenn der Arm in Ordnung gewesen wäre, hätte sie ihn gewiß nicht auf diese Weise geliebt, hätte nicht hier frierend auf ihn gewartet. Höchstwahrscheinlich hätte sie sich auch nicht vorgemacht, sie könnte süßester Trost, Schwester, Geliebte, drittes Element sein in dem Ganzen, das der Sohn mit der Mutter bildete. Beinahe eine siamesische Verbindung, deren Nahtstelle der fehlende Arm bezeichnete. Jetzt zum Beispiel wünschte sie sich, ihm helfen zu können, mit großem Elan, mit völliger Hingabe, sonst wollte sie nichts; und ihre bloßen Füße zogen sich eingeschüchtert und sehnsüchtig im Sand zusammen. Die Musik, die aus der Rotonda herüberdrang, zeigte, daß der Tanztee in vollem Gange war, und dadurch, daß ihre Familie nie daran teilnahm, erhielt jener Klang etwas Sündiges und äußerst Anziehendes. »Ich kann auf der Mole nachschauen, ob er dort liegengeblieben ist«, hatte sie gesagt.

»Ja, geh doch mal nachsehen.« So würde sie wenigstens verschwinden. Sie war beinahe gerannt, mit dem Badehandtuch, das ihr feucht an die Beine klatschte: diesen Korken finden, dachte sie, diesen Korken finden. Und in jenem Augenblick schien es ihr, als wünschte sie sonst nichts auf der Welt.

Unter dem kuppelförmigen Gewölbe der Rotonda

spielte die Kapelle zwischen Zwergpalmen, während das Licht des Sonnenuntergangs durch die Scheiben auf den großen Platten des Fußbodens glänzte. Mit wehenden Frackschößen balancierten die Kellner die Tabletts auf dem Handteller, gingen zwischen den Tischen hin und her, drehten sich, verbeugten sich, stellten rasch Eisbecher, Torten, Katzenzungen und Eclairs ab. Sündig war an all dem gar nichts, außer der in roten Crêpe-de-chine gekleideten Dame. Nicht weil sie ein ungehöriges Benehmen gezeigt hätte, es lag sogar sehr viel Anstand und Anmut, sehr viel Blässe in der Art, wie sie sich den Armen ihres Kavaliers anvertraute, doch es war, als entwischte ihr der Körper, um sich auf eigene Weise auszudrücken. In Crêpe-de-chine oder schwarze Seide gekleidet, in fließende Hosenanzüge aus Atlas oder ins Badetuch gehüllt, erweckte sie stets den Eindruck einer jener von einem Tuch bedeckten Statuen, die auf ihre Enthüllung warten.

Sie stammte aus Litauen und war mit einem italienischen Botschaftsangestellten verheiratet, für sie mußten diese Tage besonders schwierig sein. Sicher kehrte ihr Gedanke häufig zu der Stadt zurück, in der sie geboren war, zu den Storchennestern und den Kirchengiebeln. Doch wenn sie dann beim Erwachen weit das Fenster öffnete und die starren Palmen reglos in der blauen Luft sah, machten jene Gedanken gewiß einer Art Glückseligkeit, einer Art egoistischem Überschwang Platz. Das Licht, das in das Zimmer flutete, weckte den noch schlafenden Sohn, aber anstatt zu protestieren, lächelte *Aiglon* ihr zu: mit dem langen Atlasnachthemd und den prachtvollen Armen, die aus den kurzen, glockigen Ärmeln hervorsahen, war sie das Allerschönste, was er je erblickt hatte, erinnerte an die Blumenkelche und die Vögel, die die Blütenkronen zum Erzittern bringen.

Natürlich hatte sie viele Verehrer, doch besonders einer, hager und mit blauen Augen, verließ sie niemals, auch wenn es meistens so aussah, als sei er nur geduldet. Er folgte ihr überall hin, zum Strand, ins Hotel, er begleitete sie sogar zum Tanztee, ohne sich je an einem Gespräch zu beteiligen oder sie zum Tanzen aufzufordern, und seine Aufgabe schien sich darauf zu beschränken, ihr zu bieten, was immer sie sich wünschen mochte. Und wenn sie einmal für gar nichts Interesse zeigte, war er es, der einen Wunsch für sie erfand und hartnäckig, stur darauf bestand. Dann schlug er einen herrischen Ton an, die mageren Kiefer aufeinander pressend, die dunklen Haare an den Schädel mit den hohlen Schläfen geklebt.

Lisas Familie pflegte keinen Umgang mit ihr. In der Art, wie der Vater sie grüßte, förmlich und eisig, drückte sich ein Urteil aus, das außer ihrer Schönheit und ihren Kleidern auch jenen sehr reichen Verehrer einschloß. Und außerdem kam sie aus einem Land, das schwer einzuordnen war, was Sprache und Kultur betraf, ja eigentlich unkontrollierbar war. (Es gab zwar den Roman *Marussia*, der von einem Land an den Rändern Europas handelte, er gab aber nur bruchstückhaft und folkloristisch darüber Auskunft.) Auch ihre Stimme hatte ein ungewöhnliches Timbre, allzu tiefe Vokale, während ihre Hände, wenn sie am Klavier saß, fast aussahen, als hätte sie Schwimmhäute zwischen den Fingern, so schamlos rosig waren sie.

Und doch konnte man ihr nichts nachsagen. Sie schlief mit ihrem Sohn im selben Zimmer, und in ihrem Bett, geschützt von einem Moskitonetz aus Tüll, war morgens nur der Abdruck ihres bewegungslosen Körpers, kaum eine Delle zwischen den fast unberührten Laken. Sie tanzte gern, und nichts schien ihr so viel Vergnügen zu bereiten, wie wenn man ihr den Hof machte, wagte aber jemand ein auch nur im geringsten anzügliches Kompliment, riß sie die großen veilchenblauen Augen auf: Sie verstand nicht. Im Grunde war sie mit der italienischen Sprache wenig vertraut.

Am Strand verbrachte sie den größten Teil der Zeit im Schatten eines großen Sonnensegels, das vor der Umkleidekabine aufgespannt war, um ihre allzu helle Haut vor den Strahlen zu schützen. Sie lag ausgestreckt auf ihrer Liege, der Badeanzug in lebhaften Farben ließ auf dem Bauch ein Dreieck frei, es war wie ein Riß, eine kurze Öffnung, in der ihre Haut auftauchte gleich einer unberührt gebliebenen Lunette im bunten Fresko eines Gewölbes. »Wie Hurenwäsche«, hatte Lisas Vater sich eines Morgens entschlüpfen lassen.

Lisa dagegen schien jenes Dreieck extra dazu gemacht, um den Kopf darauf zu legen oder eine Wange, es war eine symbolische Öffnung zu ihrem Herzen. Sie stellte sich vor, daß sie traurig wäre, mit den Gedanken bei ihrem fernen Land, und eigentlich mißfiel es ihr gar nicht, daß ihr Vater so von ihr sprach. Dadurch konnte jene Dame als das Mögliche, das Phantastische, das Wunderbare der unerschütterlichen Gewißheit jenes Monokels entgegengesetzt werden, das sie Tag für Tag bei Tisch betrachtete. Starr, unabänderlich, rund in die Augenhöhle des Vaters geklemmt, schien es dazu bestimmt, in seiner kleinen Scheibe das gesamte Universum zu umschließen.

Nachmittags, wenn alle hinaufgingen, um zu ruhen, und die Dame sich ans Klavier setzte im großen leeren Salon, blieb Lisa im Garten und betrachtete ihr Bild, das sich in einem der großen geöffneten Fenster spiegelte. Sie sah die Hand ihres schweigsamen Begleiters langsam die Seiten der Partitur umwenden, und im Schatten der Palmen verharrend, kam es ihr vor, als sei dort, in dem großen, leeren Salon, das Leben in all seinem Glanz. Oft unterbrach *Aiglon* diese Sitzungen, laut redend kam er in den Salon, er haßte Chopin und jenen Mann. (Wenn er mit der Mutter allein war, nannte er ihn »Monsieur La Merde«, weil er behauptete, der Mann habe einen besonderen Geruch, einen Geruch, der die Fliegen anzog, denn ihn belästigten sie mehr als jeden anderen.) Er bewegte sich rücksichtslos, laut, die Mutter protestierte kaum, und ihre Stimmen drangen bis in den Garten wie Sonnenstreifen, blitzend die von *Aiglon*, wie Morgenrot die der Mutter. Doch in Wirklichkeit war es nur ein Opernduett, bei dem man ab und zu den heftigen Trommelwirbel vernahm.

»Ein verwöhnter Junge«, hieß es im Hotel. Ein Junge, dem die Mutter alles durchgehen läßt, wobei sie in diese Nachsicht dieselbe Freude legte, die eine andere Mutter bei einem gehorsamen Kind gezeigt hätte. Bei Tisch saßen sie sich gegenüber, und wenn *Aiglon* mit seiner einen Hand Schwierigkeiten hatte, blieb sie, anstatt ihm zu helfen, wie es alle erwartet hätten, ruhig sitzen, die Augen auf den Teller gesenkt. Und doch spürte Lisa eine Spannung, fast eine Qual, als nähme die Mutter mit dem Atem Anteil an seiner Mühe, mit ihren Knien, die dort unter der Tischdecke denen des Sohnes so nahe waren.

Lisa saß nicht weit weg und konnte die Augen nicht von ihrem Tisch abwenden, taub für die Gespräche, die rund um sie entstanden. Ihre Familie nahm einen der besten Plätze ein, direkt am Fenster, das zum Garten hinausging, und wenn sie hereinkamen, eilten die Kellner herbei, um die Stühle zu rücken, sie bestellten jeder für sich und stritten zum Schluß darüber, wer welches Gericht gewählt hatte. Sie sprachen auch viel über die Tischnachbarn, und der Junge hatte den Spitznamen *Aiglon* erhalten wegen seiner unbestimmt königlichen Miene eines einsamen Prinzen, wie der Sohn von Napoleon und Marie Louise einer gewesen war.

Doch der Junge gab nicht zu erkennen, daß er sich viel aus ihrem Urteil machte, er schien sie meistens überhaupt nicht zu bemerken, und wenn sein Blick zufällig auf ihre Seite fiel, war es, als betrachtete er die auf dem langen Serviertisch aufgereihten Platten, ohne sie einzeln zu unterscheiden. »Ein unerträgliches Benehmen«, hatte ihre Schwester eines Morgens wütend gesagt und den Tisch verlassen, während sie beim Frühstück saßen. Allein hatte sie weiter die Butterkringel aufs Brot gestrichen, die Beine unter dem Tisch ausgestreckt in einer Haltung, die unbekümmert und keck aussehen sollte. (O welch entsetzliche Enttäuschung gestern abend, als ich von der Mole zurückgekommen bin und du nur noch eine Gestalt warst, die sich in blauen kurzen Hosen entfernte!)

»Kann ich mich hierhin setzen?« *Aiglon* hält seine Tasse mit Milchkaffe in der Hand, »man hat mir weder Butter noch Zucker gebracht, wahrscheinlich, weil es zu spät ist«, seine haselnußbraunen Augen schauen sie an, sie hat ihn noch nie aus solcher Nähe gesehen, und er kommt ihr groß, sehr groß vor. »Also?« fragt er ungeduldig.

»Ja, ja, gewiß«, sie schiebt die Tassen weg, um ihm Platz zu machen, »du hast wohl verschlafen heute morgen«, sagt sie zu ihm, und sogleich erscheint ihr der Satz töricht, unwürdig.

»Keineswegs«, erwidert er, schon mit vollem Mund, »im Gegenteil, ich bin heute sehr früh aufgewacht und habe schon die Zeitung geholt, aber sie kam und kam einfach nicht«, er nimmt Zucker, Butter, die Zähne sind klein und regelmäßig, das Kinn hat eine kurze Kerbe in der Mitte, »du weißt ja wahrscheinlich gar nicht, was los ist.«

»Ich brauche nicht die Zeitung zu lesen, um das zu wissen«, ihre Schwester hat recht, er ist unerträglich. Das Licht des Gartens verleiht den haselnußbraunen Augen einen durchsichtigen Grund, wie bei manchen hellen Hölzern, er fühlt den Blick auf sich, fährt aber ruhig fort zu essen, nur die Hand zögert kurz unsicher, und das Messer fällt ihm zu Boden. Sofort beugt sie sich herunter, um es aufzuheben, aber er ist mit dem Kopf schon unten und sucht unter dem Stuhl. Da sieht sie etwas glänzen, das aus seinem Hemd herausgerutscht ist, etwas, das ein fünfzackiger Stern sein könnte. Einen Augenblick nur, denn sofort umschließt er das Etwas mit der Faust, wobei er das Messer wieder fallenläßt; und als sie sich aufrichtet, ißt er schon wieder weiter. »Ich bin auch deiner Familie auf dem Weg zum Meer begegnet«, sagt er, »jeden Tag ist ein Neuer dabei.«

»Der gestern gekommen ist, ist nur eine Art Hauslehrer«, ihr Name ist berühmt, auf unzählige Stoffballen gedruckt, reist er durch ganz Europa.

»Wir sind immer nur zu zweit, ich und meine Mutter.«

»Und dein Vater?« Sie hat die Tasse abgestellt, die Neugierde verzehrt sie.

Aiglon lacht, ein langes, sehr süßes Lachen. »Mein Vater? Der kommt nie mit uns. Mein Vater ist ein faschistischer Trottel.«

Er hat laut gesprochen und sie schaut ihn erschrocken an: Sollte er ein Anarchist sein? »Und deine Mutter«, fragt sie, »denkt die genauso wie du?«

Die haselnußbraunen Augen sind jetzt hart wie Edelsteine, haben etwas von der leuchtenden, undurchdringlichen Starre der Raubvögel. »Was soll das heißen, denkt sie genauso wie du? Es geht dich gar nichts an, was meine Mutter denkt«, er schluckt rasch, einen Bissen, zwei, drei, und das Brot verschwindet in seinem Mund, er steht auf und schiebt den Stuhl zurück. »Es tut mir leid, aber ich bin spät dran, danke für die Gastfreundschaft.« Die Audienz ist zu Ende, sie hat die Gelegenheit nicht zu nutzen gewußt. Sie ist eine dumme Gans wie die anderen.

Im Sand spielen sie im Kreis das Wahrheitsspiel. »In wen bist du verliebt?« wird sie gefragt.

»Oh … in niemanden.«

»Hör zu, auch wenn es nur ganz wenig ist, mußt du es trotzdem sagen«, diesmal spricht ein aufgeschossenes, dunkelhaariges Mädchen mit einem gelben Badeanzug.

»In niemanden«, wiederholt sie und hält ungerührt den Blicken stand.

»Ich weiß es«, sagt ihre Schwester, »sie ist in den mit dem Armstumpf verliebt.«

»Wenn sie sich so sicher ist …«, sie könnte sie umbringen dafür, wie sie »Armstumpf« gesagt hat. »Ich bin in niemanden verliebt, höchstens Francesco gefällt mir ein bißchen«, den Namen hat sie so dahingesagt, sie weiß nicht, daß ihre Wahl zum Schluß auf ihn fallen wird. Mit ihm wird sie das Spiel bis an die Grenze des Möglichen vorantreiben, ohne Begeisterung, beinahe aus Berechnung.

»Könntest du es schwören?«

»Ich schwöre es.« Ohne eine Miene zu verziehen, läßt sie den Sand durch die Finger gleiten. Es gefällt ihr, wie der Sand an den kleinen blauen Rhomben des Badeanzugs entlangrinnt.

Francesco kehrt gerade ans Ufer zurück. (Bald wird ihm jemand die große Neuigkeit mitteilen, wer das Glück hat, einem dieser Mädchen zu gefallen, ist zu beneiden.) Er ist siebzehn Jahre alt, und im Oktober wird er auf die Akademie in Modena gehen, es war ein guter Morgen für ihn, er ist früh aufgewacht und hat lange gerudert, bevor das Meer unruhig wurde. Vom Boot aus hat er gesehen, wie sich der Strand bevölkerte und die Mädchen im Kreis im Sand saßen. Er hat noch keine Frau gehabt, aber seine Phantasie geht leicht mit ihm durch, er denkt, es stehe ihm eine riesige Auswahl zur Verfügung, die von der in einem Kabarett gesehenen Soubrette bis zu der Dame mit dem Turban reicht. Bis zu den Mädchen, die so unermüdlich ihre Haare schütteln, mit den ohrenbetäubend schrillen Stimmen. Er weiß noch nicht, daß er schon gewählt worden ist, so nebenbei, aus Zufall. Die Welle hebt das Boot und wirft es fast auf den Strand, er springt mit einem Satz an Land. Wind ist aufgekommen, und an den Masten wehen die Fahnen der Verbündeten.

Die im Schatten liegende Dame hat versucht, dem Spiel der Mädchen zu folgen, ohne daß es ihr gelungen wäre, mehr zu erhaschen als ein paar lauter gerufene Worte. Sie trägt heute morgen einen weißen Turban, der ihre Stirn übertrieben hoch erscheinen läßt, und gerade diese beinahe spitz zulaufende Stirn mit den feingezeichneten Bögen der Brauen macht ihren Mund im Gegensatz dazu noch voller, kindlich, unverschämt voll. Ihr unzertrennlicher Verehrer (der *Negus*, wie er von Lisas Familie seiner dunklen Hautfarbe wegen verächtlich genannt wird) sitzt mit seinen großen, knochigen Ohren rechts und links vom Gesicht neben ihr, die aufgeschlagene Zeitung auf den Knien. Schon seit heute morgen sagt er immer wieder, daß sie etwas unternehmen muß, sie dreht gelangweilt den Kopf und wirkt mit ihrem Turban, als sei sie zu einer großen Szene bereit, einer Urszene, während die Gereiztheit ihren ausgestreckten Körper überläuft wie eine Gänsehaut, hinab bis zu den Zehen, an denen die lackierten Fußnägel sich ins Fleisch zu bohren scheinen. *»Tu etwas«*, wiederholt der Mann beharrlich, *»tu etwas.«* Sie betrachtet ihren Sohn, der in der Sonne sitzt, und ihr gefallen seine vom Wind zerzausten Haare, sein breiter, vom Salz fleckiger Rücken. *Aiglon* hält das offene Buch zwischen den gekreuzten Beinen und liest weiter, gleichgültig gegenüber den Blicken, die ab und zu von der Gruppe Mädchen in seine Richtung wandern. Durchdringende, rasche Blicke, die ihm sicher bewußt sind, während er sich regungslos in der Sonne zur Schau stellt. Unberührbar.

Die Mädchen sind jetzt aufgestanden und schreien alle durcheinander, das Spiel ist auf seinem Höhepunkt angekommen, und die Grausamkeit hat sie aufgeregt herausplatzen lassen. Das Opfer, das diesmal an der Reihe ist, ist eine kleine rundliche Blonde mit schulterlangen Locken, rot, mit zitternden Lippen kauert sie in der Mitte. »Du lügst«, schreien die anderen, »du lügst!« »Nein, wirklich nicht«, beteuert sie, »es ist so, Ehrenwort ...« »Laß bloß die Ehre aus dem Spiel, es glaubt dir sowieso niemand«, das Mädchen im gelben Badeanzug hat sie an einem Träger gepackt, um sie hochzuziehen: »Los, hau ab, das ist das Beste.«

Lisa hat sich mit den anderen erhoben, ist aber stumm geblieben, als stünde sie über all dem Aufruhr. Sie schaut nun zu der Dame mit Turban hin, läßt sich vom Wind die Haare übers Gesicht wehen und empfindet die ganze Gemeinheit ihres Tuns. Auch *Aiglon* hat, von ihrem Geschrei gestört, den Kopf gehoben, und sein Blick begegnet dem der Mutter (ihm gefällt der weiße Turban nicht, das hat er ihr gleich am Morgen gesagt und daraus ist ein kleiner Streit entstanden), *Monsieur la Merde* ist endlich fortgegangen, und die Mutter lächelt ihm zu, während ihre Augen belustigten Abscheu vor den Mädchen dort drüben ausdrücken. Er hat sich erhoben, um zu ihr zu gehen, hat sich hingelegt und den Kopf auf die Stelle gestützt, die ihr ausgestreckter Körper freiläßt. »Nimm ihn ab«, sagt er mit eigensinnigem Lächeln und meint den Turban, sie erwidert ihm etwas in ihrer Sprache, was sich anhört wie dummer Junge, während sie die Hand auf seinen Hals legt, der Zeigefinger fühlt die Halsschlagader. »Die ist in dich verliebt«, sagt sie, »die große, dunkelhaarige«, der Blick deutet auf die Mädchengruppe, »aber die andere muß auch verliebt sein ...«

»Welche?« fragt er, spürt, wie der Fingernagel ihm in den Hals piekt.

»Die im blauen Badeanzug.«

»Schade«, hat er gesagt, »mir hätte die kleine Blonde gefallen, auf die hatten sie's alle abgesehen.«

»Juden sind sie nicht, ausgeschlossen«, das Fleisch ist zäher als erwartet, und der Vater drückt fest auf sein Messer, »zumindest der Junge ist bestimmt nicht Jude. Und außerdem könnten sie sonst nicht hier im Hotel wohnen.« Auch in den Botschaften gibt es keinen einzigen jüdischen Angestellten mehr, doch das zu sagen hält der Vater für zwecklos.

»Und doch hat eins der Zimmermädchen behauptet, sie habe gesehen, daß er einen Davidsstern um den Hals trägt.«

»Was soll ein Zimmermädchen schon von Davidssternen verstehen! Womöglich war es ein Hakenkreuz!« Der Vater lacht kurz auf (Verachtung für das Zimmermädchen, Mißtrauen gegenüber dem Jungen?), während die Hand mit dem Messer nervös wird: Dieses Kalbfleisch ist eine Katastrophe.

Die Mutter hat schon aufgegeben, es zu zerschneiden, ihr blonder, an Michelangelo erinnernder Kopf ist leicht geneigt, wie gebeugt von einer fortwährenden inneren Mattigkeit. Einer Mattigkeit, die Bestandteil ihrer Eleganz ist. Wie eine zu schwere Krone, ein zu lautes, zu weites Reich. »Auch wenn sie Juden wären«, sagt sie, »warum sollte er dann diesen Stern um den Hals tragen?« Ihre hellen, meeresfarbenen Augen streifen kurz *Aiglon* an dem Tisch in der Nähe. »Ich glaube, daß man in so einem Moment nur versuchen würde, es zu verstecken, meinst du nicht?« Sie hat langsam gesprochen, sanft, ohne ein Gramm ihrer Schwermut abzuschütteln. (Sie ist eine der meistbetrogenen Frauen Italiens, das wissen alle.)

Aiglon und seine Mutter dagegen haben Fisch gewählt, und die Dame schiebt die Mayonnaise zu einer kleinen samtigen Insel auf dem Teller zusammen. *Aiglon* ist fast fertig und erzählt ihr etwas, sie lacht leise, über den Teller gebeugt, um möglichst alle Gräten zu vermeiden.

»Sie könnte vielleicht Jüdin sein«, der Vater lehnt sich zurück, um sie besser zu sehen. »Sie hat einige Merkmale, den Mund zum Beispiel.« Endlich ist es ihm gelungen, das Fleisch zu zerschneiden, und durch das Monokel starrt er nun auf den halbentblößten Rücken der Dame mit den matten, glatten, runden Schultern.

»Den Mund und was noch?« hat sie provozierend gefragt und unverwandt in sein Monokel geschaut, in dem er die Dame wie eine Spinne im Netz gefangen zu haben scheint.

»Den Mund«, hat er bestimmt wiederholt, wie ein Experte, »und auch die Haare, dieses Blauschwarz ...«

Die Dame hat gemerkt, daß von ihr die Rede ist, und hat sich umgedreht, ihren strahlenden dunklen Blick in der Runde schweifen lassen. Und erneut wird Lisa unter diesem Blick von Ohnmacht und Scham ergriffen, sie versucht, eine Art Lächeln anzudeuten, etwas, das gern Solidarität wäre, aber schwach bleibt, ins Leere fällt. »Mir reicht's«, sagt sie und läßt die Gabel klappernd auf den Teller fällen, »dieses Fleisch ist zum Kotzen!« Und während die Mutter ihr Vorwürfe macht, das sei keine Art, sich auszudrücken, sucht sie verzweifelt, ein Einverständnis mit jenem Zweiertisch herzustellen. Doch die Klammer ist schon wieder geschlossen, *Aiglon* hat seine Erzählung wieder aufgenommen, und die Mutter lacht erneut, souverän und stolz.

Die Kapelle in der Rotonda hatte an jenem Abend einen berühmten Sänger dabei und die Wörter »kleines Mädchen«, »Glück«, »zurück« erhoben sich heiser in die Luft wie Nachtvögel auf dem Flug zum Mond. Die Jungen trugen helle Hosen, und die Strickjacken über den Hemden waren offen; wie kleine, schon feuchte Feuer suchten die Sätze »ein Eis essen«, »der Rotonda einen Besuch abstatten«, »ins Kino gehen«, im Garten zwischen den Palmen und den Eisenbänken einen Windhauch. »Warum sagen wir *Aiglon* nicht, daß er auch mitkommen soll?« Das dunkelhaarige Mädchen hatte es vorgeschlagen, sie trug an jenem Abend ein gestreiftes Kattunkleid, das sie noch größer erscheinen ließ, und ihre Stimme klang übertrieben angriffslustig, einen Ton zu hoch. »Kannst ihn ja mal fragen«, hatte Lisa gesagt, während die kleine Blonde, in Gnaden wieder aufgenommenes Opfer des Vormittags, grundlos gelacht hatte.

Doch als *Aiglon* zwischen seiner Mutter und deren unzertrennlichem Begleiter oben an der kurzen Treppe aufgetaucht war, hatte niemand den Mut aufgebracht, sich vorzuwagen. Die Dame trug Schuhe mit Straßbesatz an der Spitze, und das lange Lamékleid wogte zwischen ihren Beinen.

»Wir wollten wissen, ob du Lust hast, mitzukommen.« Die kleine Blonde hatte sich aus der Gruppe gelöst und stand nun vor *Aiglon*, lächelnd über ihren Mut. Und bevor *Aiglon* den Mund aufmachen konnte (bestimmt hätte er gern nein gesagt), hatte seine Mutter schon für ihn angenommen. »Gabriele wird sehr gern mitkommen«, hatte sie gesagt, und jener Name, »Gabriele«, war ihr über die Lippen geglitten wie Wasser. *Aiglon* hatte mit einer zornigen Geste die Haare zurückgeworfen, während die Hand der Mutter, breit, als hätte sie wirklich so etwas wie Schwimmhäute zwischen den Fingern, ihm in einer leichten Liebkosung übers Gesicht gefahren war. Dann war die Dame weiter die Treppe heruntergestiegen, die Straßsteinchen auf der Schuhspitze glitzerten wie Sternenstaub.

Das dunkelhaarige Mädchen hatte sich zu *Aiglon* gesellt, und während sie gingen, redete sie auf ihn ein, und er antwortete einsilbig, den leeren Ärmel in die Tasche gesteckt. Die Jacke war bildschön, aus blauem Leinen, und die Leute drehten sich um und sahen ihm nach.

»Wie hast du eigentlich deinen Arm verloren?« Um ihm diese Frage zu stellen, hatte die kleine Blonde alle anderen überholen müssen und ging nun fast rückwärts.

»Ach, vergiß es ...«

Doch *Aiglons* Blick und der der kleinen Blonden waren sich begegnet, der von *Aiglon* plötzlich neugierig, ausgesprochen zärtlich der ihre: Sie hatte keine Angst mehr, sie war bereit, es für ihn mit der ganzen Welt aufzunehmen. Und es war etwas geschehen, was niemand erwartet hätte, der Junge hatte angefangen zu lachen. »Den hat ein Bär gefressen«, hatte er gesagt, »glaubst du's etwa nicht?«

»Nein!« Die kleine Blonde lachte ebenfalls, ihr Schritt war ein wenig tänzelnd.

»Ein Bär, ein Grizzly.« Ein Bär, mindestens zwei Zentner schwer, der die Erde erzittern ließ. Ein Bär, der sich im Dunkeln auf ihn gestürzt und ihn gegen die Felsen geschleudert hatte, ganz zum Schluß war es ihm gelungen, sich zu befreien, aber ein Arm war im Bärenmaul hängengeblieben. Die Erzählung war voller Einzelheiten, und *Aiglons* Stimme schmückte sie in allen möglichen Tonarten aus. Sie waren bei der Mole angekommen, und der weiße Mond stand hoch, sie hatten sich hingesetzt, mit über den leichten, schaumlosen Wellen baumelnden Beinen, und er erzählte noch weiter von dem Blut, das wie eine Fontäne aus dem abgerissenen Arm herausgespritzt sei, unstillbares Blut, das an den Kleidern geklebt, die Schuhe besudelt habe, aufs Gras geflossen sei, die Felsen entlang. Sie hatten ihm schweigend zugehört, bestürzt, verzaubert von seiner Stimme, seinen Gesten, dem plötzlichen Gelächter, das ironisch ihr erstauntes Grauen unterbrochen hatte. Indem er sprach, gestikulierte *Aiglon* mit seiner einen Hand, als wäre er ein Schauspieler auf einer Bühne; und die ganze Geschichte war eindeutig gelogen, erfunden, und in das Grauen mischte sich unversehens eine Ausgelassenheit, die einen schaudern ließ.

Noch auf dem Rückweg hatte er von dem Grizzly gesprochen, der ein eisenhartes Fell hatte, von Vögeln, die sterbenden Tieren die Augen auspickten, von Schlangen, die sich um die Fußgelenke wanden und einem das Blut aussaugten. Jetzt ging die kleine Blonde mit ihrem tänzelnden Schritt neben ihm, doch *Aiglon* schien ihr keine besondere Aufmerksamkeit zu widmen, sondern sich an alle zu wenden, an Lisa, an das Mädchen im gestreiften Kleid, vielleicht auch an die Jungen, die mit über den Asphalt schwankenden Scheinwerfern auf dem Fahrrad vorbeifuhren. Er war ein außergewöhnlicher Schauspieler, verkörperte den Bären und den Vogel, das zermalmte Opfer, den Hasen, der in der Falle die Pfote lassen muß.

Wieder beim Hotel angelangt, hatte das große dunkelhaarige Mädchen sich auf die Bank unter der Palme fallen lassen. »Phantastisch …!« hatte sie gesagt, und dieses »phantastisch« umfaßte alles, den Abend, den Mond, das Begehren und auch das Blut. Lisa hatte *Aiglon* zugesehen, wie er rasch in die Runde gegrüßt hatte und dann in zwei Sätzen die Stufen zum Eingang hinaufgesprungen war, wie die Drehtür ihn im Funkeln der Glasscheiben geschluckt hatte. Es war vorbei: Während *Aiglon* redete, war ihr auf einmal klargeworden, wie unerreichbar er war. Kein noch so großes Begehren hätte ihr je die Kraft gegeben, den Abstand zu überwinden, der sie trennte. Der Bär und die Felsen, die Schlangen und auch seine Ausgelassenheit bildeten einen Raum ohne jeden Zugang. Sie waren, zusammen mit dem Blut und dem Schmerz, der Ort, an dem er sich mit der Leichtigkeit bestimmter schwereloser Fabeltiere bewegte. Und während sie sich an seiner Gegenwart berauscht hatte, war das Unglücksgefühl mit klarer, perverser Bewußtheit gewachsen. »Mir ist schlecht«, hatte sie gesagt.

Es stimmte. Sie war den Schlüssel holen gegangen, und ihre eiskalte Hand hatte sich an die Theke geklammert: Sie wußte nicht, daß in dem Register, das aufgeschlagen vor dem Portier lag, das von *Aiglon* besetzte Zimmer ab morgen als frei eingetragen war, daß die Kreuzchen, die seine Ferientage bezeichnet hatten, schroff abbrachen. Sie war langsam die breite, geschwungene Treppe hinaufgestiegen, die mit einem von glänzenden Messingstäben gehaltenen Läufer aus rotem Filz bedeckt war. Das große, farbige Glasfenster schimmerte blau und purpurrot: welch tödliche Müdigkeit.

»Lisa, warte!«

Sie hatte sich umgewandt, am Fuß der Treppe stand Francesco: Dieser einarmige Scheißkerl hatte sie den ganzen Abend mit Beschlag belegt, und ihm war es nicht gelungen, auch nur zwei Worte an sie zu richten. Was kann ich denn dafür? Die Augen sehen ihn von oben an, die

Trostlosigkeit ist ein kleiner dunkler Punkt. »Bis morgen?« Francescos Stimme ist beunruhigt, auch er hat Hoffnungen zu verteidigen. »Bis morgen?«, flüstert sie, wer weiß, ob er es gehört hat. Und während sie den langen Flur mit den vor den Türen aufgereihten Schuhen entlanggeht, denkt sie, *c'est la vie*, und es kommt ihr vor, als seien darin ihr Unglück und ihre Müdigkeit in einem einzigen Punkt vereint.

Francesco geht, und unter den Palmen sitzt immer noch das dunkelhaarige Mädchen. »Ciao«, sagt sie zu ihm. Auf der Straße fahren die letzten Fahrräder, ein dunkles Auto, dessen Dach im Laternenlicht glänzt, braust lautlos davon. Bis morgen, wiederholt Francesco leise. Der enganliegende hellblaue Badeanzug, die Augen zwischen den nassen Wimpern. Bis morgen, die Finger zwischen Haut und Wolle schieben, bis die feuchte Wärme ihres Körpers zu spüren ist.

In ihr Zimmer eingeschlossen, erforscht die kleine Blonde sich, durch das offene Fenster blinken die noch brennenden Lichter der Rotonda, und sie berührt sich und betrachtet sich mit Hilfe eines Spiegels. Doch dann läßt ihr ein schleichender Ekel, der sich auch einstellt, wenn sie an der Marmortheke des Metzgers vorbeigeht oder die Nonnen vom Martyrium der heiligen Eulalie sprechen, den Spiegel aus den Händen gleiten, und sie schließt das Fenster. Aber nun ist es zu spät, die Schnaken sind schon hereingeflogen.

Die Signora fährt im Auto die menschenleere Uferpromenade entlang, schlaff hängen die Fahnen an den Masten, gespenstisch im Mondlicht. Wegen der kurzsichtigen blauen Augen lenkt ihr Begleiter den Wagen mit vorgebeugtem Oberkörper, der Mond scheint bis in die Risse im Asphalt zu kriechen. Das Auto hält gegenüber von der Badeanstalt, und er möchte sie sofort umarmen, doch sie steigt schon, den Rock raffend, aus: Es ist spät, und sie hat morgen eine lange Reise vor sich. Zwei Schatten gleiten leichthin über den Sand, während die Schritte einen kristallklaren Ton auf dem Zement des Laufstegs verursachen. Bis zu der Umkleidekabine, wo die noch feuchten Badetücher an den Haken hängen, Sandkörnchen sich in den Taschen einnisten. Und wie schon so oft in diesem Sommer des Jahres 1939 zieht sie das Kleid aus und legt es auf die Bank neben die Schuhe mit dem Straßbesatz an der Spitze, aber das Kleid ist heute abend schlüpfrig wie Fischschuppen und fällt raschelnd herunter in einem Geräusch wie Regen.

Das ist das letzte Mal, und danach hat der Mann geweint. Ein unbesonnenes, wildes Geräusch, einer, der in jenem Augenblick zufällig draußen an der Umkleidekabine vorbeigegangen wäre, hätte es für den Laut eines Tieres halten können. Sie hat schweigend seinen mageren, von Schluchzern geschüttelten Körper betrachtet, die dunkle Linie der Haare, die wie ein Pfad die ausgehöhlte Brust heraufsteigt. Bald wird die große Angst kommen, und sie findet dieses Weinen erbärmlich.

Peter Høeg

Hommage à Bournonville

Es war der 19. März 1929, zu Beginn der sechsundzwanzigsten Nacht des Ramadan, der Nacht, in der Allah den Koran vom Himmel auf die Erde sandte, und im Hafen von Lissabon, unterhalb der Altstadt Alfama, waren zwei junge Männer jetzt in jeder Hinsicht am Ende ihres Weges angelangt.

Sie saßen an Deck eines jener kleinen Segelboote, die man südlich vom Horn von Afrika »meli« nennt und die nichts in Lissabon zu suchen haben, da ihr Segel für einen anderen Wind und ihr Rumpf für andere Wellen gemacht ist, zudem hatte das Boot ein kleineres Leck und hing in den Vertäuungen, als sei es von dem eingedrungenen Salzwasser berauscht oder als werde es durch die Verzweiflung über die beiden Segler zum Meeresgrund gezogen.

Sie waren von einem kleinen Holzkohlenfeuer beleuchtet, das zwischen ihnen auf einer Metallplatte glühte. Sie hatten lange gehungert, und der eine von ihnen, der aufrecht im Schneidersitz dasaß, war nun so mager, daß sein nackter Oberkörper nur noch aus Knochenhebeln und den sie bewegenden dünnen Muskelschnüren zu bestehen schien. Er trug einen Turban aus weißer Wolle, in seinem Gesicht vereinten sich afrikanische und orientalische Züge und eine Reihe von Eigenschaften, die einzeln genommen ätzend und explosiv gewesen wären, zu einer harmonischen

Mischung. Sein Name war Rumi, und er war Mönch im islamischen Mewlewi-Orden.

Sein Reisegefährte war zweifellos einmal kräftig gewesen, doch auch ihm hatte der Hunger hart zugesetzt. Auch wenn er, wie jetzt, bequem ausgestreckt ruhte, mußte er oft die Stellung wechseln, um nicht auf seinen herausstehenden Knochen liegen zu müssen. Sein Name war Jakob Natten, und er war einmal Tänzer am Königlichen Theater in Kopenhagen gewesen.

Die Ruhe der beiden Männer hatte etwas Selbstverständliches, ein Betrachter hätte das ramponierte Boot leicht übersehen und meinen können, da säßen zwei Seeleute, die ihren Frieden, viel Zeit und einleuchtende Gründe für ihr Hiersein hätten. In Wirklichkeit aber verhielt es sich so, daß keiner der beiden Segel setzen oder einen Kurs hätte abstecken können. Beide wußten, daß sie in dieser Nacht mit geborgter Zeit lebten, und wunderten sich so sehr über ihr eigenes Dasein, daß nicht einmal der Mohammedaner hätte sagen können, ob sie zu ihrem eigenen und zum Besten der Welt in Lissabon gelandet waren oder ob ein Engel irgendwo im All ausgerechnet ihre Papiere verlegt hatte.

Sie waren sich ein halbes Jahr zuvor in Olorose auf Sardinien begegnet. Als die Carabinieri des italienischen Faschismus über diese Stadt herfielen, hätten sie mit den Freiheitskämpfern ins Maquis hinaufgehen können, statt dessen aber segelten sie weiter. Da begannen sie zu begreifen, daß ihre Heimatlosigkeit vielleicht nicht im Raum, sondern in der Zeit lag. Daß sie vielleicht in einem anderen Jahrhundert zu Hause waren als in dem, in das sie hineingeboren worden waren. Seitdem hatten sie sich zusammen so weit auf den Rand der Gesellschaft zubewegt, daß sie nun an dem Punkt angelangt waren, wo das Leben aufhört und etwas anderes beginnt. Doch selbst hier war noch zu sehen, daß sie sich einmal in der Mitte befunden hatten, beide trugen über ihrer Unterernährung eine gemeinsame, abgeblätterte Würde, niemand konnte im Zweifel sein, daß die Glut zwei heruntergekommene Wunderkinder beleuchtete.

Über Rumi und seine Jugend gehen noch immer übertriebene Gerüchte um, obwohl die Wahrheit, heute wie damals, durchaus ausreicht: Er wurde am türkischen Hauptsitz des Mewlewi-Ordens in Konya erzogen. Mit fünf Jahren konnte er den Koran auswendig und wurde nach Mekka gebracht, wo er auf dem Platz vor der Kaaba fünf Tage und fünf Nächte lang vor den Gläubigen zweimal das Heilige Buch rezitierte und nur einmal eine ganz kurze Pause machte, um zu trinken. Als er zwanzig Jahre alt war, hatte er in den heiligen Zirkeltänzen einen solchen Kontakt zu Allah erreicht, daß er jederzeit seine Entrückung ins Paradies erwartete. Zwei Jahre später verbot Atatürk den Orden und schloß das Kloster, Rumi wurde in eine Unsicherheit geschleudert, von der er zwar gehört, die er jedoch eigentlich nicht für möglich gehalten hatte. Da war er längst eine Persönlichkeit, von der man sprach, und hätte zweifellos wie andere heimatlose religiöse Führer dieser Jahre in einer europäischen Hauptstadt Aufnahme und einen Vorgeschmack des Paradieses finden können, von dem Allah im Koran (76. Sure) verspricht, wir würden dort alle im Schatten der Bäume auf weichen Kissen sitzen. Doch das wollte Rumi nicht. Die Mewlewis nennen sich »Derwische«, ein Wort, das im Persischen »arm« bedeutet. Sie haben ihr Leben Allah gewidmet und suchen ihn im Glauben, in der Armut, im Tanz und in der Musik und nicht in Paris, und dieser konsequente Standpunkt hatte Rumi zuerst auf die Landstraße geführt und ihn dann eine winzige

Sünde gegen den Koran begehen lassen, indem er, um sich am Leben zu erhalten, irgendwo bei Port Said ein Boot stahl. Später hatte er ihn über das Mittelmeer nach Sardinien geweht, wo er Jakob begegnet war, und von dort aus hatte er ihn bis nach Lissabon getrieben.

Von Jakob Natten wußte Rumi nur, daß er einmal Balletänzer gewesen war und eine Beharrlichkeit besaß, die ihn jetzt anscheinend das Leben kosten sollte. Einmal hatte Rumi seinen Reisegefährten gefragt, was ihn bewogen habe, den Tanz und sein Vaterland zu verlassen, worauf Jakob nur geantwortet hatte, die Dinge hätten sich so entwickelt, daß er im Gefängnis hätte weitertanzen müssen, wenn er in Dänemark geblieben wäre.

Beide wußten sie, daß an diesem Abend nach ihnen gesucht wurde. Irgendwo kämmte ein Zug Gendarmen methodisch die Kais ab, und hin und wieder klang das Gebell der Hunde über das Wasser bis zu den beiden herüber. Den Fluß hinunter zog langsam, fast treibend, eines der flachen, dunklen Boote der Hafenpolizei, das die ankernden Boote absuchte.

Keiner der beiden fragte mehr danach, was man von ihnen wollte. Am Tag zuvor hatte ein Uniformierter in einer Weinschenke ihren Paß sehen wollen, und da hatte ihm Jakob einen echten dänischen Kopfstoß verpaßt, nicht aus politischen Gründen – Jakobs Vorstellungen von Politik waren so diffus, daß sie ihn nie dazu gebracht hätten, einem Menschen etwas zuleide zu tun –, sondern aus jenem panischen Verfolgungswahn, der sich bei einem Menschen entwickelt, der zugrunde geht. Es war ihnen gelungen, ihre Verfolger irgendwo in Lissabons Labyrinth aus kleinen Gassen und Plätzen abzuschütteln, doch sie hatten es nur mit Mühe und Not geschafft, und beide hatten sie das Ende gespürt; denn hinter diesem Fluchtversuch lauerte die Erinnerung an all die Male, da sie aus Orten geflohen waren, wo sie gestohlen hatten, oder da sie vor der Hafenpolizei und dem Zoll davongelaufen waren. Obgleich keiner von ihnen (und nicht einmal beide zusammen) einen Überblick über gesellschaftliche Zusammenhänge besaß, begriffen sie allmählich, daß es für jemanden, der keinen Paß, keine Papiere und keinen Beruf vorzuweisen hat, der nicht verheiratet oder zumindest verlobt ist oder sich zur Fremdenlegion gemeldet hat, auf die Dauer eine nicht zu bewältigende Aufgabe darstellt, am Leben, obenauf und auf freiem Fuß zu bleiben.

Jetzt warteten sie auf das Ende, und vielleicht zeigt sich die Natur hier von ihrer barmherzigen Seite, denn wenn die Erschöpfung so groß ist, daß man stehenbleiben und sich nach seinen Verfolgern umdrehen muß, kann man das mit einer Ruhe tun, die dem Wissen entspringt, daß es keine andere Möglichkeit gibt. Diese Ruhe brachte jetzt die beiden Männer dazu, es sich am Rand des Abgrunds bequem zu machen.

Jetzt, wo sie von der Welt nichts mehr erwarteten, gab ihnen die Umwelt alles. Die Sonne war untergegangen, es war die Stunde, in der die Bedeutung von Freundschaft und Liebe, Strafe und Belohnung, Durst und Gerechtigkeit verblaßt und verschwindet, weil Allah seine blaue Wesenheit enthüllt. Der Tejo war ein Spiegel aus erstarrtem Silber, vor den violetten Berghängen waren die Häuser der Großstadt Filigrankästchen aus weißem Marmor, und die letzten Strahlen der sinkenden Sonne rundeten sich vor den schwarzblauen Wolken im Westen zu einer Feuerbohne aus erhitztem Gold.

Ab und zu tranken die beiden Männer aus einem Kessel Milch, die mit Zimt gewürzt war. Der Kessel stand auf der Glut, und die kochende Flüssigkeit trieb ein leichtes

Delirium der Heiterkeit durch ihre Adern. Ohne daß sie ein Wort gewechselt hätten, schlugen ihre Gedanken die gleiche Richtung ein und bewegten sich gemeinsam weiter. Sie dachten an die Kunst des Überlebens, an die Märkte, auf denen sie gestohlen, an die Häuser, in denen sie gebettelt hatten, und daran, daß sie, die einst für Allah und die Gäste des Königlichen Theaters getanzt hatten, jetzt für Vorübergehende tanzten. Erst da entschieden sich ihre Gedanken für getrennte Wege, erst da wurde es notwendig zu sprechen.

»Rumi«, sagte Jakob, »hast du schon einmal daran gedacht, daß ich noch kurz vor unserer Begegnung geglaubt habe, ich würde mich in einen ewigen oder jedenfalls sehr langen Ruhm tanzen? Und du hast geglaubt, du würdest dich ins Paradies tanzen. Wir haben gewissermaßen geglaubt, daß wir im Takt der Musik auf dem Weg ins ewige Leben seien. Und nun zeigt sich, daß wir auf dem Weg in ein Lissaboner Gefängnis waren.« »Das ist nur ein Übergang«, sagte Rumi. »Der das ganze Leben dauern kann«, sagte Jakob und sah einen mißmutigen Augenblick lang das Gesicht der portugiesischen Diktatur vor sich. »Selbst dann ist es nur ein Übergang«, sagte Rumi. »Und es ist nicht sicher, daß er so lange dauert.« »Rumi, denkst du nie daran, daß du woanders hättest sein können als dort, wo du bist?« fragte Jakob. »Der Koran befiehlt, daß wir jeden Tag daran denken, wo wir die Ewigkeit zubringen werden«, antwortete der Mohammedaner. »Aber wie ist es mit dem Ort, an dem wir morgen sein werden?« beharrte Jakob. »Über morgen lache ich«, sagte Rumi. »Du lachst ja nie«, wandte Jakob ein. »Ich lache innerlich. Seit ich in Europa bin, lache ich nur innerlich«, erwiderte der Mohammedaner. »Ihr Europäer könntet bei Gibraltar ein Tor errichten, auf dem stehen müßte: Hier kommt nur herein, wer vollkommen ernst ist. Denn die Länder Europas sind die ernstesten Orte, die ich je gesehen habe.« »Die arabischen Lieder, die du singst, klingen wie eine einzige lange Klage«, sagte Jakob. »Wir Mohammedaner«, gab Rumi zurück, »sehnen uns nach dem Paradies, sehen ein, daß wir es nicht erreichen können, und weinen laut. Danach lachen wir. Ihr Europäer sehnt euch wie wir und weint wie wir. Danach aber winselt ihr, weil ihr hofft, euren Gott vielleicht doch noch dazu bewegen zu können, dem Schmerz der ganzen Welt ein Ende zu setzen. Ich wünsche mich nirgendwo anders hin als an den Ort, wo ich mich gerade befinde, denn ich will Allah nicht mit meiner Winselei plagen.« »Ich bitte niemanden um Hilfe«, sagte Jakob ernst, »aber kurz bevor ich dich kennenlernte, hat mich jemand etwas gefragt, und seither klingt mir diese Frage in den Ohren. Es ist die Frage, ob wir bleiben oder fliehen sollten.« »Das entscheidet Allah«, sagte der Mohammedaner zufrieden. »Das mag sein«, gab Jakob zurück, »aber ich habe das Gefühl, daß er gleichsam so ganz nebenbei auch hören möchte, was ich dazu meine. Möchtest du hören«, fuhr er fort, »wie die Frage, ob man bleiben oder fliehen sollte, in mein Leben kam?« Ohne die Antwort abzuwarten, richtete er sich auf und rückte näher an die Glut. Er wußte, daß auf der anderen Seite des Feuers eine Neugierde saß, die geduldig und grenzenlos war wie seine eigene, und als er sich zurechtsetzte, spiegelte er, ohne es zu merken, die Haltung des Mohammedaners, so daß Sprecher und Zuhörer eins wurden.

»In dieser Geschichte habe ich auch einen Platz. Die Hauptperson aber war ein Freund von mir. Zugestoßen ist sie Andreas.

Damit du verstehst, was ich dir jetzt erzähle, Rumi, mußt du wissen, daß sich in meinem Land die Reichen nicht mehr an die fünf Säulen der Pflicht lehnen, auf denen, wie du sagst, der Islam ruht. Sie haben entdeckt, daß sie im Alltag ohne den Glauben, das Gebet, das Fasten, die Pilgerfahrt und das Almosen auskommen.«

»Sie werden in der Hölle braten«, sagte der Mohammedaner.

»Das ist nicht sicher«, erwiderte Jakob. »Statt dessen haben sie nämlich eine Art Tempel für diese fünf Säulen errichtet. Der Tempel, in dem man den ersten vier Säulen huldigt, ist ein großes Theater in Kopenhagen.«

»Was ist mit der fünften, dem Almosen?« fragte Rumi.

»Das Almosen«, sagte Jakob, »teilt ein anderes Theater aus. Das heißt Staat. Darum geht es in einer anderen Geschichte.«

»Die kannst du mir«, sagte der Mohammedaner, »dann im Gefängnis erzählen.«

»In gewisser Weise wäre das der richtige Ort dafür«, antwortete Jakob. »Aber die Geschichte des Theaters ist eine so eingesperrte, daß man sie am besten unter freiem Himmel erzählt.

Das Theater heißt das Königliche Theater. Außen hat es Säulen und Treppen wie ein Tempel und die Form und Gewichtigkeit einer Burg, innen herrscht eine Pracht wie in einem Schloß, es hat intime Logen und Korridore und verbliebene Plüschteppiche wie ein Bordell, und du mußt wissen, dieser Ort ist so unbegreiflich, daß ich weiß, ich habe nur Bruchstücke davon verstanden. Es ist wie eine große Maschine. Ein anderer, der wie ich durch diese Maschine hindurchgegangen wäre, würde eine andere Geschichte erzählen. Wenn er denn überhaupt erzählen würde. Das Seltsame ist aber, daß die Leute das nicht tun. Wer die Maschine beschreibt, ist noch immer ein Teil davon, ist selbst Zahnrad, und die Geschichte, die von einem laufenden Zahnrad erzählt wird, *muß* eine verworrene Geschichte sein.

Was ich nie verstanden habe, war das Publikum. Soviel aber begriff ich: Für unsere Zuschauer – es waren wenige, so wenige, daß ich mich fragte, ob die Menschenmenge, für die wir tanzten, nicht in Wirklichkeit immer aus denselben zweitausend Menschen bestand, die Tag für Tag das Theater füllten – war der Ort ein Tempel. Sie wallfahrteten gleichsam dorthin. Sie kamen, um auf der Bühne Menschen zu sehen, die *glauben*, vielleicht, weil sie selbst auf niemanden vertrauten, nicht einmal auf Gott. Sie kamen, um zu hören, wie es klingt, wenn jemand zu etwas *betet*, vielleicht, weil sie selbst niemanden oder nichts kannten, von dem sie hätten annehmen können, daß er oder es ihnen zuhören würde. Und sie kamen, um das *Fasten* zu sehen, und ich bin sicher, das hatte etwas damit zu tun, daß sie im täglichen Leben so mit Anhäufen beschäftigt waren, daß sie ins Theater kommen *mußten*, daß sie Menschen sehen mußten, die freiwillig entsagten, um einen flüchtigen Blick auf Gott zu erhaschen.

Selbstverständlich dürften sie auch aus anderen Gründen gekommen sein. Doch eben jetzt, heute abend, kann ich mir nicht vorstellen, aus welchen.

An der Ballettschule dieses Theaters fingen Andreas und ich als kleine Kinder an. Was bringt Eltern dazu, ihre Kinder zu einer solchen Schule zu begleiten? Wohl der Glaube, Kinder könnten eine Art Strohhalm sein, durch den die Erwachsenen das richtige Leben aufsaugen können. Verlange bitte keine bessere Antwort auf diese Frage, denn allein der Gedanke an die Eltern macht mich zornig, und das hier soll keine bittere Erzählung sein, jedenfalls keine ausschließlich bittere Erzählung.

Die Schule hatte keine Inschrift über der Tür. Jetzt aber sehe ich, daß dort hätte stehen können: Hier wird nur eingelassen, wer seine Selbständigkeit an der Garderobe abgegeben hat. Denn sobald man durch die Tür trat, wurde jeder freie Wille zum Hindernis, zu einer Art Blei in den Schuhen, denn an dieser Schule ging man in eine Freiheit, die so groß war, daß sie alles andere ausschloß, man wurde nämlich davon befreit, sich Gedanken über das eigene Leben machen zu müssen.

Wir lernten springen, wir lernten es von einem Lehrer, dessen Erfahrung und Liebe zum Tanz in einem kurzen Rohrstock steckte. Damit zog er uns eins über die Beine, wenn wir nicht hoch genug sprangen. Nach einiger Zeit meinten wir, die Welt sei so eingerichtet, daß irgendwo im All ein Gott mit einem Rohrstock stehe.«

»Dieser Gott war nicht Allah«, sagte der Mohammedaner.

»Nein«, sagte Jakob. »Ich bin überhaupt nicht sicher, daß dort ein Gott stand. Ich gebe niemandem die Schuld. Ich versuche nur, ein Bild zu finden. Du hast recht, das Bild von Gott ist schlecht. Mehr als irgendein anderer Grund war es unser eigener Wunsch, der uns zum Arbeiten brachte. In Dänemark sind sich alle einig, daß das große Rätsel die *Verschiedenheit* ist. Bei uns sind die unbegreiflichen Menschen diejenigen, die aus dem Gleichschritt geraten, die die ganze Zeit über ihre eigenen Füße stolpern oder vorneweg laufen, weil sie das Gefühl haben, hinter ihnen brenne irgend etwas, oder es sind die Leute, die uns andere nicht einholen können, weil sie ein Holzbein haben oder dreihundert Pfund wiegen. Sie zu verstehen ist zur Kunst geworden. Für mich, Rumi, ist das anders. Oder jedenfalls ist es anders geworden. Für mich besteht das große Geheimnis in der Frage, weshalb so viele im Gleichschritt gehen, mein Rätsel ist das *Rätsel der Disziplin*.

Ich weiß nicht mehr richtig, wie es sich mit dem *Leiden* in dieser Welt verhält. Nachdem ich gesehen habe, daß einem fast alles fehlen und man dennoch trällernd glücklich sein kann, wage ich die Leidenden nur noch zögernd zu benennen. Soviel aber möchte ich sagen, den meisten ging es an diesem Theater nicht gut. Die paar in jeder Klasse, die jedes Jahr rausgeworfen wurden, weil sie nicht gut genug waren, waren vielleicht nicht einmal die Unglücklichsten.

Man erzählte uns immer, die Ballettschule habe sich wie eine Pflanze entwickelt. Sie sei ein Same gewesen, ein zarter, doch vielversprechender Keim, und im vorigen Jahrhundert sei sie dann von einem großen Gärtner und Ballettmeister übernommen worden, einem geborenen General, der am Totenbett seines Vaters eine Militärpolka tanzte und versprach, er wolle sein Theater wie eine Kaserne aufziehen und seine Tänzer wie Soldaten trainieren. Zu seiner Zeit trieben die Schule und der Tanz eine große Rose aus, die seither blüht, und halten konnte sie sich so lange, weil sie aus Gips ist. Damals muß der Tanz, jedenfalls eine Weile, weich gewesen sein, und die Blüte wurde so geformt, daß sie dem Leben glich, und dann ist sie erstarrt wie die Pflanzen, die das Theater schmücken, zu dem weißen, steifen, ewigen Befehl an die Nachwelt, sich das Lebendige genau so vorzustellen.

Vielleicht gehorchten wir deshalb, vielleicht erklärte sich das Theater gleichsam selbst. Vielleicht verbissen wir den Schmerz, weil alles um uns herum uns versicherte, daß es für alle Zukunft kein anderes wirkliches Leben als dieses geben werde.

In dieser Maschine war mein Freund Andreas lange Zeit hindurch ein wichtiges Teil.

Wenn er dir heute abend gegenübersäße, würdest du denken, man könne aus ihm Seife machen, so wie aus mir, er würde, wie ich, aussehen wie einer, der bereits heute nacht von der Müllabfuhr abgeholt werden soll. Doch bis vor nicht allzu langer Zeit war sein Körper das perfekte Instrument für einen Gott, der seine Geige mit einem Rohrstock streicht. Ich spreche mit Absicht vom Körper. Ich weiß, daß es Leute gibt, die meinen, man könne Körper und Seele nicht trennen, aber das sagen sie nur, weil sie nicht gesehen haben, was Andreas und ich sahen. Er und ich, wir wissen jetzt, daß man ohne Seele und gewissermaßen mit dem Kopf unter dem Arm tanzen und die Welt dennoch glauben machen kann, das Tote sei lebendig.

Unsere Stunden sind gezählt, Rumi, es bleiben uns nicht genug, um im Namen eines anderen bescheiden sein zu können. Wenn Andreas tanzte, sahen die Zuschauer draußen im Dunkeln ihre Träume in Erfüllung gehen. Ich weiß nicht, wie so etwas geschieht. Vielleicht war es seine Technik. Seine Pirouetten, seine ruhige Vorbereitung, die Art, wie er seine Achse fand, und die heftige und dennoch völlig regungslose Rotation. Oder sein etwas früher Absprung, seine Kulmination kurz vor dem Einserschlag und die Art und Weise, wie er hängenblieb; in dem Augenblick, in dem alle erwarteten, daß er wieder herunter-, auf die Erde und zu uns anderen zurückkommen würde, da streckte er sich und führte sein Schweben weiter. In diesem Augenblick hielten wir in den Kulissen und die zweitausend Menschen im Saal den Atem an, und wir hätten nicht entscheiden können, ob es der Engel des Lebens oder des Todes war, dessen Hauch wir alle im Nacken spürten.

So tanzte Andreas, bei aller Äquilibristik so mühelos, als ginge er spazieren. Dennoch war das nicht das Wesentliche, seine Technik ist nur ein unbedeutender Teil dieser Geschichte. Das Wichtige hier und für alle anderen, die sich an Andreas erinnern und ihn verstehen, war die Art und Weise, wie er mit den Tänzen, die er tanzte, eins war, wie er sich lächelnd und emsig und gegenwärtig unter uns bewegte und gleichzeitig aussah wie etwas, das man im vorigen Jahrhundert im Theater vergessen und verlassen hat. Wie er mehr als irgendein Tänzer vor ihm vom Gips des Balletts erfüllt war.

Die Ballette des Meisters handeln von vielen Dingen. Davon, wie gerecht es ist, daß es den Unterschied zwischen Arm und Reich gibt, und davon, wie schön es in der freien Natur ist, immer wieder aber handeln sie von der Liebe, davon, daß die Liebe überall ist, daß sie überirdisch schön oder überirdisch traurig ist, aber immer etwas mit »über«, nie etwas mit »unter«, und auf jeden Fall nie, niemals unter der Gürtellinie.

Selbstverständlich verliehen diese Tänze unserem gemeinsamen Wahnsinn eine besondere Färbung, selbstverständlich drehten wir alle, auch im Alltag, auch auf dem Weg vom Theater nach Hause, die Füße nach außen und trugen unseren Kopf mit den Resten der Schminke hoch, um den Leuten zu zeigen, daß die Liebe an uns klebte, daß in jedem von uns ein Stück Prinz und Prinzessin, Bauernmädchen und Teufel steckte. In uns jedenfalls waren die Edelmetalle zu finden!

Mit Andreas aber war das anders, bei ihm war es keine Schminke. Er spielte keinen Prinz, er war ein Prinz. Außerhalb der Bühne sah ich ihn selbstverständlich vor allem trainieren, immer mit der Wildheit, die dem Wissen entspringt, daß man das einzig Richtige im Dasein tut, denn der Verdacht, den einige von uns hegten, das Theater könne ein Abstellgleis sein, das uns ins Abseits führte, dieser Verdacht kam Andreas nicht, Andreas fühlte sich sicher, daß er sich mit jedem Zwischenschritt dem innersten Wesen des Lebens näherte. Wenn er nicht trainierte, drehte sich sein Leben, glaube ich, um Frauen. Ja, ich bin sicher, es drehte sich um Frauen. Doch nicht um eine einzelne Frau, eher ganz im Gegenteil, es drehte sich um die Frau als Prinzip. Andreas ist mir vor allem als galant in Erinnerung geblieben; wenn ich mir sein Bild ins Gedächtnis rufe, sehe ich ihn den Tänzerinnen die Tür aufhalten, ihre Taschen tragen und ihnen bei technischen Problemen helfen, vor allem aber sehe ich ihn mit ihnen tanzen, nicht wie ein Tänzer, der als romantischer Held auftritt, sondern als der romantische Held selbst, als ein brillant tanzendes und durch und durch gegenwärtiges Überbleibsel aus dem vorigen Jahrhundert.

Wer wird das jemals verstehen können, wenn er es nicht selbst gesehen hat? Ich sage nur, wenn er auf der Bühne litt, strahlte seine Qual in den Saal aus, so daß die Menschen weinten. Wenn er an einem Waldsee aus gemalter Pappe entlangspazierte, hätte ich geschworen, die Nachtigallen singen zu hören. Es geschah schon mal, daß in dem Augenblick, in dem er das Messer hob, um einen unglaubwürdigen Theaterselbstmord zu begehen, eine Zuschauerin auf die Bühne stürzte und ihm in den Arm fiel, und alle im Saal dachten, ja, sogar ich, der das Pappmesser und die anderen Illusionen so gut kannte, selbst ich dachte, zumindest an gewissen Abenden, jetzt würde ich einen Menschen sterben sehen. Man könnte es so ausdrücken: Die Romantik von Andreas war perfekt, nur kam sie mit hundert Jahren Verspätung. Ich dachte damals, für ihn kann es nie ein gewöhnliches Leben geben, für ihn wird es nie eine Frau oder eine Familie oder ein Alter geben, er kann nur auf der Bühne leben, und dort muß er dann ewig leben. Es war wohl nicht undenkbar, daß er, der jeden Abend das Gesetz der Schwerkraft aufhob, ewig tanzen konnte. Und kann er das nicht, dachte ich, so muß er jedenfalls auf der Bühne sterben, auf dem Höhepunkt seiner Karriere.

In all dem habe ich mich geirrt, Rumi, und das ist gut

und richtig so. Wenn man schläft und träumt, irgend etwas hier auf Erden dauere ewig, dann finde ich, muß man geweckt werden und es erfahren.

Ich war selbst dabei, als er das Mädchen zum erstenmal sah, deshalb weiß ich, was geschah, soweit man etwas überhaupt verstehen kann, was man zwar erlebt hat, woran man aber selbst keinen Anteil hat.

Irgendwo in Kopenhagen hatte in einer Wohnung hoch über der Stadt ein Fest stattgefunden, und nun war es vorbei. Ich glaube, rundherum schliefen Leute in den Polstermöbeln, nur zwei von uns waren wach, Andreas und ich. Ich weiß nicht, warum er immer noch da war, normalerweise ging er als einer der ersten, doch in dieser Nacht – oder vielleicht war es früh am Morgen – war er immer noch da. Vielleicht hoffte er, vielleicht sehnte er sich plötzlich nach etwas und hatte nun das Gefühl, daß ihn die Welt aufnehmen und ihn ein wenig von seinem inneren Gips befreien würde, wenn er nur wartete.

Ich gehöre nicht zu denen, die glauben, daß man sich zu etwas Besonderem hinwarten kann, also weckte ich den Violinisten. Er war ein kleiner Junge mit Klumpfuß und groben Händen, ein Bauernjunge, der auf Dorfbällen gespielt hatte, bis jemandem aufgefallen war, daß er die Musik auf seiner Violine wie einen fehlerlosen Silberdraht durch den Raum zog. Andreas und ich waren sehr jung, doch er muß noch jünger gewesen sein, auch er, Rumi, war also gewissermaßen ein Wunderkind. Aber trotzdem ein kleiner Schafhirte und Kuhtreiber, das ließ sich nicht leugnen, und dennoch hatten wir ihn überall mit dabei. Wenn ich gehe, höre ich hinter meinen eigenen Schritten noch immer das schiefe, dumpfe Schlurfen seiner Schuhe. Wir hatten im Theater für häßliche Menschen nicht viel übrig, an das Erbarmungswürdige wollten wir zuallerletzt erinnert werden, für uns waren Behinderte, und besonders Behinderte aus der Provinz, eine Kränkung des großen, heiligen Taktgefühls des Theaters. Aber trotzdem nahmen wir den Jungen auf Schritt und Tritt mit, und zwar wegen seiner Musik. Man hörte ihn das erstemal spielen und wußte, daß die eine Hälfte seiner Seele bei den Göttern der Musik war, die andere Hälfte bei den neuen Komponisten, von wo sie dem Klumpfuß zündende Anfeuerungen zuflüsterte. Außerdem war er glücklich. Woher ich weiß, daß er glücklich war? Das kann ich nicht beantworten. Ich entsinne mich nicht, mit ihm gesprochen zu haben. Ich erinnere mich nicht einmal daran, ihn vielleicht lächeln gesehen zu haben. Trotzdem weiß ich, daß er glücklich war. Er, ein Krüppel, ein Mensch, der in unseren Augen nicht einmal zur Tragik, sondern nur zum erbärmlichsten Elend geboren war, er leuchtete, wenn er spielte und seinen Fuß hinter uns herschleifte, in widernatürlicher Begeisterung am Leben. Ich glaube, wir nahmen ihn mit, wie man eine unbeantwortete Frage mit sich herumträgt, die einem keine Ruhe läßt.

Jetzt weckte ich ihn, ich erinnere mich, daß wir ihm Wein gegeben hatten, er hatte zum erstenmal getrunken, und der Alkohol hatte eine ungeheuer aufmunternde und danach brutal lähmende Wirkung auf ihn. Aber nun spielte er trotzdem ein Lied, ein abgebrochenes, stotterndes, lustiges, klagendes und dennoch kühles Lied. Damals hörte ich es zum erstenmal, jetzt kenne ich es auswendig. Komponiert wurde es von einem Mann, der Strawinsky heißt, und damals war diese Musik eine Provokation, wie im übrigen auch heute noch. Später habe ich erfahren, daß es in dem Lied um einen jungen Mann geht, der spielt und danach seine Geige an den Teufel verkauft, aber schon damals hatte ich das Gefühl, Töne aus dem Abgrund zu hören.

Dann tanzte das Mädchen. Ich weiß nicht, woher sie kam, ich hatte sie vorher nicht gesehen, plötzlich aber stand sie in dem großen, kahlen Raum. Sie tanzte barfuß, holte den Klumpfuß und mich aus unserer Besoffenheit und versetzte uns in eine stille, wilde Verzückung, Andreas aber entrückte sie in eine verrückte Verliebtheit.

Dann blieb sie stehen und verschwand, und danach ging ich nach Hause. Als ich den Raum verließ, saß Andreas ganz still im Sessel, als hätte er eine Axt auf den Kopf gekriegt, und betrachtete die Stelle, an der ihre Fußsohlen den Boden geküßt hatten. Ich sagte nichts, zum einen wollte ich das Erlebnis bestimmt nicht zerreden, zum anderen wirst du mir darin recht geben, daß man einen, dem der liebe Gott eine Art Hirnriß verpaßt hat, nicht ansprechen soll.

Es verging wohl ein halbes Jahr, ohne daß wir sie sahen, und wenn wir nicht von ihr sprachen, dann nicht, weil wir sie etwa vergessen hätten, sondern weil wir selbstverständlich wußten, daß sie irgendwo an der nächsten Ecke auf uns wartete. Eines Morgens stand sie dann in der Klasse an der Stange und nahm teil, als gehörte sie dazu. Ich weiß nicht, wie sie hereingekommen war, es war eigentlich undenkbar, daß das Theater eine neunzehnjährige Fremde hereinlassen würde, aber selbst ein Mausoleum kann zu einem Wunder nur schwer nein sagen. Es kann ja auch sein, daß man sie zunächst abgewiesen hat, was weiß ich, aber sie gehörte zu den Leuten, die ihren Fuß noch in eine zuschlagende Tresortür schieben und danach durch den Spalt schreiten würden, als hätte man sie flehentlich um ihren Auftritt gebeten.

Nun hatte ich also Gelegenheit, sie tanzen zu sehen, nicht allein mit ihren eigenen unerklärlichen Bewegungen, sondern in den ewigen, minutiös festgelegten Schritten des klassischen Balletts. Ich habe häufiger, als ich zählen kann, mit ihr im selben Raum und auf derselben Bühne gestanden und habe nie auch nur annähernd begreifen können, wie es ihr möglich war, so schnell zu lernen und so schön zu tanzen. Ich versuchte, aus ihren Bewegungen ihre Vergangenheit zu erraten, ich kann aber nur sagen, daß sie sicher, ganz sicher, sehr viel im Freien und mit Jungen gespielt haben mußte. Näher kann ich der Sache nicht kommen.

In Wirklichkeit war mir klar, daß ich nicht so sehr sie selbst, sondern Gott verstand, wenn ich sie tanzen sah. Wenn ich ganz ehrlich sein soll, weiß ich nicht, was ich von der Existenz Gottes halten soll – das sage ich geradeheraus, sogar dir, Rumi –, aber wenn es ihn gibt und er die Welt erschaffen hat, dann verstand ich, nachdem ich das Mädchen gesehen hatte, warum er zuerst die Fische und die Vögel und die wilden Tiere gemacht hat. Denn selbstverständlich mußte er erst üben, sagte ich mir, selbstverständlich mußte er erst trainieren, um die Geschmeidigkeit des Aals und die waagerechte Präzision des Sperbers und den Panthersprung der Katze in einem Menschen wie jetzt diesem Mädchen vereinen zu können.

Als sie ihr erstes Morgentraining im Theater verließ, hielt Andreas ihr die Tür auf. Er hatte bereits eine Zeitlang an der Tür gestanden, um rechtzeitig genug dazusein, und als sie gegangen war, stand er immer noch da, stützte sich an der Türklinke ab und starrte das Loch in der Luft an, das sie hinterlassen hatte, und ich freute mich, ich dachte, wie schön, wenn ein Standbild vom Sockel steigt und blöde seine Bewunderung wedelt, und ganz besonders, wenn dieses Standbild der eigene Freund ist.

Von Anfang an hoffte ich, daß sie ihn auflesen und vom Staub befreien würde, und als sie ein Jahr am Theater war und das erstemal mit ihm tanzte, war ich mir ganz sicher. In dieser Erwartung nun sollte ich recht und unrecht behalten.

Was ich jetzt erzähle, weiß ich von Andreas, selbst habe ich es nur von weitem gesehen. Seiner Ritterlichkeit wurde nun also das Äußerste abverlangt. Auf der Bühne bildeten sie ein Paar, das jeden glauben ließ, daß die Liebe ewig währt, aber auch, daß es möglich ist, die Seele zu lieben, ohne den Körper zu begehren. Außerhalb der Bühne waren sie dann die besten Freunde der Welt, aber auch nicht mehr. Das eine Mal, als ich alle Rücksicht beiseite schob und Andreas nach ihrer Beziehung fragte, lächelte er mich höflich und tugendhaft an, redete davon, wie sehr er sie respektiere, und davon, daß die Frau ein höheres Wesen sei. Ich dagegen schaute durch sein Lächeln geradewegs in seine frierende Einsamkeit, aus der ihn, das wußte er selbst, nur das Mädchen herausziehen konnte.

Bis zu einem bestimmten Tag verbiß er sich also seine Gefühle und schluckte sie hinunter, damit sie nicht auffielen und das höhere Wesen einschüchterten, das jeden Abend vor den Augen von zweitausend Menschen in seinen Armen ruhte. Eines Tages aber bot er aller Scham Trotz und erklärte sich ihr.

Ich bin fast dankbar dafür, daß ich seine Erklärung nicht anhören mußte. Andreas war Tänzer, *Worte* lagen ihm nicht sonderlich, und mit der Liebe ist es in Dänemark schwierig. Was so schön klingen sollte, klingt oft, als holte man es aus einem anderen Zeitalter und als hätte es vergraben gelegen. Trotzdem gelang es ihm, und er erzählte mir, wie befreiend es für ihn gewesen sei. Irgendwann, während er redete und alles gestand, war es, als breche etwas auf, er sank auf die Knie, küßte ihre Hand, und aus seinem Mund ergossen sich ein Brei aus Regieanweisungen der Ballette, die er getanzt hatte, und große Stücke aus Gips und Klischees, die er als Kind gehört hatte, aber auch etwas anderes, auch ein Strom aus echtem Gold.

Er hat mir erzählt, daß das Mädchen ihn bis zu Ende anhörte, ohne ihn zu unterbrechen. Dann dachte sie einen Augenblick nach und erzählte ihm, wer sie eigentlich sei.

Zunächst hatte sie gesagt, wenn er nun einmal so für sie empfinde, so müsse sie ihm die Wahrheit erzählen. Und das hatte sie dann getan, nüchtern, fast so, als lese sie aus einer Zeitung vor, als sei das alles etwas, was sie von außen betrachtete.

Sie war in Deutschland geboren, von einer Mutter, die aus irgendeinem Grund Dänin war, nicht lange vor dem Krieg, in einer Stadt, an deren Namen sie sich nicht erinnern wollte, durch die jedoch die Front verlief. In dieser Stadt arbeitete ihre Mutter in einem der Bordelle, die kurze Zeit später vom Staat übernommen und dem Heer übergeben wurden. An diesem Ort war sie das einzige Kind, und sie wußte nicht, wie es ihrer Mutter gelungen war, sie zu behalten. Sie sagte zu Andreas, sie habe keine Erklärungen und suche keine. Sie wisse nur, seit sie groß genug gewesen sei, sich an das Gesehene zu erinnern, sei ihre Mutter eine kleine, zarte und hart arbeitende Hure gewesen, die alle fürchteten, selbst ihre Kunden. Die lange Reihe der Männer, die jeden Tag durch ihre Tür gingen, umschlang sie mit langen Girlanden aus Unverschämtheiten. Das Mädchen erzählte Andreas, daß Männer eine Hure immer irgendwo hassen, ihre Mutter aber sei verhaßter gewesen als irgendeine andere und habe immer gewußt, daß die vielen, vielen Männer, die zu ihr zurückkehrten – bevor sie fortgeschickt wurden, um nie mehr zu irgend etwas zurückzukehren –, kamen, weil sie hofften, der Samen, den sie in ihr verspritzten, könnte ihr irgendwie den Mund verschließen.

Bereits an dieser Stelle hatte Andreas darum gebeten, nicht noch mehr hören zu müssen, aber da hatte das Mädchen wieder den Fuß in die Tür gesetzt und gefragt, ob er denn nicht eben um ihr Vertrauen gebeten habe, und dann fuhr sie fort.

Von klein auf hatte die Mutter Tuberkulose gehabt, und das Mädchen hatte immer das Gefühl, diese Frau, ihr einziger Anhaltspunkt im Dasein, hätte eigentlich tot sein müssen. ›Kinder merken so was‹, hatte sie zu Andreas gesagt, ›Kinder wissen, wenn ein Mensch gegen die Ordnung der Natur lebt. Ich stellte mir den Tod als einen Mann mit Sense vor‹, sagte sie weiter. ›Ich dachte mir, er käme nur deshalb nicht, weil selbst er Angst hatte, was da wohl rauskommen würde, wenn meine Mutter ihn sähe und den Mund aufmachte.‹

Seit ihrem vierten Jahr wusch dann das Mädchen das Glied der Soldaten über einem Waschbecken aus Zinn. Darauf stand unter dem kaiserlichen Adler: *Rein im Glauben.*

Hier hatte Andreas erneut darum gebeten, ihm alles Weitere zu ersparen. ›Aber so ist das Leben‹, hatte das Mädchen gesagt.

›Dann will ich nicht mehr leben‹, sagte Andreas.

›Genau das sagen alle‹, erwiderte das Mädchen. Das hatten die Soldaten gesagt, das hatte ihre Mutter und das hatte sie selbst gesagt. Aber nun zum Beispiel die Soldaten, die sie wusch. Das waren ja leere Hülsen. Aus ihnen war alles Menschliche ausgeleert worden, und dann hatte man sie alle mit dem gleichen bodenlosen Grauen und Elend gefüllt, das sie nie verließ. Auch wenn sie sich auszogen, behielten sie ihr Gewehr, sie legten es in Reichweite vor das Bett, und selbst wenn sie in ihrer Mutter kamen und die Augen verdrehten, schielten sie nur zu ihrem Gewehr. Aber selbst diese Hülsen versuchten ja am Leben zu bleiben, auch wenn sie sagten, daß sie ebenso gern sterben würden. Selbst die kamen ja zu der Mutter des Mädchens, um einen Augenblick lang eine Frau verachten zu dürfen und sich eine Art Bild, eine Art Postkarte von einer Zärtlichkeit zu holen, die vielleicht hätte existieren können, wenn da nicht der Krieg gewesen wäre.

Das Mädchen meinte, sie sei neun Jahre gewesen, als sie nach Auffassung ihrer Mutter alt genug war, um mit einem Mann zusammenzusein. Natürlich waren neun Jahre ein bißchen früh, aber trotzdem machte sie ihrer Mutter keine Vorwürfe, die Mutter lag im Sterben, für beide ging es also um das Leben, und wenn es darum geht, gibt es nicht so viel zu reden, dann dürfen wir einander nichts vorwerfen. Es hatte auch nicht so weh getan, wie man hätte meinen sollen. Sie sei nicht einmal mehr zornig auf die Männer, sagte sie, denen habe sie vergeben.

Wann das endlich aufhörte, hatte Andreas gefragt und damit selbstverständlich gemeint, wann sie mit dem Erzählen aufhören würde, um ihm damit diese unerwünschte Begegnung mit der Wirklichkeit zu ersparen. Er hatte sich selbst fragen hören, mit einer nicht wiederzuerkennenden, quakenden Stimme, die einem Fremden gehörte, dem Fremden, der er in dieser kurzen Zeit geworden war, die sie für ihre Geschichte benötigt hatte.

Eines Tages war ihre Mutter dann tot. Kurze Zeit darauf, sie meinte, es sei ihr vierzehnter Geburtstag gewesen, habe ein Mann versucht, ihr ein Leid anzutun. Sie habe unter ihm gelegen und gespürt, wie ihr Körper Schaden nahm. Da habe sie gedacht: ›Nein, ich *muß* ja leben‹ und sich um sein Glied geschnürt, so daß er nicht freikommen konnte, und dann habe sie ihn mit einer Rasierklinge losgeschnitten. In dem Augenblick habe sie aufgehört, Männer zu hassen, in dem Moment habe sie begriffen, was der Feldgeistliche gemeint hatte, jetzt hatte sie die Hand auf den Scheitel dieses Mannes gelegt und ihn in die Wüste geschickt, damit er sühnen konnte, was die anderen ihrer Mutter und ihr angetan hatten. Was danach geschah, erzählte sie Andreas bei dieser Gelegenheit nicht, sondern erst nach und nach. Es war die Geschichte, wie sie sich auf der Straße durchgeschlagen und Grenzen überschritten hatte, weil sie in das Land ihrer Mutter zurückwollte, wie sie Pflegeeltern gesucht und endlich einen Platz an der Sonne gefunden hatte.

Damals aber sagte sie Andreas nur, er solle sie nicht so ansehen, jetzt sei sie froh, nun sei sie gesund und munter, nun denke sie nicht mehr an damals. Wenn sie ihm davon erzählt habe, dann nur, damit er verstehe. Verstehe, daß kein Mann sie jemals mehr auf diese Weise anfassen könne.

›Aber auf der Bühne fasse ich dich doch auch an‹, hatte Andreas gesagt.

›Ja‹, hatte sie geantwortet, auf der Bühne, wenn das Licht an ist und der Saal voller Menschen und wir genau so tanzen, wie es vorgeschrieben ist, da habe ich die Sicherheit, daß nichts Unerwartetes geschieht, dann können wir uns wunderbar lieben. Wenn die Männer die Lampe ausmachen wollten, die meine Mutter am Bett stehen hatte, dann sagte sie: ›Nein, ich will sie an haben, denn ich bin eine Lampenhure. So ist das auch mit mir, Andreas, ich bin eine Lampenhure, nur bei Rampenlicht ist es möglich.‹«

Hier hielt Jakob in seiner Erzählung einen Augenblick inne, um aus dem Kessel zu trinken. Es war Nacht geworden. Man spürte, daß irgendwo im All der Mond wartete, noch aber war der Himmel bewölkt, als wolle die Welt (das heißt Allah, der Gelehrte, der Weise, der Barmherzige) die beiden Männer und ihre Geschichte bedecken.

»Ich denke gerade daran, Rumi«, sagte Jakob, »was ich dir mir dieser Geschichte geben kann.«

»Eine Reise«, antwortete der Mohammedaner ernst. »In diesem Moment bin ich mit dir auf der Bühne, von der du sprichst.«

»Aber wie kann ich sicher sein, daß es dieselbe Bühne ist?« fragte Jakob.

»Wir sollten«, sagte der Mohammedaner, »unsere Kräfte nicht mit Fragen vergeuden, auf die es keine Antwort gibt, vor allem dann nicht, wenn wir mitten in einer Geschichte sind.«

»Du hast recht«, sagte Jakob. »Genau das habe ich mir auch gesagt, als ich mich damals fragte, ob Andreas wohl begriffen hatte, was sie ihm da erzählte. Mit der Zeit wurde dann klar, daß er es besser und tiefer begriffen hatte als irgendein anderer.

Es gibt ein Ballett, das heißt *Sylphide* und ist in Dänemark sehr beliebt. Es gehörte zu den Tänzen, um derentwillen das Publikum kam, weil dieses Ballett ihm *alle* vier Säulen des Glaubens auf einmal lieferte. Es handelt von einem Mann, der eine Frau liebt, die er nicht berühren kann, weil sie eine Art Engel ist, der sein Leben und seine Flügel verlieren würde, wenn ein Mann versuchte, in sein Wesen einzudringen.

Es ist ein vollendetes Ballett, und Andreas war für die Rolle des jungen Helden wie geschaffen. Das Ballett war hundert Jahre alt, doch wenn er tanzte, konnte jeder sehen, daß es für ihn choreographiert war. Es hatte nur einen Fehler, nämlich sein Alter. Auch wenn sie es überschminkten und als taufrisch und aktuell präsentierten, hatte es etwas hoffnungslos Altmodisches, auch dann war deutlich, daß seine Zeit vorbei war. Als das Mädchen in unser Leben und in das Leben von Andreas trat, verschwand das Alter aus diesem Tanz wie ein Nebelstreif vor der Sonne. Das Mädchen *war* ein solch überirdisches Wesen, behende wie eine Katze, freundlich wie ein Engel, gut wie die Jungfrau Maria, vor allem aber war es völlig unmöglich, an sie heranzukommen.

Von jetzt an tanzte Andreas nur noch für sie. Wenn du mir erzählt hast, Rumi, daß es möglich sei, ohne Frauen zu leben, dann glaube ich dir, dann weiß ich, daß du recht hast. Aber nur, weil ich Andreas und das Mädchen habe tanzen sehen.

Ich will nicht behaupten, daß ich bis dahin viel von der Liebe wußte, aber jedenfalls war ich sicher, daß es irgendwann zu einer Verschmelzung der beiden Geschlechter kommen mußte, daß es irgendwie, früher oder später, notwendig sein würde, daß man miteinander schlief. In den folgenden Jahren entdeckte ich, daß ich mich irrte, und ich bin dankbar dafür, daß ich eines Besseren belehrt wurde. In den folgenden Jahren erforschten Andreas und das Mädchen für sich und für uns andere, und damit also auch für mich, die Liebe, die in der Leere zwischen zwei Menschen wächst, die nie vereint werden.

Nun verhält es sich so, daß sich die Ballette des großen Meisters Kulissen und Klischees aus fremden Ländern entliehen haben. Diese leeren Landschaften erfüllten Andreas und das Mädchen nun mit Gefühlen, die echt waren. Als ich sie tanzen sah, verstand ich die katholische Strenge des spanischen Flamencos, die jeden Augenblick mit Blut zu gurgeln droht, aber auch die lachlustige Lauterkeit der italienischen Tarantella, die nur auf die Unaufmerksamkeit eines Augenblicks wartet, um sich auf dem Mist zu wälzen. Selbstverständlich war es Theater, und zwar in einem

Ausmaß, das mir damals verborgen blieb und das ich erst später entdeckte. In gewisser Weise war alles gespielt und falsch, aber ich sage es, wie ich es damals empfand: Ich sah sie tanzen und verstand die Liebe. Und zwar nicht nur die Liebe der jungen Liebenden. Denn wenn die Musik gedämpfter erklang, langsamer und klagend wurde, wurden Andreas' Schritte schwerer, es zerrte an ihm, es zog ihn zu Boden, bis ich das Leiden wie hochaufgetürmte Jahre auf seinen Schultern sah. Dann tanzte er aus der Zeit hinaus und in das hinein, was kommen sollte. Er zeigte uns das Alter, und wenn das Mädchen in seine Arme glitt und er sie mit einer abgeklärten Ruhe stützte, die alles gesehen und alles ertragen hat, sah ich zwei Menschen, die ihre Liebe über eine endlose Reihe von Jahren hinweggetragen haben und nun furchtlos dem Tod entgegenblickten. Bis ich sah, wie sie sich in der Garderobe abschminkten, hätte ich geschworen, daß sie in dieser Nacht ergraut sein mußten.

Ich fragte mich damals, ob wir das Recht haben, von der Liebe mehr zu fordern, und auf diese Frage habe ich noch immer keine sichere Antwort gefunden.

Sie wurde Solotänzerin, und dann richtete man für sie eine spezielle Stelle ein. Im Laufe weniger Jahre wurde sie die erste Tänzerin am Theater, die alles genauso bekam, wie sie es haben wollte. Ich bin sicher, alle hatten das Gefühl, daß sie in ihrer Person das gesamte Theater vereinigte. Sie war gekommen und ans Licht getreten, um es nie mehr zu verlassen.

Jeder andere wäre zum Gegenstand des Neids geworden. Sie nicht, für sie fanden alle Menschen nur Lobesworte, nichts anderes als Worte des Lobes. Das hatte damit zu tun, daß die Geschichte ihrer Vergangenheit bekannt wurde. Ich verstand damals nicht, wie das passieren konnte, denn Andreas war viel zu panisch gelähmt und liebte sie viel zu sehr, als daß auch nur ein Wort über seine Lippen gekommen wäre. Ich selbst aber war stumm wie ein Fisch. Trotzdem wußten am Theater seit dem Tag, an dem das Mädchen seinen Aufstieg begann, Rollen und Aufmerksamkeit erhielt, alle, daß sie ein verlorener Mensch war.

Weshalb war sie verloren? Wie soll ich erklären, was wir dachten, dir vor allem, Rumi, der du selbst ein Leben ohne Frauen gewählt hast? Es läßt sich vielleicht nie erklären, vielleicht kann ich es ebensogut aufgeben, aber laß mich sagen, daß für uns, für uns Tänzer, von den jüngsten in der Schule bis zu den ältesten, die pensioniert waren und nun als Corpsgedächtnis herumliefen und halfen, die Ballette des Meisters bis in die kleinste Fingerstellung hinein korrekt zu reproduzieren, daß für uns die körperliche Liebe die sechste Säule der Pflicht war, wenn du verstehst, was ich meine. Ein Mensch, der nie mit einem anderen Menschen würde schlafen können, schien uns rettungslos verloren.

Neid setzt Verwandtschaft voraus. Hätten wir das Mädchen um ihren Tanz und ihre Rollen und ihre Berühmtheit beneiden sollen, dann hätten wir uns mit ihr verwandt fühlen müssen. Aber man beneidet ja auch keine Katze um ihre federnden Sprünge, oder? Man beneidet doch keine Statue, weil sie gut gebaut ist. Es würde einem doch nicht einfallen, Jesus am Kreuz um seine guten Repliken zu beneiden, oder? Was ja wohl daran liegt, daß gewissermaßen weder die Katze noch die Statue noch der Erlöser von dieser Welt ist, alle sind sie ja auf ihre Weise tragisch unwirklich, die Katze, weil ihr die Einsicht in den Zusammenhang der Welt fehlt, die Statue, weil sie leblos ist, und der Erlöser, weil er als Solist des Herrn so viel durchmachen muß, daß ihn niemand im Ernst um seine Rolle beneiden kann.

Jetzt, wo ich zurückschaue, verstehe ich, daß das Leben des Mädchens mit dem Theater verschmolz. Sie tanzte, daß einem vor Freude und Beklommenheit darüber, daß es sie gab, die Tränen kamen, und gleichzeitig fühlte man, daß ihr tragisches Schicksal über sie hinauswies und uns alle anrührte, daß sie tanzte, um eine unheilbare Seelenwunde zu heilen. Damit machte sie die Ballette des Meisters wahrhaftig, sie ließ das vorige Jahrhundert wieder auferstehen, sie lächelte auf der Bühne, und der ganze Gips erhob sich aus dem Grab und kam uns weinend entgegen. Uns wurde schwindlig, wir spürten, wie sich das Theater mit Sinn und Heiligem Geist füllte, daß es wirklich eine wahre, alles umfassende Kunst gab und das Mädchen ihre Prophetin war.

Propheten sind über den Neid erhaben, denn sie bezahlen für ihre Würde immer einen fürchterlichen Preis. Ich sah das Mädchen durch Tränen, das darf ich wohl zugeben, ich weinte, spürte und sah, daß sie wie ein geschändeter Tempel war, eine Art göttliche Ruine.

An so vielen Abenden blieb ich im Saal sitzen, um sie proben zu sehen. Um mich herum das leere, dunkle Theater. Auf der Bühne Licht und drei Gestalten. Das Mädchen, Andreas und der Klumpfuß, den sie aus dem Orchestergraben zum Leben emporgehoben hatte. Was verband sie wohl, fragte ich mich. Der Tanz und die Musik, antwortete die Welt, und das ist wohl auch richtig. Aber da war auch noch etwas anderes, das spürte ich, und da draußen im Dunkeln erkannte ich, was es war: die Entstelltheit. Dieses Wissen verband sie, sie wußten, wie es ist, als Beschädigter unter heilen Menschen zu leben.

Übrigens konnte der Junge auch modellieren. Statt der Geige hatte er oft einen Klumpen Lehm auf einer Holzplatte vor sich und modellierte das Mädchen. Irgendwann brannten sie mehrere der kleinen Statuen und stellten sie in einem Seitengang des Theaters auf. Doch selbst dort zogen sie in den Pausen das Publikum an, und nach einer Weile wurden sie wieder weggenommen, weil man meinte, sie wirkten vergröbernd. Damals war das Mädchen für alle am Theater ja ein überirdisches Wesen. Doch in den Statuen des Klumpfußes erkannte ich für Momente etwas anderes wieder, etwas, weswegen man sie wieder wegnahm, eine ferne Erinnerung an damals, als sie über den Dächern von Kopenhagen barfuß getanzt hatte.

Vor allem aber spielte er. Er spielt, und das Mädchen und Andreas tanzen oder proben eine schwierige Stemmszene aus dem großen *Pas de deux* im *Korsar*, immer wieder, mit einer Geduld ohne Grenzen, bis die Bewegung so schwerelos und einleuchtend ist wie – was soll ich sagen? – wie eine Liebkosung. Sie schweben gleichsam in einer Höhle aus Licht, treiben in einem warmen Wasser aus Licht, Kunst und Freundlichkeit. Keiner denkt an die Zeit, keiner weiß, wie spät es ist, die Zeit existiert nicht mehr, es gibt nur noch die Musik und die beiden, sie tanzen, als Beweis dafür, daß jenseits von Krieg, Begierde, Groll und Alltag ein Ort existiert, und an diesem Ort erheben sich Kunst und Tanz als Verheißungen einer reinen, unbefleckten Ewigkeit.

Unten im Saal sitze ich, mein Körper ist in Dunkel gehüllt, doch in meinem Herzen brennen die Theaterlichter, und ich bin sehr glücklich.

Dir, Rumi, brauche ich nicht zu erklären, wie selten Gott uns anhaucht, wenn wir tanzen. Du und ich, wir wissen, was es kostet, diesen Hauch zu wollen, darum zu betteln und dann überhört zu werden, warten zu müssen. Von diesem Leid reden wir heute abend nicht, du hast gesagt, wir sollten nicht jammern. Statt dessen werde ich dir erzählen, wie Gott Andreas zum letztenmal anhauchte. Von dem eigentlichen Erlebnis gibt es nicht viel zu erzählen, das ist ja göttlich und läßt sich nicht erklären. Aber das Theater feierte, daß der Meister vor hundert Jahren als neuernannter Tanzdirektor sein erstes Ballett geschaffen hatte. Andreas und das Mädchen tanzten selbstverständlich die *Sylphide*, dieses vollendete Ballett von der Unmöglichkeit und Notwendigkeit der Liebe, und Gott hauchte sie an, und als Andreas nach dem letzten Vorhang in die Kulissen zurückkam, blieb er vor mir stehen, faltete die Hände und sagte langsam und innerlich, als betete er: ›Laß es immer so sein‹, und in dem Augenblick waren weder er noch ich im Zweifel – natürlich würde er erhört werden.

Wir blieben noch sitzen und redeten miteinander, während sich das Theater leerte, bis auch die Tänzer heimgegangen und die Schritte des letzten Wächters verklungen waren. Da erst fragte ich ihn, wie es denn sei, so auf Abstand zu lieben, ob das denn ausreiche? Andreas sah mich einen Augenblick ernst an und sagte dann: ›Es ist himmlisch, und sollte das Himmlische nicht ausreichen?‹

In diesem Moment herrschte großes Einvernehmen zwischen uns, wir wußten beide, daß er sein Leben und sein Liebesglück der Kunst, dem Tanz und diesem Mädchen opferte, und mich erfüllte eine stille Freude, weil ich heute abend bei ihm sein, ihm zuhören und ihn stützen konnte, wenn er sein Kreuz trug. Schweigend gingen wir nebeneinander durch das Theater, über die verlassene Bühne und durch dunkle Korridore. Zuletzt näherten wir uns der Garderobe des Mädchens, weil, so spürten wir, uns das Weibliche selbst durch seine Abwesenheit anzieht.

Bereits von weitem hörten wir sie singen, einen feinen Meßgesang, den wir beide als Kirchenlied auffaßten. Wir näherten uns still, behutsam, aber unwiderstehlich angezogen von dem Gottesdienst, den wir erwarteten. Wir hatten sie noch nie zuvor singen hören, trotzdem aber war uns klar, daß wir durchs Schlüsselloch schauen und sie in eine Art Gebet versunken finden würden.

Das Schlüsselloch war nicht nötig, denn die Tür stand offen, und wir schauten hinein, ehrerbietig und nervös, als befürchteten wir, ein Sakrileg zu begehen.

Auf dem Schminktisch war eine Kerze fast heruntergebrannt, der Docht war im Stearin gefangen, das Licht war nur noch ein Glühen, das nicht in das Dunkel des Raumes hinausreichte. In dieser Dunkelheit sahen wir nur etwas Kreideweißes, das auftauchte und verschwand, auftauchte und verschwand. In diesem Moment ergriff Andreas meine Hand und drückte sie fest, und ich spürte, was er dachte und daß es die gleichen Gedanken waren, wie sie mir durch den Kopf gingen. Eine überwältigende Sekunde lang waren wir überzeugt, das Mädchen sei aus seiner menschlichen Gestalt herausgetreten und entfalte jetzt im Dunkeln ein paar große weiße Engelsschwingen. Dieser Gedanke war in seiner wilden Unwahrscheinlichkeit vollendet schön und vollendet schrecklich zugleich, schön, weil es so richtig war, daß sie in den Himmel tanzen würde, schrecklich aber, weil sie uns verlassen wollte.

Da ließ der Luftzug das Licht aufflackern, der Docht befreite sich aus dem Stearin und flammte auf, ein Lichtstrahl fiel vom Schminktisch auf den großen, schrägen Garderobenspiegel und traf von dort das Gesicht des Mädchens. Ihr Kopf hing über der Lehne eines großen Sessels, und weil wir ihr Gesicht umgekehrt sahen, war sein Ausdruck rätselhaft. Aber das göttliche Weiß hob sich jetzt scharf ab. Es waren keine Engelsschwingen. Es war der weiße Hintern des klumpfüßigen Geigers, der aufstieg und sank, auftauchte und verschwand, während er sich über dem schräg nach oben gewendeten Unterleib des Mädchens hob und senkte. Während wir auf der Stelle erstarrten, wurde mir ihr Gesichtsausdruck völlig klar, selbst Andreas begriff. Ihr Gesicht war verdreht in dem Wunsch zu beschleunigen und zugleich zurückzuhalten.«

Hier machte Jakob eine lange Pause und blickte in die Nacht, als ließe er die Bilder jener anderen Nacht vor sich ablaufen. Nach einer Weile sagte Rumi: »Ich kenne die Fortsetzung der Geschichte. Vor der Tür hauchte Gott euch an und erfüllte euch mit heiligem Zorn. Du brachtest deinem Freund ein Schwert mit flammenzüngelnder Klinge, und mit Kräften, die die Wut versiebenfacht hatte, trat er die Tür auf, drang in das Zimmer ein und nagelte das Mädchen und ihren Hurenknecht an den Sessel, so wie man eine Nadel durch Insekten sticht, die sich paaren. Danach blieb er bis zum Morgengrauen an der Doppelleiche sitzen und sprach von Leben und Tod.«

»Das«, sagte Jakob, »wäre kein sehr dänischer Schluß gewesen. Wir müssen respektieren, daß die Geschichte in Dänemark spielt.«

»Das ist wahr«, sagte Rumi. »Es steht auch geschrieben – in der 42. Sure, Vers 37 – ›Auch wenn wir gereizt sind, müssen wir zu vergeben suchen.‹ Dein Freund hat also dem Hurenknecht vergeben?«

»Das auch nicht«, sagte Jakob. »Denn auch das wäre sehr wenig dänisch gewesen. Die Fortsetzung der Geschichte ist ein Gespräch zwischen dem Mädchen und Andreas, ein Gespräch, das ich nicht gehört habe, von dem er mir aber erzählt hat. Ich weiß nicht genau, wann es stattfand, stelle mir aber vor, daß es noch am selben Abend war. Ich glaube, Andreas hat gewartet. Obgleich er gewußt haben muß, daß jetzt zwischen ihm und dem Mädchen ein schwarzes Loch war, über das niemand würde eine Brücke schlagen können, hat er wohl trotzdem gewartet.«

»Wo warst du, Jakob?« fragte Rumi.

»Es gibt Zeiten«, sagte Jakob, »da das Kreuz des Daseins so schwer zu tragen ist, daß man nicht einmal seinem besten Freund helfen kann. Irgendwann war das Mädchen wieder allein, Andreas ist zu ihr hineingegangen und hat sie lange und direkt angeschaut. Und dann hat sie gesagt: ›Ich hatte plötzlich einfach Lust.‹ ›Ja‹, sagte Andreas. ›Es stimmt also nicht, was du mir damals erzählt hast?‹ ›Nein‹, erwiderte das Mädchen, ›nicht viel davon war wahr.‹ ›Weshalb hast du es mir dann erzählt?‹ fragte er. ›Ich weiß es nicht‹, sagte sie. ›Ich hatte plötzlich einfach Lust. Danach wollte ich dir jeden Tag die Wahrheit erzählen.‹ ›Warum hast du es denn nicht getan?‹ fragte Andreas. ›Weil ich sah‹, sagte sie, ›wie schön du getanzt hast. Da begriff ich, daß meine Unwahrheit ein großes Kunstwerk gewesen war. Daß ich dir erzählt hatte, was du hören mußtest, um so gut wie möglich zu tanzen.‹ ›Ich glaube‹, sagte Andreas, ›daß ich damals lieber etwas mehr von der Wahrheit gehört hätte.‹

Da lehnte sich das Mädchen zurück, als zöge sie sich in eine andere Welt zurück, und vielleicht, dachte Andreas, tat sie das auch. Von dorther sagte sie: ›Die Welt eignet sich nicht für die Wahrheit, mein Andreas, auch du eignest dich nicht dafür. Du verstehst es zwar nicht, aber ich will dennoch versuchen, es dir zu erklären: Die Menschen auf dieser Welt und vor allem an diesem Theater *müssen leiden*, sie müssen das, weil sie jede Sekunde in ihrem Leben in zwei entgegengesetzte Richtungen streben. Wenn du tanzt, Andreas, formst du ein Bild der Leichtigkeit. Abend für Abend sehen dich die Zuschauer über die grüne Wiese tanzen als der unbekümmerte junge Prinz, der Vogelfänger oder der Adlige, der in dieser Welt keine Pflichten oder Sorgen hat. Du bist das wandelnde Bild der sorglosen Freiheit. Aber du und ich und das Publikum wissen, daß du, um dieses Bild der Freiheit formen zu können, freiwillig ins Kloster gegangen bist und dein Leben der härtesten und monotonsten Arbeit geweiht hast, die die Welt je gekannt hat. Jeden Abend zeigst du im Theater, daß Pflicht und Freiheit im Universum in einem Spannungsverhältnis stehen.

Jeden Abend tanzt du auf der Bühne den tugendhaften ritterlichen jungen Mann, der alles tut, um die weibliche Schamhaftigkeit nicht zu kränken, und du tanzt deine Rolle als Heiliger in so strammen Hosen, daß jeder im Saal sehen kann, was du zwischen den Beinen hast, und unter anderem deshalb kommen sie ins Theater. Jeden Abend beweist du auf der Bühne, daß Begehren und Tugend im Universum in einem Spannungsverhältnis stehen.‹

›Ich will nichts mehr hören‹, sagte Andreas.

›Nein‹, sagte das Mädchen. ›Selbstverständlich willst du nichts mehr hören. Jeden Abend zeigst du auf der Bühne Momente des Glücks. Du zeigst der Welt, daß das Glück Weib, Wein und Natur ist und tun zu können, was einem gerade einfällt, während alle genau wissen, daß es in deinem Leben weder Frauen noch Alkohol noch Wahlfreiheit gibt. Daß du dieses Bild nur formen kannst, indem du diesen Versuchungen den Rücken kehrst. Du willst die Wahrheit nicht hören, brauchst du auch nicht. Du sollst eine Geschichte haben, wie ich sie dir bereits erzählt habe, von einer tragischen Seele in einem schönen Körper. Kennst du die Geschichte von Moses, der die Wasser teilte, damit das Volk trockenen Fußes hindurchgehen konnte?‹

›Ja‹, sagte Andreas.

›Du bist Moses‹, sagte das Mädchen. ›Du spannst zwei widerstrebende Kräfte zusammen, damit das Publikum trockenen Fußes hinüber und nach Hause kommen kann.‹

›Wenn ich Moses bin‹, sagte er, ›wer bist du denn dann?‹

Nur einen Augenblick besann sich das Mädchen. ›Ich bin der Herr‹, sagte sie.

Andreas blickte auf die zarte Gestalt im Tüllröckchen und mit hochgesteckten Haaren. ›So sieht der Herr nicht aus‹, sagte er still.

›Begriffen habe ich es‹, sagte das Mädchen, als spräche sie, dachte Andreas, zu sich selbst, was sie wohl auch tat, ›als ich der Versuchung widerstand, dir die Wahrheit zu erzählen, da begriff ich, daß ich ganz außerhalb stand. Und daran erkennt man Gott. Daran, daß er ganz außerhalb steht.‹

›Zum Teufel noch mal‹, jammerte Andreas, ›du bist doch wohl auch ein Mensch wie wir.‹

›In gewisser Weise, Andreas‹, sagte das Mädchen, ›bin ich wie ihr, auf eine andere Art aber bin ich anders und allein. Und so ist es, Gott zu sein. Man versteht alles, aber man ist immer allein, deshalb kann man tun, was notwendig ist.‹

›Und was ist denn notwendig?‹ fragte er.

›Daß an diesem Theater getanzt wird‹, sagte das Mädchen.

›Auch wenn es so ist, wie du sagst, daß die Wahrheit über das Theater aus zwei Lügen besteht, die zueinander in einem Spannungsverhältnis stehen?‹ fragte er.

›In dem Fall‹, erwiderte sie, ›ist es noch wichtiger als je zuvor, daß ihr alle das Gefühl habt, für etwas zu arbeiten, das harmonisch und größer ist als ihr selbst.‹

›Und was ist mit dir‹, fragte Andreas, ›wofür arbeitest du?‹

›In zehn Jahren‹, erwiderte sie, ›werde ich Ballettmeisterin sein, der erste weibliche Ballettmeister an diesem Theater. Dann werden sie von mir sagen: Damals war sie eine große Tänzerin. Jetzt ist sie eine große Ballettmeisterin. Bis dahin werde ich reich sein, ich werde in ganz Europa bekannt sein, und die Tänzer am Theater hier werden mich in einer Weise fürchten, die sie sich in diesem Augenblick noch gar nicht vorstellen können.‹

›Ich glaube, ich habe eine Ahnung davon‹, sagte Andreas.

›Und doch‹, fuhr sie fort, ›werden Macht und Geld und Ehre nur Begleiterscheinungen sein, der wirkliche Grund wird ein ganz anderer sein. Ihr tut alle euer Bestes, ihr schuftet alle wie die Tiere. Aber diejenige, die Moses die Kraft verleiht, die Wasser zu teilen, und sie getrennt hält, obwohl sie sich damit wissentlich über die Wahrheit hinwegsetzt, die muß mehr als jeder andere unter dem Druck der Wassermassen und der Unwahrheiten handeln. Unter diesem Druck handeln, das heißt, seine Pflicht tun. Genau das tue ich. Und genau das tat der Meister, als er die Ballette schuf.‹

Sie war jetzt aus dem Sessel aufgestanden, und ihr Gesicht war dem von Andreas ganz nahe. Er sah, daß sie wie aus weiter Ferne zurückgekommen und in diesem Augenblick so ehrlich war, wie er sie zuvor nur zweimal gesehen hatte: als sie hoch über der Stadt allein im Raum getanzt und als ihr Kopf über der Sessellehne gehangen hatte. ›Ich tue meine Pflicht. Und ich tue sie für das einzige, das größer ist als ich und größer als wir alle zusammen‹, sagte sie, ›ich tue sie für den *Tanz*, damit hier, zu unseren Füßen, bestmöglich getanzt wird.‹

So viel von diesem Gespräch hatte Andreas behalten, oder so viel wollte er mir erzählen«, sagte Jakob. »Und jetzt hat diese Geschichte zwei mögliche Schlüsse.

Am nächsten Tag bekamen wir Andreas nicht zu sehen. Am Tag darauf aber lag im Theater eine Nachricht seiner Eltern, daß ihr Sohn, von dem sie geglaubt hatten, er würde sie ins Leben führen, sie statt dessen in die Hölle mitgenommen habe: Er hatte ein Jagdgewehr auf den Boden gestellt, dessen Lauf in den Mund gesteckt und abgedrückt.

Ich weiß nicht mehr, wie wir reagierten. Ich entsinne mich nur noch an das Bild, das ich vor mir sah, als mich die Nachricht traf. Ich hing betäubt und schwerelos in der Luft und wartete darauf, daß die Trauer auf mich einstürzen würde. Ich sah Andreas vor mir, über die dunklen Löcher des Laufs gebeugt, als rufe er in die Unterwelt hinunter, daß er sich aufgemacht habe, und dann dachte ich, da hat er sich eine schöne Sudelei zum Sterben ausgesucht. Sein feines Gespür für die Schönheit hat ihn also zuletzt verlassen, wo er doch eine so schöne Leiche hätte sein können.

Viel später sah ich ein, daß der Selbstmord der einzig würdige Abschluß war. Denn natürlich hätte die Zeit auch ihn eingeholt, natürlich wäre auch er alt geworden. Jetzt ging er statt dessen in die ewige Jugend ein, in der die Erinnerung des Theaters und des Publikums ihn festhalten wird. Es war der vollendete Abgang, weil er sein Leben zu einem romantischen Ballett gemacht hatte.

Dies, Rumi, ist der eine mögliche Schluß.«

Eine Zeitlang schwiegen sie.

»Nein«, sagte Rumi dann, »das war kein vollendeter Abgang, denn er enthält keine Erklärung dafür, daß du heute nacht hier sitzen und diese Geschichte erzählen kannst. Es muß immer eine Erklärung für den Platz des Erzählers in der Geschichte geben. Diese Nacht heißt auf arabisch *alilet*, Schicksalsnacht. In dieser Nacht erzählt Mohammed den Koran. Aber nur, weil Allah ihm diese Erzählung durch den Erzengel Gabriel geschickt hat. Im Koran ist die Rolle des Erzählers also deutlich. Und so muß es sein.«

»Warum?« fragte Jakob.

»Damit wir sicher sein können, daß wir die unverfälschte Wahrheit hören«, sagte der Mohammedaner. »Eine Geschichte kann unwahr sein. Aber die Geschichte und ihr Erzähler zusammen sind immer wahr.«

»Du hast recht«, sagte Jakob. »Diese Erzählung braucht eine Fortsetzung. Diese Fortsetzung ist gewissermaßen das Begräbnis von Andreas. Denn am Tag seiner Beerdigung tanzten wir abends zu seinem Andenken die *Sylphide*.

Der Vorschlag kam von dem Mädchen. Ich sehe jetzt, daß sie schon lange einen weit größeren Einfluß am Theater gehabt haben muß, als einem von uns Tänzern klar war, und nun wollte sie das Ballett tanzen, um ihrem Partner ein Denkmal zu setzen. Alle anderen fanden, diese Tatkraft gereiche ihr zur Ehre. Was ich selbst fand, weiß ich nicht mehr so recht. Aber ich erinnere mich, daß ich dachte, selbst den Tod kann sie also dazu benutzen, dem Tanz Leben zu verleihen.

Ich weiß nicht, warum sie wollte, daß ich die Partie des jungen Mannes, Andreas' Rolle, tanzte. Möglich, daß sie damals an einer neuen Geschichte arbeitete, an einem Totentanz, der mich zu einem neuen Andreas machen sollte. Aber ich glaube es nicht. Ich glaube, sie suchte mich aus, um mich enger an sich zu binden. Ich glaube, daß sie bereits damals spürte, daß ich etwas wußte, daß ich schon da etwas außerhalb stand. Selbstverständlich versuchte ich mich zu entziehen. Ich sagte, ich trauere, doch sie trat dicht an mich heran und sagte, der Tanz sei größer als die Trauer des einzelnen, und das sagte sie so, daß ich – auch wenn ich von ihr nicht gewußt hätte, was ich tatsächlich wußte – gemerkt hätte, hier spricht kein Mensch, sondern das Theater zu mir.

Ich möchte nicht behaupten, daß ich an dem Abend sonderlich klar sah. Aber ich meine mich ganz sicher zu erinnern, daß im Theater eine sehr schöne Stimmung herrschte, weil der Selbstmord eine so vollendete Tat gewesen war. Ich sagte bereits, daß ich das Publikum nicht verstand. An diesem Abend aber kam mir doch die leise Ahnung eines Verständnisses. Ich begriff nämlich, daß sie sich alle ab und zu gewünscht haben müssen, das wirkliche Leben solle so sein wie das Leben auf der Bühne. Daß sie auf unerklärliche Weise die Geschichte kannten, die das Mädchen Andreas erzählt hatte; daß es ihr gelungen war, diese tragische Lüge über ihr Leben an die Öffentlichkeit dringen zu lassen, so daß das Publikum jetzt wußte, daß Andreas, als er auf den Abzug trat und die Schrotkörner seinen Kopf verdampfen ließen, Leben und Kunst vereint hatte.

In der *Sylphide* stirbt der junge Mann aus Trauer über den Tod der unberührbaren Sylphide. Das Ballett ist ein Schrei zu den Göttern über die Schönheit und Tragödie der rein geistigen Liebe, und nun saßen sie alle unten im Saal und wußten, daß es genau dieser Schrei war, den Andreas in die Gewehrläufe geschrien hatte.

In den letzten Minuten vor der Vorstellung versuchte ich, Trauer und Zorn aus meinem Gemüt zu verbannen und diese Gefühle draußen in der Garderobe zu lassen, aber es gelang mir nicht. Ich tanzte den ersten Teil des Balletts, aber ich tanzte mit Kleister an den Füßen, und in meiner kurzen Pause, als das Mädchen sein großes, schmachtendes Solo hatte, ging ich an allen vorbei, die in den Kulissen standen und vor Rührung weinten, zurück zu meiner Garderobe, um einen kurzen Augenblick lang Ruhe zu finden.

Als ich mich vorbeugte und meine leeren Augen im Spiegel ansah, stand hinter mir im Dunkel ein weißes Gesicht, und noch bevor ich mich umdrehte, wußte ich, daß es Andreas war. Einen kalten, kalten Augenblick lang dachte ich, er sei vom Himmel auf die Erde gekommen, um mir meine Schwäche vorzuwerfen. Doch dann erinnerte ich mich an den weißen Hintern des Klumpfußes im Dunkeln und dachte, daß es mit den Engeln verdammt noch mal langsam reichen sollte, und außerdem sah ich, daß Andreas' Gesicht weiß aussah, weil er geschminkt war. Geschminkt und umgezogen, um meine oder richtiger seine eigene Rolle zu tanzen.

Was ich zu ihm sagte? ›Du bist also nicht tot?‹ ›Nein‹, sagte er. ›Sie hat mich gelehrt, daß die Lüge eine große und notwendige Kunst sein kann. Aber jetzt gehe ich an deiner Statt auf die Bühne.‹ ›Ist das eine gute Idee?‹ fragte ich. ›Findest du, man kann es einem Kameraden abschlagen, an seiner eigenen Beerdigung teilzunehmen?‹ fragte er und war verschwunden.

Aus der Kulisse sah ich, wie sie sich begegneten. Sie war sicher, er sei ich. Solange er sie noch nicht berührt hatte, war sie von tränenbenetztem und pfauenhaftem Triumph erfüllt, doch als er sie stützte, sie ihm das Gesicht zuwandte und ihn erkannte, erstarrte sie zuerst zu Eis, und dann begannen ihr die Federn auszufallen.

Obwohl sie innerlich zu Eis erstarrt war, trieb die phänomenale Routine ihren Körper weiter, so daß anfangs nur ich wirklich *sah*. Sah, wie Andreas sie selbstsicher, entspannt und rücksichtsvoll stützte, während er flüsternd auf sie einsprach. Ich kann nur raten, was er sagte: ›Der Tanz ist größer als der einzelne, auch größer als du, und wenn du nicht weitermachst, wenn du nicht mit mir zu Ende tanzt, dann nehme ich dich mit zur Bühnenrampe und erzähle ihnen allen die Wahrheit über uns beide, denn jetzt habe ich selbst nichts mehr zu verlieren, ich bin ja so gut wie tot, wenn du verstehst, was ich meine, und wer tot ist, steht außerhalb, und für den, der außerhalb steht, gelten ja ganz besondere Regeln.‹

Ich kann nicht sagen, wie lange sie tanzten, vielleicht einige Minuten, und in diesen Minuten hatte er eine schreckliche Macht über sie, in diesen Minuten hielt er sie in einer Leere fest, und wenn es überhaupt eine Gerechtigkeit gibt, dann hat sie in dieser Leere den Unterschied zwischen Wahrheit und Lüge kennengelernt.

Da verhaspelten sich ihre Beine, und in den Kulissen muß jemand Andreas erkannt haben, denn sie ließen den Vorhang herunter. Doch bevor er die Bühne berührte, schlüpfte Andreas unten durch und stand allein vor dem Publikum. Sie versuchten mich zu bewegen, mitzugehen und ihn zu holen, aber ich wollte nicht, ich blieb nur stehen und hörte zu.

›Meine Damen und Herren‹, sagte er, ›ich bin wirklich Andreas, der Andreas, den Sie für tot gehalten haben. Ich war auch tot, aber nun bin ich wieder auferstanden, und wenn Sie die Augen aufsperren und sterben und nur ein klein wenig wieder mit mir auferstehen, dann verspreche ich Ihnen, daß Sie noch heute abend mit mir im Paradies sein werden.‹

Da rissen sie ihn zurück und sperrten ihn ins Kittchen – eine kurze Zeit lang –, dann ließen sie ihn wieder raus, und er verschwand. Ich konnte nicht mehr mit ihm sprechen, ich sah ihn nicht mehr. Aber nach dieser Geschichte war es sehr schwer für mich, am Theater zu bleiben, ich fühlte mich dort nicht mehr wohl, und eines Tages ging ich weg. Deshalb, Rumi, kann ich dir diese Geschichte erzählen.«

Lange saßen sie still und sahen in den Mond, der nun aufgegangen war und über der schlafenden Stadt leuchtete.

»Du«, sagte Rumi dann voller Gewißheit, »bist Andreas.«

»Zwischen dem Andreas«, antwortete der andere, »der in Kopenhagen tanzte, und dem Jakob, der dir gegenübersitzt, liegt ein weiter Weg.«

»Aber«, sagte Rumi, »es ist durchaus denkbar, daß auch Andreas irgendwo auf der Welt auf einem Schiffsdeck sitzt und den Mond anschaut.«

»Ja«, antwortete Jakob, »das ist durchaus denkbar.«

»Hat irgend jemand etwas aus Andreas' Schicksal gelernt?« fragte der Mohammedaner. »Kam jemand aus dem Publikum mit ihm ins Paradies?«

»Nein«, sagte Jakob. »Dorthin gelangte er allein.«

»Wer hat denn dann etwas gelernt?« fragte Rumi.

»Ich«, sagte Jakob. »Ich habe gelernt, daß es notwendig sein kann, außerhalb zu stehen, um klar zu sehen. Und ich kann nicht sagen, wer in dieser Geschichte mich das gelehrt hat.

Seit einiger Zeit meine ich, daß ich auch etwas anderes gelernt habe. In den letzten Wochen ist es schon mal passiert, daß ich aufgehört habe, mich zu ärgern, daß ich das Theater, das Mädchen und Andreas ohne Zorn gesehen habe, als sei ich jetzt imstande, das alles mit den Augen eines anderen Menschen zu erleben, als sei es doch möglich, innerhalb zu stehen.«

»Mit wessen Augen?« fragte Rumi.

»Denen vom Klumpfuß«, antwortete Jakob. »Und in diesen Augenblicken vergebe ich ihnen allen.«

»Vergebung ist schön«, sagte Rumi. Mit glasklarer, gedämpfter, aber dennoch kraftvoller Stimme, die für ein großes Publikum geschaffen und daran gewöhnt war, rezitierte er:

»Denen, die glauben,
sollst du sagen,
daß sie vergeben müssen denen,
die sich nicht nach Allahs Reich sehnen.
Allah allein wird
mit Gut und Böse vergelten
die Taten der Menschen.«

Langsam kam Jakob hoch, streckte sich und lehnte sich gegen die Takelage. Das Mondlicht fiel durch das Karomuster der Taue wie durch einen Filter und umschloß seinen Oberkörper mit einem imaginären Harlekinanzug. Die beiden Männer sahen nachdenklich in die Nacht hinaus, und ohne daß sie ein Wort gewechselt hätten, schlugen ihre Gedanken die gleiche Richtung ein und bewegten sich gemeinsam weiter, und sie dachten, daß ihre Geschichte jetzt zwei mögliche Schlüsse habe. Es war in diesem Augenblick nicht zu entscheiden, ob sie bleiben und das Kommende abwarten oder abstoßen, die Segel hissen und versuchen würden, ihre Beharrlichkeit den Fluß hinunter Richtung Meer zu verfrachten.

John Cowper Powys

Perdita

So waren die Gedankengänge des Jobbers beschaffen, als er unvermittelt am Rand der Hafenmauer stehenblieb und ins dunkle Wasser starrte. Die Flut hatte zu dieser Stunde ihren Höchststand erreicht, und das ganze Meer schien den laternenbeleuchteten Bögen der alten Stadtbrücke, die die zwei Stadtteile verband, in einer großen, vereinten, düsteren und weitausholenden Invasion entgegenzubranden. Als der Jobber ins rauschende Wasser starrte, ließ er dem leidenschaftlichen Begehren nach der jungen Frau, das sich die ganzen Tage über in ihm angestaut hatte, freien Lauf. Statt daß seine Mordabsichten das Begehren erstickt hätten, schienen sie es eher noch zu steigern. Liebe und Haß, wie sie gemeinsam in seinen Nerven pochten, schienen die obsessive Macht des jeweils anderen Gefühls zu verdoppeln. Die prahlerischen Reden Larrys und all die verrückten, erregenden Bilder, die sein wirres Gefasel herbeibeschworen hatten, ließen den Jobber, indes er ins gurgelnde Wasser schaute, begreifen, daß man mit einem fremden Mädchen nicht mehr als eine Viertelstunde lang am Meer entlanggehen kann, um festzustellen, daß bis ans eigene Lebensende nichts anderes – keine Person, kein Ding, kein Anliegen – jemals für die geheimsten und verborgensten eigenen Gefühle die Bedeutung dieser kurzen Erfahrung haben wird. Nicht daß er ernsthaft geglaubt hätte, Perdita hätte sich wirklich dem jungen Zed hingegeben. Er war scharfsinnig genug, um eine relativ zutreffende Vorstellung davon zu haben, was tatsächlich vor sich gegangen war. Es war, als wären seine Gefühle für das Mädchen wie ein hungriger Kormoran über die vergangenen Tage zurückgeflogen und hätten alles, was Larry für es empfand, aufgezehrt; und als er jetzt in die strudelnden Fluten starrte, war sein Begehren nach ihr weit tiefer und tyrannischer, als es das noch am Morgen des Tages gewesen war. Die Liebesabenteuer des Jobbers hatten sich bislang auf rein sinnliche und kurzfristige Erlebnisse beschränkt, die sein tieferes Fühlen nicht wirklich berührten, und in dem Augenblick, als er Perdita erblickt hatte, fand das, was er für sie empfand, zusätzlich Nahrung durch eine ganze unterdrückte leidenschaftliche und romantische Gefühlswelt.

Mrs. Trot hatte schon oft zu ihrem Mann gesagt: »Wenn unser Meister sich je in eine Frau verliebt, dann wird er rasen und toben wie ein wildgewordener Ellifant!«

Dem hatte der treue Bum entgegnet: »Wegen so was wird er nie solche Zustände kriegen. Nie. Die einzige Frau, die der Jobber liebt, ist die salzige See.«

Aber der Jobber hatte an diesem Abend weitaus mehr Whiskey getrunken, als er gewohnt war, und all seine Sinne waren entflammt. Als er jetzt dastand, sein Geist in Aufruhr, die Hände in den Taschen vergraben, wo seine Finger sich um den Stein von Chesil Beach schlossen, dachte er sehr wohl an eine Frau.

»Ich hatte mir vorgenommen«, dachte er, »sie erst wiederzusehen, wenn ich es hinter mir habe, aber ich kann genausowenig weitere zwölf Stunden leben, ohne sie zu sehen, wie ich zu Jesus beten kann.«

Das Strömen der nächtlichen Flut zu seinen Füßen, das ihm so vertraut war wie der eigene Pulsschlag, kam ihm nun vor wie das ihm vernehmbar gewordene Vergehen der Zeit.

»Ich muß sie erst sehen«, dachte er, »und danach will ich es tun.«

Und die wirbelnde Flut vor ihm schien zu ihm hochzubranden, denn er hatte stetig Glas um Glas geleert, während er Larrys Gerede angehört hatte, und seine schwerfällige Natur war bis in ihre tiefsten Wurzeln erschüttert. Und als die dunklen Fluten vor ihm aufstiegen, konnte er durch ihre wirbelnden Wassermassen hindurch Perdita ganz deutlich erkennen, und sie sah ihn unverwandt mit den sanften braunen Augen an, die im Lichtschein der Esplanade an den seinen gehangen hatten. Und während sie ihn ansah, lächelte sie neckisch und herausfordernd; und während sie lächelte, glitten ihre Finger zur Schließe ihres Gürtels, um sie zu öffnen, und dann zu den Schlaufen in ihrem Rock, um den Gürtel zu entfernen. Ja, er sah ihren seltsamen, verzerrten Mund, der an den Mundwinkeln ein wenig herabgezogen war. Er sah ihre schmale Stupsnase und eine braune Haarsträhne, die ihr schräg auf die meeresfeuchte Wange gefallen war. Und er mußte nur geradewegs durch das schwarze Wasser schreiten, um sie zu nehmen – so, wie sie war –, denn sie wartete auf ihn; doch aus einem unerklärlichen Grund wurde der Stein in seiner Tasche schwerer und schwerer und größer und größer! Er konnte ihn kaum noch mit den Fingern halten, so groß war er geworden; und sein Gewicht zog ihn nieder ... Mit einer heftigen Bewegung seiner Schultern und einem heiseren Auflachen trat er vom Hafenbecken zurück.

»Was für eine sonderbare Sache die nächtliche Flut ist!« dachte er, und er begann sich auszumalen, wie sie alle möglichen großen Fische in den Hafen mitbrachte, Fische, die nur aus der Tiefe auftauchten, wenn die nächtliche Flut ihren Höchststand erreichte, und alle möglichen Algen, rote Algen, so rot wie die Lichter dieser Schiffe, die auf den schwarzen Wellen tanzten, blutrot wie Larrys Elfenlocke, die als Kerze gedient hatte, um ihr zum Bett zu leuchten, blutrot wie der Schädel des Hundes Cattistock, wenn er ihn mit seinem großen Stein gespalten hatte! Was für große Fische dort unten wohl so unbeschwert und ruhig dahinschwammen mit ihren großen trägen nächtlichen Flossen und ihren zuckenden Schwänzen im schwarzen blutbefleckten Wasser! Wie sie jetzt auf dem Wasser tanzten und tanzten, diese blutroten gekräuselten Wellen! Die nächtliche Flut – oh, an wie vielen nassen Abenden hatte er sie schon betrachtet! Ihr Wirbeln, Strudeln, Kommen und Steigen gegen die glitschige, grüne Schleimschicht an der Hafenmauer hatte ihn immer zutiefst aufgewühlt. Die Schaumgebilde, die auf ihr dahintrieben – so fahl und hell in der lichtgesprenkelten Schwärze –, stellte er sich weit draußen auf dem Meer vor, wo sie über die Schiffsback verlassener Wracks drifteten, Walen, »die ins Meer eintauchten«, an die Flanke trieben, aus dem Keuchen Ertrinkender aufstiegen, beim Versinken unschätzbarer Schätze davonstoben! Ja, die nächtliche Flut, sie war das Wahre! Fluten am hellichten Tag waren gierig, eintönig und geizig. Sie kamen und gingen, gingen und kamen und ließen nicht einmal das kleinste Stück Seetang, das kleinste Stück tanzenden Korks nach draußen aufs offene Meer entkommen! Sie trieben sie unerbittlich zurück. Oh, das Steigen und Fallen der Fluten am hellichten Tag hatte etwas Abstoßendes ... Und dann erinnerte er sich, wie der Stadtrat den alten Hafendamm von Weymouth, über dessen weite, schlammige Fläche die Fluten sich ausbreiten konnten, abreißen und einen hohen Damm an seiner Stelle errichten ließ.

»Und nun gibt es für das strudelnde Meereswasser«, dachte er, »keinen Platz mehr, und es kann nichts anderes tun als vor und zurück zu fließen, vor und zurück, bis zum Ende aller Tage.«

Er stieß einen schweren Seufzer aus, der seinen ganzen Körper erbeben ließ; und dann bewegte er sich sehr langsam auf Füßen, die sein Gewicht kaum tragen zu können schienen, zur Stadtbrücke.

»Ich gehe morgen früh nach High House«, dachte er sich. »Ich *muß* sie noch einmal sehen – nur noch einmal –, bevor ich es tue …«

Cornell Woolrich

Schuld

Zu den anderen im Hinterzimmer sagte Detective Clinton Sturgess: »Macht's gut, – Jungs – bis morgen.« Er ging durch die Halle, vorbei am Schreibtisch des Sergeant, hinaus aus der Polizeiwache und hinein in die samtene Weiche einer Augustdämmerung. Er ging um die Ecke zu der Garage, holte seinen alten Wagen raus. Er lenkte ihn über die Auffahrt auf die Straße, hielt solange, um sich eine Zigarette anstecken zu können, stieß ein genießerisches »Aaaah!« aus und fuhr dann pfeifend heimwärts.

Es war eine herrliche Nacht. Es war ein herrliches Leben. Er war fünfunddreißig, hatte eine hübsche Frau und ein hübsches Kind. Er war zwar nur ein kleiner Detective, aber dabei würde er's nicht belassen. Er sah die Abfolge genau vor sich, Schritt für Schritt: Detective, Lieutenant, Captain, Inspector. Das mochte zwar noch in weiter Ferne liegen, aber unerreichbar war es nicht. Der Weg war klar vorgezeichnet, die Wahrscheinlichkeit groß genug, das Beste daraus machen zu können. Und die Belohnung war mehr als reichlich. Es war eine herrliche Nacht. Es war ein herrliches Leben.

Er fuhr jetzt über den Lake Shore Drive, seine Scheinwerfer tanzten weit voraus in einer langen Allee, und der See lag grauviolett im Zwielicht. Sein Mietbungalow lag ein wenig weit außerhalb der Stadt, in einem Distrikt, der noch nicht fertiggebaut war; aber da draußen war es billiger, und man bekam mehr fürs Geld.

Er pfiff *My Blue Heaven*. Eine alte Melodie, aber sie war in seinem Kopf haften geblieben, und die Worte entsprachen seiner Zufriedenheit.

Eine Wendung nach rechts:
Ein kleines weißes Licht …

Er machte die Wendung (aber die führte nach links) und fuhr die steile Steigung empor zu ihrem Haus. Die Anlage wurde Lakeview Heights genannt, weil sie sich über die Höhe des Felsenufers erstreckte. Er parkte am Bordstein, statt in die Garage zu fahren, weil er beschlossen hatte, mit seiner Familie ins Kino zu gehen. Er drückte auf die Hupe, und das Verandalicht ging an, und sie beide kamen aufgeregt wie ein Windstoß herausgestürmt, seine Frau nur einen Schritt langsamer, und das Kind flog den ganzen Weg, um sich an seinen Hals zu hängen, als er aus dem Wagen stieg und es auffing.

Das Kind war schön. Alle sagten das. Sie war ein Geschenk des Himmels gewesen, vor jetzt sieben Jahren, und jedesmal konnte er den Ort, woher sie kam, sehen, indem er sie einfach ansah.

»Macht euch fertig! Wir gehen ins Kino.«

Der Windstoß wurde zu einem Wirbelwind. Seine Frau sagte: »Dein Abendessen steht auf dem Tisch. Wir sind schon fertig; Barbara, komm herein und hol deinen Hut!«

Er wendete den Wagen bergabwärts, um Zeit beim Losfahren zu sparen, und zog wieder die Bremse an. Das Kind kam zum zweitenmal zu ihm herausgerannt, als er auf die Veranda stieg. »Ich warte im Wagen auf euch!« schrie es fröhlich.

»In Ordnung – aber spiel jetzt nicht mit der Hupe herum.«

Er hatte sich noch nicht einmal gesetzt, hatte sich über einen Stuhl gebeugt, um ihn unter sich zu ziehen, und seine Frau reichte ihm einen Teller über den Tisch. Er war genau auf Höhe der Verandatür. Zufällig drehte er seinen Kopf in diese Richtung, und da stimmte etwas nicht. Da war eine Leere draußen, wo keine hätte sein dürfen. Er konnte die gegenüberliegende Straßenseite sehen.

Sein Stuhl kippte um, und er rannte durch das Wohnzimmer zur Veranda. Hinter ihm zerschellte ein Teller auf dem Boden, und das SOS der Absätze seiner Frau pochte hinter ihm.

Er konnte noch das Flüstern des rollenden Wagens hören, der in der lautlosen Nachtluft verschwand. Kein Motorengeräusch. In diesem Augenblick wußte er, was geschehen war, und die Erkenntnis warf ihn fast um, noch bevor er auf die Veranda gelangte und sich überzeugen konnte, als hätte man ihm ein Brecheisen auf den Kopf geschlagen.

Straßenlaternen erhellten die Strecke, den ganzen Weg dorthin, wo – der See war. Der Wagen rollte schnurgerade wie ein Pfeil. Er schwankte nicht. Seine Geschwindigkeit hielt ihn fest in der Spur. Ein kleiner Arm wurde kurz an der Seite herausgestoßen, dann wieder zurückgezogen. Wie ein fröhliches Winken; Fahren macht Spaß.

Hinter ihm war kein Geräusch. Irgendwie wußte er, ohne hinzusehen, daß seine Frau auf dem Bürgersteig bewußtlos zusammengebrochen war. Aber er befand sich schon etliche Meter abwärts auf diesem schrecklichen Abhang. Er rannte den Hügel so schnell hinab, wie er noch nie in seinem Leben gelaufen war.

Es war alles so schnell vorbei, so lautlos. Er hatte den Abstand zum Wagen verkürzt, aber das Ende der Straße kam zu rasch. Grauen, wie ein Mensch es nur einmal in seinem Leben erlebt, ganz flüchtig da vor seinen Augen, dann wieder verschwunden. Aber nie ganz verschwunden bis zu dem Tag, an dem er sterben würde. Denn der Wagen erreichte den Lake Shore Drive, jagte über die dreispurige Fahrbahn, prallte unbeirrt gegen das lächerlich niedrige Fußgänger-Schutzgeländer – es war so eine neue Entwicklung und hätte die Schönheiten des Sees verdeckt, wenn man es etwas höher gebaut hätte –, überwand die Barriere fast ohne Mühe: ein kurzes Aufstauben, ein Knirschen und Splittern, dann war es verschwunden.

Es geschah so schnell wie das Entwickeln eines Fotos. Zwei der Kalksteinblöcke aus der obersten Lage, breit wie ein Wagen, waren durch die Räder herausgeschlagen worden. Es sah aus wie nach einer Schlacht. Doch die Gischt, die auf der anderen Seite aufgestoben war, schien nicht zurückfallen zu wollen.

Heftiges Kreischen von Bremsen, als er über die Straße jagte, und ein schwankender, verirrter Lichtstrahl flakkerte auf ihm.

Ein schreckliches Wogen war da unter ihm, als er auf einen der herausgebrochenen Blöcke stieg. Die hochaufragenden Straßenlaternen hinter ihm spielten auf einer schwalbennestähnlichen Blase, die sich dort im Wasser bildete, eine Blase, die nicht platzen wollte, die sich von unten erneuerte. Er scherte sich nicht um seine Jacke. Er stürzte sich mit dem Gesicht voran in diesen drehenden Wirbel, und während er hinunterstürzte, kam ihm der Gedanke, daß er nicht schwimmen konnte, aber das war egal.

Er prallte ungeschickt auf, bekam einen klatschenden Schlag auf Brust und Bauch. Er tauchte ein wenig ein, seine Arme tasteten umher – ins Nichts. Dann wurde er wieder hochgestoßen, und er wußte nicht, was er tun sollte, um tiefer hinunterzukommen. Er wußte auch nicht, wie er atmen sollte, und lange, bevor er wieder hochkommen konnte, war er nichts als eine Masse krampfhafter Muskelzuckungen. Er tauchte kurz an der Oberfläche auf, aber er wußte diese Chance nicht zu nutzen. Er war mehr tot als lebendig, als er wieder untertauchte.

Etwas Rasches und Sicheres und Festes packte ihn irgendwann später. Er wußte nicht wann, und es zog ihn durch das Wasser zurück und hoch an die Luft; Luft, die nun genauso schmerzte wie das Wasser, aber nicht tötete. Dann lag er, wie ein Blasebalg keuchend, auf einem winzigen Streifen Boden, der am Fuße der Brüstung vorragte, und da stand ein Mann über ihm, tropfnaß, aber nicht erschöpft, der mit einer gewissen Verachtung auf ihn herunterblickte, ohne Sorge oder Rücksichtnahme. Der Mann sagte: »Warum, zum Teufel, sind Sie da reingesprungen, wenn Sie nicht schwimmen können?«

Sturgess drehte sein Gesicht, stützte sich auf seine Hände, und zwischen Hustenkrämpfen gelang es ihm herauszuwürgen: »Mein Kind! In einem Auto da unten …!«

Der Mann war plötzlich wieder verschwunden. Und nach kurzer Zeit, nicht mehr als der Augenblick zwischen zwei Hustenkrämpfen; wie es ihm schien, war sie wieder da, vor seinen Augen, ruhte in den Armen des Mannes, das Gesicht blau und reglos in der Dunkelheit. Von dort, wo er lag, brachte Sturgess seine Dankbarkeit nur mit Blicken zum Ausdruck, während der Fremde, der sie immer noch hielt, über die Brüstung hochkletterte, den wartenden Armen rasch herbeigeeilter Zuschauer entgegen, die sich hilfreich entgegenstreckten.

Als die Rettungsmannschaft fertig war und Sturgess sie eine Minute lang fest an sich gedrückt hatte, sie mit offenen Augen und atmend, blickte er sich um und fragte: »Wo ist er? Wo ist er hin?«

Er sah, wie ein Wagen heimlich im Hintergrund anzurollen begann. Er schrie: »Warten Sie!« und rannte direkt auf die Scheinwerfer zu. Der Wagen hielt holpernd, und der Mann am Steuer drehte seinen Kopf schroff fragend, als Sturgess neben ihm auftauchte. Eine Hand auf dem Lenker war verbunden.

Sturgess klammerte sich mit beiden Händen an den Rand der Tür, und selbst diese Geste drückte irgendwie Dankbarkeit aus. Aber der Mann da drinnen knirschte ungeduldig: »Was wollen Sie?«

Es war schwer, das in Worte zu fassen, vor allem, weil es unwillkommen war. Alles, was Sturgess sagen konnte, war: »Sie wissen nicht, was das bedeutet ...«

Der Mann sagte voller Hohn, Hohn, der ihm selbst galt:

»Ich weiß nicht, wie ich dazu gekommen bin. So was habe ich noch nie zuvor gemacht.«

»Aber gibt's denn nicht irgend etwas, das ich für Sie tun kann? Wollen Sie mir nicht wenigstens Ihren Namen nennen?«

Die Antwort war fast bösartig. »Was schert Sie, wie ich heiße? Ich nenne nicht einfach irgendwelchen Leuten meinen Namen!«

Sturgess hätte selbst einen Tritt in die Zähne von ihm hingenommen. Er suchte nach irgendeiner Möglichkeit, seine Dankbarkeit auszudrücken. Nur deshalb nannte er dem Fremden seinen Namen.

Der Fremde sah ihn nur gleichgültig an. Sturgess konnte nicht sagen, war der Blick gelangweilt oder verachtungsvoll. Seine Augen wanderten zu Sturgess' Fingern. Die Bedeutung war klar: Nimm deine Hände weg; laß mich zufrieden.

Der Wagen rollte an, und Sturgess ließ niedergeschlagen seine Hände sinken.

»Wenn ich jemals etwas tun …«, rief er hilflos aus.

Sein Wohltäter blieb bis zum Ende bei seiner Haltung. Ein zynisches »Das sagen sie alle!« kam über die entschwindenden Rücklichter als Antwort.

Die Berichte vom Torrington-Mord trafen in immer kürzeren Abständen ein, waren immer vielversprechender. Zunächst hatte es eine halbe Woche Ruhe gegeben, diese Ruhe, welche die Außenwelt fälschlicherweise für Inaktivität hält oder Versagen. Aber sie waren nicht untätig gewesen. Hinter den Kulissen hatten sie gearbeitet, im Laboratorium, in der Fingerabdruckkartei, in der Ballistik-Abteilung, in der Welt der exakten Wissenschaften. Sie hatten ihren Mann aus dem Nichts konstruiert, mit Hilfe einer Fluse von seinem Anzug, aus Fettabsonderungen von seinen Fingerspitzen, aus tausend Einzelheiten. Zum Ende dieser halben Woche hatten sie ihn, obwohl sie ihn nie gesehen hatten. Sie kannten seine Größe, sein Gewicht, seine Gewohnheiten, fast die Art, wie er ging, und seine Blutgruppe. Jetzt war die Zeit gekommen, ihn zu fassen, ihn aus der Luft zu holen, so wie ein Magier ein Kaninchen aus dem Zylinder zaubert – den Mann aus Fleisch und Blut zu stellen, dessen Identität vorgedacht war.

Der Mörder hatte viel Zeit gehabt, die Stadt während dieser dreieinhalb Tage zu verlassen. Sie erwarteten, daß er das tat, sie hatten damit gerechnet, daß er es tun würde. Sie warfen ihr Netz zuerst in einer großen, weiten Schlinge aus, die über die möglichen Grenzen seiner Flucht weit hinausging; er sollte glauben, er sei noch immer anonym und damit sicher. Sie begannen das Netz enger zu ziehen, per Telegraf, per Funk, mit allen Mitteln, die ihnen zur

Verfügung standen. Nur wenige Stunden zu spät versuchte er durchzubrechen. Er war erkannt, Alarm wurde ausgelöst, die Highways blockiert. Er machte kehrt und floh wieder; die Jagd ging in die entgegengesetzte Richtung. Er suchte Zuflucht in der Stadt, versuchte unterzutauchen. Das Netz wurde langsam, aber sicher eingeholt.

Gestern war sein Wagen gefunden worden, verlassen innerhalb der Stadtgrenzen, und bei dieser Gelegenheit hatten sie seinen Namen herausgefunden. Er hieß Murray Forman. Natürlich gab es noch eine ganze Reihe ungeklärter Fragen, aber keine war von ausschlaggebender Bedeutung. Er war des kaltblütigen Mordes schuldig, und das allein zählte.

Die Schlinge wurde immer enger gezogen. Von der Stadtgrenze verengte sie sich auf einen einzigen Bezirk, von einem ganzen Bezirk auf eine einzige Straße. Und nach kurzer Zeit würden sie das Haus haben und dann das richtige Zimmer in diesem Haus, und dann endlich hatten sie ihn. Es war nur noch eine Sache von Stunden, von Bruchteilen von Stunden. Sie kannten alle Tricks, und sie waren unbarmherzig, und ihre vereinte Intelligenz schlummerte nie. Aber sie waren auch nur Menschen.

Detective Sturgess von der Mordabteilung wurde um zwei Uhr morgens vorübergehend abgelöst, fast zur Stunde Null, und auf Abruf nach Hause geschickt. In der vergangenen Woche hatte er nur stundenweise geschlafen, seine Reflexe waren nicht mehr zuverlässig, und so sehr er sich dagegen wehrte, erkannte er die Zweckmäßigkeit der Ruhepause. Das Finale würde nicht vor Anbruch der Morgendämmerung stattfinden, und in diesem Fall konnte er noch rechtzeitig dabei sein, wenn er seinen Dienst wieder antrat.

Er steckte seinen Schlüssel in die Tür und betrat das leere

Haus: Die Frau und das Kind waren für zwei Wochen bei Verwandten auf dem Land, und die sommerliche Dumpfigkeit von Räumen, die den ganzen Tag über fest geschlossen sind, hing in der Luft. Er schaltete die Lichter ein und sah in seiner Erschöpfung Lichtbögen darum.

Das Bild seines Mädchens sprang ihm aus dem grüngoldenen Rahmen auf dem Radio entgegen, und augenblicklich war er weniger matt. Allein der Anblick ihrer Schönheit war erholsam. Sie war ihnen noch immer geliehen; und jetzt, mit zwölf, war mehr als nur eine Spur dessen zu sehen, wie sie einmal aussehen würde. Und sie würde eine der Schönsten sein.

Er sagte »Hallo, Süße« zu ihr. Er sagte das jedesmal, wenn er heimkam, gerade so, als sei sie da.

»Dein alter Herr ist total geschafft«, klagte er ihr verhalten. Zuerst öffnete er die Fenster, um die Wohnung ein wenig zu lüften. Dann legte er die Dinge ab, die ihm am meisten lästig waren, in der Reihenfolge Krawatte, Schuhe, Jacke. Er sagte zu sich: »Ich werde alt«, aber mit der Selbstgefälligkeit, die nur ein Mann aufbringen kann, der weiß, daß er's in Wirklichkeit nicht ist.

Ein oder zwei Minuten lang lief er in Socken herum. Er dachte: ›Wo bewahrt sie doch gleich den Dosenlachs auf?‹ Er dachte: ›Ich bin zu müde, um mir darüber Gedanken zu machen.‹ Er ging hinein und stand vor dem Bett, das flüchtig gemacht war, seit er zum letzten Mal drin gelegen hatte. Er blickte fragend darauf. Es machte zuviel Umstände, die Decke zurückzuziehen. Es würde zu lange dauern – er konnte keine Minute länger warten. Er drehte sich ein wenig, ließ sich, gestreckt von den Schultern bis zu den Fersen, rücklings aufs Bett fallen, so daß seine Füße im Fall leicht wippten. Das Bett jammerte bedrohlich unter dem Aufprall, aber es hielt, und noch bevor die Federn zu knarren aufgehört hatten, war er schon eingeschlafen.

Das Klopfen allein hätte ihn nie aufgeweckt. Es war zu leise, zu verstohlen. Es war der schärfere Klang der Glocke, der ihn durch die Schichten des Schlafes in die Untiefen des Bewußtseins brachte. Er hob den Kopf, hielt ihn aufrecht, ließ ihn dann einfach wieder fallen.

Es klingelte wieder, ganz kurz, als sei's nur ein Picken auf dem Klingelknopf gewesen. Das Pochen war verschwommen, wie Hagel oder Gries, der Holz streift. Er stand auf, schwankte durch die beiden Zimmer zur Eingangstür, sagte aggressiv: »Wer ist da?«

Das Pochen brach ab.

Er öffnete die Tür, und ein Mann stand da im matten Licht. Der Mann reagierte auf das Öffnen mit einer sonderbaren, warnenden Geste, die auch eine Bitte um Vorsicht war.

Er schien seinen Anspruch auf Einlaß als selbstverständlich zu betrachten. Sein Hut saß tief im Gesicht. Sturgess kannte den Mann nicht, wußte auch nicht, warum er ihn kennen sollte. Der Besucher schob sich schräg zwischen Sturgess und den Türrahmen, und dann, als Sturgess ihm Platz machte, schloß der Mann die Tür und versperrte sie mit seinem eigenen Körper, drückte sich gegen den Türknauf.

Er rückte seinen Hut unbeabsichtigt höher, als er mit der Hand wie in unbeschreibbarer Erleichterung über seine Stirn fuhr. »Ich dachte schon, Sie würden nie öffnen«, sagte er. »Ich sah Sie vorher reinkommen.«

Sturgess fragte mit erhobener Stimme, die ohne Ärger war, aber dahin tendierte: »Wer sind Sie?«

Der Mann, der niedergeschlagen an der Tür lehnte – er

begann jetzt ein wenig zusammenzusinken, als ob eine lang ertragene Spannung von ihm gefallen sei –, spottete: »Sie kennen mich nicht?«

Dieser Spott weckte die Erinnerung, dieser charakteristische Ton, der nie einen Zweifel ließ. Die Schulterblätter des Mannes sackten am Türblatt etwas tiefer. »Sie sollten mich kennen«, sagte er. Und dann höhnte er: »Oder wollen Sie mich nicht kennen?«

Seine Augen fanden das Bild, ruhten darauf, erkannten, kehrten mit höhnischem Leuchten zurück. Aber er sagte nichts. Das mußte er auch nicht. Inzwischen wußte Sturgess Bescheid.

Er war nie gut darin gewesen, etwas auszudrücken. Er sagte: »Sie sind der Bursche, Sie sind der Mann – am See, damals.« Sein Gesicht hellte sich in unvergessener Dankbarkeit auf, verdüsterte sich dann wieder, als der Mann an ihm vorbeidrängte, die freundliche Bewegung, die Sturgess' Hand gemacht hatte, nicht zu sehen schien. Der Mann ging unaufgefordert durch das Zimmer, ließ sich in einen Sessel fallen.

Auf der einen Seite seines Gesichts war Blut oder zumindest Spuren davon; eine dünne, dunkle Patina.

Sturgess war jetzt wach. Er hatte Furcht, erzeugt durch eine Vorahnung. Er fuhr mit der Zunge über seine Unterlippe, sagte: »Was haben Sie gemacht, sich selbst verletzt?«

Der Mann senkte abrupt seinen Kopf, starrte ihn herausfordernd an. »Nein, ich habe mich nicht selbst verletzt. Eine Kugel hat mich auf dem Weg hierher erwischt. Von einem aus Ihrem Haufen.«

Augenblicklich wurde Sturgess blaß. Die Augen des anderen blieben spöttisch auf ihn gerichtet, zwangen ihn zu einer Erkenntnis, die er nicht wollte. »Warum fragen Sie mich nicht, warum ich hier bin?«

Sturgess schreckte zurück. »Erzählen Sie mir nichts, was Ihnen später leid tun wird«, sagte er rasch.

Der Mann im Sessel begann zu wiederholen, was er gerade gesagt hatte. »Wollen Sie nicht herausfinden, warum ich …«

»Halten Sie Ihren Mund!« schrie Sturgess.

»Schön, Sie wollen's nicht hören! Aber es braut sich was zusammen gegen mich. Was werden Sie tun – sich ausklinken, sich aus der Affäre ziehen? Wenn in ein oder zwei Minuten hier alles umstellt ist – nichts Böses sehen, nichts Böses hören, wie? Sie haben Murray Forman vor sich. Was nun?«

Sturgess fuhr mit einer Hand durch sein wirres Haar. »Mein Gott!« stöhnte er. »Wissen Sie nicht, wer ich bin?«

»Glauben Sie ernsthaft, ich wäre hier, wenn ich's nicht wüßte? Sie sind mein Trumpf, der letzte, den ich habe. Irgend jemand hat mir in der Nacht damals gesagt, wer Sie sind. Kurz darauf stieß ich auf Ihr Foto in der Zeitung, als Sie befördert wurden, nachdem Sie die Bullen-Mörder erwischt hatten. So fand ich Ihre Adresse.« Er lachte gnadenlos. »Macht sich bezahlt, häufiger die Anschrift zu wechseln, wenn man offene Schulden hat.«

Er wirkte jetzt ruhig, stark, im Vergleich zu Sturgess. Seine Farbe war gesund neben Sturgess' gemarterter Blässe. Seine Poren waren trocken, glänzten nicht wie die des anderen.

Sturgess riß die Tür auf, schlug sie flach zurück gegen die Wand, als könnte er sie nicht weit genug öffnen. »Raus!« sagte er mit erstickter Stimme. »Raus hier! Das ist das einzige, was ich …«

Forman schaute weiter auf das Bild, als hätte er nicht verstanden. Er sagte sanft: »Ist ihr Haar so goldbraun, wie's da aussieht? Lächelt sie immer so, mit dem kleinen Grübchen in der Mitte ihrer Wange?«

»Raus, Sie dreckiger Mörder!«

»Ich weiß, wie sie sind; manchmal legen sie einem ihren Arm um den Hals, wenn sie hinter dem Sessel stehen, und drücken einen ganz fest. Manchmal setzen sie sich auf den Boden zu unseren Füßen und lehnen ihren Kopf gegen unser Knie und blicken hoch, nach hinten, uns an. Das alles würde sie nicht tun, Sturgess, wenn ich nicht gewesen wäre. Wie heißt sie, Sturgess?«

»Barbara«, sagte Sturgess kraftlos und schloß die Türe wieder langsam, als sei sie tonnenschwer.

Sie sagten lange Zeit nichts – keiner von beiden. Jedenfalls schien es eine ziemlich lange Zeit zu sein. Forman blieb in dem Sessel, der der bequemste im Zimmer war. Sturgess stand an der Tür. Forman sprach schließlich, ganz sachlich, als würden sie sich ein Leben lang kennen. »Geben Sie mir 'ne Zigarette. Haben Sie eine?«

Sturgess faßte abwesend in seine Jackentasche, ohne aufzuschauen. Er hatte keine. Forman mußte aufgestanden sein und sich selbst aus der Zigarettendose bedient haben. Das nächste, was er bemerkte, war, daß er rauchte.

Sturgess, der durch die belanglose Bitte offenbar seine Sprache wiedergefunden hatte, sagte schließlich: »Ich bin Polizeibeamter, Forman. Es gibt nichts, was ich für Sie tun könnte.«

Der Mann im Sessel schnippte Asche von seiner Zigarette. »Sie brauchen nichts zu tun. Lassen Sie mich einfach solange hierbleiben, bis die Hitze ein wenig abgekühlt ist, dann drehen Sie sich um, und ich verschwinde so, wie ich gekommen bin. Das ist alles, und dann sind wir quitt, ist die Sache erledigt.«

»Sie haben einen Mann kaltblütig niedergeschlagen und ermordet.«

»Das tilgt aber nicht *Ihre* Schuld. Ich hatte bereits lange vor jener Nacht, in der Sie mir über den Weg liefen, jemanden umgelegt. Das hat Sie nicht daran gehindert, das Leben Ihres Kindes aus meinen Händen zu nehmen, oder? Sie atmet genausogut, ihre Lungen sind ebenso ohne Wasser, ihre Augen ebensoweit offen, als hätte sie ein anständiger Kerl gerettet, nicht wahr? Ich hab' ja auch nicht darüber gerichtet, ob's richtig oder falsch sei, bevor ich reinging, nicht? Sie schulden mir ein Leben ...«

(»Zwei Leben«, gab Sturgess vor sich selbst zu. Es war clever von ihm, psychologisch geschickt, nicht zu erwähnen, daß er auch Sturgess selbst gerettet hatte.)

»... und dafür will ich ein Leben von Ihnen. Mein eigenes.«

Sturgess sagte grimmig: »Wollen Sie einen Drink? Ich brauche einen!« Dreimal ging er in die falsche Richtung, bevor er sich daran erinnern konnte, wo er den Whiskey aufbewahrte.

Forman war jetzt völlig gelassen, ganz selbstsicher. Oder er tat so, als sei er völlig sicher, wollte so wirken, als ob er keine Zweifel hätte.

Er sagte, während er sein kleines Whiskeyglas ins Licht hob und es gelangweilt betrachtete: »Nehmen Sie's nicht so schwer!« Mit gleichgültiger Neugier fuhr er fort, als stünde er zum ersten Mal jemandem mit einem ausgefallenen Charakterzug gegenüber, von dem er oft gehört hatte, dem er aber noch nie begegnet war: »Sie sind absolut aufrichtig, was? So gerade, daß es weh tut.« Er schnitt eine Grimasse. »Mann, muß die Hölle sein, so zu sein! Ich hatte Sie schon damals, in jener Nacht, so eingeschätzt. Die Art, wie Sie da reinsprangen, ohne schwimmen zu können. Ich kann Leute gut einschätzen. Muß ich ja. Darum kam ich hierher. Glauben Sie, ich hätte so was bei einem der anderen Burschen riskiert, mit denen Sie zu tun haben?«

Sturgess hatte sich jetzt gesetzt, starrte blicklos auf das Problem, als läge es vor ihm auf dem Teppich ausgebreitet. Er hörte den Mann sagen: »Ist das die einzige Flasche hier?«

Er nickte abwesend. Er hörte das dumpfe Platschen von Flüssigkeit auf den Teppich und blickte auf. Forman hielt die entkorkte Flasche mit der Öffnung nach unten. Sturgess sagte nichts. Millionen solcher Kleinigkeiten zählten nicht; es gab nur eines, was zählte. Forman erklärte: »Ich möchte nur, daß Sie klar denken. Und ich auch. Ich kann nichts riskieren. Dabei kommt nur raus, daß wir zu umnebelt sind, um damit fertig zu werden – richtig?«

Sturgess nickte wieder vor sich hin. Es stimmte, auch nach seiner Meinung. Whiskey machte ihn sentimental. Das konnte in zweierlei Hinsicht gefährlich sein. In diesem Fall bedeutete es – seine Pflicht verklärt zu sehen oder seine Schuld. Er kippte den Inhalt seines kleinen Glases mit einem boshaften Schlenker auf den Boden.

»Ist doch ganz einfach«, bemerkte Forman. Was bedeutete, nichts, worüber man sich aufregen müßte, nichts, weshalb man die Beherrschung verlieren müßte.

»Halten Sie's Maul«, knurrte Sturgess. »Je weniger Sie sagen, desto besser.« Er schaute zur offenen Schlafzimmertür hinüber. »Wann haben Sie zuletzt geschlafen? Sie können da reingehen und sich hinlegen, wenn Sie wollen. Aber gehen Sie hier raus!« Dann, als Forman aufstand, seine Arme hinter dem Kopf krümmte und gähnte – so gelassen war er –, fügte Sturgess hinzu: »Augenblick. Haben Sie eine Waffe?«

»Sicher. Wollen Sie die?« Er zog sie raus und reichte sie

Sturgess gleichmütig, den Kolben voran. »Deswegen hätten Sie sich nicht beunruhigen müssen«, versicherte er ihm. »Sie sind meine Trumpfkarte. Ich hab' alles zu verlieren und nichts zu gewinnen, wenn ich ...« Der Rest verlor sich, als er ruhig und gemächlich ins Schlafzimmer ging. Sturgess hörte seine Schuhe fallen, einen nach dem anderen, und das Bett quietschte ein wenig, wie zuvor bei ihm. Er ballte seine Hände zu Fäusten und führte sie so an seine Schläfen, als wollte er sich damit an seinen Schädel schlagen. Nach einer Weile, gerade so, als müßte er seine Hände irgendwie beschäftigen, hob er den Revolver auf, der neben dem Sessel lag, und begann die Trommel zu entleeren. Lange bevor er damit fertig war, drang der rauhe Atem eines tief schlafenden Mannes aus dem Schlafzimmer ...

Nach kaum zehn Minuten klopfte es. Er erstarrte in der Mitte des Ovals, das er unentwegt durch das Zimmer gelaufen war. Es klopfte wieder, und die Klingel zwitscherte, und eine Stimme sagte: »Sturge, bist du da?« Er erkannte Hylands Stimme. Hyland war ein Kollege aus seinem Team.

Er ging hinüber und schloß zuerst die Schlafzimmertür. Dann ging er zurück zur Eingangstür, streckte seine Hand aus, holte tief Luft und öffnete sie weit.

Hyland stand draußen und ein anderer Mann namens Ranch und zwei uniformierte Polizisten. Die beiden hatten ihre Waffen gezogen. Aber sie wollten sich gerade wieder zum Gehen wenden, als er die Tür öffnete, als sei das Rufen nur zufällig gewesen.

»Was ist los?«

Hyland erklärte: »Forman ist wieder durchgebrochen! Im letzten Augenblick, gerade als wir zu ihm reinwollten! Wir haben einen Taxifahrer gefunden, der ihn bis zur Ecke hier unten gebracht hat – er muß sich hier irgendwo versteckt halten! Ich will die Rückseite abriegeln.«

»Du wirst ihn da nicht finden«, sagte Sturgess.

Er machte keine Anstalten, sich ihnen anzuschließen. Alles, was er sagte, war: »Ich bin nicht im Dienst.«

Hyland warf ihm einen Blick zu, wandte sich dann um und schlenderte davon. Seine Stimme drang mit einem beißenden Unterton zurück. »Schlaf schön – entschuldige, daß wir dich gestört haben.«

Sturgess schloß die Tür und stand eine Minute da, den Kopf gesenkt. So tief gesenkt, als betrachtete er seine Schuhe, doch das tat er nicht.

Hinter ihm sagte Formans Stimme undeutlich durch die schmale Öffnung der Schlafzimmertür: »So wollen Sie mich also in den Knast bringen.«

Sturgess antwortete boshaft, mit zusammengebissenen Zähnen: »Ich hab's nicht nötig, Sie reinzulegen, während Sie schlafen! Das ist nicht meine Art! Ich hab' keine Angst vor Ihnen!«

»Nein«, kam das widerwillige Zugeständnis, »es ist Ihr Gewissen, vor dem Sie Angst haben. Und ihre Augen.«

»Lassen Sie das meine Sorge sein. Und bleiben Sie da drin.« Sturgess machte einen drohenden Schritt vorwärts. »Bleiben Sie mir aus den Augen, oder ich löse das Problem mit meinen eigenen beiden Händen!«

Die Tür schloß sich höhnisch wieder.

Sturgess stand in der Küche seiner Frau, hantierte unbeholfen mit Hilfe eines Küchentuchs mit etwas Heißem, als Forman zum zweiten Mal herauskam. Es war noch dunkel, das graumetallene Leichentuch, das die Morgendämmerung ankündigt.

Forman stand für eine Minute in der Nische, beobachtete ihn. »Was wird das, die Henkersmahlzeit? Warum so früh?«

Sturgess deutete nur auf einen Stuhl, der vor dem plastikbeschichteten Tisch stand. Der Gast setzte sich. Sturgess brachte einen Aluminiumkaffeefilter, zog seine Hand weg, blies auf seinen Daumen. Er setzte sich dem Mörder gegenüber.

Forman musterte ihn gleichgültig.

»Sie sehen aus, als hätte man Sie durch 'n Astloch gezogen. Ich wette, Sie haben die ganze Zeit, während ich schlief, auf den Teppich eingeschlagen.«

Darauf erwiderte Sturgess: »Ich hab's dreimal versuchen müssen, bis es klappte.« Der Ausguß, mit schwarzem Kaffeesatz bedeckt, sah aus wie ein Blumenbeet. Er deutete auf einen Laib Weißbrot. »Wenn Sie davon wollen, schneiden Sie sich was ab.«

Anschließend saßen sie da, sahen einander über den Tisch mit einer sonderbaren Selbstverständlichkeit an. Wie zwei Männer, deren Frauen verreist sind und die sich jetzt am Küchentisch gegenübersitzen. Forman, der große Stücke von dem weichen Weißbrot verschlang, schaute sich abschätzend um. »Wieviel zahlen Sie für die Wohnung?«

Es mochte seine Taktik sein, daß er unerschütterliches Vertrauen voraussetzte, seine Immunität als selbstverständlich ansah; vielleicht auch nicht. Er mochte nicht so arglos sein, wie er tat, oder vielleicht war er auch so wachsam wie ein Mann, der mit einem Löwen in einem Käfig steckt und weiß, daß es verhängnisvoll wäre, Furcht zu zeigen. Sturgess wußte es nicht, und es war ihm auch egal. »Fünfundachtzig«, sagte er.

Forman überlegte, während er in seinen Zähnen stocherte. »Ich bin nie lange genug in einer Wohnung gewesen, um für den ganzen Monat zu bezahlen.«

»Wäre aber besser gewesen für Sie.«

Sie saßen noch eine Weile schweigend. Dann wuchs allmählich die Spannung – Spannung, die von Sturgess kam. Seine Hände wanderten zur Kante der Sitzfläche seines Stuhls, packten sie an beiden Seiten, wie ein Mann, der nur widerwillig aufsteht. Forman begann ein wenig schneller zu rauchen, verkürzte die Abstände zwischen den Rauchwolken. Schließlich sagte er: »Warum werden Sie so weiß? Sie sind weiß wie ein Geist. Sie müßten sich mal sehen!«

Sturgess sagte: »Wir gehen jetzt rüber. Wenn Sie noch irgendwas unternehmen wollen, dann ist jetzt der Zeitpunkt gekommen.«

»Sie suchen noch immer nach 'nem Ausweg, wie? Nein, so nicht! So leicht kommen Sie mir nicht davon!«

Sturgess stand auf und verließ die Küche ohne ein Wort. Als er zurückkam, hatte er seine Jacke an und hielt eine Handschelle in seiner Hand. Er sagte gepreßt: »Kommen Sie – gehen wir. Strecken Sie Ihre Hand aus!«

Forman streckte langsam eine Hand flach über die Tischplatte; er begann seinen Ärmel zurückzustreifen, bis er vom Unterarm bis fast zum Ellenbogen entblößt war. Auf der Oberseite zeichneten sich querlaufende weißen Narben ab, die vom Zerbrechen des Fensters des untergetauchten Wagens in jener Nacht herrührten. Er saß nur da und schaute zu Sturgess hoch.

Sturgess' Lippen wurden weiß, er blinzelte, und die Handfessel schloß sich um das Handgelenk des anderen. Forman stand auf und folgte Sturgess aus der Küche: »Das schaffen Sie nicht«, sagte er ruhig. »Man sieht's Ihnen an; das können Sie nicht.«

Das Fenster war einen Spalt breit hochgeschoben, direkt unterhalb der Blende. Sturgess warf den Handschellenschlüssel mit einem Schwung seiner freien Hand hinaus. Forman sagte: »Sie trauen sich selbst nicht, was? Wird jetzt verdammt schwer sein, das …«

Das Bild lag jetzt verdeckt auf dem Radio, als sie daran vorbeigingen. »Mußten Sie's so machen?« fragte Forman. Sturgess schaltete das Licht aus, und das Bild verschwand. Von draußen drang nicht genug Licht ins Zimmer. »Sie werden sie wiedersehen«, betonte Forman. »Sie werden sie jeden Tag Ihres Lebens sehen. Ihr Gesicht können Sie nicht von sich wegdrehen. Was werden Sie dann tun?«

Sturgess öffnete die Eingangstür und zog Forman hinter sich hinaus. »Ich werde nicht betteln oder jammern«, sagte Forman. »Ich werd's Ihnen schwermachen. Wäre erheblich leichter für Sie, wenn ich jetzt Schiß bekäme, oder?«

Der Mörder hatte wieder recht. Seine Intuition war unheimlich. Wenn er gekrochen wäre, gesabbert hätte, sich widersetzt, die Rolle eines sich windenden verhafteten Verbrechers gespielt hätte, hätte das die Überzeugungskraft seines Anspruchs geschwächt; Sturgess hätte ihn ohne Gewissensbisse ausliefern können. Aber so …

Sturgess schloß die Tür, und sie gingen Seite an Seite hinaus. Über ihnen war es jetzt stahlblau, aber unten auf der Straße noch ein wenig finster.

»Sie werden dafür eine Belobigung bekommen«, höhnte Forman. »Man wird Sie befördern. Jeder im Department wird Sie um Ihren Erfolg beneiden. Und das, wo Sie nicht mal 'nen Finger krumm machen müßten. Ein Mann kommt zu Ihnen, der Ihnen das einzige gab, was Sie haben, an dem Ihnen wirklich etwas liegt, das einzige, das Sie am Leben hält, er kommt *vertrauensvoll* zu Ihnen – Sie sind das gemeinste Wesen auf Gottes Erdboden, Sturgess. Selbst ein Straßenköter kennt Dankbarkeit.«

»Halt's Maul!« brüllte Sturgess.

Sie gingen langsam weiter, fast unschlüssig, aber Sturgess war vor Anstrengung außer Atem, so, als sei er gerannt. Die grünen Lampen einer Polizeistation blinzelten vor ihnen, als sie um eine Ecke bogen, und Forman schreckte unwillkürlich zurück. Sturgess konnte den Ruck durch die Handschellen spüren.

Forman sagte: »Man wird mich töten, wenn Sie mich dorthin bringen. Das wissen Sie doch, oder? Sie wissen, sind wir erst einmal diese Stufen hochgegangen, haben Sie keine Möglichkeit mehr, können Sie nichts mehr tun, um mich lebendig wieder rauszubekommen, das wissen Sie doch? Ich habe Ihnen das Leben Ihres Kindes gegeben, Sturgess. Zum letzten Mal – *Ich will mein eigenes von Ihnen!*«

Sturgess' Gesicht glänzte vor Schweiß und war grau in der frühen Dämmerung. Er hob seinen Unterarm auf Brusthöhe und brachte Forman mit einem Rippenstoß in Bewegung.

»Bulle!« keuchte der Mann neben ihm mit Verachtung, während sie mühsam die Stufen hoch und dann gemeinsam hineingingen.

Sturgess stand einfach starr da, schaute auf die Uhr in dieser letzten Nacht. Sie versuchten ihm zuzureden: »Setz dich, Sturge, nimm's doch nicht so tragisch!«, aber er schien sie nicht zu hören.

Als der Anruf kam, konnte man ihn die ganze Zeit, während der Lieutenant sprach, nicht atmen sehen. Der Lieutenant hängte ein und schwieg.

Sturgess fragte: »War's das?«

»Ja, das war's.«

»Hat er noch was gesagt, irgendwas darüber gesagt – daß er jemandem verzeiht?«

»Er hat für dich eine Nachricht hinterlassen«, sagte der

Lieutenant unwillig, wobei er auf seinen Schreibtisch niederblickte.

Sturgess kam noch näher. »Sag mir, was es ist! Ich muß es wissen!«

»Er sagte: ›Sagt Sturgess, ich werde ihn wiedersehen. *Er* weiß, wo er mich finden kann. In ihren Augen. Sagt ihm, ich werde dort immer warten.‹«

Sturgess führte seine Hand dorthin, wo er sein Abzeichen trug, als ob ihn dort etwas schmerzte, und drehte sich um und ging aus dem Zimmer, ohne noch ein Wort zu sagen.

Barbara sagte halb lachend, als er sich vor sie hockte, sein Gesicht so angespannt und weiß, und sie aufmerksam anschaute: »Warum guckst du mich denn so an?«

»Halt ganz still«, sagte er heiser, »und sieh mich an!« Seine Stirn war schweißgebadet.

Dann, nachdem er sehr tief Luft geholt und sich wieder aufgerichtet hatte, fragte sie schelmisch: »Glaubtest du, du würdest etwas in meinen Augen sehen?«

Seine Antwort darauf war: »Ja. Den Geist des Mannes, der dein Leben gerettet hat …«, aber das sagte er ihr nicht.

»*Sag* doch mal?« drängte sie.

»Ja«, gab er traurig zu, »ich denke, das werde ich immer – ein bißchen.« Er nahm sein Abzeichen heraus und begann es zu polieren. »Aber sonst«, fügte er geheimnisvoll hinzu, »könnte ich überhaupt nicht mehr in sie schauen.«

Miguel Torga

Vicente

An jenem Abend, in der Stunde, da der Himmel sich härter und finsterer zeigte, breitete Vicente seine schwarzen Schwingen aus und flog davon. Vierzig Tage waren bereits vergangen, seit er als einer der Erwählten die Arche bestiegen hatte. Doch vom ersten Augenblick an hatten alle gesehen, daß in seinem Geist kein Frieden herrschte. Stumm und mürrisch lief er in unaufhörlicher Erregung auf und ab, als sei das große Schiff, auf dem der Herr das Leben bewahrt hatte, eine Beleidigung gegen die Schöpfung. In dem allgemeinen Durcheinander – Wölfe und Lämmer verbrüdert im selben Schicksal – stand nur seine schwarze dürre Gestalt im Widerstreit mit dem Vorgehen Gottes. In stillschweigender Empörung fragte er: Zu welchem Zweck wurden die Tiere in die wirre Frage des Turms zu Babel verwickelt? Was hatten Tiere mit den Ausschweifungen der Menschen zu tun, die der Schöpfer bestrafen wollte? Mochten die erhabenen Pläne, die zur Sintflut geführt hatten, gerecht oder ungerecht sein, sie stießen unweigerlich auf ein tiefes Gefühl unwiderstehlichen Widerwillens. Und je unerschütterlicher die Übermacht sich zeigte, desto stärker wuchs Vicentes Aufbegehren.

Vierzig Tage indessen hielt das schwache Fleisch ihn schon hier. Nicht einmal er hätte zu sagen vermocht, wie er aus dem Libanon zum Verladekai hinuntergelangt war und wie lange danach er in der Arche aus Noahs diensteifriger Hand sein tägliches Futtermaß empfangen hatte. Doch schließlich hatte er sich bezwungen. Endlich war es ihm gelungen, den eigenen Selbsterhaltungstrieb zu überwinden und die Flügel auszubreiten, der furchterregenden Unendlichkeit des Meeres entgegen.

Sein aufsehenerregender Abflug war von Großen und Kleinen mit stummer, beherrschter Achtung erlebt worden. Verblüfft und betört hatten sie mit angesehen, wie er furchtlos, mit geblähter Brust die erste Feuermauer überwand, mit der Gott seine Flucht vereiteln wollte, und fernhin hinter den Grenzen des Weltraums verschwand. Doch keiner sagte ein Wort. Seine Handlung war in jenem Augenblick Sinnbild weltweiter Befreiung. Das Bewußtsein in tätigem Aufbegehren gegen die Willkür, welche die Lebewesen in Erwählte und Verdammte einteilte.

Doch während ein jeder in seinem Innern den Vorgeschmack der Erlösung genoß, ertönte in der Höhe, weithin hallend wie ein Donnerschlag, durchzuckend wie ein Blitz, schreckenerregend, die Stimme Gottes: »Noah, wo ist mein Diener Vicente?«

Zweifüßler und Vierfüßler standen versteinert. Auf das von Selbsttäuschungen durchfegte Oberdeck sank lastend das Leichentuch des Schweigens.

Wieder hatte der Herr das Gewissen und den Instinkt gelähmt und zwang den Rest der zitternden Materie zu pflanzlicher Teilnahmslosigkeit.

Noah indessen war ein Mensch. Und als solcher rüstete er seine Waffen der Verteidigung.

»Er muß irgendwo sein ... Vicente! Vicente! Wo steckt bloß Vicente? ...«

Nichts.

»Vicente! ... Hat ihn jemand gesehen? Sucht ihn!«

Keine einzige Antwort. Die gesamte Schöpfung schien verstummt.

»Vicente! Vicente! Wo hat er sich bloß verkrochen?«

Bis jemand, aus Mitleid mit der erbärmlichen Niedrigkeit dieser Natur, der Komödie ein Ende setzte.

»Vicente ist geflohen ...«

»Geflohen?! Wieso geflohen?«

»Er ist geflohen ... Fortgeflogen ...«

Kalte Schweißperlen badeten die Schläfen des Unglückseligen. Plötzlich wankten seine Knie, und er stürzte der Länge nach zu Boden.

Im mausgrauen Himmelslicht entstand eine Sekunde lang Sonnenfinsternis. Über die unsichtbaren Hände Dessen, Der die Wut der Winde befahl, glitt gleichsam blitzschnell ein zögerndes Beben.

Doch die göttliche Befehlsgewalt konnte angesichts der ersten Meuterei nicht derart unentschlossen und zaudernd verharren. Der Augenblick der Verblüffung währte nur eine Sekunde. Denn sogleich erschallte Gottes Stimme im weltenweiten Himmel von neuem mit donnernder Strenge.

»Noah, wo ist mein Diener Vicente?«

Aus seiner feigen Ohnmacht zitternd und verstört erwachend, suchte Noah sich zu rechtfertigen.

»Herr, Dein Diener Vicente ist entflohen. Mein Gewissen klagt mich nicht an, ihn beleidigt oder ihm das ihm zustehende Futtermaß verweigert zu haben. Niemand hat ihn hier schlecht behandelt. Er ist aus reiner Auflehnung ausgebrochen ... Aber vergib ihm, und vergib auch mir ... Und errette ihn, denn ich habe ihn Deinem Befehl gemäß nur verwahrt ...«

»Noah! ... Noah! ...«

Und das furchterregende Wort Gottes ertönte von neuem durch die endlose Wüste des Firmaments. Danach erfolgte eine noch schrecklichere Stille. Und in der Leere, in der alles zu versinken schien, hörte man kindlich das verzweifelte Weinen des Patriarchen, der damals sechshundert Jahre alt war.

Mittlerweile hatte die Arche unmerklich die Fahrtrichtung verändert. Und gleichsam von einem verborgenen Steuermann gelenkt, gleichsam von geheimnisvoller Kraft getrieben, eilig und standhaft – während sie bisher unentschlossen und saumselig in den Wellen getrieben hatte – segelte sie weiter mit Kurs auf die Stelle, wo vierzig Tage vorher Armeniens Berge aufgeragt waren.

Im Bewußtsein aller bebte die gleiche Angst und die gleiche Frage. Zu welchen Vergeltungsmaßnahmen würde der Herr greifen? Wie würde dieser Aufruhr enden?

Stunden um Stunden schiffte die Arche dahin, belastet mit Ungewißheiten und Entsetzen. Würde Gott den Raben zwingen, zum Schiff zurückzukehren? Würde er ihn schlicht und einfach opfern, als Exempel? Oder was würde er tun? Und würde Vicente der Wut des Unwetters, der Finsternis der Nacht und der endlosen Sintflut widerstehen? Und sofern er alles überstanden hatte, an welchen Gestaden war er gelandet? An welchem Ort des Weltalls harrte noch ein Funken Hoffnung?

Niemand stand den eigenen Fragen Rede und Antwort. Aller Augen bohrten sich in die Ferne, die Herzen verkrampften sich im Gefühl ohnmächtigen Aufruhrs, und die Zeit verstrich.

Mit einemmal sah ein Paar durchdringender Luchsaugen Land. Das angstvoll herausgeschriene Wort, weil es wie Wahn oder wie Gotteslästerung klang, schwebte wie ein Dufthauch vom Bug zum Heck der Arche. Und die gesamte enttäuschte und gedemütigte Tierwelt eilte auf Deck, erleichtert und dankbar frohlockend darüber, daß von dieser armen Welt noch ein Stück Festland übrig war.

Land! Weder Hochebenen noch Niederungen, auch keine Wüsten. Nicht einmal die beruhigende Glätte eines Bergrückens. Nur der Kamm eines kaum den Wogen entragenden Hügels. Doch das genügte. Für alle, die ihn sahen, umfaßte die karge Felsspitze die Größe der Welt. Sie verkörperte die eigentliche Wirklichkeit aller, die hier zu bloßen fließenden Gespenstern verklärt waren. Land! Eine winzige Insel der Festigkeit inmitten eines beweglichen Abgrunds, außer der nichts Gültigkeit besaß und Sinn.

Land! Unglücklicherweise hielt die Süße des Namens einen bitteren Nachgeschmack bereit. Land ... Ja, es gab noch den warmen Bauch der Mutter. Aber der Sohn? Aber Vicente, die rechtmäßige Frucht dieses Leibes?

Doch Vicente lebte. Je näher das Schiff kam, desto deutlicher zeichnete sich in der Ferne seine schlanke Gestalt am Horizont ab, eine strenge Linie, die einen Körper begrenzte und zugleich ein Schattenriß des Willens war.

Er war angekommen! Er hatte gesiegt! Und alle fühlten in ihren Seelen den Frieden der gerächten Erniedrigung.

Allerdings stiegen die Wasser noch immer, und der kleine Hügel schrumpfte von Sekunde zu Sekunde.

Land! Doch wie war ein derart winziges Stückchen, das sogar die Zuversichtlichsten mit Beklommenheit musterten, wie war dies gegen den Strudel zu verteidigen! Wie war es zu verteidigen, wie war Vicente zu verteidigen, dessen Los sich völlig dem tellurischen Schicksal verbündet hatte.

Ach, aber es »brachen alle Quellen der großen Tiefe auf, und die Schleusen des Himmels öffneten sich«! Und Menschen wie Tiere begannen angesichts dieses unwiderruflichen Versinkens des letzten Zufluchtsorts der Handlungsfreiheit zu verzweifeln. Nein, niemand vermochte gegen Gottes Ratschluß anzukämpfen. Es war unmöglich, sich dem Ansturm der von Seiner unerbittlichen Tyrannei befehligten Elemente zu widersetzen.

Angstdurchschauert betrachtete die hoffnungslose Tierschar den schrumpfenden Gipfel und den darauf stehenden Raben. Handbreit um Handbreit wurde der Berggrat verschlungen. Nur die höchste Spitze war übrig, auf der schwarz, gelassen, einziger Vertreter des in seiner angestammten Umwelt Verwurzelten, Vicente furchtlos aushielt. Wie ein unpersönlicher Zuschauer verfolgte er den Kurs der Arche, die mit der Flut näher glitt. Er hatte die Freiheit gewählt und seit jenem Augenblick alle Folgen seiner Wahl auf sich genommen. Er blickte auf das Schiff, gewiß, aber nur um der Entwürdigung ins Auge zu blikken, die er verweigert hatte.

Noah und die übrigen Tiere wohnten wortlos dem Zweikampf zwischen Vicente und Gott bei. Und im klaren oder vernebelten Geist eines jeden wurde nur diese Zwangswahl laut: Entweder wurde der Sockel, der Vicente trug, gerettet, und der Herr bewahrte die Größe des Schöpfungsaugenblicks – die vollständige Selbständigkeit des Geschöpfs seinem Schöpfer gegenüber –, oder, sofern die Kuppe des Stützpunkts versank, starb Vicente, und sein Untergang machte diese erhabenste Stunde wertlos. Das sinnvolle Leben war unlösbar mit dem Akt der Auflehnung verknüpft. Denn kein Bewohner der Arche empfand sich mehr am Leben. Nun waren Blut, Atmung, Lebenssaft jener schwarze Rabe, naß von Kopf bis Fuß, der, ruhig und hartnäckig auf der allerletzten Warte natürlichen Überlebens kauernd, die Allmacht herausforderte.

Dreimal beleckte eine aufschäumende Woge im letzten

Ansturm die Krallen des Raben, doch dreimal wich sie zurück. Bei jeder Welle erbebte schreckhaft das von Vicentes entschlossenem Herzschlag abhängige schwache Herz der Arche. Der Tod fürchtete den Tod.

Doch kurz darauf wurde offenbar, daß der Herr nachgeben werde. Daß Er nichts vermochte gegen jenen unerschütterlichen Willen, frei zu sein.

Daß Er, um das eigene Werk zu retten, schwermütig die Schleusen des Himmels schließen mußte.

Onelio Jorge Cardoso

Ruderer in der Nacht

Sie hätte von überallher kommen können, von jedem Punkt des kreisrunden, schilfbedeckten Horizonts. Woher sie tatsächlich kam und welche Bewandtnis es mit ihr hatte, merkte der Spanier erst, als sie unmittelbar vor ihm stand, eine magere kleine Frau, die ein Kind auf dem Arm trug und mit leiser, demütiger Stimme erklärte: »Ich muß den Kleinen nach Jagüey Grande bringen.«

Der Spanier betrachtete zuerst seine Hand mit dem blutigen, verschmutzten Verband, dann antwortete er: »Nach Jagüey Grande kann jetzt nicht einmal der liebe Gott. Es hat neun Tage geregnet.«

Die Frau wickelte das Kind noch fester in den alten Mehlsack, den sie sich um die Schultern gelegt hatte, und erwiderte:

»Er fiebert seit zwölf Tagen, morgen sind es dreizehn.«

Da verließ der Spanier den Entwässerungsgraben, in dem er mit aufgekrempelten Hosenbeinen gestanden hatte, und brummte, während ihm das Wasser an den kräftigen, weißen Beinen herunterlief: »Und was habe ich damit zu tun? Bin ich vielleicht der Vater?«

Die Frau antwortete nicht, sie blickte nur auf die Hülle, unter der das Kind lag. Es war so viel kleiner als der Himmel, viel kleiner auch als die Ciénaga, kaum so groß wie der Unterarm des Köhlers, der vor ihr stand und sie ansah.

Aber es war ein lebendiges Wesen, ihr Kind, das seit Tagen fieberte. Als die Frau noch immer nichts sagte, wandte sich der Kohlenbrenner ab, beugte sich über den Graben und tauchte den verletzten Finger in das schlammige Wasser. Vier Tage zuvor hatte er sich den Finger verletzt, als er noch unbedingt den Yamabaum hatte fällen wollen, obgleich er schon genug Holz beisammen hatte. Warum hatte er ihn also umgehauen? Er wußte es selbst nicht. Vielleicht weil ihm der Baum so gut gefiel, vielleicht weil man aus seinem Holz die beste Kohle gewann. Jedenfalls hatte er sich die Wunde aus reinem Übermut beigebracht, ohne daß es notwendig gewesen wäre, denn der Holzstoß war bereits fix und fertig. Er war sogar schon dabei, das Kreuz auf den Meiler zu stellen. Endlich machte die Frau den Mund auf. »Pedro ist aufs Meer hinaus, fischen.« Der Spanier tat, als hätte er sie nicht gehört, blickte aber zum Ufer hinüber, wo sein Boot lag und auf den Wellen schaukelte.

»Als er wegging, war der Kleine noch gesund, zumindest hat Pedro es geglaubt«.

Da zog der Kohlenbrenner die Hand aus dem Wasser und wandte ihr das gebräunte Gesicht zu. Er wollte schon fragen, wer denn dieser Pedro sei, aber die Frage schien ihm ebenso überflüssig wie der Ast, den er abgehackt hatte. So sagte er nur: »Leute, die Kinder haben, müssen mit einem Fuß im Boot sein und mit dem anderen zu Hause.« Da die Frau stumm blieb, fügte er hinzu: »Und wie wollen Sie jetzt nach Jagüey Grande? Alle Wege sind überschwemmt, das Wasser reicht einem bis an den Hals. Der Kleine würde naß werden.«

Die Frau nickte, denn sie wußte, daß der Köhler recht hatte. Alles, was mit der Ciénaga, dem trostlosen Sumpfland, zusammenhing, war ihr vertraut. Hier war sie geboren und aufgewachsen, mitten im Morast, wo weder die Pflanzen noch die Menschen gedeihen konnten, wo sie verkümmerten, weil sie in stickigem Moder wurzelten. Aber sie schwieg auch, weil sie fühlte, daß es den Mann hart ankam, einen Entschluß zu fassen. Das erboste den Spanier, er fuchtelte mit den Händen und schrie gereizt: »So ist es richtig, bei einem anderen Hilfe suchen, weil der eigene Mann Gott weiß wo ... Warum ist er denn aufs Meer hinausgefahren? Weiß er nicht, daß man bei diesem Wetter besser zu Hause bleibt? Und hat er nicht ein Pferd, um mit Frau und Kind in die Stadt zu reiten, oder eine Machete, um einen Weg zu bahnen, wenn es not tut? Aber nein, er verläßt sich lieber auf andere ... Schön, wenn man glaubt, irgendein Dummer wird sich schon finden, der einem beisteht.«

Da flüsterte die Frau kaum hörbar: »Aber was soll ich denn tun?«

Der Spanier schnaubte unwillig und stieß mit dem bloßen breiten Fuß gegen eine leere Konservenbüchse, die in den Graben rollte. Dann ging er dem Strand zu, ohne sich nach der Frau umzusehen. Er hatte zwei Nächte nicht geschlafen, weil er auf Servando, seinen Arbeitskameraden, wartete. Servando mußte jeden Augenblick mit dem Boot eintreffen, er würde für vierzehn Tage Lebensmittel bringen und das Geld, das er beim Verkauf der letzten Kohle eingenommen hatte. Wie konnte er da wegfahren, obendrein mit dem kleinen Kahn, der außer dem langen, morschen Ruder nur noch die zwei kurzen hatte? Aber vor allem – was gingen ihn Leute an, die sich in der Ciénaga herumtrieben? Sollten sie doch keine Kinder in die Welt setzen; aber wenn sie schon welche hatten, überdies kranke, dann sollten sie sich auch gefälligst um sie kümmern. Und wie kam er dazu, den Meiler im Stich zu lassen, der knisternd brannte unter seiner Schicht aus Kohlengrus? In so einem Meiler steckt ein Haufen Arbeit, erst hackt man Holz, dann schichtet man es auf, und wenn der Meiler glücklich angezündet ist, muß man ihn Tag und Nacht hüten, denn wenn er erst das Maul aufsperrt und Feuer speit, ist die ganze Mühe umsonst, und das Geld, mit dem man gerechnet hat, ist zum Teufel. Er hatte den Meiler auch nicht etwa allein gebaut, zur Hälfte war er das Werk Servandos, dem auch die Hälfte von dem gebührte, was sie einnehmen würden. Nein, nein, ich darf nicht weg, dachte er und war drauf und dran, es laut auszusprechen, als er ein Wimmern hörte. Er wandte sich um und stieß beinahe gegen die Frau. »Ausgerechnet hier müssen Sie sich hinstellen mit dem kranken Wurm!« schrie er aufgebracht. Sie sah erst das Bündel in ihrem Arm, dann ihn an und fragte mit einer Stimme, in der Zweifel und Hoffnung lagen: »Nicht wahr, es ist doch ein gutes Zeichen, daß er weint?« Der Köhler zuckte mit den Achseln. »Was weiß ich! Ich weiß nur, daß ich hier nicht weg kann. Es geht einfach nicht. Ich habe meine eigenen Sorgen und kann mir nicht noch fremde aufhalsen.« Er wollte hinzufügen, daß er den Meiler nicht allein lassen könne. Eine Frau aus der Ciénaga verstand das, sie wußte, daß sogar zwischen der Milch in ihrer Brust und dem sanft aufsteigenden Rauch des Meilers ein Zusammenhang war. Aber er brachte es nicht über die Lippen. Plötzlich schwankte die Frau, als wäre ihr schlecht geworden, und beinahe hätte er den Arm ausgestreckt, um sie zu stützen. Aber er sagte nur: »Weit werden wir mit der Nußschale nicht kommen«, und stapfte durch das Wasser zu seinem Boot.

Eine halbe Stunde später saß die Frau im Heck des Fahrzeugs, und er ruderte, die Füße gegen die schmutzigen Spanten gestemmt, in den leuchtenden Spätnachmittag hinein, auf eine dunkle Wolke am Horizont zu. Von den Mangroven am Ufer flogen schreiend weiße und graue Fischreiher auf, die sich nach ein paar Flügelschlägen wieder niederließen. Pelikane, die beinahe die Wasserfläche streiften, zogen vor dem Bug hin. Manchmal blieben sie zurück, dann holten sie das Boot von neuem ein, kamen ihm aber nie zu nahe. Die Frau saß still auf ihrem Platz, drückte das Kind an sich und beobachtete die kleinen Wirbel, die sich bildeten, wenn der Spanier die Ruder in das trübe Wasser tauchte.

»Beten Sie zu Gott, daß uns die Wolke dort keinen Wind beschert. Wenn der zu blasen beginnt, bringe ich den Kahn nicht von der Stelle.« Der Mann unterbrach sich und horchte auf das trockene Knarren der Tauschlingen, in denen die Ruder saßen. Dann sagte er: »Sechs Stunden brauchen wir bestimmt. Aber dann muß uns die Jungfrau vom Kupfer gnädig sein und darf keinen Wind aufkommen lassen.« Er blickte die Frau an, um zu ergründen, wie seine Worte wirkten. Da sie nicht reagierte, fragte er: »Sie sind wohl müde, was?« Sie schüttelte den Kopf, und er dachte, daß es zwecklos sei, ein Gespräch zu beginnen. Er blickte auf seine Füße, die wie dunkle, knorrige Wurzeln aussahen. Sie schmerzten ihn nie. Nur wenn er Schuhe anzog, weil er in die Stadt mußte, spürte er sie.

Schließlich hatte er das Schweigen satt und hielt seiner Begleiterin die Wasserflasche hin. »Wollen Sie etwas trinken?« Die Frau erwachte aus ihrer Starrheit und griff nach dem Tongefäß. Sie schob die Finger durch die Ringe, legte den Kopf in den Nacken und ließ sich vorsichtig den Wasserstrahl in den Mund laufen, ohne daß das Kind naß wurde. Der Spanier, der ihr zusah, bemerkte, wie ihr dünner Arm zitterte. Er wollte schon das Ruder loslassen, um ihr zu helfen, besann sich aber anders, spuckte ins Wasser und blickte dann prüfend zum Himmel auf. Vom Meer her wehte ein sanfter Wind, den der Köhler kaum beachtete. Um ihn aufzuhalten, mußte es ganz anders blasen. Kritisch wurde es für ihn höchstens, wenn die hartnäckige dunkle Wolke am Horizont sich vergrößerte. Ohne sich beirren zu lassen, ruderte er die Fahrrinne entlang, ein ehemaliges Flußbett auf dem Meeresgrund, das die Fischer benutzten, wenn sie auf Fang fuhren, und von dem sie nicht abirren durften, damit sie nicht im Morast steckenblieben wie Fliegen im Leim. Dem Kohlenbrenner war die Rinne vertraut wie die eigenen Hände, er hätte sie im Schlaf befahren können. Der einzige, der ihm einen Streich spielen und ihn von seiner Route hätte abbringen können, war der Wind. Doch der benahm sich so, wie sich der Wind am Spätnachmittag zu benehmen hat. Er wurde schwächer und würde bei Anbruch der Nacht dem Landwind weichen. Aber was auch immer geschehen mochte, hilflos preisgegeben war das Boot nie, denn überall an der Küste arbeiteten die Köhler bei ihren Meilern, wie der alte Lima, wie Fajardo oder die Brüder Benítez und Cheo.

Dem Spanier wurde leichter ums Herz, und er blickte zu der Frau hin, die hinter dem vorgehaltenen Tuch den Kleinen zu stillen versuchte. Ihrer Miene sah er an, daß das Kind die Brust nicht nehmen wollte. »Lassen Sie ihn, wenn er nicht will«, sagte er, und die Frau gehorchte, als hätte Pedro zu ihr gesprochen.

In weiter Ferne versank die Sonne am Horizont. Die Reiher waren zur Ruhe gegangen, nur die Caracateyes lärmten in den Mangrovenbüschen. Alles schien zu klappen. Da ließ der Köhler die Ruder sinken und lauschte angespannt aufs Meer hinaus. Nur er wußte, was es zu bedeuten hatte, wenn der Wind plötzlich den Atem anhielt, als heckte er etwas Teuflisches aus. »Das hat mir gerade noch gefehlt«, murmelte er vor sich hin, »aber vielleicht schlägt er nur um, und es gibt Landwind.«

Er wandte das Gesicht der Küste zu und wartete. Aber der Wind, der tief Luft geholt hatte, blies ihm heftig in den Nacken, und zugleich fielen schwere, kalte Tropfen. Anfangs glaubte der Mann, es seien Spritzer vom Ruder, aber die Tropfen kamen immer dichter, und bald war das Boot eingehüllt in Regenschleier.

Der Spanier fluchte nicht. Weshalb auch? Fluchen war jetzt genauso überflüssig wie einen Ast abschlagen, den man nicht brauchte. Er konnte nur eins tun: gegen Wind und Wetter anrudern, und sei es auch nur, um zu verhüten, daß der Kahn aus der Fahrrinne abgetrieben wurde und im Morast steckenblieb wie eine Fliege im Leim.

Bald wußte er nicht mehr, ob er das Ruder in die Nacht oder ins Meer tauchte. Hatte die Frau gesprochen, oder war es nur der Wind, der heulte? Er beachtete es nicht, stemmte die Füße gegen die Spanten und ruderte. Unter der rechten Sohle spürte er einen Nagelkopf. Es tat weh, aber er konnte nicht nachsehen, durfte nicht einen Augenblick lang aufhören zu rudern. Der Nagel würde ihm auch schwerlich in die Haut eindringen. Um die harte Sohle eines Köhlerfußes zu durchbohren, hätte es eines Messers oder einer Kugel bedurft, alles andere prallte ab. Das Boot glich jetzt einem Vogel im Sturm, der mit den Flügeln schlägt, sich aber weder vorwärts noch rückwärts bewegt. Er mußte es ebenso machen, an einer Stelle verharren. Vielleicht glückte es ihm, und er konnte den Weg in der Fahrrinne fortsetzen, wenn der Sturm verbraust war, und die verlorene Zeit einholen. Aber der verletzte Finger, den er beinahe vergessen hatte, begann zu schmerzen. Teufel noch einmal, dachte er, man muß sich doch bei allem vorsehen, selbst beim Holzhacken. Er hätte den Gedanken noch weitergesponnen, wenn er nicht gemerkt hätte, daß das Boot plötzlich in etwas Weiches und Zähes hineinfuhr. Zugleich hörte er ein wohlbekanntes schmatzendes Geräusch. Er packte das lange Ruder und tauchte es ins Wasser, bis es den dicken Schlamm berührte. »Verdammt!« entfuhr es ihm, und er bemühte sich verzweifelt, das Boot aus dem Morast zu befreien, ehe es sich ganz festgefahren hatte. Seine Anstrengung war nicht vergeblich, denn das Boot ließ sich bald wieder bewegen, nur daß es jetzt zwei Wunden gab, die dem Köhler zu schaffen machten, eine an seinem Finger, die er vergessen hatte, und ein klaffender Riß im Schaft des Ruders, das er zu stark beansprucht hatte und das knirschend brach. Nun war alles aus, er konnte nichts tun, als auf den nächsten Tag warten und hoffen, daß der Himmel ein Einsehen hatte.

Pausenlos rauschte der Regen. Dreimal mußte er das Boot ausschöpfen, das sich immer wieder füllte, da auch Wellen über Bord spülten. Aber dann ließ der Wind nach, der Regen fiel sachter, und die Nacht war wie ein großer, schwarzer, lecker Topf, aus dem es unablässig tröpfelte.

»Was nun?« fragte die Frau schüchtern.

»Jetzt holen wir uns einen Patabánstamm vom Ufer.«

»Für eine Stange zum Abstoßen?«

»Ja«, antwortete der Spanier und fügte hinzu: »Unter Ihrem Sitz muß ein Messer liegen. Werfen Sie es mal herüber.« Die Frau, die nach dem Messer tastete, sah nicht seine sorgenvolle Miene, die sich aber sofort glättete, als sie ausrief: »Hier ist es. Vorsicht!«

Das Messer fiel dem Kohlenbrenner vor die Füße. Er nahm es und sagte: »Sie warten jetzt, bis ich zurückkomme. Haben Sie keine Angst, das Boot kann nicht abtreiben.« Dann stieg er ins Wasser, das ihm bis an die Brust reichte, und watete dem Ufer zu. Die Frau, die ihm nachschaute, wußte nicht, daß er bis an die Knie in den Schlamm einsank.

Wer einen Patabán kennt, weiß, was es heißt, ihm mit dem Messer zu Leibe zu rücken. Schon mit der Machete muß man dreimal zuschlagen, ehe er fällt, aber mit dem Messer ist es ein fast aussichtsloses Beginnen. Auch ist es nicht dasselbe, ob man den Patabán am Tage umhackt, wenn es hell ist und der Wind weht, oder in stockdunkler Nacht, wenn sich kein Lüftchen rührt und einem ein Schwarm Jejenes um die Ohren summt. Eine Mücke kann man sehen, einen Jejé nicht; der ist nichts als ein feines Surren, gegen das man wehrlos ist. Darum läßt man sich stechen und arbeitet einfach weiter. Aber man muß schon ein Pferd sein, um eine gelbe Wolke summender Jejenes zu ertragen.

Anfangs versuchte der Spanier, den Patabán mit dem Messer umzuhauen, aber ein Messer ist keine Machete, deshalb begann er, ihn ringsherum einzukerben, so gut er es vermochte in der Dunkelheit und mit der Wunde am Finger, die jetzt wie Feuer brannte. Endlos lange stand er so im Sumpf, machte Einschnitt um Einschnitt, bis der Stamm zu knirschen anfing. Aber er brach ihn nicht gleich um, sondern schlug sich erst einigemal heftig auf den Nacken und ins Gesicht. Damit machte er zwar seinem Zorn gegen die Jejenes Luft, aber der quälende Juckreiz blieb. Schließlich fällte er den Patabán, entfernte die störenden Zweige und kehrte zum Boot zurück. Durch das kalte, schlammige Wasser zu waten war kein Vergnügen, aber immer noch besser, als von Schwärmen surrender Jejenes geplagt zu werden.

Über und über schlammbedeckt, stieg er in den Kahn und legte den Stamm auf die Bodenplanken. »Jetzt ist es wenigstens windstill«, sagte er und setzte sich hin, um ein wenig zu verschnaufen. Seine Begleiterin zitterte vor Kälte, aber er merkte es nicht. Er tastete nach seinen Zigaretten, die er im Bug an einem trockenen Platz aufbewahrte, und begann zu rauchen. Die Frau sah aufmerksam zu, wie die Zigarette aufglühte und verglomm, und ihr war, als wäre der schwache Schein das einzige Licht auf der Welt. Als der Köhler zu Ende geraucht hatte, warf er den Stummel ins Wasser, erhob sich und sagte: »So, jetzt müssen wir die Fahrrinne suchen.« Die Frau preßte die Lippen aufeinander, weil ihr die Zähne klapperten. »Wenn das Ruder nicht gebrochen wäre, hätten wir es längst geschafft. Nun werden wir erst gegen Morgen ankommen«, fuhr der Mann fort. Wieder wartete er vergebens auf eine Antwort. Er dachte, sie sei mit dem Kind auf dem Schoß eingeschlafen, und fragte: »Ist das Fieber zurückgegangen?«

»Nein«, sagte die Frau, und da merkte er, daß sie vor Kälte zitterte.

»Ich hätte Schnaps mitnehmen sollen, aber wenn man es so eilig hat, vergißt man die Hälfte.«

»Ja«, sagte sie, und er sah sich rasch nach einem Stück Segeltuch, nach einem trockenen Fetzen um, der ihr dienlich sein konnte. Als er nichts fand, stieg er aus dem Fahrzeug, um es flottzumachen. Mit beiden Händen umklammerte er den Bootsrand und begann aus Leibeskräften zu schieben, so daß sich alle seine Muskeln spannten. Langsam, fast unmerklich, setzte sich das Boot in Bewegung. Wenn er es erst in der Fahrrinne hatte, dann war alles gut. Aber noch stak es tief im Schlick und ließ sich kaum von der Stelle bringen. Sooft es ein paar Zentimeter weiterrutschte, stützte er sich auf den Rand und zog die Beine aus dem Morast. So ging es eine ganze Weile. Plötzlich glitt der Kahn fort. Der Mann fiel längelang ins Wasser, seine Hände gruben sich in den Schlamm. Triefend vor Schmutz und Nässe raffte er sich auf und lächelte beinahe, als er das

Boot sah, das munter auf dem Wasser schwamm. Mit ein paar Schwimmstößen war er heran und kletterte hinein. Aber er war völlig erschöpft und hätte sich am liebsten hingeworfen und nicht mehr gerührt. Nur noch ausruhen wollte er, in der dunklen Welt des Schlafs versinken, wo nichts ihn erreichen konnte. Aber das Boot hätte abtreiben und sich von neuem im Schlamm festsetzen können. Deshalb erhob er sich, ergriff die Stange und stieß energisch ab. Mühelos glitt das Fahrzeug dahin, und er stieß wieder ab, kurz und kräftig, mit geübter Hand. So würde es nun weitergehen, stundenlang, bis zum Morgengrauen, bis sie die kleine Siedlung erreichten und den Strand, wo der Autobus wartete, zu dem er die Frau und das Kind bringen wollte. Zwei Nächte hatte er kein Auge zugetan, und nun hatte er sich eine dritte Nacht um die Ohren geschlagen und sich vom Wind zausen lassen. Was mochte wohl aus diesem Pedro geworden sein, der auf Fischfang war? Ihn hatte es draußen auf dem Meer gewiß noch ärger erwischt als sie. Und woran dachte die Frau, die so stumm dort saß? Warum zum Teufel sagte sie nie etwas? Ein abscheuliches Gefühl, stundenlang mit einem Menschen beisammen zu sein, von dem man so gut wie nichts wußte, und dabei hatte man seine Anwesenheit nicht einmal gesucht! Ihr Schweigen störte ihn mehr denn je, und er hatte große Lust, umzukehren und ihr unumwunden zu sagen, daß man einen brennenden Meiler nicht allein lassen durfte. Aber dann schämte er sich und dachte, daß das Kind, dessen Gesichtchen er noch nicht gesehen hatte, ebenfalls glühte, aber vom Fieber. Er seufzte, wandte sich um und sah, daß die Frau die Fuße gegen die Bootswand stemmte, weil sich unter ihrem Sitz Wasser angesammelt hatte. Er stieß den Patabánstamm fest in den Grund und machte das Fahrzeug daran fest. Dann kniete er nieder, griff nach der leeren Konservenbüchse, die auf der Lache trieb, und begann zu schöpfen. Die Frau hörte die Büchse über die Planken scharren und das Wasser klatschen, aber sie sagte kein Wort. Als der Köhler fertig war, richtete er sich auf und starrte sinnend in die Nacht. Aber nicht lange, dann sagte er sich, daß ein Mann, der über das nachzudenken beginnt, was ihm zu tun bleibt, schon halb verloren hat. Er machte das Boot los und schwor sich, lieber sterben zu wollen, als noch eine Sekunde mit dem Ausschöpfen zu verlieren.

Über ihm stand seit Stunden derselbe Stern. Dreimal hörte er die Frau husten, aber er stellte keine Frage mehr, und als sich der Himmel über den Mangroven heller färbte, entdeckten seine roten, entzündeten Augen die Siedlung und den Strand, an dem der Autobus wartete. Seine Hände waren geschwollen, und dort, wo der Verband gesessen hatte, war eine dicke Kruste geronnenen Blutes. Aber vor ihm war die Siedlung, und am Ufer lag ein großes Boot, dessen Insassen sich zum Fischfang rüsteten. Er schwieg noch immer, denn nun war es an der Frau zu sprechen, sie hatte ja Anlaß, glücklich zu sein. Aber sie saß stumm auf ihrem Platz, wie seit Stunden; die Lust zu reden schien ihr endgültig vergangen. Als sie die Siedlung erreichten, stieg der Köhler ins Wasser und schob das Boot ans Ufer, damit die Frau aussteigen konnte, ohne daß das dunkle Bündel auf ihrem Arm naß wurde. Aber sie blieb sitzen und sah ihn an, und an Bord des großen Bootes stand ein Mann im Sporthemd, trank eine Flasche Bier und starte die beiden an. »Wir sind da, Sie können aussteigen«, sagte der Köhler zu ihr.

Sie bewegte die Lippen und stammelte etwas. In ihren Augen war keine Träne, aber in ihrer Stimme zitterte unendliches Weh.

»Es ist tot«, hauchte sie.

Der Mann stand wie versteinert. Dann schlug er mit der geballten Faust auf den Bootsrand und schrie: »Zum Teufel, Sie hätten es ins Meer werfen sollen!«

Kaum war es heraus, da schämte er sich bereits. Die Frau aber sah ihn verständnisvoll an, denn schließlich war er ein Sohn der Ciénaga, der grausamen Ciénaga, in der weder die Pflanzen noch die Menschen gedeihen konnten, in der sie verkümmerten, weil sie in stickigem Moder wurzelten.

Fjodor Sologub

Peredonows Messer

Es wurde Abend. Traurig heulte der Wind im Schornstein. Ein langsamer Regen schlug leise und hartnäckig an die Fensterscheiben. Hinter den Fenstern war alles schwarz.

Wolodin saß bei den Peredonows – Peredonow hatte ihn noch am Morgen gebeten, zum Tee zu kommen.

»Niemand hereinlassen. Hörst du, Klawdjuschka?« schrie Peredonow. Warwara schmunzelte.

»Hier treiben sich Weiber herum«, brummte er. »Man muß aufpassen. Eine hat sich zu mir ins Schlafzimmer gedrängt, wollte sich als Köchin verdingen. Aber wozu brauche ich eine Köchin mit einer Stülpnase.«

Wolodin lachte meckernd und sagte:

»Weiber pflegen auf den Straßen zu sein, zu uns haben sie aber nicht die geringsten Beziehungen, und wir werden sie nicht an unseren Tisch heranlassen.«

Alle drei setzten sich an den Tisch, tranken Schnaps und aßen Piroggen dazu. Es wurde mehr getrunken als gegessen. Peredonow war finster. Alles war für ihn sinnlos, unzusammenhängend, plötzlich – wie ein Alp. Der Kopf schmerzte ihn fürchterlich. Eine Vorstellung kehrte hartnäckig immer wieder – Wolodin war sein Feind. Sie wechselte ab mit dem aufdringlichen, bohrenden Gedanken: Man muß Pawluschka totschlagen, ehe es zu spät ist. Dann werden alle feindlichen Ränke offenbar werden. Wolodin wurde schnell betrunken und schwatzte irgend etwas Ungereimtes, um Warwara zu unterhalten.

Peredonow war erregt.

»Da kommt jemand«, murmelte er. »Laßt niemand herein. Sagt, ich sei fortgefahren, um zu beten, ins Schabenkloster.«

Er fürchtete, ein Besuch könnte ihn stören. Wolodin und Warwara amüsierten sich: Sie glaubten, er sei betrunken. Sie zwinkerten einander zu, gingen einzeln an die Tür, klopften, sprachen mit verstellten Stimmen:

»Ist der Herr General Peredonow zu Hause?«

»Dem General Peredonow – der Stern mit Brillanten.«

Aber Peredonow hatte heute kein Verlangen nach dem Stern.

»Nicht hereinlassen!« schrie er. »Jagt sie zum Teufel. Sie sollen morgen früh kommen. Jetzt ist nicht die Zeit dazu.«

Nein, dachte er, heute muß ich stark sein. Heute wird sich alles klären. Aber noch sind die Feinde fähig, ihm alles mögliche an den Hals zu hängen, um ihn desto sicherer umzubringen.

»Wir haben sie fortgejagt, sie bringen den Stern morgen früh«, sagte Wolodin und setzte sich wieder an den Tisch.

Peredonow fixierte ihn mit seinen trüben Augen und fragte:

»Bist du mein Freund oder mein Feind?«

»Dein Freund, dein Freund, Ardascha!« antwortete Wolodin.

»Der Busenfreund ist soviel wert, wie die Schabe unterm Herd«, sagte Warwara.

»Nicht Schabe, sondern Schaf«, verbesserte Peredonow. »Wollen wir trinken, Pawluschka, aber nur wir beide. Auch du, Warwara – trink; wollen wir alle zusammen trinken, wir beide.«

Wolodin kicherte.

»Wenn auch Warwara Dmitrijewna mit uns trinkt, so trinken wir nicht zu zweit, sondern zu dritt«, erklärte er.

»Zu zweit«, wiederholte Peredonow mürrisch.

»Mann und Frau: eine Sau«, sagte Warwara und lachte laut. Bis zum letzten Augenblick ahnte Wolodin nicht, daß Peredonow ihn ermorden wollte. Er meckerte, schwatzte Dummheiten, betrug sich läppisch, brachte Warwara zum Lachen. Peredonow aber dachte den ganzen Abend an sein Messer. Sobald sich Wolodin oder Warwara von der Seite näherten, wo er das Messer verwahrt hatte, schrie er sie wütend an – sie sollten fortgehen. Einigemal zeigte er auf die Tasche und sagte:

»Hier, Freundchen, habe ich so ein Ding, daß du, Pawluschka, kreischen wirst.«

Warwara und Wolodin lachten.

»Kreischen kann ich immer, Ardascha«, sagte Wolodin, »kräh, kräh! Es ist sogar sehr einfach!«

Rot im Gesicht, betäubt vom Schnaps, kreischte Wolodin und schob seine Lippen vor. Er wurde immer gemeiner gegenüber Peredonow.

»Man hat dich übers Ohr gehauen, Ardascha«, sagte er wegwerfend und mitleidig.

»*Ich* hau' dich übers Ohr!« brüllte Peredonow.

Schrecklich und drohend schien ihm Wolodin. Er mußte sich verteidigen. Schnell riß er das Messer heraus, stürzte sich auf Wolodin und stieß es ihm in die Kehle.

Peredonow erschrak. Im hohen Bogen spritzte das Blut heraus.

Wolodin röchelte und wollte mit den Händen an seinen Hals greifen. Es war ihm anzusehen, daß er zu Tode erschrocken war, immer schwächer wurde und die Hände nicht mehr bis zum Hals heben konnte. Plötzlich erstarrte er und stürzte auf Peredonow. Ein stoßweises Geröchel entrang sich seiner Brust, als käme er an Atem zu kurz – dann wurde er still. Vor Entsetzen winselte auch Peredonow und dann – nach ihm – Warwara.

Peredonow stieß Wolodin von sich. Schwer fiel er zu Boden. Er röchelte, zuckte mit den Beinen und starb. Seine weit geöffneten glasigen Augen starrten nach oben. Aus dem Nebenzimmer kam der Kater, schnupperte das Blut und miaute böse. Warwara stand wie erstarrt. Auf den Lärm kam Klawdja herbeigelaufen.

»Herr des Himmels! Mord!« kreischte sie.

Warwara kam zur Besinnung und lief schreiend mit Klawdja zum Zimmer hinaus.

Die Kunde von dem Ereignis verbreitete sich schnell. Die Nachbarn versammelten sich auf dem Hof, auf der Straße. Die Mutigeren gingen in das Haus, doch lange wagte es keiner, das Eßzimmer zu betreten. Sie schauten hinein, flüsterten. Peredonow starrte mit irren Augen auf den Leichnam, hinter der Tür hörte er Geflüster ... Eine stumpfe Angst schnürte ihm die Brust zu. Er hatte keine klaren Gedanken mehr.

Endlich faßte man Mut und trat ein – Peredonow saß niedergeschlagen da und murmelte unzusammenhängende, sinnlose Worte.

Arthur Schnitzler

Leutnant Gustl

Wie lange wird denn das noch dauern? Ich muß auf die Uhr schauen ... schickt sich wahrscheinlich nicht in einem so ernsten Konzert. Aber wer sieht's denn? Wenn's einer sieht, so paßt er geradesowenig auf wie ich, und vor dem brauch' ich mich nicht zu genieren ... Erst Viertel auf zehn! ... Mir kommt vor, ich sitz' schon drei Stunden in dem Konzert. Ich bin's halt nicht gewohnt ... Was ist es denn eigentlich? Ich muß das Programm anschauen ... Ja, richtig: Oratorium? Ich hab' gemeint: Messe. Solche Sachen gehören doch nur in die Kirche. Die Kirche hat auch das Gute, daß man jeden Augenblick fortgehen kann. – Wenn ich wenigstens einen Ecksitz hätt'! – Also Geduld, Geduld! Auch Oratorien nehmen ein End'! Vielleicht ist es sehr schön und ich bin nur nicht in der Laune. Woher sollt' mir auch die Laune kommen? Wenn ich denke, daß ich hergekommen bin, um mich zu zerstreuen ... Hätt' ich die Karte lieber dem Benedek geschenkt, dem machen solche Sachen Spaß; er spielt ja selber Violine ...

Lang' war ich schon nicht in der Oper. In der Oper unterhalt' ich mich immer, auch wenn's langweilig ist. Übermorgen könnt' ich eigentlich wieder hineingehen, zur »Traviata«. Ja, übermorgen bin ich vielleicht schon eine tote Leiche! Ah, Unsinn, das glaub' ich selber nicht! Warten S' nur, Herr Doktor, Ihnen wird's vergeh'n, solche Bemerkungen zu machen! Das Nasenspitzel hau' ich Ihnen herunter ...

Was guckt mich denn der Kerl dort immer an? Mir scheint, der merkt, daß ich mich langweil' und nicht herg'hör ... Ich möcht' Ihnen raten, ein etwas weniger freches Gesicht zu machen, sonst stell' ich Sie mir nachher im Foyer! – Schaut schon weg! ... Daß sie alle vor meinem Blick so eine Angst hab'n ...

Bravo, bravo! Jetzt wird's doch bald aus sein? – Ja, jetzt steht die ganze G'sellschaft da droben auf ... sieht sehr gut aus – imposant! – Orgel auch? ... Orgel hab' ich sehr gern ... So, das lass' ich mir g'fall'n – sehr schön! Es ist wirklich wahr, man sollt' öfter in Konzerte gehen ... Wunderschön ist's g'wesen, werd' ich dem Kopetzky sagen ... Werd' ich ihn heut' im Kaffeehaus treffen? – Ah, ich hab' gar keine Lust, ins Kaffeehaus zu geh'n; hab' mich gestern so gegiftet! Hundertsechzig Gulden auf einem Sitz verspielt – zu dumm! Und wer hat alles gewonnen? Der Ballert, grad' der, der's nicht notwendig hat ... Der Ballert ist eigentlich schuld, daß ich in das blöde Konzert hab' geh'n müssen ... Na ja, sonst hätt' ich heut wieder spielen können, vielleicht doch was zurückgewonnen. Aber es ist ganz gut, daß ich mir selber das Ehrenwort gegeben hab', einen Monat lang keine Karte anzurühren ...

...

Heiß wird's! Noch immer nicht aus? Ah, ich freu' mich so auf die frische Luft! Werd' ein bissel spazierengeh'n, übern Ring ... Heut' heißt's: früh ins Bett, morgen nachmittag frisch sein! Komisch, wenn ich daran denk', so egal ist mir das! Das erstemal hat's mich doch ein bissel aufgeregt. Nicht, daß ich Angst g'habt hätt'; aber nervös bin ich gewesen in der Nacht vorher ... Freilich, der Oberleutnant Bisanz war ein ernster Gegner. – Und doch, nichts ist mir g'scheh'n! ...

Auch schon anderthalb Jahr her. Wie die Zeit vergeht! Und wenn mir der Bisanz nichts getan hat, der Doktor wird mir schon gewiß nichts tun! Obzwar, gerade diese ungeschulten Fechter sind manchmal die gefährlichsten. Der Doschintzky hat mir erzählt, daß ihn ein Kerl, der das erstemal einen Säbel in der Hand gehabt hat, auf ein Haar abgestochen hätt'; und der Doschintzky ist heut' Fechtlehrer bei der Landwehr. Freilich – ob er damals schon so viel können hat ... Das wichtigste ist: kaltes Blut. Nicht einmal einen rechten Zorn hab' ich mehr in mir, und es war doch eine Frechheit – unglaublich! Sicher hätt' er sich's nicht getraut, wenn er nicht Champagner getrunken hätt' vorher... so eine Frechheit! Gewiß ein Sozialist! Die Rechtsverdreher sind doch heutzutag' alle Sozialisten! Eine Bande... am liebsten möchten sie gleich's ganze Militär abschaffen; aber wer ihnen dann helfen möcht', wenn die Chinesen über sie kommen, daran denken sie nicht. Blödisten! – Man muß gelegentlich ein Exempel statuieren. Ganz recht hab' ich g'habt. Ich bin froh, daß ich ihn nimmer auslassen hab' nach der Bemerkung. Wenn ich dran denk', werd' ich ganz wild! Aber ich hab' mich famos benommen; der Oberst sagt auch, es war absolut korrekt. Wird mir überhaupt nützen, die Sache. Ich kenn' manche, die den Burschen hätten durchschlüpfen lassen. Der Müller sicher, der wär' wieder objektiv gewesen oder so was. Mit dem Objektivsein hat sich noch jeder blamiert ... »Herr Leutnant!« ... Schon die Art, wie er »Herr Leutnant« gesagt hat, war unverschämt! ... »Sie werden mir doch zugeben müssen ...« – Wie sind wir denn nur draufgekommen? Wieso hab' ich mich mit dem Sozialisten in ein Gespräch eingelassen? Wie hat's denn nur angefangen? ... Mir scheint, die schwarze Frau, die ich zum Büfett geführt hab', ist auch dabeigewesen ... und dann dieser junge Mensch, der die Jagdbilder malt – wie heißt er denn nur? ... Meiner Seel', der ist an der ganzen Geschichte schuld gewesen! Der hat von den Manövern geredet; und dann erst ist dieser Doktor dazugekommen und hat irgendwas g'sagt, was mir nicht gepaßt hat, von Kriegsspielerei oder so was – aber wo ich noch nichts hab' reden können ... Ja, und dann ist von den Kadettenschulen gesprochen worden ... ja, so war's ... und ich hab' von einem patriotischen Fest erzählt ... und dann hat der Doktor gesagt – nicht gleich, aber aus dem Fest hat es sich entwickelt – »Herr Leutnant, Sie werden mir doch zugeben, daß nicht alle Ihre Kameraden zum Militär gegangen sind, ausschließlich um das Vaterland zu verteidigen!« So eine Frechheit! Das wagt so ein Mensch einem Offizier ins Gesicht zu sagen! Wenn ich mich nur erinnern könnt', was ich drauf geantwortet hab'? ... Ah ja, etwas von Leuten, die sich in Dinge dreinmengen, von denen sie nichts versteh'n ... Ja, richtig ... und dann war einer da, der hat die Sache gütlich beilegen wollen, ein älterer Herr mit einem Stockschnupfen ... Aber ich war zu wütend! Der Doktor hat das absolut in dem Ton gesagt, als wenn er direkt mich gemeint hätt'. Er hätt' nur noch sagen müssen, daß sie mich aus dem Gymnasium hinausg'schmissen haben und daß ich deswegen in die Kadettenschul' gesteckt worden bin ... Die Leut' können eben unserein'n nicht versteh'n, sie sind zu dumm dazu ... Wenn ich mich so erinner', wie ich das erstemal den Rock angehabt hab', so was erlebt eben nicht ein jeder ... Im vorigen Jahr bei den Manövern – ich hätt' was drum gegeben, wenn's plötzlich Ernst gewesen wär' ... Und der Mirovic hat mir g'sagt, es ist ihm ebenso gegangen. Und dann, wie Seine Hoheit die Front abgeritten sind, und die Ansprache vom Obersten – da muß einer schon ein ordentlicher Lump sein, wenn ihm das Herz nicht höher schlägt ... Und da kommt so ein Tintenfisch daher, der sein Lebtag nichts getan hat als hinter den Büchern gesessen, und erlaubt sich eine freche Bemerkung! Ah, wart nur, mein Lieber – bis zur Kampfunfähigkeit ... jawohl, du sollst so kampfunfähig werden ... Ja, was ist denn? Jetzt muß es doch bald aus sein? ... »Ihr, seine Engel, lobet den Herrn« ... – Freilich, das ist der Schlußchor ... Wunderschön, da kann man gar nichts sagen. Wunderschön! – Jetzt hab' ich ganz die aus der Loge vergessen, die früher zu kokettieren angefangen hat. Wo ist sie denn? ... Schon fortgegangen ... Die dort scheint auch sehr nett zu sein ... Zu dumm, daß ich keinen Operngucker bei mir hab'! Der Brunnthaler ist ganz gescheit, der hat sein Glas immer im Kaffeehaus bei der Kassa liegen, da kann einem nichts g'scheh'n ... Wenn sich die Kleine da vor mir nur einmal umdreh'n möcht! So brav sitzt s' alleweil da. Das neben ihr ist sicher die Mama ...

Bravo, bravo! Ah, aus! ... So, das tut wohl, aufsteh'n können ... Na, vielleicht! Wie lang' wird der da noch brauchen, um sein Glas ins Futteral zu stecken?

»Pardon, pardon, wollen S' mich nicht hinauslassen?«

Ist das ein Gedränge! Lassen wir die Leut' lieber vorbeipassieren ...

Elegante Person ... ob das echte Brillanten sind? ... Die da ist nett ... Wie sie mich anschaut! ... O ja, mein Fräulein, ich möcht' schon! ... Oh, die Nase! – Jüdin ... Noch eine ... Es ist doch fabelhaft, da sind auch die Hälfte Juden ... nicht einmal ein Oratorium kann man mehr in Ruhe genießen ... So, jetzt schließen wir uns an ... Warum drängt denn der Idiot hinter mir? Das werd' ich ihm abgewöhnen ... Ah, ein älterer Herr! ... Wer grüßt mich denn dort von drüben? ... Habe die Ehre, habe die Ehre! Keine Ahnung hab' ich, wer das ist ... das einfachste wär', ich ging' gleich zum Leidinger hinüber nachtmahlen …

So, da ist der Ausgang … Ah, die ist aber bildschön! Ganz allein? Wie sie mich anlacht. Das wär' eine Idee, der geh' ich nach! … So, jetzt die Treppen hinunter … Oh, ein Major von Fünfundneunzig … Sehr liebenswürdig hat er gedankt … Bin doch nicht der einzige Offizier hier gewesen … Wo ist denn das hübsche Mädel? Ah, dort … am Geländer steht sie … So, jetzt heißt's noch zur Garderobe … Daß mir die Kleine nicht auskommt … Hat ihn schon! So ein elender Fratz! Laßt sich da von einem Herrn abholen, und jetzt lacht sie noch auf mich herüber! – Es ist doch keine was wert … Herrgott, ist das ein Gedränge bei der Garderobe! … Warten wir lieber noch ein bissel … So! Ob der Blödist meine Nummer nehmen möcht'? …

»Sie, zweihundertvierundzwanzig! Da hängt er! Na, hab'n Sie keine Augen? Da hängt er! Na, Gott sei Dank! … Also bitte!« … Der Dicke da verstellt einem schier die ganze Garderobe … »Bitte sehr!« …

»Geduld, Geduld!«

Was sagt der Kerl?

»Nur ein bissel Geduld!«

Dem muß ich doch antworten … »Machen Sie doch Platz!«

»Na, Sie werden's auch nicht versäumen!«

Was sagt er da? Sagt er das zu mir? Das ist doch stark! Das darf ich mir nicht gefallen lassen! »Ruhig!«

»Was meinen Sie?«

Ah, so ein Ton? Da hört sich doch alles auf! »Stoßen Sie nicht!«

»Sie, halten Sie das Maul!« Das hätt' ich nicht sagen sollen, ich war zu grob … Na, jetzt ist's schon g'scheh'n!

»Wie meinen?«

Jetzt dreht er sich um … Den kenn' ich ja! – Donnerwetter, das ist ja der Bäckermeister, der immer ins Kaffeehaus kommt … Was macht denn der da? Hat sicher auch eine Tochter oder so was bei der Singakademie … Ja, was ist denn das? Ja, was macht er denn? Mir scheint gar … ja, meiner Seel', er hat den Griff von meinem Säbel in der Hand … Ja, ist der Kerl verrückt? … »Sie, Herr …«

»Sie, Herr Leutnant, sein S' jetzt ganz stad.«

Was sagt er da? Um Gottes willen, es hat's doch keiner gehört? Nein, er red't ganz leise … Ja, warum laßt er denn meinen Säbel net aus? … Herrgott noch einmal … Ah, da heißt's rabiat sein ich bring' seine Hand vom Griff nicht weg … nur keinen Skandal jetzt! … Ist nicht am End' der Major hinter mir? … Bemerkt's nur niemand, daß er den Griff von meinem Säbel hält? Er red't ja zu mir! Was red't er denn?

»Herr Leutnant, wenn Sie das geringste Aufsehen machen, so zieh' ich den Säbel aus der Scheide, zerbrech' ihn und schick' die Stück' an Ihr Regimentskommando. Versteh'n Sie mich, Sie dummer Bub?« Was hat er g'sagt? Mir scheint, ich träum'! Red't er wirklich zu mir? Ich sollt' was antworten … Aber der Kerl macht ja Ernst – der zieht wirklich den Säbel heraus, Herrgott – er tut's! … Ich spür's, er reißt schon dran. Was red't er denn? Um Gottes willen, nur kein' Skandal – Was red't er denn noch immer?

»Aber ich will Ihnen die Karriere nicht verderben … Also, schön brav sein! … So, hab'n S' keine Angst, 's hat niemand was gehört … es ist schon alles gut … so! Und damit keiner glaubt, daß wir uns gestritten haben, werd' ich jetzt sehr freundlich mit Ihnen sein! – Habe die Ehre, Herr Leutnant, hat mich sehr gefreut – habe die Ehre.«

Um Gottes willen, hab' ich geträumt? … Hat er das wirklich gesagt? … Wo ist er denn? … Da geht er … Ich müßt' ja den Säbel ziehen und ihn zusammenhauen – Um Gottes willen, es hat's doch niemand gehört? … Nein, er hat ja nur ganz leise geredet, mir ins Ohr … Warum geh' ich denn nicht hin und hau' ihm den Schädel auseinander? … Nein, es geht ja nicht, es geht ja nicht … gleich hätt' ich's tun müssen … Warum hab' ich's denn nicht gleich getan? … Ich hab's ja nicht können … er hat ja den Griff nicht auslassen, und er ist zehnmal stärker als ich … Wenn ich noch ein Wort gesagt hätt', hätt' er mir wirklich den Säbel zerbrochen … Ich muß ja noch froh sein, daß er nicht laut geredet hat! Wenn's ein Mensch gehört hätt', so müßt' ich mich ja *stante pede* erschießen … Vielleicht ist es doch ein Traum gewesen … Warum schaut mich denn der Herr dort an der Säule so an? – Hat er am End' was gehört? … Ich werd' ihn fragen … Fragen? – Ich bin ja verrückt! – Wie schau' ich denn aus? – Merkt man mir was an? – Ich muß ganz blaß sein. – Wo ist der Hund? … Ich muß ihn umbringen! … Fort ist er … Überhaupt schon ganz leer … Wo ist denn mein Mantel? … Ich hab' ihn ja schon angezogen … Ich hab's gar nicht gemerkt … Wer hat mir denn geholfen? … Ah, der da … dem muß ich ein Sechserl geben … So! … Aber was ist denn das? Ist es denn wirklich gescheh'n? Hat wirklich einer so zu mir geredet? Hat mir wirklich einer »dummer Bub« gesagt? Und ich hab' ihn nicht auf der Stelle zusammengehauen? … Aber ich hab' ja nicht können … er hat ja eine Faust gehabt wie Eisen … ich bin ja dagestanden wie angenagelt … Nein, ich muß den Verstand verloren gehabt haben, sonst hätt' ich mit der anderen Hand … Aber da hätt' er ja meinen Säbel herausgezogen und zerbrochen, und aus wär's gewesen – alles wär' aus gewesen! Und nachher, wie er fortgegangen ist, war's zu spät … ich hab' ihm doch nicht den Säbel von hinten in den Leib rennen können. Was, ich bin schon auf der

Straße? Wie bin ich denn da herausgekommen? – So kühl ist es ... ah, der Wind, der ist gut ... Wer ist denn das da drüben? Warum schau'n denn die zu mir herüber? Am Ende haben die was gehört ... Nein, es kann niemand was gehört haben ... ich weiß ja, ich hab' mich gleich nachher umgeschaut! Keiner hat sich um mich gekümmert, niemand hat was gehört ... Aber gesagt hat er's, wenn's auch niemand gehört hat; gesagt hat er's doch. Und ich bin dagestanden und hab' mir's gefallen lassen, wie wenn mich einer vor den Kopf geschlagen hätt'! ... Aber ich hab' ja nichts sagen können, nichts tun können; es war ja noch das einzige, was mir übriggeblieben ist: stad sein, stad sein ... 's ist fürchterlich, es ist nicht zum Aushalten; ich muß ihn totschlagen, wo ich ihn treff! ... Mir sagt das einer! Mir sagt das so ein Kerl, so ein Hund! Und er kennt mich ... Herrgott noch einmal, er kennt mich, er weiß, wer ich bin! ... Er kann jedem Menschen erzählen, daß er mir das g'sagt hat! ... Nein, nein, das wird er ja nicht tun, sonst hätt' er auch nicht so leise geredet ... er hat auch nur wollen, daß ich es allein hör! ... Aber wer garantiert mir, daß er's nicht doch erzählt, heut' oder morgen, seiner Frau, seiner Tochter, seinen Bekannten im Kaffeehaus. – Um Gottes willen, morgen seh' ich ihn ja wieder! Wenn ich morgen ins Kaffeehaus komm', sitzt er wieder dort wie alle Tag' und spielt seinen Tapper mit dem Herrn Schlesinger und mit dem Kunstblumenhändler ... Nein, nein, das geht ja nicht, das geht ja nicht ... Wenn ich ihn seh', so hau' ich ihn zusammen ... Nein, das darf ich ja nicht ... gleich hätt' ich's tun müssen, gleich! ... Wenn's nur gegangen wär'! Ich werd' zum Obersten geh'n und ihm die Sache melden ... ja, zum Obersten ... Der Oberst ist immer sehr freundlich – und ich werd' ihm sagen: Herr Oberst, ich melde gehorsamst, er hat den Griff gehalten, er hat ihn nicht aus'lassen; es war genauso, als wenn ich ohne Waffe gewesen wäre ... – Was wird der Oberst sagen? – Was er sagen wird? – Aber da gibt's ja nur eins: quittieren mit Schimpf und Schand' – quittieren! ... Sind das Freiwillige da drüben? ... Ekelhaft, bei der Nacht schau'n sie aus wie Offiziere ... sie salutieren! – Wenn die wußten – wenn die wüßten! ... Da ist das Café Hochleitner ... Sind jetzt gewiß ein paar Kameraden drin ... vielleicht auch einer oder der andere, den ich kenn' ... Wenn ich's dem ersten besten erzählen möcht', aber so, als wär's einem andern passiert? ... – Ich bin ja schon ganz irrsinnig ... Wo lauf' ich denn da herum? Was tu' ich denn auf der Straße? – Ja, aber wo soll ich denn hin? Hab' ich nicht zum Leidinger wollen? Haha, unter Menschen mich niedersetzen ... ich glaub', ein jeder müßt' mir's anseh'n ... Ja, aber irgendwas muß doch gescheh'n ... Was soll denn gescheh'n? ... Nichts, nichts – es hat ja niemand was gehört ... es weiß ja niemand was ... in dem Moment weiß niemand was ... Wenn ich jetzt zu ihm in die Wohnung ginge und ihn beschwören möchte, daß er's niemandem erzählt? ... – Ah, lieber gleich eine Kugel vor den Kopf als so was! ... Wär' so das Gescheiteste! ... Das Gescheiteste? Das Gescheiteste? – Gibt ja überhaupt nichts anderes ... gibt nichts anderes ... Wenn ich den Oberst fragen möcht' oder den Kopetzky – oder den Blany – oder den Friedmair – jeder möcht' sagen: Es bleibt dir nichts anderes übrig! ... Wie wär's, wenn ich mit dem Kopetzky spräch'? ... Ja, es wär' doch das Vernünftigste ... schon wegen morgen ... Ja, natürlich – wegen morgen ... um vier in der Reiterkasern' ... ich soll mich ja morgen um vier Uhr schlagen ... und ich darf's ja nimmer, ich bin satisfaktionsunfähig ... Unsinn! Unsinn! Kein Mensch weiß was, kein Mensch weiß was! – Es laufen viele herum, denen ärgere Sachen passiert sind, als mir ... Was hat man nicht all's von dem Deckener erzählt, wie er sich mit dem Rederow geschossen hat ... und der Ehrenrat hat entschieden, das Duell darf stattfinden ... Aber wie möcht' der Ehrenrat bei mir entscheiden? – Dummer Bub – dummer Bub ... und ich bin dagestanden – heiliger Himmel, es ist doch ganz egal, ob ein anderer was weiß! ... *ich* weiß es doch, und das ist die Hauptsache! *Ich* spür', daß ich jetzt wer anderer bin als vor einer Stunde. – *Ich* weiß, daß ich satisfaktionsunfähig bin, und darum muß ich mich totschießen ... Keine ruhige Minute hätt' ich mehr im Leben ... immer hätt' ich die Angst, daß es doch einer erfahren könnt', so oder so ... und daß mir's einer einmal ins Gesicht sagt, was heut' abend gescheh'n ist! – Was für ein glücklicher Mensch bin ich vor einer Stund' gewesen ... Muß mir der Kopetzky die Karte schenken – und die Steffi muß mir absagen, das Mensch! – Von so was hängt man ab ... Nachmittag war noch alles gut und schön, und jetzt bin ich ein verlorener Mensch und muß mich totschießen ... Warum renn' ich denn so? Es lauft mir ja nichts davon. Wieviel schlagt's denn? ... 1, 2, 3, 4, 5, 6, 7, 8, 9, 10, 11 ... elf, elf ... ich sollt' doch nachtmahlen geh'n! Irgendwo muß ich doch schließlich hingeh'n ... ich könnt' mich ja in irgendein Beisl setzen, wo mich kein Mensch kennt – schließlich, essen muß der Mensch, auch wenn er sich nachher gleich totschießt ... Haha, der Tod ist ja kein Kinderspiel ... wer hat das nur neulich gesagt? ... Aber das ist ja ganz egal ...

Ich möcht' wissen, wer sich am meisten kränken möcht'? ... Die Mama oder die Steffi? ... die Steffi ... Gott, die Steffi ... die dürft' sich ja nicht einmal was anmerken lassen, sonst gibt »er« ihr den Abschied ... Arme Person! – Beim Regiment – kein Mensch hätt' eine Ahnung, warum ich's getan hab' ... sie täten sich alle den Kopf zerbrechen … warum hat sich denn der Gustl umgebracht? – Darauf möcht' keiner kommen, daß ich mich hab' totschießen müssen, weil ein elender Bäckermeister, so ein niederträchtiger, der zufällig stärkere Fäust' hat … es ist ja zu dumm, zu dumm! – Deswegen soll ein Kerl wie ich, so ein junger, fescher Mensch … Ja, nachher möchten's gewiß alle sagen: Das hätt' er doch nicht tun müssen, wegen so einer Dummheit; ist doch schad'! … Aber wenn ich jetzt wen immer fragen tät', jeder möcht' mir die gleiche Antwort geben … und ich selber, wenn ich mich frag' … das ist doch zum Teufel holen … ganz wehrlos sind wir gegen die Zivilisten … Da meinen die Leut', wir sind besser dran, weil wir einen Säbel haben … und wenn schon einmal einer von der Waffe Gebrauch macht, geht's über uns her, als wenn wir alle die geborenen Mörder wären … In der Zeitung möcht's auch steh'n: … »Selbstmord eines jungen Offiziers« … Wie schreiben sie nur immer? … »Die Motive sind in Dunkel gehüllt« … Haha! … »An seinem Sarge trauern« … Aber es ist ja wahr … mir ist immer, als wenn ich mir eine Geschichte erzählen möcht' … aber es ist wahr … ich muß mich umbringen, es bleibt mir ja nichts anderes übrig – ich kann's ja nicht drauf ankommen lassen, daß morgen früh der Kopetzky und der Blany mir ihr Mandat zurückgeben und mir sagen: Wir können dir nicht sekundieren! … Ich wär' ja ein Schuft, wenn ich's ihnen zumuten möcht' … so ein Kerl wie ich, der dasteht und sich einen dummen Buben heißen läßt … morgen wissen's ja alle Leut' … das ist zu dumm, daß ich mir einen Moment einbilde, so ein Mensch erzählt's nicht weiter … überall wird er's erzählen … seine Frau weiß's jetzt schon … morgen weiß es das ganze Kaffeehaus … die Kellner werdn's wissen … der Herr Schlesinger – die Kassiererin – Und selbst wenn er sich vorgenommen hat, er red't nicht davon, so sagt er's übermorgen ... und wenn er's übermorgen nicht sagt, in einer Woche ... Und wenn ihn heut' nacht der Schlag trifft, so weiß ich's ... ich weiß es ... und ich bin nicht der Mensch, der weiter den Rock trägt und den Säbel, wenn ein solcher Schimpf auf ihm sitzt'. ... So, ich muß es tun, und Schluß! – Was ist weiter dabei? ...

Heiliger Himmel! Gestern abend! – Fort, fort! Das halt' ich gar nicht aus! ... Pst! Keinen solchen Lärm, nicht mit dem Säbel scheppern – die Leut' nicht in der Andacht stören – so! Doch besser im Freien ... Licht ... Ah, es kommt immer näher – wenn es lieber schon vorbei wär'! – Ich hätt's gleich tun sollen – im Prater ... man sollt' nie ohne Revolver ausgeh'n ... Hätt' ich gestern abend einen gehabt ... Herrgott noch einmal! – In das Kaffeehaus könnt' ich geh'n frühstücken ... Hunger hab' ich ... Früher ist's mir immer sonderbar vorgekommen, daß die Leut', die verurteilt sind, in der Früh noch ihren Kaffee trinken und ihr Zigarrl rauchen ... Donnerwetter, geraucht hab' ich gar nicht! Gar keine Lust zum Rauchen! – Es ist komisch: ich hätt' Lust, in mein Kaffeehaus zu geh'n ... Ja, aufgesperrt ist schon, und von uns ist jetzt doch keiner dort – und wenn schon ... ist höchstens ein Zeichen von Kaltblütigkeit. »Um sechs hat er noch im Kaffeehaus gefrühstückt, und um sieben hat er sich erschossen.« ...

Da ist ja schon mein Kaffeehaus ... auskehren tun sie noch ... Na, geh'n wir hinein ...

Dahinten ist der Tisch, wo die immer Tarock spielen ... Merkwürdig, ich kann mir's gar nicht vorstellen, daß der Kerl, der immer dahinten sitzt an der Wand, derselbe sein soll, der mich ... – Kein Mensch ist noch da ... Wo ist denn der Kellner? ... He! Da kommt er aus der Küche ... er schlieft schnell in den Frack hinein ... Ist wirklich nimmer notwendig! ... Ah, für ihn schon ... er muß heut' noch andere Leut' bedienen! –

»Habe die Ehre, Herr Leutnant!«

»Guten Morgen.«

»So früh heute, Herr Leutnant?«

»Ah, lassen S' nur – ich hab' nicht viel Zeit, ich kann mit 'm Mantel dasitzen.«

»Was befehlen Herr Leutnant?«

»Eine Melange mit Haut.«

»Bitte gleich, Herr Leutnant!«

Ah, da liegen ja Zeitungen ... schon heutige Zeitungen? ... Ob schon was drinsteht? ... Was denn? – Mir scheint, ich will nachseh'n, ob drinsteht, daß ich mich umgebracht hab'! Haha! – Warum steh' ich denn noch immer? ... Setzen wir uns da zum Fenster ... Er hat mir ja schon die Melange hingestellt ... So, den Vorhang zieh' ich zu; es ist mir zuwider, wenn die Leut' hereingucken ... Es geht zwar noch keiner vorüber ... Ah, gut schmeckt der Kaffee – doch kein leerer Wahn, das Frühstücken! ... Ah, ein ganz anderer Mensch wird man – der ganze Blödsinn ist, daß ich nicht genachtmahlt hab' ... Was steht denn der Kerl schon wieder da? – Ah, die Semmeln hat er mir gebracht ...

»Haben Herr Leutnant schon gehört?« ...

»Was denn?« Ja, um Gottes willen, weiß der schon was? ... Aber Unsinn, es ist ja nicht möglich!

»Den Herrn Habetswallner ...«

Was? So heißt ja der Bäckermeister ... was wird der jetzt sagen? ... Ist der am End' schon dagewesen? Ist er am End' gestern schon dagewesen und hat's erzählt? ... Warum red't er denn nicht weiter? ... Aber er red't ja ...

»... hat heut' nacht um zwölf der Schlag getroffen.«

»Was?« ... Ich darf nicht so schreien ... nein, ich darf mir nichts anmerken lassen … aber vielleicht träum' ich … ich muß ihn noch einmal fragen … »Wen hat der Schlag getroffen?« – Famos, famos! – Ganz harmlos hab' ich das gesagt! –

»Den Bäckermeister, Herr Leutnant! … Herr Leutnant werd'n ihn ja kennen … na, den Dicken, der jeden Nachmittag neben die Herren Offiziere seine Tarockpartie hat … mit 'n Herrn Schlesinger und 'n Herrn Wasner von der Kunstblumenhandlung vis-à-vis!«

Ich bin ganz wach – stimmt alles – und doch kann ich's noch nicht recht glauben – ich muß ihn noch einmal fragen … aber ganz harmlos …

»Der Schlag hat ihn getroffen? … Ja, wieso denn? Woher wissen S' denn das?«

»Aber Herr Leutnant, wer soll's denn früher wissen als unsereiner – die Semmel, die der Herr Leutnant da essen, ist ja auch vom Herrn Habetswallner. Der Bub, der uns das Gebäck um halber fünfe in der Früh bringt, hat's uns erzählt.«

Um Himmels willen, ich darf mich nicht verraten … ich möcht' ja schreien … ich möcht' ja lachen … ich möcht' ja dem Rudolf ein Bussel geben … Aber ich muß ihn noch was fragen! … Vom Schlag getroffen werden, heißt noch nicht: tot sein … ich muß fragen, ob er tot ist … aber ganz ruhig, denn was geht mich der Bäckermeister an – ich muß in die Zeitung schau'n, während ich den Kellner frag' …

»Ist er tot?«

»Na, freilich, Herr Leutnant; auf 'm Fleck ist er totgeblieben.«

Oh, herrlich, herrlich! – Am End' ist das alles, weil ich in der Kirchen g'wesen bin …

»Er ist am Abend im Theater g'wesen; auf der Stiegen ist er umg'fallen – der Hausmeister hat den Krach gehört …

na, und dann haben S' ihn in die Wohnung getragen, und wieder Doktor gekommen ist, war's schon lang' aus.«

»Ist aber traurig. Er war doch noch in den besten Jahren.« – Das hab' ich jetzt famos gesagt – kein Mensch könnt' mir was anmerken ... und ich muß mich wirklich zurückhalten, daß ich nicht schrei' oder aufs Billard spring' ...

»Ja, Herr Leutnant, sehr traurig; war ein so lieber Herr, und zwanzig Jahr' ist er schon zu uns kommen – war ein guter Freund von unserm Herrn. Und die arme Frau ...«

Ich glaub', so froh bin ich in meinem ganzen Leben nicht gewesen ... tot ist er – tot ist er! Keiner weiß was, und nichts ist g'scheh'n! – Und das Mordsglück, daß ich in das Kaffeehaus gegangen bin ... sonst hätt' ich mich ja ganz umsonst erschossen – es ist doch wie eine Fügung des Schicksals ... Wo ist denn der Rudolf? – Ah, mit dem Feuerburschen red't er ... Also, tot ist er – tot ist er – ich kann's noch gar nicht glauben! Am liebsten möcht' ich hingeh'n, um's zu seh'n. – Am End' hat ihn der Schlag getroffen aus Wut, aus verhaltenem Zorn ... Ah, warum, ist mir ganz egal! Die Hauptsach' ist: Er ist tot, und ich darf leben, und alles g'hört wieder mein! ... Komisch, wie ich mir da immerfort die Semmel einbrock', die mir der Herr Habetswallner gebacken hat! Schmeckt mir ganz gut, Herr von Habetswallner! Famos! – So, jetzt möcht' ich noch ein Zigarrl rauchen ...

»Rudolf! Sie, Rudolf! Sie, lassen S' mir den Feuerburschen dort in Ruh'!«

»Bitte, Herr Leutnant!«

»Trabucco« ... – Ich bin so froh, so froh! ... Was mach' ich denn nur? ... Was mach' ich denn nur? ... Es muß ja was gescheh'n, sonst trifft mich auch noch der Schlag vor lauter Freud'! ... In einer Viertelstund' geh' ich hinüber in die Kasern' und laß mich vom Johann kalt abreiben ... um halb acht sind die Gewehrgriff', und um halb zehn ist Exerzieren. – Und der Steffi schreib' ich sie muß sich für heut' abend frei machen, und wenn's Graz gilt! Und nachmittag um vier ... na wart', mein Lieber, wart', mein Lieber! Ich bin grad' gut aufgelegt ... Dich hau' ich zu Krenfleisch!

Milan Kundera

Teresa

Seit vielen Jahren schon denke ich an Tomas, aber erst im Licht dieser Überlegungen habe ich ihn zum ersten Mal klar vor mir gesehen. Ich sehe ihn, wie er in seiner Wohnung am Fenster steht, über den Hof auf die Mauer des gegenüberliegenden Wohnblocks schaut und nicht weiß, was er tun soll.

Er hatte Teresa vor etwa drei Wochen in einer böhmischen Kleinstadt kennengelernt. Sie hatten knapp eine Stunde miteinander verbracht. Sie hatte ihn zum Bahnhof begleitet und gewartet, bis er in den Zug gestiegen war. Zehn Tage später besuchte sie ihn in Prag. Noch am selben Tag liebten sie sich. In der Nacht bekam sie Fieber und blieb eine ganze Woche mit Grippe in seiner Wohnung.

Er empfand damals eine unerklärliche Liebe für dieses Mädchen, das er kaum kannte; sie kam ihm vor wie ein Kind, das jemand in ein pechbestrichenes Körbchen gelegt und auf dem Fluß ausgesetzt hatte, damit er es am Ufer seines Bettes barg.

Sie blieb eine Woche bei ihm, und als sie wieder gesund war, fuhr sie zurück in ihre Kleinstadt, zweihundert Kilometer von Prag entfernt. Und jetzt folgt der Augenblick, von dem ich gerade gesprochen habe, in dem ich den Schlüssel zu Tomas' Leben sehe: Er steht am Fenster, schaut über den Hof auf die Mauer des gegenüberliegenden Wohnblocks und überlegt:

Sollte er sie für immer nach Prag holen? Er fürchtete diese Verantwortung. Würde er sie jetzt einladen, sie würde kommen, um ihm ihr ganzes Leben anzubieten.

Oder sollte er einfach nichts mehr von sich hören lassen? Das würde bedeuten, daß Teresa Serviererin in einem gottvergessenen Provinznest bliebe und er sie nie wiedersehen würde.

Will er, daß sie zu ihm kommt, oder will er es nicht?

Er schaut über den Hof auf die Mauern gegenüber und sucht nach einer Antwort.

Immer wieder sah er sie vor sich, wie sie auf seinem Bett lag; sie erinnerte ihn an niemanden aus seinem bisherigen Leben. Sie war weder Geliebte noch Gemahlin. Sie war ein Kind, das er aus dem pechbestrichenen Körbchen gehoben und an das Ufer seines Bettes gelegt hatte. Sie war eingeschlafen. Er kniete sich neben sie. Ihr fiebriger Atem wurde schneller, und er hörte ein schwaches Stöhnen. Er preßte sein Gesicht an ihres und flüsterte ihr besänftigende Worte in den Schlaf. Nach einer Weile fühlte er, wie ihr Atem sich beruhigte und sie ihr Gesicht unwillkürlich dem seinen entgegenhob. Er spürte an ihren Lippen den herben Geruch des Fiebers und atmete ihn ein, als wollte er die Intimität ihres Körpers ganz in sich aufnehmen. Er stellte sich vor, daß sie schon viele Jahre bei ihm war und nun im Sterben lag. Plötzlich hatte er das untrügliche Gefühl, er könnte ihren Tod nicht überleben. Er würde sich an ihre Seite legen und mit ihr sterben wollen. Er preßte sein Gesicht neben ihrem Kopf ins Kissen und verharrte lange Zeit so.

Jetzt steht er am Fenster und besinnt sich auf jenen Augenblick. Was konnte es anderes sein als die Liebe, die sich ihm auf diese Weise offenbart hatte?

Aber war es Liebe? Das Gefühl, an ihrer Seite sterben zu wollen, war ganz offensichtlich unangemessen: er hatte sie damals gerade zum zweiten Mal in seinem Leben gesehen! War es nicht eher die Hysterie eines Menschen, der sich im Grunde seines Herzens seiner Liebesunfähigkeit bewußt war und anfing, sich die Liebe vorzuspielen? Sein Unterbewußtsein war dabei so feige, daß er sich für seine Komödie ausgerechnet diese armselige Serviererin aus einem Provinznest ausgesucht hatte, die im Grund keine Chance hatte, in sein Leben zu treten!

Er schaute über den Hof auf die schmutzigen Mauern und begriff, daß er nicht wußte, ob es Hysterie war oder Liebe.

Er machte sich den Vorwurf, daß er in einer Situation zauderte, in der ein richtiger Mann sofort gewußt hätte, was zu tun war, und daß er den schönsten Augenblick seines Lebens (er kniete an ihrem Bett und es schien ihm, er könnte ihren Tod nicht überleben) jeder Bedeutung beraubte.

Er haderte mit sich, bis er sich schließlich sagte, es sei eigentlich ganz normal, daß er nicht wisse, was er wolle.

Man kann nie wissen, was man wollen soll, weil man nur ein Leben hat, das man weder mit früheren Leben vergleichen noch in späteren korrigieren kann.

Ist es besser, mit Teresa zu leben oder allein zu bleiben?

Es ist unmöglich zu überprüfen, welche Entscheidung die richtige ist, weil es keine Vergleiche gibt. Man erlebt alles unmittelbar, zum ersten Mal und ohne Vorbereitung. Wie ein Schauspieler, der auf die Bühne kommt, ohne vorher je geprobt zu haben. Was aber kann das Leben wert sein, wenn die erste Probe für das Leben schon das Leben selber ist? Aus diesem Grunde gleicht das Leben immer einer Skizze. Auch »Skizze« ist nicht das richtige Wort, weil

Skizze immer ein Entwurf zu etwas ist, die Vorbereitung eines Bildes, während die Skizze unseres Lebens eine Skizze von nichts ist, ein Entwurf ohne Bild.

Einmal ist keinmal, sagte sich Tomas. Wenn man ohnehin nur einmal leben darf, so ist es, als lebe man überhaupt nicht.

Eines Tages rief ihn eine Schwester in der Pause zwischen zwei Operationen ans Telefon. Er vernahm Teresas Stimme im Hörer. Sie rief vom Bahnhof aus an. Er freute sich. Leider hatte er für den Abend schon eine Verabredung und lud sie deshalb erst für den nächsten Tag zu sich ein. Kaum hatte er den Hörer aufgelegt, machte er sich Vorwürfe, daß er sie nicht gebeten hatte, gleich zu kommen. Er hätte noch Zeit genug gehabt, seine Verabredung abzusagen! Er stellte sich vor, was Teresa sechsunddreißig Stunden lang bis zu ihrem Treffen machen würde und hatte Lust, sich ins Auto zu setzen und sie in den Straßen von Prag zu suchen.

Sie kam am nächsten Abend, trug eine Umhängetasche über der Schulter, und er fand sie eleganter als das letzte Mal. In der Hand hielt sie ein dickes Buch. *Anna Karenina* von Tolstoi. Sie gab sich fröhlich, sprach sogar ein wenig laut und bemühte sich, ihm zu verstehen zu geben, daß sie rein zufällig vorbeigekommen sei; es habe sich gerade so ergeben: Sie sei aus beruflichen Gründen in Prag, möglicherweise (ihre Angaben waren nicht sehr klar), um eine Stelle zu suchen.

Dann lagen sie nackt und erschöpft nebeneinander auf dem Bett. Es war schon dunkel. Er fragte sie, wo sie wohnte und bot ihr an, sie mit dem Wagen hinzufahren. Sie antwortete verlegen, sie müsse erst noch ein Hotel suchen und habe den Koffer in der Gepäckaufbewahrung am Bahnhof abgegeben.

Noch am Abend vorher hatte er befürchtet, sie könnte

ihm ihr ganzes Leben anbieten, wenn er sie zu sich nach Prag holte. Als sie ihm nun sagte, ihr Koffer sei in der Gepäckaufbewahrung, hatte er die Idee, daß ihr ganzes Leben in diesem Koffer steckte und sie es nur vorübergehend am Bahnhof abgegeben hätte, um es ihm dann anzubieten.

Er stieg mit ihr ins Auto, das er vor dem Haus geparkt hatte, fuhr zum Bahnhof, holte den Koffer ab (er war riesig und unendlich schwer) und brachte ihn und Teresa in seine Wohnung zurück.

Wie war es möglich, daß er sich so plötzlich entscheiden konnte, nachdem er fast vierzehn Tage lang gezögert hatte und unfähig war, ihr auch nur einen Kartengruß zu schicken?

Er war selbst überrascht. Er handelte gegen seine Prinzipien. Vor zehn Jahren war er von seiner ersten Frau geschieden worden und hatte die Scheidung in einer Feststimmung erlebt, in der andere Leute Hochzeiten feiern. Er hatte damals begriffen, daß er nicht dazu geboren war, an der Seite welcher Frau auch immer zu leben, und daß er nur als Junggeselle ganz er selber sein konnte. Also war er sorgfältig darauf bedacht, sein Leben so einzurichten, daß keine Frau je mit einem Koffer bei ihm einziehen würde. Aus diesem Grund stand in seiner Wohnung nur ein einziges Bett. Obwohl es breit genug war, behauptete Tomas allen Freundinnen gegenüber, daß er nicht imstande sei, mit jemandem im selben Bett einzuschlafen, und fuhr sie alle jedesmal nachts nach Hause zurück. Auch als Teresa zum ersten Mal mit der Grippe bei ihm geblieben war, hatte er nicht mit ihr im selben Bett geschlafen. Die erste Nacht verbrachte er in einem großen Sessel, die folgenden Nächte im Krankenhaus, wo in seinem Konsultationszimmer ein Kanapee stand, das er während der Nachtwachen benutzte.

Diesmal jedoch schlief er neben ihr ein. Als er am nächsten Morgen aufwachte, stellte er fest, daß Teresa, die noch schlief, seine Hand hielt. Hatten sie die ganze Nacht Hand in Hand dagelegen? Das erschien ihm kaum glaublich.

Sie atmete tief im Schlaf, hielt seine Hand (ganz fest, er konnte sich nicht aus ihrer Umklammerung lösen), und der unendlich schwere Koffer stand neben dem Bett.

Er wagte nicht, seine Hand freizumachen, er wollte sie nicht wecken und drehte sich nur sachte auf die Seite, um sie besser beobachten zu können.

Und wieder kam ihm der Gedanke, Teresa sei ein Kind, das jemand in ein pechbestrichenes Körbchen gelegt und auf dem Wasser ausgesetzt hatte. Man darf doch ein Körbchen mit einem Kind nicht einfach auf dem reißenden Fluß treiben lassen! Hätte die Tochter des Pharao das Körbchen mit dem kleinen Moses nicht aus den Wellen geborgen, gäbe es weder das Alte Testament noch unsere Zivilisation! Wie viele alte Mythen fangen damit an, daß jemand ein ausgesetztes Kind rettet. Hätte sich Polybos nicht des jungen Ödipus angenommen, hätte Sophokles seine schönste Tragödie nie geschrieben!

Damals war es Tomas noch nicht klar, daß Metaphern gefährlich sind. Mit Metaphern spielt man nicht. Die Liebe kann aus einer einzigen Metapher geboren werden.

Mit seiner Frau hatte er knapp zwei Jahre zusammengelebt und einen Sohn gezeugt. Im Scheidungsurteil sprach das Gericht das Kind der Mutter zu und verurteilte Tomas, ihnen als Lebensunterhalt ein Drittel seines Gehalts zu zahlen. Gleichzeitig wurde ihm das Recht zugestanden, seinen Sohn alle zwei Wochen zu sehen.

Aber jedesmal, wenn er ihn treffen wollte, erfand die Mutter irgendeine Ausrede. Hätte er ihnen teure Geschenke gemacht, wären die Besuche sicherlich leichter zu erreichen gewesen. Er begriff, daß er der Mutter die Liebe seines Sohnes bezahlen, vorausbezahlen mußte. Er stellte sich vor, wie er dem Sohn später seine eigenen Ansichten, die denen der Mutter in jeder Hinsicht widersprachen, einschärfen würde wie Don Quixote. Allein der Gedanke machte ihn schon matt. Als die Mutter eines Sonntags wieder einmal in letzter Minute das Treffen mit dem Sohn abgesagt hatte, entschied er ganz plötzlich, daß er ihn nie mehr sehen wollte.

Warum übrigens sollte er für dieses Kind, mit dem ihn nichts weiter als eine leichtsinnige Nacht verband, mehr empfinden als für irgendein anderes? Er würde pünktlich zahlen, aber keiner sollte von ihm verlangen, daß er im Namen irgendwelcher Vatergefühle um seinen Sohn kämpfte!

Unnötig zu sagen, daß niemand mit dieser Überlegung einverstanden war. Seine eigenen Eltern verurteilten ihn und verkündeten, daß sie sich als Eltern ebenfalls nicht mehr für ihren Sohn interessieren würden, falls dieser sich weigerte, sich um seinen Sohn zu kümmern. Sie hielten demonstrativ ein gutes Verhältnis zur Schwiegertochter aufrecht und rühmten sich, wo sie nur konnten, ihrer vorbildlichen Haltung und ihres Gerechtigkeitssinns.

So gelang es ihm in kürzester Zeit, Frau, Sohn, Mutter und Vater loszuwerden. Übrig blieb einzig die Angst vor den Frauen. Er begehrte sie, aber er fürchtete sich vor ihnen. Er mußte einen Kompromiß zwischen Angst und Verlangen finden und nannte ihn »erotische Freundschaft«. Seinen Freundinnen beteuerte er: Nur in einer unsentimentalen Beziehung, in der keiner Ansprüche auf das Leben und die Freiheit des andern erhebt, können beide glücklich werden.

Weil er sichergehen wollte, daß die erotische Freundschaft niemals in eine aggressive Liebe überging, traf er sich mit seinen ständigen Freundinnen nur in langen Abständen. Er hielt diese Methode für perfekt und propagierte sie unter seinen Freunden: »Man muß die Dreierregel einhalten. Entweder sieht man eine Frau in kurzen Abständen, aber dann nicht öfter als dreimal, oder man verkehrt jahrelang mit ihr, dann allerdings nur unter der Bedingung, daß mindestens drei Wochen zwischen den Verabredungen liegen.«

Diese Dreierregel verschaffte Tomas die Möglichkeit, das Verhältnis mit seinen festen Freundinnen aufrechtzuerhalten und nebenher eine beachtliche Anzahl von flüchtigen Bekanntschaften zu pflegen. Er wurde nicht immer verstanden. Von all seinen Freundinnen verstand Sabina ihn am besten. Sie war Malerin. Sie sagte: »Ich mag dich, weil du das pure Gegenteil von Kitsch bist. Im Reich des Kitsches wärst du ein Monstrum. Es gibt kein einziges Drehbuch eines amerikanischen oder russischen Films, in dem du nicht als abschreckendes Beispiel auftreten könntest.«

An Sabina wandte er sich mit der Bitte, ob sie ihm nicht helfen könnte, für Teresa in Prag eine Arbeit zu finden. Den ungeschriebenen Verhaltensregeln der erotischen Freundschaft zufolge versprach sie ihm, alles zu tun, was in ihren Möglichkeiten stand, und machte tatsächlich in kurzer Zeit eine Stelle im Fotolabor einer Illustrierten ausfindig. Auch wenn diese Stelle keine besondere Qualifikation erforderte, so beförderte sie Teresa doch von der Zunft der Serviererinnen in die der Zeitungsangestellten. Sabina selbst führte Teresa in der Redaktion ein, und Tomas sagte sich, daß er nie im Leben eine bessere Freundin gehabt habe.

Der ungeschriebene Vertrag der erotischen Freundschaft beinhaltete, daß Tomas die Liebe aus seinem Leben ausschloß. In dem Moment, da er diese Bedingung mißachtete, würden sich seine anderen Freundinnen als zweitrangig zurückgesetzt fühlen und sich auflehnen.

Er besorgte also für Teresa ein Zimmer in Untermiete, wo sie ihren schweren Koffer abstellen mußte. Er wollte auf sie aufpassen, sie beschützen und sich an ihrer Gegenwart freuen, aber er verspürte nicht die geringste Lust, seine Lebensweise zu ändern. Niemand sollte wissen, daß Teresa bei ihm schlief. Der gemeinsame Schlaf ist das corpus delicti der Liebe.

Er schlief nie bei anderen Frauen. Wenn er zu ihnen ging, war es einfach: Er konnte weggehen, wann er wollte. Schwieriger war es jedoch, wenn sie zu ihm kamen und er ihnen nach Mitternacht klarmachen mußte, daß er sie heimfahren würde, da er an Schlafstörungen litte und nicht in der Lage sei, in der Nähe eines anderen einzuschlafen. Das war zwar nicht weit von der Wahrheit entfernt, der Hauptgrund aber war noch schlimmer, und er wagte nicht, ihn seinen Freundinnen zu gestehen: Nach dem Liebesakt verspürte er ein unbezwingbares Bedürfnis, allein zu sein; es war ihm unangenehm, mitten in der Nacht an der Seite einer fremden Person aufzuwachen; das gemeinsame morgendliche Aufstehen stieß ihn ab; er hatte keine Lust, daß ihm jemand beim Zähneputzen im Badezimmer zuhörte, und die Intimität eines Frühstücks zu zweit bedeutete ihm nichts.

Deshalb war er so überrascht, als er aufwachte und Teresa ihn fest an der Hand hielt. Er sah sie an und konnte nicht recht begreifen, was ihm da geschehen war. Er vergegenwärtigte sich die zurückliegenden Stunden und ihm schien, als verströmten sie den Duft eines unbekannten Glücks.

Von diesem Moment an freuten sie sich beide auf den

gemeinsamen Schlaf. Ich bin versucht zu sagen, das Ziel des Liebesaktes lag für sie nicht so sehr in der Lust als vielmehr im nachfolgenden Schlaf. Besonders Teresa konnte ohne Tomas nicht einschlafen. War sie ab und zu allein in ihrem möblierten Zimmer (das immer mehr zu einem Alibi wurde), konnte sie die ganze Nacht kein Auge zutun. In seinen Armen konnte sie immer einschlafen, auch wenn sie noch so unruhig war. Flüsternd erzählte er ihr Märchen, kleine Geschichten, die er sich für sie ausdachte, und wiederholte mit monotoner Stimme tröstende oder lustige Worte. In ihrem Kopf verwandelten sich diese Worte in wirre Visionen, mit denen sie in den ersten Traum hinüberglitt. Ihr Schlaf lag vollkommen in seiner Macht, und sie schlief in dem Augenblick ein, den er bestimmte.

Wenn sie schliefen, hielt sie ihn wie in der ersten Nacht: Mit fester Hand umklammerte sie sein Handgelenk, einen Finger oder seinen Knöchel. Wollte er von ihr abrücken, ohne sie zu wecken, mußte er mit List vorgehen: Er befreite seinen Finger (das Handgelenk, den Knöchel) aus ihrer Umklammerung, was sie jedesmal halb aufweckte, weil sie ihn selbst im Schlaf aufmerksam bewachte. Um sie zu beruhigen, schob er ihr statt seines Handgelenks irgendeinen Gegenstand in die Hand (einen zusammengerollten Pyjama, ein Buch, einen Schuh), den sie dann fest umklammerte, als wäre er ein Teil seines Körpers.

Einmal, als er sie gerade eingeschläfert hatte, und sie sich im Vorzimmer des ersten Schlafes befand, wo sie noch auf seine Fragen antworten konnte, sagte er zu ihr: »So. Und jetzt gehe ich.« »Wohin?« fragte sie. »Fort«, antwortete er streng. »Ich gehe mit dir!« sagte sie und richtete sich im Bett auf. »Nein, das geht nicht. Ich gehe für immer«, sagte er, verließ das Zimmer und trat in die Diele. Sie stand auf und folgte ihm mit blinzelnden Augen. Sie trug ein kurzes

Hemdchen, unter dem sie nackt war. Ihr Gesicht war starr und ohne Ausdruck, ihre Bewegungen jedoch energisch. Tomas ging hinaus auf den Hausflur (den Gemeinschaftsflur der Mietskaserne) und schloß vor Teresa die Tür. Sie öffnete sie brüsk und folgte ihm. Im Halbschlaf war sie überzeugt davon, daß er für immer weggehen wollte und sie ihn zurückhalten müßte. Er ging die Treppe hinunter bis zum ersten Absatz und wartete auf sie. Sie trat auf ihn zu, nahm ihn an der Hand und holte ihn zu sich ins Bett zurück.

Tomas sagte sich: Mit einer Frau schlafen und mit einer Frau einschlafen sind nicht nur zwei verschiedene, sondern geradezu gegensätzliche Leidenschaften. Liebe äußert sich nicht im Verlangen nach dem Liebesakt (dieses Verlangen betrifft unzählige Frauen), sondern im Verlangen nach dem gemeinsamen Schlaf (dieses Verlangen betrifft nur eine einzige Frau).

Mitten in der Nacht fing sie an, im Schlaf zu stöhnen. Tomas weckte sie, aber als sie sein Gesicht sah, sagte sie haßerfüllt:

»Geh weg! Geh weg!« Dann erzählte sie ihm, was sie geträumt hatte: Sie beide waren zusammen mit Sabina in irgendeinem riesigen Zimmer. In der Mitte stand ein Bett wie ein Podest. Tomas befahl ihr, sich in eine Ecke zu stellen und liebte Sabina dann vor ihren Augen. Sie sah zu, und dieser Anblick verursachte ihr unerträgliche Qualen. Sie wollte den seelischen Schmerz in körperlichem Schmerz ersticken und stieß sich Nadeln unter die Fingernägel. »Es hat wahnsinnig weh getan«, sagte sie und ballte die Hände zu Fäusten, als wären sie tatsächlich verwundet.

Er nahm sie in die Arme, und langsam (sie zitterte noch lange) schlief sie in seiner Umarmung ein.

Als er am nächsten Tag an diesen Traum dachte, fiel ihm etwas ein. Er öffnete seinen Schreibtisch und nahm ein Bündel Briefe heraus, die Sabina ihm geschrieben hatte. Er hatte die Stelle rasch gefunden: »Ich möchte Dich in meinem Atelier lieben wie auf einer Bühne. Ringsherum stehen Leute, die keinen Schritt näher kommen dürfen. Aber sie können die Augen nicht von uns losreißen ...«

Das Schlimmste an der Geschichte: der Brief war datiert. Er stammte aus der jüngsten Zeit, als Teresa längst schon bei Tomas wohnte.

»Du hast in meinen Briefen geschnüffelt!« fuhr er sie an.

Sie leugnete es nicht und sagte: »Dann wirf mich raus!« Aber er warf sie nicht hinaus. Er sah sie vor sich, wie sie in Sabinas Atelier an die Wand gepreßt dastand und sich Nadeln unter die Fingernägel stieß. Er nahm ihre Finger in seine Hände, streichelte sie, hob sie an seine Lippen und küßte sie, als wären noch Blutspuren daran.

Von diesem Zeitpunkt an schien sich alles gegen ihn verschworen zu haben. Es verging kaum ein Tag, an dem sie nicht irgend etwas Neues über sein heimliches Liebesleben erfuhr.

Zuerst stritt er alles ab. Wenn aber die Tatsachen allzu offensichtlich waren, versuchte er zu beweisen, daß sein polygames Leben und seine Liebe zu Teresa in keinerlei Widerspruch standen. Konsequent war er nicht: Einmal leugnete er seine Untreue, dann wieder rechtfertigte er sie.

Eines Tages telefonierte er mit einer Frau, um sich mit ihr zu verabreden. Als das Gespräch zu Ende war, hörte er ein sonderbares Geräusch aus den Nebenzimmer, etwas wie lautes Zähneklappern.

Teresa war zufällig nach Hause gekommen, ohne daß er es bemerkt hatte. Sie hielt ein Fläschchen mit einem Beruhigungsmittel in der Hand und goß sich den Inhalt in den Mund. Ihre Hand zitterte so sehr, daß das Glasfläschchen gegen ihre Zähne schlug.

Er stürzte auf sie zu, als müßte er sie vor dem Ertrinken retten. Das Baldrianfläschchen fiel zu Boden und ergoß sich auf den Teppich. Sie wehrte sich, wollte sich ihm entwinden, und er hielt sie eine Viertelstunde lang fest wie in einer Zwangsjacke, bis sie sich beruhigt hatte.

Er wußte, daß er sich in einer Situation befand, die durch nichts zu rechtfertigen war, weil sie auf einer absoluten Ungleichheit beruhte:

Noch bevor sie seine Korrespondenz mit Sabina entdeckt hatte, waren sie eines Abends mit ein paar Freunden in eine Bar gegangen, um Teresas neue Stelle zu feiern. Sie hatte die Arbeit im Labor aufgegeben und war Fotografin bei der Wochenzeitschrift geworden. Da Tomas nicht gern tanzte, nahm sich einer seiner jungen Kollegen Teresas an. Sie bewegten sich wunderbar auf dem Parkett, und Teresa erschien ihm schöner denn je. Verblüfft beobachtete er, mit welcher Präzision und Fügsamkeit sie dem Willen ihres Partners um Sekundenbruchteile zuvorkam. Dieser Tanz schien ihm zu verraten, daß ihre Opferbereitschaft, ihr leidenschaftlicher Wunsch, alles zu tun, was sie Tomas von den Augen ablesen konnte, nicht notwendigerweise an seine Person gebunden war, sondern daß sie bereit gewesen wäre, dem Ruf jedes Mannes zu folgen, den sie an seiner Statt getroffen hätte. Es fiel ihm nicht schwer, sich Teresa und seinen Kollegen als Liebespaar vorzustellen. Gerade diese Leichtigkeit, mit der er sich das vorstellen konnte, verletzte ihn. Teresas Körper war mühelos mit jedem anderen männlichen Körper im Bett vorstellbar, und dieser Gedanke verdarb ihm die Laune. Als sie spät in der Nacht nach Hause kamen, gestand er ihr seine Eifersucht.

Diese absurde Eifersucht, die sich auf eine rein theoretische Möglichkeit bezog, war der Beweis dafür, daß er ihre Treue für eine unbedingte Voraussetzung hielt. Wie konnte er ihr verübeln, daß sie auf seine sehr realen Freundinnen eifersüchtig war?

Tagsüber gab sie sich (mehr oder weniger erfolgreich) Mühe zu glauben, was Tomas sagte, und so fröhlich zu sein wie früher. Aber die am Tage gebändigte Eifersucht brach um so heftiger aus in ihren Träumen, die jedesmal in lautem Schluchzen endeten, und er konnte sie nur beruhigen, indem er sie weckte.

Die Träume wiederholten sich wie Themen mit Variationen oder Episoden einer Fernsehserie. Oft kehrten zum Beispiel Träume von Katzen wieder, die ihr ins Gesicht sprangen und ihr die Krallen in die Haut schlugen. Dieser Traum läßt sich ganz einfach erklären: In der tschechischen Umgangssprache ist »Katze« eine Bezeichnung für eine attraktive Frau. Teresa fühlte sich bedroht von Frauen, von allen Frauen. Alle Frauen waren potentielle Geliebte von Tomas, und sie hatte vor ihnen Angst.

In einem anderen Traumzyklus wurde sie in den Tod geschickt. Als Tomas sie wieder einmal mitten in der Nacht wecken mußte, weil sie vor Entsetzen schrie, erzählte sie ihm: »Es war in einem großen Hallenbad. Wir waren ungefähr zwanzig. Nur Frauen. Wir waren alle nackt und mußten ums Schwimmbecken herummarschieren. Unter dem Dach hing ein Korb, in dem ein Mann stand. Er trug einen breitkrempigen Hut, der sein Gesicht verdeckte, doch ich wußte, daß du es warst. Du hast uns Befehle erteilt. Du hast geschrien. Wir mußten beim Marschieren singen und Kniebeugen machen. Wenn eine Frau es nicht schaffte, hast du mit der Pistole auf sie geschossen, und sie fiel tot ins Bassin. In dem Moment brachen alle in Lachen aus und sangen noch lauter. Und du hast uns nicht aus den Augen gelassen, und wenn wieder eine Frau eine falsche Bewegung machte, hast du sie erschossen. Das Schwimmbecken war voller Leichen, die dicht unter der Wasseroberfläche schwammen. Ich wußte, daß ich keine Kraft mehr hatte für die nächste Kniebeuge und du mich erschießen würdest!«

Der dritte Traumzyklus erzählte von Teresas Tod.

Sie lag in einem Leichenauto, das so groß war wie ein Möbelwagen. Um sie herum lagen lauter tote Frauen. Es waren so viele, daß die hintere Tür offengelassen werden mußte und ein paar Beine herausragten.

Teresa schrie: »Ich bin doch nicht tot! Ich spüre ja noch alles!«

»Wir spüren auch alles«, lachten die Leichen.

Sie lachten genauso wie die lebendigen Frauen, die ihr früher schadenfroh gesagt hatten, es sei ganz normal, daß sie schlechte Zähne, kranke Eierstöcke und Runzeln bekommen würde, weil sie selbst auch schlechte Zähne, kranke Eierstöcke und Runzeln hätten. Mit demselben Lachen erklärten sie ihr nun, daß sie tot sei und dies auch seine Ordnung habe!

Dann mußte sie plötzlich pinkeln. Sie schrie: »Aber jetzt muß ich pinkeln! Das ist der Beweis, daß ich nicht tot bin!«

Wieder brachen die Frauen in Lachen aus: »Das ist ganz normal, daß du pinkeln mußt! Solche Bedürfnisse hat man noch lange. Wie jemand, dem man eine Hand amputiert hat: Er fühlt sie auch noch lange Zeit. Wir haben keinen Urin mehr und meinen noch immer, wir müßten pissen!«

Teresa schmiegte sich im Bett an Tomas: »Und alle haben mich geduzt, als würden sie mich schon immer kennen, als wären sie Freundinnen, und ich war entsetzt, daß ich für immer bei ihnen bleiben mußte!«

Alle aus dem Lateinischen hervorgegangenen Sprachen bilden das Wort Mitgefühl aus der Vorsilbe com- und dem Wort, das ursprünglich »Leiden« bedeutete: passio. Andere Sprachen, so das Tschechische, das Polnische und das Schwedische, drücken diesen Begriff durch ein Substantiv aus, das aus der Vorsilbe Mit- und dem Wort »Gefühl« besteht (tschechisch sou-cit, polnisch wspol-uczucie, schwedisch medkänsla).

In den aus dem lateinischen hervorgegangenen Sprachen bedeutet das Wort compassio: wir können nicht herzlos den Leiden eines anderen zuschauen; oder: wir nehmen Anteil am Leid des anderen. Aus einem anderen Wort mit ungefähr derselben Bedeutung (französisch pitié, englisch pity, italienisch pietà usw.) schwingt sogar unterschwellig so etwas wie Nachsicht dem Leidenden gegenüber mit: »Avoir de la pitié une femme« heißt, daß wir besser dran sind als diese Frau, uns zu ihr hinabneigen, uns herablassen.

Aus diesem Grund erweckt das Wort Mitleid Mißtrauen: Es bezeichnet ein schlechtes Gefühl, das als zweitrangig empfunden wird und nicht viel mit Liebe zu tun hat. Jemanden aus Mitleid zu lieben heißt, ihn nicht wirklich zu lieben.

In den Sprachen, die das Wort nicht aus der Wurzel »Leiden«, sondern aus dem Substantiv »Gefühl« bilden, wird es ungefähr in demselben Sinn gebraucht; man kann aber nicht behaupten, es bezeichne ein zweitrangiges, schlechtes Gefühl. Die geheime Macht seiner Etymologie läßt das Wort in einem anderen Licht erscheinen, gibt ihm eine umfassendere Bedeutung: Mit-Gefühl haben bedeutet, das Unglück des anderen mitzuerleben, genausogut aber jedes andere Gefühl mitempfinden zu können: Freude, Angst, Glück und Schmerz. Dieses Mitgefühl (im Sinne von sou-cit, wspoluczucie, medkänsla) bezeichnet also den höchsten Grad der gefühlsmäßigen Vorstellungskraft, die Kunst der Gefühlstelepathie; in der Hierarchie der Gefühle ist es das höchste aller Gefühle.

Als Teresa träumte, sie stieße sich Nadeln unter die Fingernägel, verriet sie damit, daß sie heimlich Tomas' Schubladen durchwühlt hatte. Hätte eine andere Frau ihm das angetan, er hätte kein Wort mehr mit ihr gesprochen. Teresa wußte das, und deshalb sagte sie: »Wirf mich raus!« Er aber warf sie nicht hinaus, sondern nahm sogar ihre Hände und küßte ihr die Fingerspitzen, denn er spürte in jenem Augenblick selbst den Schmerz unter ihren Fingernägeln, als wären die Nerven ihrer Finger direkt mit seinem Gehirn verbunden.

Wer die teuflische Gabe des Mitgefühls nicht besitzt, der kann Teresas Verhalten nur kaltblütig verurteilen, denn die Privatspähre des anderen ist heilig. Schubladen mit persönlicher Korrespondenz öffnet man nicht. Da aber das Mitgefühl für Tomas zum Schicksal (oder zum Fluch) geworden war, kam es ihm vor, als kniete er selbst vor der geöffneten Schublade seines Schreibtisches und könnte die Augen nicht losreißen von Sabinas Sätzen. Er verstand Teresa und war nicht nur unfähig, ihr böse zu sein, sondern er liebte sie noch viel mehr.

Ihre Gesten waren brüsk und fahrig geworden. Zwei Jahre war es nun schon her, daß sie seine Treulosigkeit entdeckt hatte, und es wurde immer schlimmer. Es gab einfach keinen Ausweg.

Konnte er denn tatsächlich nicht von seinen erotischen Freundschaften lassen? Nein. Das hätte ihn zerstört. Er hatte nicht die Kraft, seine Lust auf andere Frauen zu beherrschen. Und außerdem schien ihm das überflüssig. Niemand wußte besser als er, daß seine Abenteuer Teresa in keiner Weise bedrohten. Warum sollte er also darauf verzichten? Das schien ihm ebenso absurd, wie wenn er es sich versagt hätte, zum Fußball zu gehen.

Konnte man aber noch von Freude reden? Schon auf dem Weg zu einer Freundin verspürte er einen Widerwillen, und er schwor sich, sie zum letzten Mal zu sehen. Er hatte Teresas Bild vor Augen und mußte sich schnell betrinken, um nicht mehr an sie zu denken. Seit er sie kannte, konnte er nur noch unter Alkohol mit anderen Frauen schlafen. Aber gerade durch den Alkoholgeruch kam Teresa seinen Seitensprüngen noch leichter auf die Spur.

Er war in eine Falle geraten: Immer, wenn er zu einer anderen ging, hatte er keine Lust mehr auf sie, kaum war er auch nur einen Tag ohne sie, wählte er schon eine Telefonnummer, um sich zu verabreden.

Am wohlsten fühlte er sich bei Sabina, weil er wußte, daß sie diskret war, er mußte nicht befürchten, entdeckt zu werden. Ihr Atelier erinnerte ihn an sein vergangenes Leben, sein idyllisches Junggesellenleben.

Vielleicht war er sich selbst nicht darüber im klaren, wie sehr er sich verändert hatte: Er fürchtete, zu spät nach Hause zu kommen, weil Teresa auf ihn wartete. Einmal bemerkte Sabina, daß er während des Liebesaktes auf die Uhr schaute und sich bemühte, schneller zum Ende zu kommen.

Sehr gelassen spazierte sie daraufhin nackt im Atelier umher, stellte sich dann vor die Staffelei mit einem halbfertigen Bild und beobachtete Tomas von der Seite, wie er sich in Windeseile anzog.

Er war schon angekleidet, nur ein Fuß war noch nackt. Er schaute herum, dann kniete er sich nieder und suchte etwas unter dem Tisch.

Sie sagte: »Wenn ich dich so sehe, habe ich den Eindruck, daß du dich eben in das ewige Thema meiner Bilder verwandelst. Die Begegnung zweier Welten. Eine Doppelbelichtung. Hinter den Umrissen von Tomas dem Libertin erscheint das unglaubliche Gesicht des romantisch Verliebten. Oder umgekehrt: Durch die Silhouette des Tristan, der nur an seine Teresa denkt, sieht man die schöne, verratene Welt des Libertin.«

Tomas richtete sich auf und hörte Sabinas Worten geistesabwesend zu.

»Was suchst du denn?« fragte sie.

»Eine Socke.«

Sie durchsuchten zusammen den ganzen Raum, dann ging er wieder auf die Knie und schaute nochmals unter den Tisch.

»Hier gibt es keine Socke«, sagte Sabina. »Du bist sicher schon ohne gekommen.«

»Wie hätte ich ohne kommen können!« schrie Tomas und blickte auf seine Uhr, »ich bin ganz bestimmt nicht nur mit einer Socke gekommen!«

»Das ist nicht ausgeschlossen. Du bist in letzter Zeit wahnsinnig zerstreut. Ständig hast du es eilig, ständig schaust du auf die Uhr. Da brauchst du dich nicht zu wundern, wenn du vergißt, eine Socke anzuziehen.«

Er war schon entschlossen, den Fuß nackt in den Schuh zu stecken.

»Es ist kalt draußen«, sagte Sabina, »komm, ich leih dir einen Strumpf!«

Sie hielt ihm einen langen weißen Netzstrumpf hin.

Er wußte nur zu gut, daß es sich um einen Racheakt handelte, weil er beim Lieben auf die Uhr geschaut hatte. Die Socke mußte sie irgendwo versteckt haben. Und da es tatsächlich kalt war, blieb ihm nichts anderes übrig, als sich zu fügen. Er ging nach Hause, an einem Fuß eine Socke, am anderen einen Damenstrumpf, den er über dem Knöchel aufgerollt hatte.

Seine Situation war ausweglos: In den Augen seiner Freundinnen war er schmählich gebrandmarkt durch seine Liebe zu Teresa, in den Augen Teresas durch seine Liebesabenteuer mit den Freundinnen.

Um ihre Qualen zu lindern, heiratete er sie und besorgte ihr einen jungen Hund. (Endlich konnte sie die Untermiete aufgeben, wo sie schon längst nicht mehr wohnte.)

Die Bernhardiner-Hündin eines Kollegen hatte geworfen. Der Vater der Welpen war der Schäferhund des Nachbarn. Keiner wollte die kleinen Bastarde haben, und dem Kollegen tat es leid, sie zu töten.

Tomas suchte sich einen Welpen aus und wußte, daß die anderen sterben mußten. Er kam sich vor wie ein Staatspräsident, der von vier zum Tode Verurteilten nur einen begnadigen durfte. Schließlich entschied er sich für ein junges Weibchen, dessen Körper an den Schäferhund erinnerte, der Kopf hingegen an die Bernhardinermutter. Er brachte es Teresa. Sie hob das Hündchen hoch und drückte es an die Brust. Sogleich pinkelte es auf ihre Bluse.

Dann mußte ein Name gefunden werden. Tomas wollte, daß man schon dem Namen anmerkte, daß der Hund Teresa gehörte. Ihm kam das Buch in den Sinn, das sie unter dem Arm gehalten hatte, als sie unangemeldet nach Prag gekommen war. Er schlug vor, den Hund Tolstoi zu nennen.

»Tolstoi, das geht nicht«, wandte Teresa ein. »Es ist doch ein Mädchen. Vielleicht Anna Karenina.«

»Anna Karenina geht nicht, weil keine Frau eine so drollige Schnauze hat«, sagte Tomas. »Schon eher Karenin. Klar, Karenin. Genau so habe ich ihn mir immer vorgestellt.«

»Wird das ihre sexuelle Entwicklung nicht stören, wenn man sie Karenin nennt?«

»Schon möglich«, sagte Tomas, »daß ein Weibchen, das von seinem Herrn ständig als Männchen angeredet wird, lesbische Tendenzen entwickelt.«

Seltsamerweise gingen Tomas' Worte in Erfüllung. Obwohl Hundeweibchen in der Regel eher an ihrem Herrn hängen, war es bei Karenin gerade umgekehrt. Die Hündin beschloß, sich in Teresa zu verlieben. Tomas war ihr dankbar dafür. Er streichelte ihr den Kopf und sagte: »Gut so, Karenin. Genau das habe ich von dir erwartet. Wenn ich es nicht allein schaffe, mußt du mir helfen.«

Aber auch mit Karenins Hilfe gelang es ihm nicht, Teresa glücklich zu machen. Das wurde ihm ungefähr zwei Wochen nach der Besetzung seines Landes durch die russischen Panzer klar. Es war im August 1968. Der Chefarzt eines Zürcher Spitals, den er auf einem internationalen Kongreß kennengelernt hatte, telefonierte damals täglich mit ihm. Er hatte Angst um Tomas und bot ihm eine Stelle an.

Wenn Tomas das Schweizer Angebot ohne lange Überlegungen ausschlug, dann Teresas wegen. Für ihn stand fest, daß sie nicht wegziehen wollte. Sie verbrachte die erste Woche der Okkupation in einer Art Trance, die Ähnlichkeit hatte mit einem Glückszustand. Sie lief mit dem Fotoapparat durch die Straßen und verteilte ihre Aufnahmen an ausländische Journalisten, die sich darum rissen. Als sie einmal zu kühn vorgegangen war und einen Offizier aus der Nähe fotografiert hatte, der mit seinem Revolver auf Demonstranten zielte, wurde sie verhaftet und mußte die Nacht auf dem russischen Hauptquartier verbringen. Man drohte ihr mit Erschießung, ließ sie dann aber frei, und sie ging gleich wieder auf die Straße, um zu fotografieren.

Deshalb war Tomas erstaunt, als sie am zehnten Tag der Okkupation sagte: »Warum willst du eigentlich nicht in die Schweiz?«

»Und warum sollte ich?«

»Hier haben sie mit dir eine Rechnung zu begleichen.«

»Mit wem haben sie das nicht?« winkte Tomas ab. »Sag du mir lieber: könntest du im Ausland leben?«

»Und warum nicht?«

»Nachdem ich gesehen habe, daß du bereit warst, dein Leben für dieses Land zu opfern, frage ich mich, wie es möglich ist, daß du es nun verlassen kannst.«

»Seit Dubçek zurückgekommen ist, hat sich alles geändert«, sagte Teresa.

Das stimmte: die allgemeine Euphorie hatte nur die ersten sieben Tage der Besetzung angehalten. Die Repräsentanten des Landes waren von der russischen Armee wie Verbrecher verschleppt worden, niemand wußte, wo sie waren, alle Welt zitterte um ihr Leben, und der Haß auf die Russen berauschte die Menschen. Es war ein trunkenes Fest des Hasses. Die tschechischen Städte waren mit Tausenden von handgemalten Plakaten übersät: höhnische Aufschriften, Epigramme, Gedichte, Karikaturen von Breschnew und seiner Armee, über die alle lachten wie über einen Zirkus von Analphabeten. Doch kein Fest kann ewig dauern. Inzwischen hatten die Russen die verhafteten Repräsentanten gezwungen, in Moskau einen Kompromiß zu unterzeichnen. Dubçek kehrte mit diesem Dokument nach Prag zurück und verlas seine Rede im Radio. Die sechstägige Gefangenschaft hatte ihn so zugerichtet, daß er kaum noch sprechen konnte, er stotterte und rang nach Atem, so daß zwischen den Sätzen unendlich lange Pausen entstanden, die bis zu einer halben Minute dauerten.

Der Kompromiß bewahrte das Land vor dem Schlimmsten: vor Hinrichtungen und Massendeportationen nach Sibirien, vor denen alle entsetzliche Angst hatten. Eines aber war sofort klar: Das Land würde sich vor seinem Eroberer beugen müssen und für immer stottern und nach Luft ringen wie Alexandr Dubçek. Das Fest war vorbei. Es folgte der Alltag der Erniedrigung.

Das alles sagte Teresa zu Tomas, und er wußte, daß es die Wahrheit war, daß sich aber hinter dieser Wahrheit noch ein anderer, triftigerer Grund verbarg, aus dem Teresa Prag verlassen wollte: In ihrem bisherigen Leben war sie nicht glücklich gewesen.

Die schönsten Tage ihres Lebens hatte sie in den Straßen von Prag zugebracht, als sie russische Panzer fotografiert und sich Gefahren ausgesetzt hatte. Einzig während dieser Tage war die Fernsehserie ihrer Träume unterbrochen worden, waren ihre Nächte glücklich gewesen. Die Russen auf den Panzern hatten ihr Ausgeglichenheit gebracht. Nun war das Fest vorbei, sie fürchtete sich wieder vor den Nächten und wollte vor ihnen fliehen. Sie hatte erfahren, daß es Umstände gab, in denen sie sich stark und zufrieden fühlte, und sie wollte in die Welt hinaus in der Hoffnung, dort vielleicht ähnliche Umstände wiederzufinden.

»Und es macht dir nichts aus«, fragte Tomas, »daß Sabina auch in die Schweiz emigriert ist?«

»Genf ist nicht Zürich«, sagte Teresa, »bestimmt wird sie mir dort weniger im Weg sein als hier in Prag.«

Wer den Ort verlassen will, an dem er lebt, der ist nicht glücklich.

Tomas nahm Teresas Wunsch zu emigrieren hin wie ein Schuldiger den Urteilsspruch. Er fügte sich und fand sich eines Tages mit Teresa und Karenin in der größten Stadt der Schweiz wieder.

Für die leere Wohnung kaufte er ein Bett (für andere Möbel war vorläufig noch kein Geld vorhanden) und stürzte sich mit der Besessenheit eines Menschen, der mit mehr als vierzig Jahren ein neues Leben beginnt, in die Arbeit.

Mehrmals rief er Sabina in Genf an. Zum Glück hatte sie ihre dortige Ausstellung eine Woche nach der russischen Invasion eröffnet. Die Schweizer Kunstliebhaber waren noch ganz von der Sympathiewelle für ihr kleines Heimatland mitgerissen und kauften ihr alle Bilder ab.

»Dank der Russen bin ich reich geworden«, lachte sie ins Telefon und lud Tomas in ihr neues Atelier ein, das sich angeblich kaum von dem unterschied, das er aus Prag kannte.

Er hätte sie gern besucht, fand aber keine Ausrede, um Teresa seine Reise zu erklären. So kam Sabina nach Zürich. Sie stieg in einem Hotel ab. Tomas besuchte sie nach seiner Arbeitszeit. Er rief sie von der Rezeption aus an und ging zu ihr aufs Zimmer. Sie öffnete und stand auf ihren schönen langen Beinen vor ihm, ausgezogen bis auf Slip und Büstenhalter. Auf dem Kopf trug sie den schwarzen Melonenhut. Sie sah ihn lange an, regungslos und ohne etwas zu sagen. Auch Tomas stand schweigend da. Plötzlich wurde ihm bewußt, daß er gerührt war. Er nahm ihr die Melone vom Kopf und legte sie auf das Tischchen neben dem Bett. Dann liebten sie sich, ohne ein Wort zu sagen.

Auf dem Weg vom Hotel in seine Zürcher Wohnung (die längst mit Tisch, Stühlen, Sesseln und Teppich ausgestattet war) sagte er sich mit einem Glücksgefühl, daß er seine Lebensweise mit sich herumtrug wie eine Schnecke ihr Haus. Teresa und Sabina verkörperten die beiden Pole seines Lebens, entfernt und unvereinbar, die beide auf ihre Weise schön waren.

Aber gerade weil er sein Lebenssystem überall mit sich herumtrug, als wäre es ein Teil seines Körpers, träumte Teresa immer noch dieselben Träume.

Sie waren schon sechs oder sieben Monate in Zürich, als er einmal spät am Abend nach Hause kam und auf dem Tisch einen Brief vorfand. Sie teilte ihm mit, daß sie nach Prag zurückgekehrt sei. Sie habe zurückfahren müssen, weil sie nicht die Kraft habe für ein Leben im Ausland. Sie wisse, daß sie Tomas hier eine Stütze sein müßte, aber sie schaffe es nicht. Törichterweise habe sie geglaubt, das Ausland werde sie verändern. Sie habe sich vorgestellt, daß sie nach all dem, was sie während der Invasionstage erlebt habe, nicht mehr so kleinlich sein werde, sondern erwachsen, klug und stark, doch habe sie sich überschätzt. Sie sei eine Belastung für ihn, und das wolle sie nicht sein. Sie wolle die Konsequenzen ziehen, ehe es endgültig zu spät sei. Und sie entschuldige sich bei ihm, daß sie Karenin mitgenommen habe.

Er schluckte ein starkes Schlafmittel und schlief trotzdem erst gegen Morgen ein. Glücklicherweise war Samstag, und er konnte zu Hause bleiben. Zum einhundertfünfzigsten Mal rekapitulierte er die Lage: Die Grenzen zwischen seiner Heimat und dem Rest der Welt waren nicht mehr offen wie zu dem Zeitpunkt, da sie weggefahren waren. Weder Telegramme noch Telefonate konnten Teresa zurückrufen. Die Behörden würden sie nicht wieder ausreisen lassen. Ihre Rückkehr war ganz und gar endgültig.

Das Bewußtsein seiner Machtlosigkeit ließ ihn völlig erstarren, beruhigte ihn zugleich aber auch. Niemand zwang ihn, eine Entscheidung zu treffen. Er brauchte nicht auf die Mauern der Häuser gegenüber zu schauen und sich zu fragen, ob er mit ihr leben wollte oder nicht. Teresa hatte alles selbst entschieden.

Zum Mittagessen ging er ins Restaurant. Er fühlte sich niedergeschlagen, doch schien die erste Verzweiflung während des Essens nachzulassen, als hätte sie an Stärke verloren, und es blieb nur noch Melancholie übrig. Er blickte auf die gemeinsam verbrachten Jahre zurück und sagte sich, ihre Geschichte hätte gar nicht besser enden können. Hätte sie sich jemand ausgedacht, er hätte sie nicht anders abschließen können:

Teresa war eines Tages ungeladen zu ihm gekommen. Und eines Tages war sie auf dieselbe Weise wieder gegangen. Sie kam mit einem schweren Koffer angereist. Mit einem schweren Koffer reiste sie wieder ab.

Er bezahlte, verließ das Lokal und ging durch die Straßen, voller Melancholie, die immer schöner wurde. Sieben Jahre des Zusammenlebens mit Teresa lagen hinter ihm, und nun stellte er fest, daß diese Jahre in der Erinnerung schöner waren als in der Wirklichkeit.

Die Liebe zwischen ihm und Teresa war schön, aber anstrengend: Ständig mußte er etwas verheimlichen, vertuschen, vortäuschen, wiedergutmachen, er mußte sie bei guter Laune halten, sie beruhigen und ihr dauernd seine Liebe beweisen, er mußte die Anklage ihrer Eifersucht, ihrer Leiden und ihrer Träume ertragen, sich schuldig fühlen, sich rechtfertigen und sie um Verzeihung bitten. Nun waren diese Belastungen verschwunden, und es blieb nur die Schönheit.

Es ging auf Samstagabend zu, zum ersten Mal spazierte er allein durch Zürich und atmete den Duft seiner Freiheit. Hinter jeder Straßenecke war ein Abenteuer versteckt. Seine Zukunft wurde wieder zum Geheimnis. Das Junggesellenleben kehrte zu ihm zurück, das Leben, von dem er früher mit Sicherheit angenommen hatte, daß es für ihn bestimmt war, denn nur so konnte er sein, wie er wirklich war.

Sieben Jahre war er an Teresa gekettet gewesen, und ihre Augen hatten jeden seiner Schritte verfolgt. Es war, als hätte sie ihm schwere Eisenkugeln an die Fesseln gebunden. Jetzt war sein Schritt plötzlich viel leichter. Er schwebte beinahe. Er befand sich auf einmal im magischen Feld des Parmenides: Er genoß die süße Leichtigkeit des Seins.

Juan José Saer

Grün und Schwarz

Ehrenwort, ich hatte sie, verdammt noch mal, in meinem ganzen Leben noch nie gesehen. Es war in einer Nacht mitten im Januar gegen halb zwei, und da der Galicier Sommer wie Winter die Kneipe um Punkt ein Uhr schließt, schlenderte ich gemütlich, mit den Händen in den Hosentaschen, leise pfeifend unter den Bäumen nach Hause. Es war Samstag, und am nächsten Tag mußte ich nicht zur Arbeit. Die Frau lenkte ihren Ford-Falcon an den Rinnstein und begann im zweiten Gang neben mir herzufahren. Ich war wohl etwas zerstreut, so daß wir uns ungefähr dreißig Meter auf gleicher Höhe bewegten, bis sie bremste und mich laut anrief, damit ich mich umdrehte. Mein erster Gedanke war, daß sie mich verwechselt haben mußte; ich blieb mitten auf dem Trottoir stehen, und sie mußte noch einmal rufen. Ich weiß nicht, was ich für ein Gesicht gemacht haben mag, jedenfalls lachte sie.

»Meinen Sie mich?« fragte ich und ging auf sie zu.

»Ja«, sagte sie, »wissen Sie, wo man amerikanische Zigaretten kaufen kann?«

Sie hatte sich aus dem Wagenfenster herausgelehnt, aber ich konnte sie wegen des Schattens der Bäume nicht richtig sehen. Ihre Augen sprühten gelbe Funken wie die einer Katze; sie lachte so sehr, daß ich dachte, sie hätte jemanden bei sich im Auto und sie versuchten, mich zum

Narren zu halten. Ich beugte mich vor: »Amerikanische? Amerikanische Zigaretten?«

»Ja«, sagte die Frau. Der Stimme nach gab ich ihr dreißig Jahre.

Der Galicier hat gewöhnlich eine oder zwei Schachteln Schmuggelware bei sich im Schlafzimmer aufbewahrt. Wenn einer von uns sich mal was leisten will, sagt er es dem Galicier, und dieser flüstert einem dann zu, er solle in einer Viertelstunde wiederkommen.

»Vier Häuserblocks weiter gibt es eine Kneipe«, sagte ich zu ihr. »Die haben manchmal welche. Sie müssen bis Ecke Crespo und Avenida fahren. Sie wissen, wie?«

»Mehr oder weniger«, sagte sie.

Sie fragte mich, ob ich es sehr eilig hätte und ob ich sie begleiten wollte. »Hoppla«, dachte ich, »die Biene ist heiß und will mich irgendwo im nächsten Graben vernaschen.« Mir begann das Herz in der Brust zu schlagen. Aber dann dachte ich, daß, wenn der Galicier zufällig noch nicht geschlossen hätte und mich mit so einer Dame in einem solchen Schlitten daherkommen und aussteigen sähe, um amerikanische Zigaretten zu kaufen, am nächsten Tag das ganze Viertel erzählen würde, daß ich ein Lasterleben anfange und drauf und dran sei, die Arbeit an den Nagel zu hängen und Zuhälter zu werden. Zu allem Übel sind auch noch im Sommer die alten Weiber imstande, die frühen Morgenstunden auf dem Trottoir sitzend zu verbringen.

»Dort ist sicher schon zu«, sagte ich zu ihr, »und ich weiß nicht, wo es sonst noch welche geben könnte.«

Plötzlich duzte sie mich: »Hast du Angst?« fragte sie mich und lachte.

Sie machte Licht im Auto.

»Siehst du nicht, daß ich allein bin?«

Mein Vater stammte aus Süditalien, und die Burschen nehmen mich immer wegen der Mädchen hoch, denn sie sagen, daß ich, obwohl ich schufte und wie besessen spare, um heiraten zu können, doch an nichts anderes dächte. Sie sagen, daß wir Nachkommen von Sizilianern heißblütig seien. Ich weiß nicht, ob das stimmt, und ich habe mein eigenes Gesicht nicht sehen können, aber dem Lachen der Frau nach hätte nur ein einziger der Burschen dabei sein müssen, und mit der Geschichte vom Galicier hätten sie mich für den Rest meines Lebens aufgezogen. Sie war blond und braungebrannt und überall gerundet, wie ein Filmstar. »Das werden sie mir nicht glauben«, dachte ich, »das glauben sie mir nicht, wenn ich es ihnen erzähle.« Mir wurde warm in den Armen, in den Beinen und im Magen. Ich schluckte leer und beugte mich etwas weiter vor, während sie Platz machte, damit ich mich auf den Türfensterrahmen stützen konnte. Ihr eng anliegendes, grünes Kleid hatte sie, sicher um bequemer fahren zu können, so weit über die Knie gezogen, daß sie fast auch noch ihr letztes Geheimnis gelüftet hätte. Allerhand, was sich die Mädchen von heute leisten! Stell dir nur vor, deine eigene Schwester könnte in so einem Aufzug herumlaufen, und du würdest es nicht einmal merken!

»Nein«, antwortete ich, »was soll ich Angst haben? Angst wovor?«

»Was weiß ich«, sagte sie. »Wenn du also nicht mitkommen willst …«

Man muß die Weiber kirre machen; je harmloser man sich stellt, um so eher beißen sie an, vor allem wenn sie spitzbekommen, daß man kein Dummkopf ist. Da duzte ich sie eben auch.

»Mit dir kommen, wohin denn?« fragte ich sie.

»Stell dich nicht so dumm an«, sagte sie lächelnd.

Dann wurde sie ernst: »Ich suche jemanden, um auf ein Fest zu gehen.«

Merkwürdig, sie lachte nur mit dem halben Gesicht, nur mit dem Mund, denn ihre gelben Augen schienen mich nicht einmal wahrzunehmen, wenn sie mir begegneten.

»Dafür bin ich nicht angezogen«, sagte ich.

Da blickte sie mir aber doch fest in die Augen. »Steig ein«, sagte sie.

Ich öffnete langsam die Tür und sah sie an, sie rutschte ans Steuer, und ich setzte mich auf das rote Polster, das mit einem Nylonüberzug geschützt war. Ich dachte, von so einem Schlitten aus gesehen, könnte das Leben einen mit allem versöhnen: mit dem Ärger bei der Arbeit, den nichtswürdigen Begierungen und der Tücke der Frauen. Ich legte ihr bei diesen Gedanken die Hand auf den Oberschenkel: Ihr Fleisch war fest und warm, muskulös, und ich fühlte, wie sich ihre Muskeln anspannten, wenn sie Gas gab. »Das werden sie mir nicht glauben, wenn ich es ihnen erzähle«, dachte ich, und als ich merkte, daß sie keinen Widerstand leistete, lehnte ich mich gegen sie und faßte sie um die Schulter.

»Wo ist das Fest?« fragte ich sie.

»Bei mir zu Hause«, antwortete sie und konzentrierte sich auf die Straße, ohne mich anzusehen.

Wir bogen um die erste Ecke und fuhren auf die Avenida zu. Wir ließen die dunklen, mit Bäumen bestandenen Straßen hinter uns, und zwei Häuserblöcke weiter stießen wir auf die Avenida, die von den Quecksilberdampflampen hell erleuchtet war. Es gab offenbar überall Tanzvergnügen, denn Autos fuhren in allen Richtungen, und auf den Bürgersteigen flanierten lauter gut angezogene Leute in Gruppen, die Männer in blauen oder weißen Anzügen oder in

Hemdsärmeln und die Frauen in geblümten Kleidern. Plötzlich fiel mir ein, daß im Club Gimnasia y Esgrima meine Freunde D'Arienzo und Varela-Varelita auf mich warteten, und einen Augenblick lang ärgerte ich mich, daß mir das entfallen war, aber als ich spürte, wie sich ihr Oberschenkel gegen meinen drückte, dachte ich: »Arme Kerle.«

Der Falcon bog in die Avenida ein und begann in Richtung Norden davonzupreschen.

»Rück ein Stück weg, bis wir die Avenida verlassen haben«, sagte die Frau zu mir.

Wir fuhren mit mindestens neunzig die Avenida hinunter. Offenbar hatte die Dame Spaß am Rasen, was mir allerdings weniger gefiel, denn zu dieser Zeit war viel Verkehr, und die Avenida ist für solche Geschwindigkeiten nicht gedacht. Als die Avenida zu Ende war, bogen wir in eine dunkle, von vielen Bäumen gesäumte Straße ein, und die Frau fuhr langsamer, um auf dem Kopfsteinpflaster die Reifen zu schonen. Ich rückte wieder an sie heran, und sie lachte. Sie ließ sich auf den Hals küssen und bat mich um eine Zigarette.

»Ich rauche Schwarze«, sagte ich zu ihr.

»Das macht nichts«, sagte sie.

Ich schob ihr die Particular mit Filter zwischen die Lippen und zündete sie mit dem Feuerzeug an. Die Flamme erleuchtete ihre gelben Augen, die nach vorn auf die Straße gerichtet waren, als sähen sie diese nicht. Das Scheinwerferlicht ließ die Paradiesbaumblätter glitzern. In diesem Viertel war keine Menschenseele zu sehen. Als ich wieder ihr Bein berührte, schien es mir ganz hart, wie aus massivem Stein, und es war auch nicht mehr warm. Ich will nicht sagen, daß es wirklich kalt war, aber ich spürte etwas Merkwürdiges. In der Mitte des Häuserblocks in der dunklen

Straße bremste sie und brachte den Wagen am Straßenrand zum Stehen. Das Haus war klein, und die Hausfront war derjenigen meines Hauses recht ähnlich mit je einem Fenster zu beiden Seiten der Tür. Aus einem Fenster drangen kaum wahrnehmbar einige Streifen Licht durch die Rolläden. Die Frau löschte die Autolichter und ließ sich gegen die Sitzlehne fallen, seufzte und machte zwei oder drei Züge an ihrer Zigarette.

»Wir sind da«, sagte sie.

Sie wollte mir weismachen, daß sie, die mit solch einem Schlitten unterwegs war, dort wohnen würde. Das war eine typische Absteige, ich sagte aber nichts dergleichen, denn ich kam gleich zur Sache, und sie ließ mich machen. Wir verbrachten etwa fünf Minuten im Handgemenge, und sie gewährte mir freien Zugriff; aber ich weiß nicht, da war etwas, was nicht funktionierte, ich hatte den Eindruck, daß sie bei alledem mit ihren gelben Augen weiterhin über meinen Kopf hinweg auf die Straße starrte. Dann streichelte sie mich und sagte langsam: »Komm, laß uns aussteigen. Mach keinen Lärm.«

Wir stiegen aus, und sie schloß leise die Wagentür. Die Haustür war nicht abgeschlossen, und der Eingang war stockdunkel; man sah nichts. Im Hintergrund gewahrte man einen schwachen Schimmer, wohl der Widerschein des in einem der Zimmer brennenden Lichts, wahrscheinlich desjenigen, das man von der Straße aus sah. Einen Augenblick lang fürchtete ich, daß mich einer erwartete, um mich zusammenzuschlagen, aber dann dachte ich, daß eine Frau, die in einem Falcon daherkam, keine schlechten Absichten haben könnte. Meine Gedanken wurden sofort ausgelöscht, denn sie faßte mich bei der Hand, lehnte sich gegen die Wand und drückte mich an sich, während sie die Haustür schloß. Sie fing an, mich zu bitten, ihr etwas zu sagen, und ich sagte »mein Herz«, »mein Schatz« oder so; aber sie schüttelte den Kopf und sagte fast zornig, daß sie nicht das, sondern etwas anderes hören wollte. Es war, ehrlich gesagt, nicht schön, was sie verlangte, wir wollen uns da nichts vormachen. Und als ich diese Dinge auszusprechen begann – bei solchen Gelegenheiten verliert man eben den Kopf, und man tut blind, worum man gebeten wird –, forderte sie mich auf, sie lauter zu sagen. Ich schrie sie also fast heraus, bis sie aufhörte, mir zuzuhören, mich am Hemdsärmel ergriff und eilend, beinahe rennend zum Schlafzimmer zerrte, dem Raum, in dem das Licht brannte. Darin standen lediglich ein Doppelbett und ein Stuhl. Ich hatte den Eindruck, daß es im ganzen Haus sonst kein einziges Möbelstück mehr gab. Bei diesem Wagen und einem derart spärlich eingerichteten Liebesnest dachte ich, daß sie sich wohl für nichts interessierte als für das Bett und irgendeinen Stuhl, um die Kleider darüberzuwerfen.

Sie zog sich rasch aus und ich mich auch. Als ich mich über sie beugte, ging mir durch den Kopf, daß ich in diesem Augenblick, wenn ich sie nicht in meinem Viertel auf der Straße getroffen hätte, wie versteinert, wie ein Toter schlafen würde, denn ich träume nie. Ich frage mich immer wieder: »Wer hatte sie um jene Ecke biegen lassen, und wer hatte mich zur Kneipe des Galiciers gehen und ausgerechnet zu dem Zeitpunkt heimgehen lassen, daß sie mich unter den Bäumen schlendernd antreffen mußte?« Das frage ich mich, aber ich sage es niemandem, damit sie mich nicht damit auf den Arm nehmen. Damals aber ging ich in Stellung und legte los, während sie mir allmählich in allem immer mehr entgegenkam. Die Frauen lassen sich immer mehr gehen, je weiter die Fahrt vorwärts geht; sie haben verschiedene Gänge, wie der Falcon:

Sie schalten vom ersten in den zweiten, dann in den dritten und schließlich in den vierten zum Dahinbrausen auf der Landstraße. Unsereiner dagegen rast mit Vollgas im ersten Gang los und bleibt auf halber Strecke liegen. Etwas in ihr wirkte weiter, nachdem ich schon fertig war, denn ihr Körper wurde hart und starr wie ein Brett. Sie schloß die Augen, krallte sich in meine Schultern und drückte mich so fest an sich, daß ich am nächsten Tag, als ich zu Hause erwachte, noch ein Brennen verspürte und mit einem Blick in den Spiegel sah, daß ich überall rote Stellen hatte. Dann erschlaffte sie und fing leise an zu weinen. Sie weinte eine Weile wortlos und begann dann zu reden. »Immer dasselbe«, dachte ich, »zuerst lassen sie dich irgendeine Verrücktheit begehen, und nachdem sie dich dann wie eine Zitrone ausgequetscht haben, fangen sie an zu heulen.«

»Zu was treibst du mich?« sagte die Frau und weinte leise. »Wie lange werden wir das weitermachen? Und alles das im Namen der Liebe? Damit wir uns nicht trennen müssen? Es ist unerträglich!«

Sie weinte und schlug mit dem Kopf gegen das feuchte Kissen.

»Unerträglich! Unerträglich!« sagte sie und blickte immerzu starr mit ihren gelben Augen über meinen Kopf hinweg.

Ich sagte nichts, denn wenn man in einer solchen Situation mit einer Frau zu diskutieren anfängt, bekommt man am Ende noch den Schwarzen Peter zugeschoben. »Ich habe mich für dich im Eingang eine Hure schimpfen lassen«, sagte sie und setzte zu einem Schrei an, den sie aber mittendrin abbrach, als wäre sie am Ersticken; dann weinte sie weiter. Ich kam nicht dazu nachzudenken, obwohl ich in dem Augenblick, als sie das sagte und zu schreien begann, schon angefangen hatte, mir darüber den Kopf zu zerbrechen und mich zu ärgern, daß dieser gelbe Blick, den die Frau nirgendwohin zu richten schien, die ganze Zeit auf etwas fixiert war, was nur sie sah; das zermarterte mir das Hirn derart, daß ich schon meinte, nichts als der Schatten dessen zu sein, was sie sah. Aber bevor es bei mir zu zünden begann, hörte ich hinter mir das Flennen des Kerls, und da sprang ich, nackt wie ich war, aus dem Bett, just in dem Augenblick, als seine vom Schluchzen entstellte Stimme zu vernehmen war.

»Mein Gott! Mein Gott!« sagte er.

In Hemd und Hose stand er in der Schlafzimmertür. Er verdeckte das Gesicht mit der Hand und weinte unaufhörlich. Ich dachte, er sei der Geliebte oder der Ehemann und hätte uns auf frischer Tat ertappt; ich sah mich schon als Leiche. Aber er beachtete mich nicht einmal. Die Frau lag nackt auf dem Bett und weinte auch, wobei sie ihn anstarrte, wie er sich weiterhin das Gesicht verdeckte und nicht aufhörte zu flennen. Vorher hatte ich ihn wie einen Schatten wahrgenommen, jetzt aber merkte ich, daß er nicht einmal das war. »Mein Gott! Mein Gott!« war alles, was der Kerl hervorbrachte. Und die Frau starrte ihn unverwandt an und weinte wortlos. Als ich mich fertig angezogen hatte, trat ich an das Bett.

»Señora«, sagte ich.

Die Frau sah mich nicht einmal an. Sie hatte ihre gelben Augen auf den Kerl geheftet und schien mir nicht zuzuhören.

»Bist du befriedigt?« fragte sie. »Bist du jetzt befriedigt?«

»Amor mio«, sagte der Kerl, ohne die Hand vom Gesicht zu nehmen.

Ich ging hinaus, während ich mir noch den Gürtel zuschnallte, und mußte seitlich durch die Tür, weil der Kerl sich nicht von der Stelle rührte. Er hatte sein weißes Hemd bis unterhalb der Brust aufgeknöpft, und man sah seine gebräunte Haut.

Meilenweit war zu erkennen, daß er nur noch wenig Haare hatte, denn was die Hand über den halb hochgezogenen Brauen freigab, war höher als eine Stirn. Dem Duft nach, den ich an ihm wahrnahm, schien er gerade gebadet zu haben. Ich hatte den Eindruck, er wäre den ganzen Tag am Fluß in der Sonne gewesen, so strotzte er vor Gesundheit, als ich an ihm vorbeikam.

Ich durchschritt den schwarzen Eingang und trat auf die Straße hinaus. Dort stand der Falcon mit abgeschalteten Lichtern. Ich blieb einen Augenblick vor den Lichtstreifen stehen, die nach draußen drangen, hielt ein Ohr an den Rolladen des Schlafzimmers und hörte die beiden schluchzen. Ich versuchte durch die Ritzen zu spähen, aber ich sah absolut nichts. Ich hörte nur noch einmal die Stimme der Frau, die jetzt ihrerseits »Amor mio« sagte, und dann, wie sie beide weinten, und dann nichts mehr. Ein paar Häuserblöcke weiter blieb ich stehen, da mein Feuerzeug zu streiken begann, und obwohl kein Wind ging, mußte ich mich an die Wand lehnen, um die Particular mit Filter anzünden zu können, die mir nur so zwischen den Lippen zitterte. Nach dem ersten Zug ging ich unter den dunklen Bäumen weiter, aber ich pfiff nicht, noch steckte ich die Hände in die Hosentaschen. Das Hemd klebte mir völlig durchnäßt am Rücken. Als ich die Particular fortwarf und sofort die nächste anzündete, versagte das Feuerzeug nicht, und ich kam an die Avenida. Ich dachte an die Kneipe des Galiciers und an die Burschen, und was die für ein Gesicht aufsetzen würden, wenn ich Lust hätte, ihnen diese Geschichte zu erzählen. Es waren jetzt weniger Leute auf der Avenida, aber sicher würden sich die Straßen wieder füllen, wenn alle Tanzlokale schlossen. Ich sah mich um und stellte fest, daß ich weit von meinem Viertel entfernt war; im Gesicht spürte ich ein kühles Lüftchen, das zu wehen begann, und ich beeilte mich, um nicht den letzten Bus zu verpassen.

Die Autoren

Jorge Amado (geboren 1912 in Bahia) war als engagierter Sozialist in Brasilien mehrfach inhaftiert und lebte in den vierziger und frühen fünfziger Jahren immer wieder im Exil. Der für seine sozialrevolutionären Romane und Erzählungen weltweit bekannte Schriftsteller lebt heute in Salvadore/Bahia und Paris. Zu seinen bedeutendsten Werken zählen »Tote See«, »Nächte in Bahia«, »Tieta aus Agreste« und »Donna Flor und ihre zwei Ehemänner«.

Madeleine Bourdouxhe (geboren 1906 in Lüttich, gestorben 1996 in Brüssel) gehörte in den dreißiger Jahren zum literarischen Kreis um Jean-Paul Sartre und Simone de Beauvoir. Ihr Œuvre, das mehrere Romane und Erzählungsbände umfaßt, erlebt derzeit ein internationales Comeback. Auf deutsch erschienen »Gille's Frau«, »Auf der Suche nach Marie«, »Wenn der Morgen dämmert« und »Unterm Pont Mirabeau fließt die Seine«.

Onelio Jorge Cardoso (geboren 1914 in Calabazar de Sagua/Kuba, gestorben 1986 in Havanna) arbeitete in Santa Clara als Volksschullehrer, Verkäufer und Rundfunkredakteur; nach 1959 hatte er eine leitende Position im kubanischen Schriftstellerverband inne. Auf deutsch erschienen unter anderem »Ruderer in der Nacht« und »Negrita«.

Roman Frister (geboren 1928 im polnischen Bilsko/Bielitz) überlebte Konzentrationslager und Todesmärsche und lebte bis zu seiner Verhaftung durch die kommunistischen Behörden als Journalist in Polen. 1957 emigrierte er nach Israel, wo er lange Jahre Redakteur einer der führenden israelischen Tageszeitungen war. 1990 übernahm er die Leitung der Journalistenschule Koteret in Tel Aviv. Seine Romane, Theaterstücke und Sachbücher wurden in zahlreiche Sprachen übersetzt. Seine Autobiographie »Die Mütze« erregte aufgrund ihrer schonungslosen Offenheit über die Grenzen Israels und Polens hinaus große Aufmerksamkeit.

Robert Gernhardt (geboren 1937 in Reval) gehört zusammen mit Eckhard Henscheid zu den Begründern der »Neuen Frankfurter Schule«. Sein satirisch-parodistisches Werk, das Romane, Drehbücher, Gedichte und Hörfunkbeiträge umfaßt, wurde mehrfach preisgekrönt. Er war Mitarbeiter des Satireblatts *Titanic*. Zu seinen bekanntesten Werken zählen »Besternte Ernte«, »Wörtersee«, »Die Toskana-Therapie« und »Weiche Ziele«.

Peter Høeg (geboren 1957 in Kopenhagen) arbeitete als Schauspieler, Tänzer, Volkshochschul- und Universitätsdozent sowie zeitweise als Matrose. Seit Anfang der achtziger Jahre widmet er sich ausschließlich der Literatur. Auf deutsch erschienen unter anderem »Fräulein Smillas Gespür für Schnee«, »Der Plan von der Abschaffung des Dunkels«, »Von der Liebe und ihren Bedingungen in der Nacht des 19. März 1929« und »Die Frau und der Affe«.

Pam Houston (geboren 1962 in Trenton/New Jersey) studierte Englisch in Ohio und Utah und lehrte am St. Mary's College in Moraga/Kalifornien. Heute lebt sie auf einer Farm in Colorado. Ihre Kurzgeschichten wurden unter anderem in *Elle, Mademoiselle* und der *New York Times* veröffentlicht. Auf deutsch erschienen »Bei Cowboys werd ich schwach« und »Die Wildnis im Herzen«.

Johannes Vilhelm Jensen (geboren 1873 in Farso/Jütland, gestorben 1950 in Kopenhagen): Nach einem abgebrochenen Medizinstudium reiste Jensen 1896 in die USA, wo er lange lebte. Als Zeitungskorrespondent berichtete er später aus Frankreich, Spanien und Osteuropa. Mit seinen optimistisch-lebensbejahenden Prosawerken mit starkem Diesseitsbezug begründete er die moderne dänische Literatur. Sein literarisches Werk umfaßt Romane, Gedichte, philosophische Essays, Erzählungen und Novellen. 1944 erhielt er den Literaturnobelpreis. Auf deutsch erschienen unter anderem »Himmerlandgeschichten«, »Des Königs Fall«, »Madame D'Ora«, »Mythen und Jagden«, »Verwandlung der Tiere«, »Die Stadien des Geistes« und der Romanzyklus »Die lange Reise«.

Michael Köhlmeier (geboren 1949) wuchs in Hohenems/Vorarlberg auf, wo er auch heute lebt. Er verfaßte zahlreiche Drehbücher, Hörspiele, Theaterstücke und Romane. Für sein Werk erhielt er viele renommierte Preise; es umfaßt unter anderem »Bevor Max kam«, »Kalypso«, »Telemach«, »Sagen des klassischen Altertums« und »Das große Sagenbuch«.

Jon Krakauer (geboren 1954) arbeitet als Reporter für amerikanische Zeitschriften, darunter *Outside*. Er lebt in Seattle. Seine Reportagen wurden immer wieder prämiert und bilden oftmals die Grundlage seiner spektakulären Bücher.

In Deutschland wurde er berühmt mit »In die Wildnis« und »In eisige Höhen«, einem Bericht über eine dramatische Everest-Expedition. Des weiteren erschien auf deutsch »Auf den Gipfeln der Welt«.

Milan Kundera (geboren 1929 in Brünn): Seit seiner Emigration 1975 lebt der international bekannteste tschechisch schreibende Gegenwartsautor in Paris. Mit »Die unerträgliche Leichtigkeit des Seins« gelang Kundera 1984 der große Durchbruch. Weitere Werke in deutscher Sprache sind »Der Scherz«, »Das Leben ist anderswo«, »Abschiedswalzer« und »Das Buch der lächerlichen Liebe«.

Rosetta Loy (geboren 1931 in Rom) begann früh zu schreiben und arbeitet heute als Übersetzerin, Schriftstellerin und Journalistin. Sie lebt in Rom und Paris. Ihr erfolgreicher Roman »Straßen aus Staub« wurde mit allen wichtigen italienischen Literaturpreisen ausgezeichnet. Weitere Werke sind »Winterträume«, »Schokolade bei Hanselmann« und »Im Ungewissen der Nacht«.

Sara Paretsky (geboren 1947 in Kansas): Von 1977 bis 1985 war die promovierte Historikerin Verkaufsmanagerin einer Versicherungsgesellschaft. Sie lebt in Chicago. Ihre Kriminalromane, in deren Mittelpunkt die Privatdetektivin V. I. Warshavski steht, wurden in viele Sprachen übersetzt und erfolgreich verfilmt. Auf deutsch erschienen unter anderem »Schadenersatz«, »Deadlock«, »Fromme Wünsche«, »Tödliche Therapie«, »Blood Shot«, »Brandstifter«, »Engel im Schacht« und »Windy City Blues«.

Edgar Allen Poe (geboren 1809 in Boston, gestorben 1849 in Baltimore) arbeitete als Journalist und Herausgeber verschiedener Zeitschriften in Philadelphia und New York. Er lebte meist in tiefer Armut und starb unter ungeklärten Umständen. Als Kritiker für seinen scharfen analytischen Verstand berühmt, erfand Poe die Kriminalgeschichte. In »Der Fall des Hauses Usher« führte er die von ihm parodierte Gruselgeschichte zur Vollendung. Seine Theorie der Kurzgeschichte war ebenso richtungsweisend. Poes lyrisches Werk beeinflußte die französischen Symbolisten um Baudelaire und Mallarmé. Sein Gesamtwerk liegt in verschiedenen Ausgaben vor.

John Cowper Powys (geboren 1872 in Shirley/Derbyshire, gestorben 1963 in Blaenau Ffestiniog/Wales): Nach seinem Studium in Cambridge lehrte Powys in Oxford, Cambridge, London, Wales und USA. In seinen teilweise grotesk-phantastischen Romanen, die abseits aller literarischen Strömungen stehen, verbindet er mystischen Pantheismus und philosophisch-skeptische Ratio. Zu seinen bekanntesten Werken zählen »Glastonbury-Romance« und »Wolf Solent«.

Caradog Prichard (geboren 1904 in Bethesda/Nordwales, gestorben 1980) arbeitete als Journalist in Caernarvon, Cardiff und London. Für seine Gedichte in walisischer Sprache erhielt er alle wichtigen Auszeichnungen. Sein Roman »In einer mondhellen Nacht« erschien im walisischen Original erstmals 1961. Die hochgelobte Übersetzung von Philip Mitchell, der die deutsche Übertragung folgt, wurde 1995 veröffentlicht.

Holly-Jane Rahlens, geboren und aufgewachsen in New York, kam nach dem Studium der Literaturwissenschaft und Theatre Arts 1972 nach Berlin, wo sie seither als freie

Autorin und Regisseurin arbeitet. Ihre Hörspiele und One-Woman-Shows haben in Berlin Furore gemacht. Auf deutsch erschienen bisher »Becky Bernstein Goes Berlin« und »Mazel Tov in Las Vegas«.

Susanne Röckel (geboren 1953 in Darmstadt) veröffentlichte einen Roman und mehrere Erzählbände, für die sie zahlreiche Preise erhielt. Ihr Werk umfaßt unter anderem »Der Käfig«, »Chinesisches Alphabet« und »Eschenhain«.

Carmen Rohrbach (geboren in Bischofswerda): Die promovierte Biologin erforschte ein Jahr lang die Meerechsen auf den Galapagos-Inseln. Heute arbeitet sie als Reiseschriftstellerin, Kinderbuchautorin und Dokumentarfilmerin.

Juan José Saer (geboren in Serodino/Argentinien) studierte Jura und Philosophie. 1962 begann er am Filminstitut der Universidad Nacional del Litoral in Santa Fé zu lehren. Seit 1968 lebt er in Frankreich, wo er als Dozent für lateinamerikanische Literatur und als freier Schriftsteller lebt. Auf deutsch erschienen unter anderem »Gina und der Magier« und »Der Vorfahre«.

Robert Schneider (geboren 1961 in Bregenz) schrieb Hörspiele, Theaterstücke und Drehbücher, für die er zahlreiche Preise erhielt. Als sein Debütroman »Schlafes Bruder« 1992 erschien, wurde er als literarische Entdeckung des Jahres gefeiert und über Nacht berühmt. Der Roman wurde in alle Weltsprachen übersetzt und erfolgreich verfilmt.

Arthur Schnitzler (geboren 1862 in Wien, gestorben ebd. 1931) war Arzt, bevor er sich der Literatur zuwandte. In seinem erzählerischen und dramatischen Werk fing er skeptisch und melancholisch die Atmosphäre der Wiener Gesellschaft der Jahrhundertwende ein. Seine bekanntesten Werke sind »Leutnant Gustl«, »Fräulein Else«, »Reigen«, »Professor Bernhardi« und »Traumnovelle«.

Fjodor Sologub (eigtl. F. Kusmitsch Teternikow, geboren 1863 in St. Petersburg, gestorben ebd. 1927) war 25 Jahre lang Lehrer, zunächst in Provinzstädtchen, später in St. Petersburg, wo er schließlich Inspektor für das Volksschulwesen wurde. Mit seiner Lyrik und Prosa gilt er als einer der bedeutendsten russischen Symbolisten. Auf deutsch erschienen unter anderem »Der kleine Dämon«, »Totenzauber«, »Süßer als Gift« und »Der Kuß der Ungeborenen«.

Miguel Torga (eigtl. Adolfo Correira da Rocha, geboren 1907 in Trás-os-Montes) ist Arzt und Schriftsteller. Wegen seiner unbeugsamen Haltung gegenüber dem Salazar-Regime wurden einige seiner Werke von der Zensur verboten, er selbst kam ins Gefängnis. Das umfangreiche Werk des Lyrikers, Romanciers, Erzählers und Tagebuchautors gilt vielen als der bedeutendste Beitrag Portugals zur Gegenwartsliteratur. Auf deutsch erschienen unter anderem »Neue Erzählungen aus dem Gebirge« und »Tiere«.

Karl Valentin (eigtl. Valentin Ludwig Fey, geboren 1882 in München, gestorben ebd. 1948) war Schauspieler, Volkssänger, Dramatiker und Filmemacher. Nach einer Schreinerlehre besuchte Valentin 1902 eine Münchner Varieté-Schule und begann zunächst allein, ab 1915 mit seiner Partnerin Liesl Karlstadt öffentlich aufzutreten. Während des Krieges gab er keine Vorstellungen, schrieb aber viele Szenen, Couplets und Monologe. Im Winter 1947/48 starb er mittellos an einer Erkältung. Mit seinen absurdkomischen, hintersinnigen und zeitkritischen Werken beeinflußte er Bert Brecht und das absurde Drama. Valentins Gesamtwerk ist in einer historisch-kritischen Ausgabe im Piper Verlag erschienen.

Paolo Volponi (geboren 1924 in Urbino): Der promovierte Jurist war lange Jahre Leiter der Sozialabteilung von Olivetti und Berater bei Fiat. Er fungierte als Senator in der KPI und lebt heute in Mailand und Rom. Sein Romanwerk wurde mit den wichtigsten italienischen Literaturpreisen ausgezeichnet. In deutscher Übersetzung erschienen unter anderem »Ich, der Unterzeichnete«, »Die Weltmaschine« und »Der Speerwerfer«.

Cornell Woolrich (geboren 1903 in New York, gestorben ebd. 1968) gilt mit seinen düsteren Kriminalgeschichten neben Dashiell Hammett und Raymond Chandler als der bedeutendste Vertreter der »Schwarzen Serie«. Obwohl er in den dreißiger und vierziger Jahren Hollywood mit Stoffen versorgte wie kein anderer Kriminalautor, ist er einer breiten Öffentlichkeit nahezu unbekannt geblieben. Auf deutsch erschienen unter anderem »Phantom Lady«, »Die Braut trägt schwarz« und »Fenster zum Hof«.

Quellennachweis

Jorge Amado – Tibérias Fest*, aus: Nächte in Bahia. Aus dem brasilianischen Portugiesisch von Curt Meyer-Clason. © Piper Verlag GmbH, München 1965

Madeleine Bourdouxhe – Karamelbonbons*, aus: Gilles' Frau. Aus dem Französischen von Monika Schlitzer. © Piper Verlag GmbH, München 1996

Onelio Jorge Cardoso – Ruderer in der Nacht, aus: Ruderer in der Nacht. Aus dem kubanischen Spanisch von Lene Klein. © Instituto del Libro, Havanna. © d. dt. Übers. Volk und Welt, Berlin 1963

Roman Frister – Die Mütze*, aus: Die Mütze oder der Preis des Lebens. Aus dem Hebräischen von Eva und Georges Basnizki. © Siedler Verlag GmbH, Berlin 1997

Robert Gernhardt – Ein Tag, aus: Arno Löb (Hg.), Draculas Rückkehr. © Robert Gernhardt, 1996

Peter Høeg – Hommage à Bournonville, aus: Von der Liebe und ihren Bedingungen in der Nacht des 19. März 1929. Aus dem Dänischen von Monika Wesemann. © Carl Hanser Verlag, München 1996

Pam Houston – Etwas Süßes, Wildes, aus: Uwe Heldt (Hg.), Lust an der Liebe. Aus dem Amerikanischen von Tanja Graf. © Piper Verlag, München 1994

Johannes Vilhelm Jensen – Die Siebenschläfer, aus: Sven Danielsson (Hg.), Nordische Weihnacht. Aus dem Dänischen von Ursula Wiese. © Verlags AG Die Arche, Zürich 1970, 1986

Michael Köhlmeier – Grüne Nacht, aus: Bevor Max kam. © Piper Verlag GmbH, München 1998

Jon Krakauer – In eisige Höhen*, aus: In eisige Höhen. Aus dem Amerikanischen von Stephan Steeger. © Piper Verlag GmbH, München 1998

Milan Kundera – Teresa*, aus: Die unerträgliche Leichtigkeit des Seins. Aus dem Tschechischen von Susanna Roth. © Carl Hanser Verlag, München 1984

Rosetta Loy – Aiglon, aus: Im Ungewissen der Nacht. Aus dem Italienischen von Maja Pflug. © Arche Verlag AG, Raabe + Vitali, Zürich 1991

Sara Paretsky – Drei-Punkt Po, aus: Windy City Blues. Aus dem Amerikanischen von Sonja Hauser. © Piper Verlag GmbH, München 1994

Edgar Allen Poe – Das ovale Porträt, aus: Arabeske Detektivgeschichten. Aus dem Englischen von Hans Wollschläger. Walter-Verlag AG, Olten 1966. © Arno Schmidt Stiftung, Bargfeld

John Cowper Powys – Perdita*, aus: Der Strand von Weymouth. Aus dem Englischen von Melanie Walz. © Carl Hanser Verlag, München 1999

Caradog Prichard – In einer mondhellen Nacht, aus: In einer mondhellen Nacht. Aus dem Englischen von Christel Dormagen. © Piper Verlag GmbH, München 1999

Holly-Jane Rahlens – Mangoldsuppe*, aus: Becky Bernstein Goes Berlin. Aus dem Amerikanischen von Sigrid Ruschmeier. © Piper Verlag GmbH, München 1996

Susanne Röckel – Hochstraße, aus: Chinesisches Alphabet. Ein Jahr in Shanghai. © Luchterhand Literaturverlag, München 1999

Carmen Rohrbach – Schüsse in der Nacht*, aus: Im Reich der Königin von Saba. © Frederking & Thaler Verlag GmbH, München 1999

Juan José Saer – Grün und Schwarz, aus: Mempo Giardinelli und Wolfgang Eitel (Hg.), Fallen die Perlen vom Mond? Aus dem argentinischen Spanisch von Jan Weiz. © Piper Verlag GmbH, München 1991

Robert Schneider – Das Weib im Mondschein*, aus: Schlafes Bruder. © Reclam Verlag, Leipzig 1992

Arthur Schnitzler – Leutnant Gustl, aus: Gesammelte Werke. Die erzählenden Schriften, Band 1. © S. Fischer Verlag, Frankfurt am Main 1961

Fjodor Sologub – Peredonows Messer, aus: Der kleine Dämon. Aus dem Russischen von Reinhold von Walther. © Insel Verlag, Frankfurt am Main 1989

Miguel Torga – Vicente, aus: Tiere. Aus dem Portugiesischen von Curt Meyer-Clason. © Beck & Glückler Verlag, Freiburg 1990

Karl Valentin – Ein Mitternachtsständchen, aus: Gesammelte Werke in einem Band. © Piper Verlag GmbH, München 1985

Paolo Volponi – Der Silberdolch, aus: Der Speerwerfer. Aus dem Italienischen von Barbara Kleiner. © Piper Verlag GmbH, München 1988

Cornell Woolrich – Schuld, aus: Nachtgedanken. Aus dem Amerikanischen von Hartmut Huff. © Cornell Woolrich, 1938. © d. dt. Übers. Wilhelm Heyne Verlag GmbH & Co. KG, München 1988

Die mit * versehenen Titel stammen von den Herausgebern.

PIPER

Michael Köhlmeier

Bevor Max kam

Roman. 226 Seiten. Geb.

»Mit ›Bevor Max kam‹ läßt der Österreicher Michael Köhlmeier einen Wiener Mythos wieder aufleben: das Kaffeehaus, Treffpunkt gescheiterter Existenzen und hoffnungsfroher Glücksritter. Mittendrin ein Erzähler, der mit der gelassenen Neugier des gleichgültig Reisenden das Gute wie das Schlechte, gelebtes wie erzähltes Leben durchschreitet und dabei nie den Respekt vor seinen Figuren verliert. 55 Momentaufnahmen verwebt Köhlmeier zu einem Kaleidoskop menschlicher Sehnsüchte und Ängste... Gewürzt mit der Melancholie verzweifelter Optimisten erinnern Köhlmeiers Charaktere an den Erzähler Oscar Wilde. Dessen Überzeugung, daß das Leben viel zu wichtig sei, um es wirklich ernst zu nehmen, scheint ihr Dasein zu bestimmen. Liebevoll nachsichtig widmet sich der Roman dem scheinbar ›kleinen Leben‹, läßt seine wahre Größe für einen kurzen Augenblick im Erzählen aufflackern und macht selbst aus dem banalen Warten ein Ereignis.«
Berliner Morgenpost

Madeleine Bourdouxhe

Auf der Suche nach Marie

Roman. Aus dem Französischen von Monika Schlitzer.
186 Seiten. Geb.

Marie, die dreißigjährige junge Frau, ist glücklich mit Jean verheiratet. Das jedoch hindert sie nicht daran, während der gemeinsamen Ferien am Meer verstohlene Blicke mit einem schönen jungen Mann auszutauschen. Blicke, die ganz selbstverständlich in einer stürmischen erotischen Affäre münden werden.
Maries sexuelles Erwachen löst ein tiefes Glücksgefühl in ihr aus, das sie am liebsten ganz für sich genießt: allein durch Paris flanierend, im Café eine Zigarette rauchend, auf einem Jahrmarkt, in einem Zugabteil... Trotzdem bleibt die Wirklichkeit eine feste Größe für sie: Selbstverständlich folgt sie ihrem Ehemann, als der in die Provinz versetzt wird, und sie hilft ihrer unglücklichen Schwester Claude, als die sie braucht.
Ein aufregender Roman, der die körperliche Liebe und ihre beflügelnde Wirkung feiert: Marie ist niemals passiv oder indifferent, sie steht mitten im Leben und kostet es aus bis zum letzten Tropfen. Sie ist im wahrsten Sinne eine moderne Heldin.

Jon Krakauer
In eisige Höhen

Das Drama am Mount Everest. Erweiterte Neuausgabe.
Aus dem Amerikanischen von Stephan Steeger.
390 Seiten mit 20 Abbildungen auf Tafeln. Geb.

Krakauers Bericht führt den Leser mitten in die modernen Paradoxa des Alpinismus. Das »Dach der Welt« ist zum Ziel jener geworden, die das ultimative Abenteuer, den absoluten Kick suchen. Sie werden geführt von »Bergunternehmern«, die den Job haben, ihre betuchten Kunden auf den Gipfel zu bringen – manchmal sogar mit rücksichtsloser Gewalt, und oft mit tödlichen Folgen.
Minuziös beschreibt Jon Krakauer den Verlauf der Expedition von 1996, das Geflecht aus Ehrgeiz und Fehlverhalten, das in eine Katastrophe mündete. Er schildert den Komfort in den Basislagern mit täglich frischem Gemüse und Brot, mit Satellitentelephonen und Faxanschlüssen. Er berichtet vom Aufstieg, an dem sich drei Expeditionen und dreiunddreißig Bergsteiger beteiligten, die alle gleichzeitig auf den Gipfel wollten. Er beschreibt das Chaos in der Todeszone, in der der Mensch ohne Sauerstoff verloren ist...